O MUNDO QUE HABITA EM MIM

Luca Guadagnini

O MUNDO QUE HABITA EM MIM

SEGUINTE

Copyright © 2025 by Luca Guadagnini

O selo Seguinte pertence à Editora Schwarcz S.A.

Grafia atualizada segundo o Acordo Ortográfico da Língua Portuguesa de 1990, que entrou em vigor no Brasil em 2009.

CAPA E ILUSTRAÇÃO DE CAPA Débora Islas
PREPARAÇÃO Willian Vieira
REVISÃO Adriana Bairrada e Juliana Cury

Os personagens e as situações desta obra são reais apenas no universo da ficção; não se referem a pessoas e fatos concretos, e não emitem opinião sobre eles.

Dados Internacionais de Catalogação na Publicação (CIP)
(Câmara Brasileira do Livro, SP, Brasil)

Guadagnini, Luca
    O mundo que habita em mim / Luca Guadagnini. — 1ª ed.
— São Paulo : Seguinte, 2025.

    ISBN 978-85-5534-400-8

    1. Ficção brasileira I. Título.

25-255277   CDD-B869.3

Índice para catálogo sistemático:
1. Ficção : Literatura brasileira   B869.3

Aline Graziele Benitez – Bibliotecária – CRB-1/3129

Todos os direitos desta edição reservados à
EDITORA SCHWARCZ S.A.
Rua Bandeira Paulista, 702, cj. 32
04532-002 — São Paulo — SP
Telefone: (11) 3707-3500
www.seguinte.com.br
contato@seguinte.com.br

*Minha Vóinha, alguns anos antes de falecer,
me perguntou se eu me lembraria dela para sempre.
Que essa história seja a sua marca na minha eternidade.*

*E para Thea e Otis.
Que vocês habitem um mundo onde possam ser livres,
independentemente de quem sejam.*

PRÓLOGO

O FIM

"Qual foi a última música?", é o que me pergunto toda vez que alguém morre.

Não o tradicional "será que foi sofrido?" ou "será que morreu feliz?". Para mim, a dúvida é mais concreta: "Qual foi a última música?".

Ali estava eu — me destacando das dezenas de pessoas de preto com uma camisa social laranja sob o terno —, com uma única interrogação na cabeça: "Qual foi a última música que Vóinha ouviu?". Alguma do Erasmo Carlos? Não, clichê demais. Talvez Cazuza, que ela adorava. Ou quem sabe uma do Cartola. Mas no fundo eu sabia: Rita Lee, não havia outra possibilidade. Talvez "Gripe do amor", ou "Doce vampiro".

Minha infância foi recheada de música brasileira. Todas as tardes que eu passava na casa de Vóinha eram assim: íamos de Rita a Bethânia, de Djavan a Chico, de Marisa Monte a Elis. E por mais que meu gosto musical tivesse incorporado novos estilos com os anos, era a MPB que reinava.

Crescer ouvindo os maiores acaba nos deixando mal-acostumados.

"Vem aqui, Igor. Deixa eu te mostrar como a gente fazia na minha época", ela dizia, começando a dançar. Por muitos anos eu morri de vergonha, fugia para o quarto, respondia que "de jeito nenhum"…

Até que um dia levantei do sofá. O toca-discos, velho e empoeirado, funcionava como novo, e o vinil rodando era de Rita. Lembro de me acabar de dançar com minha avó, a mulher mais incrível que já conheci, no meio da sala. O vento entrava assobiando, e as cortinas balançavam junto com todas as outras bugigangas artesanais que ela criava e espalhava pela casa: bois-bumbás pendurados no teto, espelhos de papel machê nas paredes, porta-retratos com fotos da família sobre prateleiras pintadas à mão, caixinhas improvisadas de casca de maracujá: tudo na mais perfeita sintonia, minha avó e a beleza que trazia ao mundo.

Nilcéia, com seus cabelos ruivos pintados e sua tradicional camisola rosa estampada com tulipas, erguia os braços e os agitava no ar. Eu, um adolescente tímido, só balançava o corpo e batucava o pé no chão conforme o ritmo de "Baila comigo", da Rita Lee: "Se Deus quiser/ Um dia acabo voando/ Tão banal, assim como um pardal/ Meio de contrabando".

Eu era feliz e sabia.

Foi minha mãe quem me trouxe de volta à realidade. Seus olhos azuis estavam marejados, o que fez os meus pesarem.

Ela usava um vestido preto longo com detalhes verdes e várias pulseiras, e estendeu a mão para mim.

— Quer tomar um ar? — perguntou.

Fiz que sim com a cabeça e me levantei da cadeira. Um pouco mais à frente, o caixão de madeira aberto se alongava sobre uma pequena elevação no piso. Eu não tinha ido até lá, não sei se por falta de coragem, por negação ou as duas coisas. Preferia me lembrar da minha avó como uma mulher cheia de vida, alegria e conselhos para dar.

Caminhei com minha mãe até o jardim. O velório acontecia em uma salinha na lateral da igreja matriz de Águas do Elefante. Os dois campanários altos chamavam a atenção, assim como os vitrais que se espalhavam pelas paredes ásperas. O jardim se estendia por poucos metros e era rodeado por cercas de metal, em um estilo meio gótico, que separavam a igreja das ruas movimentadas do centro da cidade. Pessoas passeavam, indo e vindo em mais um dia normal.

A casa da minha avó ficava ali perto, cercada por um muro coberto de plantas. Com as luzes apagadas, dormiria vazia aquela noite.

O céu começava a escurecer e o burburinho das ruas me distraía do velório. Respirei fundo e cruzei os braços, as folhas de uma cerejeira balançando sobre minha cabeça.

Olhando ao longe, por cima dos telhados, viam-se as montanhas que davam nome à cidade, em formato de pequenos elefantes. Ok, era preciso se esforçar um pouco para enxergá-los, mas dava para perceber a semelhança.

Estar de volta àquela cidade minúscula na região serrana do Rio, e naquelas circunstâncias, era esquisito. Crescer ali tinha sido um desafio. Era um lugar lindo, pacato e agradável, mas a mentalidade das pessoas, os costumes antigos... Eu não me encaixava.

Por medo de piadas na escola, dos olhares dos vizinhos, da reação dos meus pais e do Henrique, meu melhor amigo, e principalmente de Vóinha, sempre escondi quem eu sou de verdade.

É estranho pensar que um dos meus maiores receios agora se transformava no meu mais brutal arrependimento. Minha avó nunca saberia que sou bissexual. Nunca conheceria meus amores hipotéticos, pessoas que jamais dançariam com a gente na sua sala de estar. Mas, acima de tudo, ela nunca conheceria minha versão mais verdadeira. A versão que eu guardava atrás das cortinas de um teatro desde que me entendia por gente.

Quando me mudei para a capital, ficou mais difícil me esconder. A verdade cutucava, murmurava, implorava por libertação. A vida em outro lugar, com novos amigos, me trazia a oportunidade de também vestir uma nova máscara, talvez até de remover a que eu usava havia anos.

Só não era tão fácil quanto eu gostaria.

O medo e a insegurança tinham se mudado junto comigo.

Agora eu olhava ao redor no jardim da igreja e pensava em tudo o que viveria sozinho, sem minha avó presente. Meu coração apertou e as lágrimas voltaram a se acumular. O único conforto era pensar que Vóinha sabia, pelo menos, que eu almejava algo maior.

Ficar em Águas do Elefante significava trabalhar no negócio da família ou se acostumar com algum emprego sem graça.

Meu pai, por exemplo: cozinheiro e dono de um pequeno restaurante. Minha mãe, pintora. E havia outros donos de comércio, dentistas, agentes imobiliários, funcionários de loja. Nada disso me atraía.

Desde criança sonhava em ser ator — estar nos grandes palcos e nas telas não só do Brasil, mas do mundo. Quando contei para os meus pais, a primeira reação foi: "Mas e o dinheiro?".

Já minha avó saltitou de alegria. Quando entrei para a faculdade de artes cênicas, contou para toda a vizinhança que o neto dela seria ator de novela e um dia apareceria no Faustão.

Eu sentiria saudade sobretudo de sua torcida infinita, incansável e irreverente.

Viver de arte é difícil, claro, mas a verdade é que toda carreira tem suas adversidades. Logo meus pais entenderam que meu sonho era pra valer e passaram a me apoiar. E por isso eu tinha muita sorte. A arte corria nas veias de minha avó artesã, e passou para as da minha mãe, que pintava as paisagens e os retratos mais coloridos que eu já tinha visto. Estava no sangue. Eu costumava dizer que, se a arte não desse certo na minha vida, *eu* não daria certo. Um pouco dramático, mas eu realmente acreditava nisso.

Meu pai cruzou a porta para o jardim e veio até a gente, sorrindo em meio à expressão de pesar.

— Ela ia gostar — disse ele.

Suas sobrancelhas eram iguais às minhas. Ou melhor, as *minhas* eram iguais às dele: grossas, com uma leve curvatura no centro e quase se unindo em uma monocelha. Meus olhos castanhos também eram herança da família paterna. Da minha mãe, fiquei com o cabelo cor de mel e os lábios delicados.

Estávamos nós três ali, juntos, como nos velhos tempos — antes de eu bater asas e partir, como eles costumavam dizer. Mal sabiam que essas asas continuavam bem fechadas.

— Quem ia gostar do quê? — perguntei. Só então percebi que ele olhava para minha camisa.

— O laranja. Ela ia gostar da sua roupa.

Sorri. Eu era o pontinho de luz no meio daquela escuridão fúnebre. Laranja era a cor favorita da minha avó. Pensei que podia ser uma forma de homenageá-la, um segredo que poucos entenderiam.

Conforme a noite caía, o vento ficava mais frio. Minha mãe quis chegar bem cedo para "não deixá-la sozinha", se referindo à minha avó. E eu sabia que, por esse exato motivo, seríamos os últimos a sair. Por mais que a salinha ao lado da igreja parecesse convidativa, silenciosa e quentinha, preferi ficar ali no jardim, mesmo depois que meus pais entraram.

Decidi, naquele momento, não vê-la no caixão.

Me perdi no céu e observei as estrelas, tão nítidas no alto das montanhas da serra. A cada nova respiração, vapor saía pela minha boca. Eu já não sabia se meus olhos lacrimejavam por causa da temperatura que seguia caindo ou devido à dor do luto. Em meio ao silêncio noturno de Águas do Elefante, tudo o que eu conseguia ouvir, ao longe, eram Rita Lee cantando e Nilcéia se acabando de rir.

E que risada gostosa.

PRIMEIRO ATO
CLARICE

Dizem que sou louca
Por pensar assim
Se sou muito louca
Por eu ser feliz

Rita Lee

1

CARTAS, PAIXÕES & ÔNIBUS

Minha avó e eu tínhamos um ritual: desde os meus nove anos, ela me escrevia uma carta no meu aniversário. No início, os textos tinham muitas linhas; com o passar dos anos, porém, as cartas foram ficando mais breves, até que a última, aos meus vinte e um, trazia apenas três linhas — as mãos de Nilcéia já não eram ágeis como antes.

No dia seguinte ao funeral de Vóinha, reencontrei as cartas, empilhadas em uma gaveta no meu antigo quarto em Águas do Elefante. Eram treze. Abri um sorriso genuíno quando vi a mesma data em cada uma delas, passeando através dos anos: 29 de dezembro. Peguei todas para guardar na mala, mas uma delas se soltou e caiu sobre a cama. Curioso que sou, abri para ler.

Era a carta do meu décimo primeiro aniversário.

Igor, meu lindo,

Este ano mais uma vez estou longe. Sempre que a Margarete me chama para passar o Ano-Novo com ela, sinto o coração doer porque penso que não estarei com você no seu aniversário. Estamos em Porto Alegre, e Margô me lembrou que eu tinha onze anos, idade que você está completando hoje, quando viemos para cá pela primeira vez. Que coincidência, né? Acho que nunca te contei essa história. Meu pai era funcionário do banco, assim como o pai dela. Não nos conhecíamos até chegarmos aqui, há mais de sessenta anos. Tudo o que lembro é que provamos champanhe escondido e, na volta para Águas, viramos melhores amigas. Engraçado, meu neto, a velocidade com que o tempo passa. Espero que saiba que, mesmo com a distância, Vóinha te ama muito. Logo, logo estarei aí com vários presentes e beijos para você.

Te amo, te adoro e tudo mais,
Vóinha

No verso, um trecho de uma canção de MPB.

Ela adorava incluir nas cartas trechos de suas músicas favoritas. Dessa vez, quando li, me arrepiei inteiro. Era Rita Lee.

Quase na hora de correr com a mala para a rodoviária, me despedi rápido dos meus pais. Saí antes que ficasse ainda mais difícil ir embora. Vi Águas do Elefante ficar para trás pela janela do ônibus.

Ouvindo minha playlist e com a poltrona reclinada, peguei o celular e comecei a ler as mensagens dos meus amigos. Não tinha tido coragem de fazer isso antes. As notificações me bombardeavam: colegas distantes que sentiam muito pela minha avó, amigos próximos perguntando sobre o velório. O grupo de teatro discutindo qual peça montaríamos. E também tinha Clarice.

Igor, como você tá? Que merda :(Sinto muito pelo rolê todo

Quando quiser conversar, só mandar mensagem

Ou se preferir posso matar aula hoje e te encontrar com um punhal e um frasco de veneno :)

🗡️ 🌹

Só ela para me fazer sorrir naquele momento. Eu odiava quando as pessoas pisavam em ovos comigo, algo que Clarice nunca fez. Tínhamos nos conhecido dois anos e meio antes, quando começamos a faculdade de artes cênicas. Na primeira aula de improviso, foi a professora quem formou a nossa dupla: Clarice era a enfermeira de um hospital abarrotado de pacientes, e eu, um empresário que queria furar a fila para ser atendido antes dos outros.

Jamais vou esquecer nosso diálogo:

— Boa tarde, senhor. Pega uma senha ali e aguarda, tá bom? Obrigada.

— Aguardar?! É um caso de emergência, doutora. Preciso ser atendido *agora*.

— Eu entendo, senhor, mas estamos com todos os médicos ocupados e o governo deportou os voluntários cubanos.

— Ah, você queria ir pra Cuba também, né? Bem que tem cara... Veja bem, minha senhora, eu tive um problema com Viagra e preciso ser atendido imediatamente! Não vê? O tamanho do meu problema?

— Apontei para o meio das pernas.

— O problema é que não funcionou?

Desde então, não paramos mais de nos falar.

Eu gostava da Clarice. Às vezes, me questionava se o sentimento era maior do que deveria ser, mas preferia não pensar muito a respeito.

De volta ao mundo real, inclinei meu corpo e apoiei a cabeça na poltrona ao lado, que felizmente estava vazia, e respondi:

tô bem sim, clari. obg por se preocupar

e cê sabe que topo ser o romeu da sua julieta ❤

em qualquer situação.........

☺

mas pf não me mata.
nem mata aula ❤

Um fato sobre mim: sempre fui bom em flertar.

No meu fone de ouvido, Gilberto Gil se despediu e Maria Gadú deu alô com "Dona Cila".

Fechei os olhos e me deixei levar.

Se fosse carioca, Van Gogh definitivamente teria pintado o Rio de Janeiro visto da ponte Rio-Niterói. Com céu azul, sol radiante e nenhuma nuvem ou névoa para atrapalhar, grudei os olhos na janela para admirar a paisagem de tirar o fôlego.

A baía de Guanabara se estendia azul-turquesa — num tom que não refletia em nada sua sujeira — até a beira dos prédios espalhados pela cidade. Era possível ver a roda-gigante girando e, mais ao fundo, o Corcovado com o Cristo Redentor abraçando a cidade. Fiquei tentado a pegar o celular e postar um story, mas resisti. Vi, entretanto, outros passageiros fazendo exatamente isso: espremendo as câmeras contra o vidro na tentativa de fotografar aquela pintura que era o Rio.

Um garoto na minha frente me chamou a atenção. Conforme passávamos pela ponte e o melhor ângulo ia ficando para trás, o ouvi soltar um "porra" com um sotaque delicioso e, em seguida, tirar as coisas do colo para se levantar. Achei engraçado e estava prestes a julgá-lo por todo o esforço para uma única foto, quando *realmente* o vi.

Ele devia ter mais ou menos a minha idade, cabelos castanhos cacheados — os fios pareciam *extremamente* hidratados — e lábios grandes e convidativos. Sua pele negra clara reluzia sob o sol da tarde. Usava uma camiseta amarela estampada com uma tartaruga e uma bermuda branca. Foi tudo em que consegui reparar antes de perdê-lo de vista.

Pensei em vários cenários em que a gente se casava e rodava o mundo, em que eu o levava para os tapetes vermelhos das estreias dos meus filmes, bebíamos vinho na Toscana, nadávamos nus em lagos térmicos... e outros que é melhor não comentar. Nunca entendi de astrologia, mas já me disseram que esses pensamentos emocionados vinham da minha lua em peixes.

Quem nunca se apaixonou em um ônibus?

A diferença era que esse garoto parecia ter sido tirado dos meus sonhos. Tipo, *literalmente*. A sensação chegava a ser esquisita.

Quando ele estava voltando para o assento, fiquei observando seu rosto disfarçadamente, para tentar entender aquele sentimento familiar. Ele se acomodou outra vez, e eu suspirei.

Já tinha encontrado garotos bonitos em ônibus, metrôs, trens e até em uma carroça certa vez, mas nunca dessa forma. Nunca com tanta vontade de ser cara de pau o suficiente para sentar ao lado dele e puxar qualquer assunto.

Que sentimento estranho.

Minha playlist tocava "Pra você guardei o amor", do Nando Reis.

E então, com o coração acelerado, a vista do Rio de Janeiro ficando para trás conforme a ponte terminava, e Nando cantando nos meus ouvidos...

Gostaria de dizer que fui até ele, sentei ao seu lado e me apresentei. Mas eu não fiz nada disso. Quando chegamos à rodoviária, simplesmente o vi descer do ônibus, com uma mochila e um estojo pequeno de instrumento pendurado nas costas, e desaparecer no meio da multidão carioca.

Durante todo o percurso até minha casa, me perguntei qual seria seu nome, o que fazia da vida, de onde era seu sotaque. Por que carregava um instrumento? De onde ele estava vindo? Para onde ia?

Perguntas que jamais seriam respondidas.

Arrependido?

Sempre.

Mas, dessa vez, eu também estava inquieto.

2

AMOR, RISOTO & DIONÍSIO

Uma coisa engraçada sobre o amor é que ele surge quando menos se espera.

Às vezes é através de um sorriso, ou daquele brilho nos olhos acompanhado de uma gargalhada. Um cafuné, em um momento de chamego, um abraço apertado de quem a gente quer por perto. Para mim, também surgia em envelopes de papel.

Finalmente em casa, sozinho e com as janelas abertas para que o ar corresse, eu não tive vergonha de abraçar as cartas da minha avó. Havia doze delas presas por um elástico, além da solta que eu tinha lido mais cedo. Peguei todas e as apertei contra o peito. Era reconfortante tê-las comigo. Me faziam pensar na mulher que as escreveu e que dedicou a mim, todos os anos, suas palavras mais doces. Alguém de quem eu sabia que sentiria falta todos os dias pelo resto da minha vida.

Pela primeira vez desde o funeral, deixei as lágrimas rolarem. Me joguei no colchão e fechei os olhos. Senti o choro descendo pelas bochechas e caindo no lençol, mas respirei fundo e me pus de pé; não queria, naquele momento, lamentar. Peguei a carta solta, encarei a confusão do meu quarto e tive uma ideia.

Na frente da cama, a parede era repleta de estantes com livros, vinis antigos e os mais variados objetos. Uma câmera polaroide apoiava uma fileira de livros sobre teatro: *A preparação do ator* e *A construção do personagem*, de Stanislavski; *Prólogo, ato e epílogo*, a biografia de Fernanda Montenegro, e outros tantos. *Sonhos de uma noite de verão, Álbum de fa-*

mília, Rinoceronte. No canto havia ainda um box de *Percy Jackson & os Olimpianos,* que representava minha eterna adolescência. Os pôsteres espalhados pela parede traziam uma explosão de cores ao misturar os artistas da Tropicália com os da Jovem Guarda — Glauber Rocha, Wanderléa, Gilberto Gil, Gal, Caetano, Erasmo, Vanusa. Todas referências deixadas por minha avó.

Segurei o riso ao imaginar um estranho invadindo o meu quarto e pensando estar na casa de um senhor de idade.

Havia um único espaço vazio na parede. Entre os rostos de Cazuza e Rita Lee, uma faixa de tinta roxa guardava lugar para algo que até então eu não sabia o que era. Mas com o envelope em mãos, não tinha a menor dúvida: era a nova casa dos recados de Vóinha. Peguei o rolo de fita-crepe no meio da bagunça, colei a carta solta no meio dos maiores ídolos de minha avó e sorri.

Na mesma hora, a porta da cozinha soltou um rangido ao abrir. Me afastei da parede o suficiente para conseguir espiar e vi Henrique, de costas, com várias sacolas na mão.

Rique, meu melhor amigo de infância. Uma parte de Águas do Elefante que sempre iria me acompanhar. Nos conhecemos com seis anos, mas só nos aproximamos aos treze. Quando nos formamos e entramos para a faculdade — eu em artes cênicas e ele em história —, decidimos morar juntos. Dividimos um apartamento por um ano e estávamos prestes a procurar outro lugar maior quando descobrimos que o apartamento de cima havia acabado de vagar.

Conseguimos um bom valor pelos dois espaços, que podíamos pagar com auxílio dos nossos pais, o que nos deu mais privacidade e a possibilidade de andar pelado em casa, já que cada um moraria no seu.

Assim, surgiu a dupla de apartamentos 43 & 53 do prédio laranja, na rua Voluntários da Pátria.

Ele balançou as sacolas plásticas ao me ver e apoiou tudo na pia.

— Hoje o almoço é por minha conta!

Henrique resolveu fazer um risoto de frutos do mar, que sabia que eu amava. Estávamos na mesinha de jantar, com Rique sentado contra a parede, e eu, à frente dele, de costas para a janela.

Aos vinte e três anos, Henrique era o estereótipo do estudante de humanas. Seu cabelo estava preso em um coque, com poucos fios soltos caindo pelas bochechas. Usava um alargador na orelha direita e três piercings na esquerda, além de um brinco em formato de cadeado. No peito jazia uma pequena pedra de ônix que combinava com sua camiseta preta, e seus pulsos eram cobertos por pulseiras de miçanga, macramê, couro, braceletes e outros acessórios que ele encontrava em barracas hippies na orla de Copacabana.

— Porra, como você tá? — ele finalmente perguntou quando terminamos a refeição.

— Sabe quando você sai de casa, dá um beijo nos seus pais e diz "tchau", meio de saco cheio? E aí fica uma, duas, três semanas sem encontrar com eles e acaba não dando muita bola, porque sabe que logo vão se encontrar de novo e a saudade vai passar? É meio que isso. Só que dessa vez a saudade não vai passar. Porque eu não vou encontrar ela de novo.

Rique deixou minha resposta circular pelo apartamento, respirar. Adorava que ele não tinha pressa para falar, não se apressava para dizer que tudo ficaria bem.

Isso mostrava o quanto realmente se importava.

— Quando eu perdi meu avô, acho que senti medo e frustração — ele finalmente disse. — Depois veio essa sensação que você falou. E, cara... a saudade não passa mesmo, não. Mas ela deixa de doer. Começa a ser um quentinho. Uma lembrança de que aquela pessoa continua contigo.

Rique se levantou da mesa e levou nossos pratos vazios para a pia. Eu o segui e ele continuou falando:

— Sabe o que vai te fazer bem?

— Se vier com esses papos de que chorar limpa a alma e...

— Sexo — ele me cortou.

Caí na risada.

— Ué. Bora, então. Agora?

— Pode ser. Sobe aqui na pia.

Antes que eu pudesse responder, sua mão voou em direção à minha bunda com um tapa que ecoou em alto e bom som. Estabanado, quase tombei em cima do escorredor de pratos e Rique caiu na gargalhada. Eu o acompanhei, feliz pela primeira bobeira genuína em meio ao luto.

Por mais que brincássemos dessa maneira, nunca enxerguei Henrique como nada além de um irmão. Ele era a pessoa com quem eu sabia que podia contar para qualquer coisa. E eu também era um irmão para Henrique. Sabia disso pelo simples fato de Rique ser hétero. E, bom... ele também achava que eu era. Hétero. Eu ainda não tinha contado da minha sexualidade para ninguém, nem para a pessoa em quem mais confiava no mundo.

Voltei à mesa da sala para pegar a garrafa de Cantina da Serra já pela metade e a guardei na geladeira. Henrique estava lavando a louça, algo também incomum, já que normalmente a gente fazia o esquema de "um cozinha, o outro lava". Mas não questionei. Sabia que era o jeito dele de dizer que estava do meu lado.

— Mas sério agora. Distrair a cabeça pode te fazer bem. Resenha hoje? — ele perguntou.

— Não sei... Preciso ir resolver umas paradas do teatro agora à tarde, Clarice não para de mandar mensagem e o pessoal tá tão ansioso que eu mesmo tô quase precisando de um floral.

— Foda-se o teatro, Amigor — disse Rique, usando o apelido que só ele usava para se referir a mim: uma mistura de "amigo" com "Igor". — Com todo o respeito, adoro Dionísio. Mas você merece um descanso, pô.

Dei dois tapinhas em seu ombro e me apoiei na pia, lado a lado com o meu melhor amigo.

— Quem vê pensa que é fofo. Mas o festival tá batendo na porta. Não posso ficar perdendo tempo.

— Ih, é. As inscrições são semana que vem, né? Já sabe o que vai fazer? — ele perguntou. E a resposta simples e clara era: não, eu não fazia ideia. A gente já estava em julho, faltavam quatro meses para o festival e nós nem tínhamos decidido qual texto adaptar para poder fazer a inscrição.

O Festival das Artes Universitárias, mais conhecido como Festau, premiava uma vez por ano as melhores apresentações artísticas dos cursos universitários do Rio de Janeiro. Na área do teatro, os grupos se inscreviam para o processo seletivo e, ao final, seis eram selecionados para uma exibição no teatro João Caetano. Já na área musical, os finalistas eram apenas três — podendo ser performances solo ou em grupo. Os vencedores dessas duas categorias recebiam prêmios de trinta mil reais cada, enquanto nas áreas de fotografia, artes plásticas e audiovisual, os ganhadores teriam seus trabalhos exibidos em galerias e cinemas da cidade durante todo o mês.

O meu grupo de amigos do teatro estava completamente obcecado com o Festau.

Motivo coletivo: seria o primeiro ano que participaríamos, e também o último — afinal, já estávamos no fim do curso.

Motivos individuais: para mim, eram as portas que poderiam se abrir. Apesar de o prêmio não garantir que a peça fosse produzida, as montagens finalistas chamavam a atenção de figuras importantes do mercado artístico. E agora, além de tudo, o meu coração partido sentia o peso de fazer dar certo, também, por Vóinha.

Nosso grupo era composto de cinco pessoas: eu, Clarice, Nic, Miguel e Luara.

E a gente queria ganhar.

Muito.

Tipo, *muito* mesmo.

Só faltava decidir o que iríamos fazer.

— Ah… Talvez Nelson — menti — ou Hilda — menti outra vez. Rique só balançou a cabeça.

— Nelson é o doidão, né? Das peças de sacanagem, incesto e tudo mais?

— Tipo isso.

Nelson Rodrigues ia muito além, mas não adiantava bancar o nerd do teatro com Henrique. Ia entrar por um ouvido e sair pelo outro.

— Vocês não podem escrever a própria peça? — ele perguntou. E uma luzinha se acendeu na minha cabeça.

— *Talvez.*

3
PEÇAS, ARTE & SEGREDOS

Quando Rique foi embora, peguei o celular e passei os olhos pelas mensagens no grupo do teatro. Aparentemente, o pessoal ia se encontrar na Urca para bater o martelo sobre a nossa peça. Fui até a janela, senti o bafo do Rio de Janeiro e observei o fluxo de pessoas na Voluntários da Pátria.

Não podia parar a minha vida. Não havia tempo sobrando para ficar de bobeira.

Vóinha jamais me perdoaria se eu não continuasse dançando por ela.

Quinze minutos, mil pedaladas e 43°C depois, cheguei na faculdade derretendo. Devolvi a bicicleta no estande que tinha do outro lado da rua e entrei no campus. Não havia muitas pessoas; um grupinho de seis amigos gargalhava em um banco. Todos estavam de preto da cabeça aos pés e ocupavam o único lugar à sombra.

Eu andava sem a menor pressa. Exausto pelos minutos pedalando e pingando de suor, era bom sentir a brisa fresca que assobiava entre os prédios e fazia meu cabelo voar. Os jardins, nem bem cuidados nem totalmente largados, tinham uma beleza própria. Me traziam lembranças boas de quando eu acreditava que tudo seria um sonho — não que não tivesse sido, mas... faculdade, né?

No início do curso eu me vestia como se estivesse indo a um tapete vermelho em Hollywood. Com o passar dos semestres, desisti. De tanto ouvir "venham com roupas confortáveis para os ensaios", mudei o meu guarda-roupa inteiro, e ali estava eu com um short preto, havaianas e blusa cinza estampada por um Cazuza de língua de fora.

Meu cabelo cor de mel tinha ficado grudento por causa do suor, que eu sentia escorrer até pelos dois piercings nas orelhas. Fiz uma pequena parada no banheiro para enxaguar o rosto e dar um jeito no visual.

— Igor! — ouvi chamarem em uníssono assim que cruzei a porta da sala.

Clarice se jogou em cima de mim com um abraço bem apertado, os cabelos azuis tampando minha visão.

— Eu tô todo melado, garota — tentei alertar, mas devolvi o abraço quando ela me apertou com ainda mais força.

— Por que não falou que vinha, seu besta? — ela me perguntou, beijando minha bochecha.

— Surpresa, eu acho. Oi, gente. — Puxei uma cadeira para perto da rodinha e fui recebido com abraços dos outros três.

Eu morava em Botafogo, mas a minha casa no Rio era aquela sala de aula, com aquelas pessoas. Era onde eu me sentia acolhido de verdade.

Depois de dez minutos respondendo sobre como tinha sido o funeral da minha avó, passei outros dez ouvindo tudo o que já havia sido debatido na minha ausência. Basicamente, o tema do Festau era originalidade. Tínhamos duas escolhas: pegar uma peça teatral já conhecida e adaptá-la de uma maneira nunca vista ou, claro, escrever uma nova, autoral. Eu tinha uma ideia, mas ainda não sabia se deveria colocá-la na mesa.

— A gente pensou em fazer *O jardim das cerejeiras*, do Tchékhov, como se fosse nos dias atuais, sabe? Trazer a burguesia carioca querendo manter o seu status na Barra da Tijuca... — disse Lua, e abri um sorriso só de imaginar.

— "A gente", não. Eu já disse que é uma péssima ideia. Um musical de Shakespeare pode ser legal, né? Eu e Nic pensamos em *Hamlet* — Miguel prosseguiu, trocando olhares e sorrisos com o amigo.

— Cara — Lua interveio, os olhos fixos nos dois —, vocês já assistiram *Young Royals*? Porque vocês são basicamente os protagonistas. Como eu não percebi essa porra antes?

Todos se entreolharam, confusos, porque aparentemente eu não havia sido o único a não pegar a referência. Nic tinha cabelos loiros curtos, que passavam um pouco da orelha, e usava óculos quadrados. Miguel, por sua vez, tinha a pele mais bronzeada que a dele e cabelo castanho cacheado que combinava bastante com seus brincos prateados.

— Gente, foco — Clarice retomou. — Semestre passado eu e Igor fomos a um musical de *Romeu e Julieta* só com músicas da Marisa Monte. Foi uma das coisas mais lindas que eu já vi, mas não é mais tão original...

— E um texto nosso? — soltei.

Certo, deixa eu explicar. No último semestre, na aula de interpretação, a professora pediu que fizéssemos um esquete de até cinco minutos para um exercício. Normalmente esquetes são cômicas, mas Clarice, que era minha dupla, resolveu fazer uma cena de romance.

Em cinco minutos, ela explodiu o palco com seu talento e sua história. Fizemos a cena, fomos aplaudidos e elogiados. Mas Clarice queria mais. Então, sem contar para ninguém — exceto para mim —, ela transformou cinco minutos de cena em uma peça inteira de uma hora, que eu devorei em ainda menos tempo porque não conseguia parar de ler. Ela tinha em mãos uma obra completamente inédita, autoral e maravilhosa.

Eu havia prometido que não ia comentar com ninguém a respeito, porque ela estava insegura com quanto de si própria tinha no texto.

Olhei para os quatro, que me encaravam.

— Não dá tempo, Igor. As inscrições são em uma semana. Se a gente ainda precisar escrever uma peça...

— Nós já temos uma peça. Quer dizer... — olhei para Clarice, que me fuzilou com o olhar. Eu sabia quanto aquilo poderia ser bom para ela e para todos nós. Acreditava também que, lá no fundo, ela ia gostar de ver sua peça montada. Então continuei: — Clarice tem. E sinceramente? É o melhor texto que eu li nos últimos tempos.

Pronto. A bomba tinha sido lançada. Sabia que iríamos brigar depois da aula e que ela ficaria pelo menos uma semana sem falar comigo. Todos os olhos da turma se voltaram para ela. Quando Clarice me fitou, senti como se tivesse acabado de ser esfaqueado.

— Não.

E saiu da sala.

As pessoas me olharam, confusas, e eu olhei igualmente confuso para elas.

— Ok. Alguém vai falar? — Lua perguntou.

— Falar o quê? — disse Nic.

— Da tensão sexual que tá rolando entre esses dois.

Miguel riu, Nic me olhou confuso e eu me levantei sentindo as bochechas corarem.

— Vou atrás dela.

Não vi qual caminho Clarice tinha seguido, mas não foi muito difícil encontrá-la.

De costas, sua pele negra contrastava com seus cabelos azuis que desciam até a altura do pescoço. Ela tinha braços e pernas fortes e definidos, e vestia um top preto que deixava as tatuagens à mostra. Pude sentir a eletricidade no ar ao me aproximar, e dava para ver fumaça subindo acima da cabeça dela. Não era de fúria, mas do baseado entre seus dedos. Me sentei no banco ao lado, no pátio da Unirio. Ela não me encarou.

— Não sabia que ia te chatear — menti.

— Porra, não? Eu falei centenas de vezes que é uma história pessoal. Pedi pra você não contar pra ninguém. Achou que eu tava brincando? Você só pensa em você, Igor. E por isso... — Ela hesitou. Deu mais uma tragada no baseado e me olhou de soslaio. — Desculpa. Não quero ser otária com você, não agora. Mas você devia ter respeitado o que eu te pedi. Só isso.

Se eu não tivesse acabado de voltar do velório da minha avó, ela não teria se contido. Conseguia ver o esforço que fazia para não falar alguma coisa mais dura, que fosse me magoar.

— Você sabe que arte é isso, né? — perguntei.

Ela soltou uma risada leve, um tanto quanto irônica.

— Me deixa quieta um pouquinho, Igor. Por favor.

— A gente não só faz arte, Clari. A gente também é arte. Eu sou arte, você é arte. Nossas histórias são arte. E você tá certa, eu não deveria ter falado nada. Mas, *porra*. Você tem um texto do caralho que obviamente se relaciona com a sua vida. E daí? Sua vida é arte.

— Minha vida não tem nada de arte, Igor. Crescer sem mãe, ver a dor do meu pai todos os dias, me matar de estudar pra conseguir ser alguém na vida... — Sua voz falhou. Ela abaixou a cabeça.

— E você pegou toda a sua dor e transformou em um espetáculo. Porra, eu não tô tentando romantizar as desgraças da vida, longe de mim. Mas pouca gente tem o dom de transformar dor em arte. E você fez isso de maneira brilhante.

Eu a encarei por um tempo antes de desviar o olhar. Eu sabia que ela estava certa. As dores dela eram só dela. Quem era eu para opinar?

Clarice perdeu a mãe no dia que nasceu. Seu pai, Paulo, era o homem sobre quem ela falava com os olhos brilhando. Ele cuidou muito bem de Clarice, mas não deixou de pensar na esposa um dia sequer. A peça era sobre o romance dos dois. Um casal que, contra todas as adversidades da vida, não desistiu dos sonhos e lutou para construir uma família. E quando enfim conseguiram...

— Você se importa? — foi o que ela me perguntou depois de alguns minutos em silêncio.

— Como assim?

— Você se importa com a história, de verdade? Ou só quer uma saída fácil pra gente não perder a inscrição do festival? — Sua voz, leve, denunciava insegurança. Clarice não enxergava quão *foda* era.

— Eu quero ter alguma chance no Festau, Clarice. E eu me importo. Me importo com a sua história porque eu me importo com você. E, se não fosse por Paulo e Jandira, você não estaria aqui hoje pra me dar uns cacetes quando eu preciso. Tipo agora.

Ela deixou escapar um sorriso.

Eu, Lua e Clarice fomos andando juntos até o metrô de Botafogo, praticamente derretendo com o calor.

— Gente, pelo amor de Deus, dá pra ir devagar? Eu sou sedentária, caralho! — Lua reclamou.

Seus cabelos ruivos desciam pelos ombros em várias ondinhas, e seu rosto parecia ter sido esculpido por Michelangelo. Sua pele escura criava, em conjunto com os fios alaranjados, uma paleta de cores que prendia a atenção de qualquer um. Seus olhos eram grandes e acinzentados, e os lábios pareciam desenhar um coração logo abaixo do nariz, que se acomodava perfeitamente no centro do rosto.

Quando entramos na Voluntários da Pátria, Lua já tinha passeado por vários assuntos. Agora, contava sobre a menina por quem tinha se apaixonado no mercado.

— Vocês não tão entendendo. Ela olhou fundo na minha alma. Não foi uma olhadinha, não. Ela queria me botar em cima do caixa e me agarrar.

— E depois ela...

— Piscou e foi embora. Garota ridícula. Já não basta sofrer no mercado com o preço das coisas, agora tenho que sofrer por causa de mulher linda que não tem nem a decência de me beijar?

Eu e Clarice rimos.

— Já rolou com vocês?

— De ficar excitada no mercado porque uma possível psicopata não tirava os olhos de mim? Acho que não.

— Não, né. Tô falando de ter um crush em alguém que vocês nunca mais vão ver.

— Você já, Igor? — Clarice devolveu a pergunta pra mim.

— Ah... não sei? — menti. — Não que eu me lembre.

— Ah, tá. Nenhuma menina fez teu coração acelerar no metrô? No ônibus? Na faculdade?

Pensei no garoto do ônibus, e outra vez fui tomado por um sentimento inexplicável. Eram quase memórias para além da memória, se é que isso faz algum sentido. Afastei o pensamento e balancei a cabeça em negativa.

Não sei o que era mais difícil: mentir sobre uma coisa tão boba ou ouvir perguntas desse tipo sempre se referindo a mulheres. No caso de Lua, não era por conta de conservadorismo ou qualquer preconceito, mas porque eu sempre disse que era hétero. Não tinham me perguntado muitas vezes, na verdade, mas nas raras em que isso aconteceu — tipo quando entrei na faculdade —, simplesmente menti porque era mais fácil.

Durante minha vida inteira eu soube que era bissexual. E durante minha vida inteira acreditei que, se contasse aos amigos e familiares, teria a sorte de ser acolhido. Mesmo assim, não sentia que isso tornava as coisas mais fáceis; eu ainda tinha medo do resto do mundo. Dos julgamentos, das piadas, das agressões verbais, e das físicas também.

Eu me sentia um covarde por não conseguir me aceitar por completo e por não lutar junto com a comunidade LGBTQIAP+ por um mundo onde pudéssemos ser livres. Minha solução era fingir que estava tudo bem. Como bissexual, eu pensava que não seria tão difícil ignorar a parte da população mundial que se identificava com o gênero masculino, e que conseguiria viver amando apenas mulheres. Mas descobri, com o tempo, que estava enganado. Eu jamais seria inteiramente *eu* se vivesse a vida em fragmentos.

Sentia cada vez mais vontade de me assumir, cada vez mais confiança, mas ainda não era o suficiente.

Chegamos no metrô e dei um último abraço em Lua e Clarice.

— Certeza de que não querem ficar? Hoje tem festinha no Rique. Open bar! Eu acho, agora fiquei na dúvida.

— Não me empurra que eu já tô na beira — Lua brincou. — Mas não posso. Tenho que ir pra casa hoje, e cedo.

— E eu preciso revisar o texto pra mandar no grupo o quanto antes, né? — Clarice sorriu, e senti uma onda de gratidão (e outra coisa) passear pelo meu corpo. Estava feliz por ela não ter me socado mais cedo e por ter aceitado que usássemos seu texto. — Manda um beijo pro Rique por mim. Te encontro aqui amanhã.

— Aqui? — perguntei, confuso.

— Você quer o papel do meu pai ou não quer? Amanhã cedo tô na sua casa pra começar a ensaiar. Vê se não bebe demais.

Atravessei a rua enquanto as duas desciam as escadas do metrô. Meu peito ainda estava apertado de vontade de me abrir para elas, de contar quem eu era *de verdade*.

um dia elas vão saber
um dia meus pais vão saber
um dia henrique vai saber
um dia todo mundo vai saber
menos minha avó

Que só eu que podia
Dentro da tua orelha fria
Dizer segredos de liquidificador

Cazuza

4

ARYEL, ÁLCOOL & LÚCIFER

Abri a porta de casa já ouvindo o som da festa no andar de cima. Ainda era cedo, por isso a música continuava alta. Henrique odiava quebrar as regras — principalmente depois das duas multas por perturbação de sossego recebidas em menos de um mês.

Anitta dominava não só o apartamento de Henrique, como também o meu e possivelmente todos os outros do prédio. Eu conseguia até ouvir joelhos arrastando no meu teto.

Enquanto preparava um sanduíche, montei na minha cabeça a lista de prós e contras de ir na festinha:

Prós	Contras
• Bebida grátis;	• Ressaca grátis;
• Distrair a cabeça;	• Festejar um dia depois
• Matar a saudade	do velório da minha avó.
da Ary.	Seria errado?

Depois de muito ponderar — uns dez segundos —, resolvi dar um pulo só pra dar oi pro pessoal.

— Oi! — Sorri quando Henrique abriu a porta. Ele me recebeu com um abraço apertado e um cheiro inconfundível de álcool e tabaco.

Rique me acompanhou enquanto eu cumprimentava todo mundo. Ouvi alguns "sinto muito, Igor", outros "tem isqueiro?" e um "se a classe operária tudo produz, a ela tudo pertence!", até finalmente chegar no fundo da sala, onde Ary vencia de lavada uma partida de *beer pong*. Assim que seus olhos me encontraram, ela correu na minha direção para me abraçar.

— Achei que não ia te ver nunca mais, sumido!

Aryel era, sem a menor sombra de dúvidas, a melhor namorada que Henrique já tivera na vida. Eles estavam juntos havia pouco mais de dois anos e eu torcia com todas as forças para que fosse *endgame*. Ao longo da vida, Rique teve três namoradas legais e *Márcia*. Márcia foi sua última ex antes de Ary e a responsável por sugar toda a alma do meu amigo. Ao lado dela, ele parecia um alienígena. Não fazia suas piadas constantes, não sorria e mal trocava palavras com nossas outras amigas, porque Márcia não deixava. Meu amigo de infância tinha se transformado em um desconhecido. Quando eles terminaram, eu talvez tenha estourado um champanhe e pulado de alegria.

Talvez.

Mas Ary era 11/10, se eu pudesse quebrar a escala. Era ela quem insistia para Henrique contar suas piadas e ria descaradamente das piores possíveis. Fazia questão de convidar todos os amigos dele quando saíam em grupo e, quando eu marcava algo com ele, nem sempre ia junto — o que, parando para pensar, era triste, porque talvez eu gostasse mais de Aryel do que de Henrique.

Seus cachos loiros ficaram momentaneamente presos em meus piercings quando me afastei do abraço, sorrindo.

— Pensei que tinha cansado de mim. Só quer saber do Henrique agora — falei.

— Desculpa, Igor. Prometo dar mais atenção ao namorado do meu namorado, tudo bem? Agora vem jogar *beer pong* comigo.

Duas partidas e doze copos de cerveja depois, eu estava arrependido.

Tinha perdido de forma humilhante ambas as rodadas, e se Aryel estava bêbada, era porque bebia uma caneca própria cheia de caipirinha. Eu não tinha acertado um copo sequer.

Me joguei no sofá ao lado dela e peguei o celular para ver a hora, mas me deparei com uma mensagem de Clarice.

Que vergonha mandar o roteiro no grupo, igor

Pqp

Vc me paga, otário

A mensagem tinha algumas horas, e o texto da peça já havia sido enviado para a turma. Todos tinham lido e, para a surpresa de ninguém, amado a história de Clarice. Voltei para a conversa privada e respondi:

kkkkkk fala isso no seu discurso
quando ganharmos o festau

depois não vem arrependida falar que
me ama

Me deixei levar pelo álcool e incluí uma terceira mensagem que, num dia comum, não enviaria.

porque talvez eu não resista e te dê
um beijo

— Eita — Aryel soltou ao meu lado. Só então reparei que ela estava olhando para a tela do meu celular. — Clarice, é?

— Ih, fofoqueira. Não tem vergonha, não? — Bloqueei o aparelho e o enfiei no bolso, sem disfarçar o sorriso.

— Anda, me conta. Vocês tão se pegando?

— Não, Ary. A gente é amigo. Eu tô bêbado e vou me arrepender disso amanhã. Não posso?

— O álcool revela nossos maiores segredos, Igor. Toma cuidado, hein? — brincou ela.

Sorri para disfarçar a ansiedade que começava a palpitar no peito. Ouvir a palavra "segredo" quando se está bêbado e realmente tem um segredo implorando para sair… não é uma boa mistura.

Ary vivia cercada de pessoas LGBTQIAP+, principalmente por ser uma das responsáveis pelo movimento ResistArte, do curso de produção cultural, que organizava movimentos em prol da liberdade de gênero, amor e resistência. Sabia que ela iria me abraçar no instante em que soubesse a verdade.

por que isso não torna as coisas mais fáceis?

— Vou mijar antes que faça mais besteira — falei. Ela sorriu e desviou a atenção para os amigos enquanto eu cambaleava até o único banheiro do apartamento de Henrique. Quem chama trinta amigos para um apartamento com um único banheiro?

Cheguei na porta, que estava fechada porque, obviamente, alguém estava usando.

Esperei dois minutos até ouvir o barulho da chave e, quando a pessoa saiu, quase entrei num transe.

Era um garoto loiro que eu tinha visto jogando *beer pong* com Aryel. De perto, parecia um anjo caído.

não, assim parece que eu tenho crush em Lúcifer

Parecia um colírio da *Capricho*.

ok, piorei

Ele estava com o cabelo desgrenhado e tinha os olhos mais verdes que eu já tinha visto na vida, e um piercing pendia de seu septo. Seus lábios naturalmente rosados pareciam ostentar o mais chamativo gloss. Claramente bêbado, ele sorriu para mim e segurou a porta com uma das mãos — e foi aí que veio a cereja do bolo. Amarrada no pulso estava uma pulseira com as cores que eu esperava vestir abertamente um dia — vermelho, laranja, amarelo, verde, azul e roxo.

A bandeira LGBTQIAP+.

Sorri de volta e ele me encarou por mais tempo do que minha falsa heterossexualidade era capaz de suportar. Entrei no banheiro, fechando a porta quase em desespero.

Parei em frente à pia e me encarei no espelho. Minha visão já estava turva, o que significava que talvez estivesse na hora de voltar para casa. Peguei o celular e olhei o relógio outra vez. 1h32. E, embaixo, notificações de Clarice.

puta merda
Abri para ver.

Eita kkkkkkk como assim?

Pera, vc tá na festa do Henrique, né?

Me explica isso direito, Igor.

Quis explodir. Como eu podia sentir que estava apaixonado por Clarice e, ao mesmo tempo, querer sair do banheiro, me assumir para a festa inteira e agarrar o modelo da Victoria's Secret pelo qual eu tinha acabado de passar?
viver um amor ou passar o rodo?
Tentei responder de um jeito misterioso. Talvez por querer fazer um charme ou por preferir continuar essa conversa sóbrio, já que pelo menos alguma parte de mim ainda tinha juízo.

nada não, ignora. to bêbado

finge que eu não falei nada

pq senão vou acabar te beijando
de verdade

ok vou parar de responder antes q eu
me arrependa adeus

É. Talvez não tenha sido tão enigmático assim.
Passei uma água no rosto e abri a porta.
Meu plano era me despedir de Aryel e Henrique, e então descer para o meu apartamento. Mas todo o meu itinerário foi pro ralo no momento em que girei a maçaneta. Do outro lado da porta, apoiado na parede, estava o anjo caído. Quer dizer, o colírio da *Capricho*. Ele olhou para mim no mesmo instante.
— Eu amei a sua camisa. Muito. Esperei só pra falar isso, desculpa.

Enquanto ele ria, olhei para baixo para entender melhor. Ainda estava com a camiseta do Cazuza.

— Ah, valeu. Cazuza é um dos meus favoritos — respondi. Meu coração batia tão rápido que eu pensei que ia desmaiar.

é isso

sou um bissexual em pânico

— Então já temos duas coisas em comum — ele disse. — Cazuza é o meu ídolo. Junto com a Gaga, mas essa é outra história.

Ri de nervoso, encarando a pulseira LGBTQIAP+ no pulso dele.

— Qual é a outra coisa?

— Nós dois somos péssimos em *beer pong*. Sou Caio, por sinal.

— Igor. Você é amigo do Rique? Primeira vez que te vejo aqui.

— Ah, não. Vim com o Jo. — Ele apontou para um dos amigos da Ary, que conversava com ela no sofá.

Nesse momento, Caio se aproximou um pouco mais. Fiz o movimento involuntário de me afastar, mas ele não pareceu perceber.

— Quer conversar lá fora? Muito barulho aqui dentro — perguntou. Eu estava bêbado, mas minha intuição não falhava. Lúcifer estava flertando.

Eu quis explodir, evaporar, desaparecer. Qualquer coisa que fosse mais fácil do que responder aquilo.

Eu queria muito sair dali com Caio.

Beijar Caio.

Fazer qualquer coisa com Caio.

Mas eu não podia.

Quer dizer, eu podia, mas não devia.

Ou devia? E se alguém visse?

e daí, igor?

e daí que eu não contei, e daí que eu não sei se quero que saibam

quero?

quero.

quero?

Minha cabeça virou um turbilhão. Um tsunami parecia ter inundado meus pensamentos, e meu coração quase saía fora do peito.

— Ah, não sei. Tá meio tarde já, tô pensando em ir embora...

— Já? Jura? Você mora longe?

Meu cérebro agiu mais rápido do que eu.

— Moro. Niterói. Ainda preciso atravessar a ponte e tal. Preciso ir logo.

Se eu falasse que morava no andar de baixo, só ia dar margem para ele se convidar para minha casa. Para o meu quarto. A minha cama.

Essa ideia não parecia ruim, na verdade.

mas é ruim, igor

PARA AGORA

— Ih, mentira? Eu e Jo também somos de Niterói! Daqui a uns dez minutos a gente vai junto, pode ser? Mais seguro e barato. Agora para de graça e vem comigo aqui fora.

Antes que eu pudesse dizer qualquer coisa, Caio me pegou pela mão e eu simplesmente me deixei ser guiado.

Olhei para Aryel antes de atravessar a cozinha, mas ela nem me notou sair. Enquanto nos aproximávamos da porta, passei por um Henrique completamente apagado no chão, bem ao lado do fogão.

Henrique estava dormindo. Aryel não me vira sair.

Eles não iam descobrir.

Caio me levou até as escadas do prédio, se sentou no primeiro degrau e me puxou para que eu fizesse o mesmo. Nossos ombros se esbarraram.

— Bem melhor. Odeio ficar muito tempo ouvindo música alta. Aqui é mais confortável — ele disse, virando o rosto em minha direção e levando a mão ao meu cabelo.

Ele era bom, esse Caio. Mas eu não podia arriscar. Uni todas as forças que consegui e soltei tudo de uma vez:

— Olha, Caio, você é um dos caras mais lindos que eu já vi na vida. E só tô falando isso porque bebi e perco totalmente a noção quando bebo. Mas eu não fico com meninos. Quer dizer, eu ficaria. Não! Não ficaria. Se um dia eu ficasse com algum, com certeza seria você. Porra, não foi isso que eu quis dizer. Eu...

A risada de Caio me interrompeu. Era um riso genuíno, sem nenhuma malícia. Ele olhou pra mim.

— Você não é assumido, é isso?

Confirmei com a cabeça, as bochechas ardendo.

— Olha, Igor, sua camisa é linda. Mas não foi por causa dela que eu esperei na porta do banheiro. Eu quero muito te beijar. Se você não quiser, não tem problema. Eu vou embora e prometo não contar nada pra ninguém. Mas se você quiser... eu *também* prometo não contar pra ninguém.

Senti o celular no bolso. Imaginei mensagens de Clarice na tela, querendo entender por que eu, no meio da madrugada, disse que a beijaria. Imaginei a possibilidade de ser recíproco, de ter dado esperanças para ela. E eu gostava de Clarice. Mais do que imaginava.

Pensei no meu pai. Na minha mãe, triste em casa pela morte de Vóinha. Pensei na minha avó. O que ela acharia disso tudo? Sempre que eu ponderava sobre minha sexualidade, eles me vinham à cabeça. Eu não entendia por quê. Medo? Vergonha?

mas vergonha de quê?

Com a cabeça tomada por milhões de pensamentos, fiz o que qualquer ser humano faria: *uma merda colossal.*

Quando me dei conta, meu corpo já tinha se jogado para cima de Caio e meus lábios já haviam encontrado os seus. Puxei-o para mais perto, pela nuca, sua mão passeando pelos meus cabelos, minhas costas, meu tórax e visitando lugares *perigosos.*

Ele me empurrou contra a parede e se sentou no meu colo.

Meu peito ardia em chamas, impulsionado por um sentimento que, até então, eu nunca tinha sentido.

Nunca me *permitira* sentir.

Nas escadas do meu prédio, me perdi em Caio e me encontrei em mim.

Nas escadas do meu prédio, dei o primeiro beijo em um menino.

5

NÁRNIA, PROMESSAS & BEIJOS

Acordei no dia seguinte passando mal.

Por volta das onze da manhã, quando abri os olhos, a sensação era de ter sido atropelado por três caminhões e um trator. Minha cabeça parecia ter quatrocentos quilos, e meu corpo doía em lugares improváveis.

Era a pior ressaca da minha vida e, ainda assim, eu conseguia sorrir. Tinha beijado um menino. Caio. Será que isso contava como perder o BV de novo? Queria poder falar com alguém sobre o assunto.

Minhas memórias de noventa por cento da festa eram turvas e, para completar, eu não lembrava como tinha chegado em casa.

Lembrava de ter ficado uns bons minutos com Caio na escada, mais do que o suficiente para muitos beijos e algumas outras coisinhas. Depois, ele me disse que ia chamar o tal do Jo para irmos juntos para Niterói.

Forcei a memória, tentando relembrar o resto: eu contei que não era de Niterói?

Que morava no andar de baixo? Convidei ele para minha casa?

E foi nesse momento que eu gelei, porque saí do meu transe e ouvi o som inconfundível de respiração.

Alguém respirando ao meu lado na cama. Girei o corpo com o máximo de cuidado possível e tive a confirmação — uma pessoa dormindo ali, comigo, sob o lençol.

Vislumbrei os piores cenários possíveis.

Henrique entrava sem bater, me pegava no flagra com Caio na cama e eu dizia: "Surpresa! Sou bi!". Ou então minha mãe resolvia me visi-

42

tar por uns dias para distrair a cabeça, ela e meu pai chegavam e me viam com Caio ali, os dois sem roupa: "Oi, mãe! Esse é o Caio e agora eu também beijo meninos — e aparentemente transo com eles!".

Mas se Caio estava com o tal do Jo, onde Jo estava? Na sala?

ou...

Meu Deus, e se não fosse Caio? E se, depois de beijar um menino pela primeira vez, o Igor bêbado escancarou a porta do armário e agarrou outros meninos? Qualquer um poderia estar ali, agora, dividindo o lençol comigo.

Como se eu tivesse atraído todos os meus piores pesadelos de uma só vez, o som da campainha me trouxe de volta à realidade.

Não, não, não. O segundo toque me fez pular da cama e percebi que, pelo menos, estava de cueca. Talvez não tivesse rolado nada? Não, impossível. Eu não me deitaria com um garoto como Caio depois de perder o meu BV-de-meninos e não faria *nada*. Comecei a vestir a calça e fui pulando até a porta quando tocaram pela terceira vez. Quem quer que estivesse na minha cama continuava capotado. Abri a porta e dei de cara com a pessoa que nem nas piores hipóteses tinha imaginado encontrar: *Clarice.*

o ensaio.

eu vou te matar igor eu vou matar você eu vou pegar o seu rosto e vou

— Bom dia, flor do dia. Pelo visto ignorou meu conselho, né? Você tá destruído.

— Clarice, eu acho melhor...

Ela me empurrou para o lado e entrou no apartamento, já folheando o roteiro em mãos.

— Seguinte, bota uma camisa e bora ensaiar. A gente tem uma hora e meia antes da aula. Peguei a cena do primeiro encontro... — ela hesitou. Eu tinha certeza de que estava se lembrando das minhas mensagens.

Mas eu não podia me dar ao luxo de pensar nisso agora.

Como num filme clichê, Clarice estava de frente para mim na cozinha e, por cima de seus ombros, eu podia entrever, no corredor, a porta do quarto aberta — onde, para melhorar ainda mais a situação, alguém estava acordando. Eu tinha um minuto, talvez menos, até minha vida ser virada de cabeça para baixo.

Sem pensar direito, comecei a falar:

— Clarice, eu preciso te contar uma coisa. E não sei como, porque não era assim que eu pretendia contar... — Minha voz tremia e eu não conseguia esconder.

Minha boca estava seca, meu peito com taquicardia. Então era assim a sensação de sair do armário?

puta que pariu me deixa morar no armário pra sempre

Nárnia cadê Nárnia eu quero Nárnia

E Clarice me encarava com um olhar diferente.

Um olhar *esperançoso.*

clarice gosta de mim

clarice gosta de mim e eu vou estragar tudo

Mais movimentos ao fundo, na cama.

só fala, igor

— Clarice, ontem, depois de te mandar as mensagens, eu... — Balancei a cabeça. — Eu... Eu sou...

Bem nesse instante, o garoto misterioso se espreguiçou e soltou um dos bocejos mais altos que eu já tinha ouvido na vida. Clarice virou apavorada na direção do quarto. Eu, como uma criança de treze anos, tapei os olhos dela.

Olhei na direção do garoto rezando para que ele, fosse quem fosse, pelo menos estivesse de cueca. E para minha surpresa, ele *estava* de cueca.

E não era Caio.

Era Henrique.

Tirei as mãos dos olhos de Clarice na mesma hora, num misto de alívio, confusão e vergonha.

— Henrique?

— Igor? Que porra foi essa? — Clarice questionou.

— Bom dia, meu amorzinho. — Só então Henrique notou Clarice ali e se enrolou de novo no lençol, sem graça. — Ih, Clari. Foi mal. Oi!

— Oi, Henrique. Não sabia que você tava aqui — ela respondeu.

— Por que você dormiu na minha cama, caralho? — perguntei, um pouco mais grosso do que deveria.

— Não sei. Não lembro. — Ele parecia se esforçar para pensar em qualquer coisa. — Mas acho que tem a ver com algum amigo da Ary passando mal. Enfim, me ignorem! Vou tomar uma ducha aqui rapidinho e já subo.

Dez minutos depois Henrique já tinha ido embora, e eu, superado meu surto *quase* por completo. Caio foi só um beijo. Um ótimo, longo e secreto beijo. Nada além.

A não ser quando ele...

não, nadica de nada.

Eu e Clarice ensaiamos e reensaiamos a cena do encontro. Uma hora já tinha se passado quando resolvemos parar, uma vez que continuaríamos o ensaio na aula logo depois. Como tinha sobrado um tempinho, ficamos de bobeira.

— O que você ia falar? — ela perguntou.

— Hã?

— Na hora que o Henrique te interrompeu. Você tava falando sobre... me contar alguma coisa de ontem.

ah

o olhar esperançoso de volta

Não sabia o que dizer. Estava prestes a sair do armário pensando que Caio estava na minha cama, e agora que não precisava mais... as portas tinham se fechado outra vez. E Clarice parecia esperar *outra* revelação; uma sobre a qual eu ainda não estava pronto para pensar, porque ainda não entendia bem o sentimento. Minhas mensagens para ela vieram à tona e, por mais que tivessem sido absolutamente sinceras, eu me sentia culpado.

Culpado por externalizar antes mesmo de entender o que sentia por ela — e o que queria fazer com aquele sentimento. Antes de entender o que isso significaria para nossa amizade, principalmente.

— Era bobeira minha, deixa pra lá. Posso te mostrar uma coisa? — perguntei, na tentativa de desviar do tópico. Clarice não pareceu convencida, mas também não insistiu.

Levei-a até o meu quarto e peguei a pilha de cartas da minha avó.

— Recebi treze no total, uma por ano desde que eu fiz nove — comentei, entregando-as para ela.

Suas mãos passaram de envelope em envelope, e não pude evitar um sorriso ao ver o dela. Então tive uma ideia.

— Embaralha as cartas, Clari. Vou fechar os olhos.

— Por quê?

— Só vai. Me avisa quando acabar!

Alguns segundos se passaram até Clarice misturar todos os papéis.

— Pronto. E agora?

— Eu não lembro o que cada carta diz, e não quero ler todas de uma vez. Decidi que, de vez em quando... — Puxei uma das cartas da mão de Clarice. — Eu vou sortear uma pra revisitar. Acho que pode ser uma forma de me sentir próximo da minha avó.

e conversar com ela, pensei, mas sabia que era loucura.

— Quem diria, às vezes você consegue ser a pessoa mais fofa do mundo.

Sorri, sem graça, e desdobrei o papel.

— Posso pelo menos saber o que tá escrito? — ela brincou. Então li em voz alta.

Igor,

Feliz aniversário, meu lindo. Que você nunca perca o seu brilho e o seu amor pela vida. E que você saiba aproveitá-la da melhor forma: livre, solto e sem medo de ser. Como um beija-flor. Hoje cedo, entrou um aqui em casa. Lindo. Lembrei de você.

Te amo, te adoro e tudo mais,
Vóinha

Virei-a do avesso para encontrar outra música, agora composta por Cazuza.

É. Talvez eu não estivesse tão louco assim.

* * *

As duas semanas seguintes foram tranquilas. Não ouvi falar de Caio desde a festa, nem perguntei, e Clarice não comentou mais sobre as mensagens. Nossa inscrição para o Festau estava oficialmente feita, e faltavam poucos meses para a seleção, em 2 de outubro.

E assim entramos na maior jornada teatral de nossas vidas.

Depois dos testes, eu fiquei com o papel de Paulo, e Clarice, de Jandira. Os dois protagonistas. Nic seria Seu Tonho, o melhor amigo de Paulo; Lua interpretaria Maria Auxiliadora, irmã de Jandira (e tia de Clarice); e Miguel faria Robson, o vizinho enxerido.

A direção da peça seria da nossa professora favorita da faculdade, Susana, que aceitou o nosso convite com um sorriso do tamanho do mundo.

Na sexta-feira, depois de mais uma semana inteira de ensaios, eu e Clarice fomos para a Pobreta da Urca, a área mais popular da famosa mureta. O muro que se estende por um quilômetro pelo bairro da Urca possui uma das melhores vistas da Baía de Guanabara, e os cariocas costumam se juntar ali basicamente todos os dias. É nos finais de semana, porém, que o lugar ganha vida.

Dezenas de pessoas formavam pequenos grupos e seguravam cervejas, destilados e até isopores com mais bebida. Do outro lado da rua havia alguns bares e mercadinhos, responsáveis pelo reabastecimento, e atrás de nós estava uma das mais belas pinturas do Rio de Janeiro.

A cidade iluminada se destacava atrás da enorme baía, cuja água, reluzindo sob o luar, acomodava os barcos flutuando em harmonia. Mais ao fundo era possível ver o Cristo Redentor brilhando no topo do Corcovado, as vozes das pessoas que riam e conversavam por ali acompanhadas pelo barulho das ondas.

Uma típica noite carioca.

Clarice e eu nos sentamos sobre a mureta, num cantinho livre em meio à muvuca ali formada. O burburinho, embora caótico, era convidativo.

Três chopes depois, estávamos falando de *amor*.

— É engraçado fazer essa peça com você.

— Por quê? — perguntei.

Ela suspirou, seus cabelos voando com a brisa que soprava.

— Porque é o romance dos meus pais. Eu interpreto uma mulher que, mesmo tendo me dado à luz, eu nem conheci, e você interpreta o homem que eu mais amo no mundo. É difícil contar uma história que aconteceu de verdade.

Assenti, sorrindo.

— Espero que cê saiba que é uma responsabilidade pra todo mundo. Tipo, você me disse que ficou nervosa de compartilhar essa história por ser muito pessoal pra você. Isso fez com que ela se tornasse pessoal pra gente também. Cada um vai dar o seu melhor.

— Eu sei — ela disse, e apoiou a cabeça no meu ombro. Estremeci, meu coração pulando uma batida. — Mas *continua* sendo engraçado. Ter que amar você em cena.

Minha pulsação estava acelerada, e autorizei meus dedos a passearem pelos cachos azulados de Clarice. Sua mão traçava caminhos invisíveis pela minha perna, e eu sentia meus pelos se eriçando pouco a pouco.

— Que bom que você me ama fora de cena também, então.

Sua cabeça se moveu de leve e seus olhos caíram sobre mim. Pude ver o brilho por trás de sua íris, o sorriso desenhado naqueles lábios que, de certa forma, me convidavam.

— Ah, não posso falar que te amo — Clarice disse, séria.

— Por quê?

Seu sorriso tentou se expandir, mas ela o segurou.

— Porque talvez você não resista e me dê um beijo.

Se meu coração acelerasse ainda mais, eu provavelmente cairia duro ali mesmo. Lembrei da mensagem que tinha mandado para Clarice algumas semanas antes, no auge do álcool, e de minhas cantadas impulsivas.

Pensei em seu olhar esperançoso, no dia seguinte.

O olhar que eu estava vendo ali, na minha frente.

Quando o vento nos atingiu outra vez, beijei Clarice.

Nossos lábios conversavam com calma, conhecendo-se de maneira tranquila e leve. As ondas que quebravam nas pedras abaixo de nós pareciam dar ritmo ao beijo, nossas línguas se encontrando em meio a mordidas suaves e sorrisos nada discretos.

Clarice segurava meu rosto como se tivesse medo de que eu fosse fugir, e minhas mãos mergulhavam na imensidão azul que eram seus cabelos. Nossos corpos, unidos, celebravam o sentimento que por tanto tempo tentamos esconder.

O burburinho ao nosso redor deixou de existir, porque Clarice era tudo o que importava.

Quando nos afastamos, nossas risadas se juntaram ao som da cidade.

Mesmo me sentindo o pior ser humano do mundo, não pude deixar de pensar em Caio. Não de uma maneira romântica, porque eu mal o conhecia, mas em como tinha sido bom beijá-lo. Em como eu me sentira beijando um menino pela primeira vez.

Beijar Caio foi quase como um grito por liberdade. Um desejo que me consumia havia tempos e que, finalmente, tinha deixado o meu campo mental e se tornado concreto.

Beijar Clarice foi o ápice de muitos sentimentos, uns visíveis e outros nem tanto, que se acumularam sob nossas peles por mais tempo do que conseguiríamos mencionar.

Embora não tenha percebido com clareza antes, eu sempre fui apaixonado por ela. E agora, mais do que nunca, entendia o peso da reciprocidade. Por mais que eu quisesse — e muito — tentar construir uma relação com ela, tinha medo de não estar pronto. Medo de ainda estar no meio das minhas descobertas pessoais e acabar trazendo-a comigo para uma jornada que não era dela. Se eu mesmo não entendia meus sentimentos, será que era justo depositá-los em cima de Clarice?

— Há quanto tempo você queria ficar comigo? — perguntei, afastando todos os outros pensamentos.

Ela riu.

— Quem disse que eu queria ficar com você? Você que me agarrou.

— Ah, entendi. Então vamos fazer de conta que nada aconteceu! — brinquei e fingi que ia me levantar. Clarice me puxou de volta para mais um beijo rápido.

— Para, besta. Sei lá, faz um tempo. Mas pensei que você só me via como amiga e deixei quieto. Até... você sabe.

— Sei — respondi. Engraçado como duas linhas de texto enviadas quando se está bêbado podem significar tanta coisa.

— E você?

— No primeiro semestre de aula, fomos juntos assistir ao musical de *Romeu e Julieta ao som de Marisa Monte*, lembra? Eu, você e Lua tínhamos combinado, mas ela...

— Passou mal, eu lembro. Foi nesse dia?

— Meio que sim? — respondi. — Você e esse brilho nos seus olhos. É tipo um superpoder.

— Ah, é? — Ela me encarou, rindo, com aquela *porra de brilho*.

— É — encarei-a de volta e ficamos ali, olhos nos olhos. Em silêncio por um bom tempo, deixando as emoções guardadas saírem, uma a uma, através do olhar.

— Igor, você me conhece e sabe que eu não gosto de enrolação. Então vou falar logo: não sei o que vai ser da gente. Tipo, se vamos continuar ficando ou não...

— Sou muito novo pra casar, já vou avisando.

Ela me deu um soco no ombro que quase me derrubou da mureta, o som da sua gargalhada cortando o ar daquela noite quente do Rio.

Abri a boca para falar, mas Clarice levantou o dedo.

— Cala a boca que eu não acabei. A questão é: eu não quero que essa porra estrague tudo. Meu único medo é que isso afaste a gente. E agora também tem a peça. Se der merda...

Dessa vez fui eu quem a interrompi, com um beijo. Me aproximei ainda mais de Clarice e mergulhei as mãos em seus cabelos azuis. Afastei os lábios alguns centímetros, o suficiente para conseguir falar.

— Cala a boca, garota. Não vai dar merda. Prometo.

Ficamos ali, só nós dois e a baía. Meu coração me dizia que ia ficar tudo bem, mas minha cabeça parecia um tsunami. Beijar Clarice acalmava aquele oceano o bastante para que eu mergulhasse e me perdesse em suas ondas. Com ela, eu me esquecia de tudo o que existia na superfície. Mas assim que eu subia para respirar outra vez, a correnteza me puxava. Tinha medo de me afogar e, mais do que isso, tinha medo de que Clarice se afogasse junto.

Não vai dar merda, pensei.

Prometo.

6
PRAIA, VERDADES & MAIS BEIJOS

O sol queimava qualquer um que se atrevesse a pisar nas ruas do *Hell de Janeiro*.

Eu, Henrique e Aryel escolhemos a morte certa naquela manhã de domingo e fomos juntos para a praia de Ipanema.

Como de costume, quase não havia espaço na faixa de areia, repleta de guarda-sóis, cangas e cadeiras. Famílias se divertiam e crianças corriam de um lado para o outro enquanto alguns garotos jogavam altinha, e outros, sarados, apenas exibiam seus belíssimos tanquinhos por ali.

Nós três estávamos embaixo de um enorme guarda-sol enquanto Henrique acabava de passar protetor solar nos meus ombros.

— Vocês são lindos juntos. Meu casal — brincou Ary.

— Falando em casal... — Henrique se jogou na cadeira depois de limpar as mãos do creme. — Conta pra gente, Amigor. Tem falado com a Clarice?

Nem dois dias haviam se passado desde o nosso primeiro beijo e Henrique e Aryel já sabiam da fofoca. Eles fingiram surpresa quando contei porque, aparentemente, só eu ainda não tinha percebido o clima.

Eu e Clari passamos o sábado inteiro conversando e combinando quando sairíamos de novo. Quando você beija a sua melhor amiga, as coisas costumam acontecer mais rápido mesmo. Eu acho.

— Sim, Henrique. Tenho falado com ela há mais de dois anos. A única diferença agora é que...

— Vocês se pegam também. Tá parecendo roteiro de série adolescente, eu tô amando. Vai, continua — disse Aryel.

— Não tem o que continuar. A gente tem falado do Festau e estamos tentando marcar o nosso próximo date. Mas principalmente do Festau — respondi.

— Vem cá, qual a importância desse festival? Tipo, eu só não sei mesmo. É mais importante que pegar sua mina?

— Amor! — Aryel disse, chutando Henrique de leve. — Para de falar merda, cara. Você prefere a *Atlética* de história do que a sua namorada. Ele, pelo menos, foca em algo que dá futuro.

— A Atlética dá futuro! Futuras histórias pra eu contar pros nossos filhos, tipo a vez que a mãe deles me levou pro banheiro e...

— Chega! Fala, Igor. Só me tira desse assunto, pelo amor de Deus.

Dei risada. Como amava aqueles dois.

— A Ary tem razão. Dá futuro mesmo. Tipo, é o maior festival universitário do país, e se a gente for bem... Abre portas, sabe? Produtores de elenco, diretores, enfim, todo mundo da área costuma assistir. E também tem um prêmio de trinta mil reais.

— Trinta mil reais?! Puta que pariu, Igor, por que não começou daí? Esquece a Clarice. Esquece. Foca nos trintão! — Henrique soltou.

— Esse, meus amores, é o meu namorado. Ganhei na loteria — Aryel disse, e seu celular começou a tocar. Ela atendeu, e Henrique se levantou da cadeira e se jogou na areia ao meu lado.

— Amigor, a Clarice é gente boa. Gosto muito dela e tô feliz por você. Mas tá tudo bem? — perguntou.

Olhei para ele, curioso.

— Ué, tá. Por que não estaria?

— Não sei. Mas te conheço — ele baixou o tom de voz, embora Aryel ainda estivesse no celular, incapaz de ouvir qualquer coisa. — Dezesseis anos de amizade me deram esse superpoder que é enxergar além do que você mostra. E alguma coisa aí dentro... Sei lá. Tem certeza?

— Dezesseis anos que a gente se conhece, Rique. De amizade são só nove, caso você tenha esquecido — respondi, desviando do assunto. Não gostava de mentir para ele, mas eu realmente achava melhor deixar todas as minhas questões para outra hora. Outro *século*, talvez. — Mas sim, tá tudo bem. Talvez seu superpoder esteja quebrado.

Henrique assentiu, mas eu percebi seu olhar me analisando. Eu era sortudo demais por ter alguém assim na minha vida, capaz de olhar no fundo da minha alma, e me sentia um traidor por mentir para ele.

Mas eu não estava pronto.

Não sabia quando estaria.

Por outro lado, durante todos esses anos, era com Henrique que eu me sentia de fato *eu*. Se em público eu dizia e fazia coisas para me enturmar, ou para parecer legal, com ele nunca precisei fingir nada. Quando a gente tinha treze anos, estávamos jogando bola no recreio e um garoto mais velho começou a implicar com Rique, tecendo comentários babacas sobre seu peso. Henrique saiu do campo, mas o garoto o seguiu com outros amigos, sem calar a boca. Senti a cabeça esquentar, o sangue pulsar nas veias e, tal qual um menino de treze anos extremamente atentado, corri até o garoto mais velho e o chutei o mais forte que consegui no meio das pernas. Lembro do seu rosto vermelho e do momento em que ele se jogou no chão, aos berros, e também da reação de Henrique, que tentava prender a risada. A inspetora apareceu na mesma hora. Fiquei sem recreio por uma semana, e Rique passou todos os sete dias comigo na coordenação. Desde então, somos inseparáveis.

— Aqui, amigo! Na sua direita — Aryel me trouxe de volta à realidade, com o celular no ouvido. Ela se levantou da cadeira e começou a acenar para alguém. Então, sorriu e desligou a chamada. — Temos companhia, gente.

Olhei na mesma direção que ela e, apesar dos 33°C, senti o frio mais absoluto na barriga.

Jo se aproximava da gente e, ao lado dele, estava Caio.

Ary foi correndo abraçar o amigo e Rique se ergueu em seguida para cumprimentá-los.

Os cinco segundos que se sucederam pareceram longos minutos.

Primeiro, veio o nervosismo. Será que Caio contou para Jo? Será que Jo comentou com Aryel? Será que Aryel fofocou com Henrique? Será que Henrique disse que achava que via algo na minha alma porque ele já sabia e só queria me ouvir confirmar?

Será que tudo aquilo era um grande encontro pra conversarem comigo sobre minha sexualidade?

cala a boca igor você não é o centro do universo

ou sou?

meu deus eu sou

cala a boca CALA A BOCA

Segundo, veio o *desejo*. Observei Caio enquanto ele cumprimentava Henrique e Aryel e demorei o olhar em sua barriga, que era a coisa mais linda do mundo. Lembrei do nosso beijo, das suas mãos no meu cabelo e de quando ele se abaixou e... Não. *Não, não, não.*

Se Caio tinha mesmo mantido segredo, eu não podia deixar transparecer nada do que martelava na minha cabeça. Coloquei um sorriso no rosto e fui cumprimentá-lo.

— Oi — falei.

— Oi!

— Caio, esse é o Igor. Igor, esse é o Caio — Henrique interveio. Deixei escapar uma risada junto com Caio, que disse:

— A gente se conhece. Esbarrei com ele no seu apê.

— Ah, é. Tinha me esquecido da festa — Rique respondeu.

Cumprimentei Jo com um abraço apertado e logo depois nós cinco nos acomodamos debaixo do guarda-sol. Pude jurar ter sentido um certo *olhar* de Aryel sobre mim.

Mas, aparentemente, Caio havia mantido o nosso *segredinho*.

— Inclusive, Jo, você me fez passar mó vergonha nesse dia — Henrique soltou.

— Eu é que passei vergonha. Foi mal pelo lençol, inclusive — Jo rebateu.

— Ih, amigo, você fez foi um favor. Aquela roupa de cama já tava em estado de decomposição, foi o empurrãozinho que faltava pro Rique jogar fora — Ary entrou na conversa.

— Ele jogou fora? Que vexame, pelo amor de Deus.

Henrique riu.

— Relaxa, Jo. Sério. Tava bem velha mesmo. Mas continuando: você me fez passar vergonha porque eu acordei no meio da noite jogado do lado do fogão lá de casa, fui pro quarto, e você e Ary estavam apagados na cama. Qual foi a solução que eu arranjei, te pergunto?

— O sofá? — Jo perguntou.

— Não, o Caio já tava lá. Eu desci pro apartamento do Igor e dormi de conchinha com ele.

Balancei a cabeça enquanto ríamos juntos. Nesse momento, olhei para Caio, que estava ao meu lado, e vi seu olhar de confusão.

Levei apenas um segundo para entender o que passava pela sua cabeça, mas ele foi mais rápido.

— Como assim desceu pro apartamento do Igor?

Antes que eu pudesse responder, Henrique continuou:

— Ah, ele mora no apê logo embaixo do meu. Somos melhores amigos e vizinhos. E aparentemente amantes de vez em quando.

Olhei para Caio, que me lançava um olhar irônico.

— Que doido. Eu jurava que você morava em Niterói. Não sei por quê.

Sorri de leve, meu rosto ardendo de vergonha.

— É, não sei também.

— Mas essa nem foi a pior parte. Na manhã seguinte, quando eu acordei, levantei da cama e dei de cara com a namoradinha do Igor. E eu tava só de cueca — Henrique completou.

Eu não conseguia imaginar um jeito pior de formular aquela frase.

O olhar de Caio agora era de choque, mas não foi dele que veio o questionamento:

— Ué? O Igor namora? — Jo perguntou.

— Não. O Henrique tá maluco. É uma amiga minha da faculdade, Clarice, que foi lá pra ensaiar a nossa peça de teatro. Nada demais — soltei de uma vez só. Não entendia ao certo por que sentia a necessidade de explicar tudo isso só para que Caio ouvisse.

Olhei para ele. Seu olhar, agora perdido nas ondas de Ipanema, não estava mais em mim.

— Ah, Amigor, não vem com essa. Jo, eles tão se pegando agora, então a vergonha foi genuína — Henrique disse. Me levantei num pulo, morrendo de nervoso.

— Vou dar um mergulho. — E caminhei até o oceano sem olhar para trás.

Assim como a faixa de areia, toda a extensão do mar de Ipanema estava repleta de banhistas. Entrei na água e fui para um pequeno espaço onde eu conseguia respirar com um pouco mais de conforto. Mergulhei e então me pus a boiar.

Deixei meu corpo ali, existindo sobre as ondas, conforme minha cabeça me levava para outros lugares. O céu azul pintava tudo o que meus olhos eram capazes de enxergar, sem um resquício sequer de nuvem. O sol queimava cada vez mais forte, e já se aproximava do meio-dia.

Em algum lugar embaixo daquele céu estava Clarice. Tinha pensado em convidá-la para a praia, mas, àquela altura do campeonato, fiquei aliviado de não ter falado nada. Ela provavelmente estava estudando ou aproveitando o dia de folga com o pai em casa, não muito longe dali, também em Ipanema. Conhecendo Clarice, minha aposta era a primeira opção.

Sua vida toda sempre foi baseada em desafios. O primeiro deles veio já no nascimento, quando perdeu a mãe. Uma tarde, no segundo semestre de faculdade, Clarice se abriu para mim:

— Minha mãe, Jandira, tava grávida de nove meses e voltando pra casa com meu pai no fusquinha azul. Ele sempre fala desse fusca. O trânsito tava um inferno e, complicada que sou, foi ali que resolvi vir ao mundo. No meio da avenida Brasil.

Clarice me contava a história de um jeito tranquilo, calmo. Quase como uma fantasia que, aos poucos, se transformava em terror. Sua voz não imprimia a dor que eu sabia habitar seu peito.

— ... Eles levaram quase duas horas até o hospital, mamãe sentindo as contrações enquanto papai tentava achar caminhos alternativos pra fugir do trânsito. Chegando lá, ela foi direto pra sala de parto, meu pai sem desgrudar em momento nenhum.

Clarice contou que Paulo segurava a mão de Jandira enquanto ela trazia a filha ao mundo. Até o momento em que máquinas começaram a apitar, médicos se agitaram e uma enfermeira teve que tirá-lo da sala.

— Meu pai deu um beijo em mamãe e disse que a última coisa que ela falou pra ele foi o meu nome. Eles não tinham escolhido ainda. Mas ela disse: *Clarice*.

Naquela noite, Jandira juntou todas as suas forças para que a filha viesse ao mundo.

Naquela noite, ela faleceu por hemorragia. Paulo foi engolido pelo luto. Pela culpa, pela dor, pelos sonhos destruídos.

Naquela noite, ele viu o amor da sua vida ir embora enquanto outro amor surgia diante dos seus olhos, um amor que lhe deu forças para seguir em frente.

Clarice foi criada por Paulo, lutando desde o início da vida contra todas adversidades. Passou em cinco universidades federais e optou pelo ramo da arte mesmo depois de também conseguir vaga em direito, porque seu pai insistiu para que fosse atrás dos seus sonhos, e não do retorno financeiro. Ele dizia que o dinheiro viria de uma forma ou de outra, mas que a nossa única vida não podia ser jogada fora em busca de algo que não nos completasse.

Eu sabia que o futuro de Clarice seria brilhante, fosse como atriz, dramaturga, quiçá diretora. Não tinha a menor dúvida. E em alguns meses, eu estaria fazendo parte, com ela, da maior oportunidade que já havia surgido até então. A pressão que ela mesma colocava em seus ombros era tamanha que, sem alguém para poder dividir o peso, ela simplesmente afundaria.

O Festau sempre foi um sonho para mim, mas era por Clarice que eu daria o meu melhor espetáculo.

Meu corpo subia e descia conforme as ondas. Já estava ali havia alguns minutos quando uma voz familiar me tirou do meu devaneio.

— Morreu?

No susto, afundei a cabeça na água e levantei engasgando. Tossi por alguns segundos até focar a visão em Caio, que me olhava com *aquele sorriso irônico*.

— Quase morri agora, na verdade. Foi a intenção?

— Matar o garoto que me enganou, me beijou e goz...

— Eu não te enganei! — interrompi. — Tem toda uma situação rolando com a Clarice, sim, mas isso tem dois dias. Não duas semanas. E eu tô confuso.

— Confuso em relação à sua sexualidade?

— Não. Disso eu tenho certeza. Confuso por não saber o que eu quero pra minha vida amorosa.

— Você sabe que bissexuais não escolhem entre homens e mulheres, né? Eles só... amam. Independente do gênero — Caio disse.

— Eu sei, Caio, não é isso — respondi num tom mais agressivo do que gostaria. — Eu gosto de pessoas. Não é essa a questão. Eu só... Você foi o primeiro menino que eu beijei. E... Caralho, que vergonha. Foda-se. Me despertou um desejo que eu nunca tinha sentido e que agora tenho vontade de explorar. Mas...

Caio sorriu outra vez, mas não fez nenhum comentário de deboche.

— Mas você começou a se envolver com essa amiga.

Assenti.

— É, bi. *Timing is a bitch* — ele disse.

— Então é isso. Não sei o que fazer. Até agora, afundar aqui é a melhor das opções.

— Se joga, então — Caio respondeu e pulou de cabeça na água. Quando voltou à superfície, estava ainda mais lindo do que antes.

Eu não podia estar apaixonado por Clarice e, ao mesmo tempo, querer beijar outro garoto que estava sem camisa, molhado e me dando mole. *Não podia.*

— E outra coisa... — comecei antes que me arrependesse de falar. — Te beijar foi bom. Bem bom. E você parece muito gente boa, mas eu tô tendo toda essa parada com a Clarice agora, e...

Caio riu alto e o encarei, nervoso.

— Tem certeza que é por essa Clarice que você tá apaixonado? Te *despertei* um desejo, *meu* beijo é bom, sou muito *gente boa*...

— Não foi isso que eu quis dizer! É só que...

— Ei, eu tô brincando — ele respondeu. — Relaxa. Eu nem pensei na possibilidade de ter alguma coisa com você. Eu namoro.

Naquele momento, fui eu que ri. Mas Caio continuou me encarando, sério, e foi a minha vez de ficar em choque.

— Você ficou comigo e *namora*? — perguntei. Minha expressão provavelmente era impagável, porque ele não escondia o sorriso.

— Sim, e você *conhece* ele, tapado — disse Caio, apontando na direção de Jo, sentado ao longe com Ary e Rique. — Nós ficamos com outras pessoas, mas se envolver com elas... foge do nosso combinado. Tenho amigos não monogâmicos que não se prendem a uma pessoa só, como a gente faz. Mas no nosso caso, preferimos assim.

Me senti uma idosa de sessenta e quatro anos naquele momento, parecendo não conhecer relacionamentos abertos e poliamor. Que vergonha. Mas ainda assim, minha confusão tinha motivo:

— Então por que você ficou chocado quando o Henrique brincou que eu namorava a Clarice? E se eu tivesse um relacionamento aberto também?

Ele mordeu o lábio enquanto uma pequena onda quebrava em suas costas e bagunçava seu cabelo outra vez.

— Eu já fui enganado por meninos "héteros" que namoravam, não me contavam e ficavam comigo como se eu fosse só um objeto de prazer. Pensei que fosse seu caso, acho que pelo trauma. Desculpa? — Ele sorriu.

essa porra desse sorriso
quer que eu te desculpe?
desculpo com um beijo

— Desculpo com um beijo — dei voz ao meu pensamento. Minhas bochechas arderam na mesma hora e eu quis afundar na água.

Eu nunca, *nunca* tinha soltado algo tão constrangedor assim, do nada. Eu precisava *urgentemente* controlar meus pensamentos intrusivos.

— Desculpa, não sei por que falei isso. Sem noção nenhuma. Pelo amor de Deus, releva. Jesus! — No desespero, virei até crente.

Caio estava rindo, para variar. Ele olhou para trás, na direção dos nossos amigos que mal conseguíamos enxergar, e ao vê-los distraídos conversando, se virou para mim outra vez e nadou em minha direção. Quando me alcançou, pegou meu rosto entre as mãos e encostou os lábios nos meus. Derreti e me entreguei momentaneamente, beijando-o de volta e sentindo um formigamento abaixo da cintura.

Graças a Deus estava coberto pelo mar.

— O último, só pela piada — ele comentou, se afastando de novo.

— Mas é sério, eu não posso nem *quero* me envolver. E acho que você também não. Amigos?

— Amigos — respondi. E para minha própria surpresa, mesmo que ainda com o sabor de seus lábios nos meus, fui sincero.

Quando talvez precisar de mim
Cê sabe que a casa é sempre sua, venha sim

Maria Bethânia

7
NETFLIX, TULIPAS & SILÊNCIO

Depois daquele dia na praia, nós cinco tínhamos um novo grupo de mensagens. A ideia partiu de Aryel porque, segundo ela, Jo tinha se afastado de alguns amigos tóxicos e precisava de novas pessoas ao seu redor.

E quanto a Caio... Ele era o namorado de Jo, amigo de Aryel, fez Henrique gargalhar o dia inteiro e, bom, já tinha me beijado, mesmo que ninguém soubesse. Não demorou para se encaixar no grupo.

Desde que ele me contou que namorava, alguma coisa mudou. Não que eu estivesse apaixonado por ele antes; mas agora, sabendo desse impedimento, meu coração parecia mais tranquilo em relação a seguir com Clarice. A vontade que ele havia despertado em mim retornava, aos poucos, para o seu sono profundo. Guardado, por tantos anos, atrás das cortinas de um teatro escuro. Se eu vivi sem me importar com homens por vinte e um anos, por que mudaria agora, justamente quando começava um possível relacionamento com a minha melhor amiga?

Eu estava feliz e apaixonado, e só isso me importava.

Assim, numa terça-feira depois da aula, Clarice e eu fomos juntos para minha casa. Tínhamos combinado de pedir comida e assistir a um filme na Netflix. Mas os planos pareceram mudar assim que entramos no apartamento e eu a joguei de costas contra a porta fechada, nossos corpos se misturando em um beijo desesperado.

Viemos brincando durante todo o percurso e, aparentemente, o pessoal tinha razão — a tensão sexual era absurda.

Eu e Clarice não tínhamos ido além dos beijos desde que ficamos pela primeira vez. Agora, as coisas pareciam caminhar para algo a mais.

Ela foi me empurrando pela cozinha e pelo corredor até chegarmos no quarto. Seus lábios passeavam pelos meus e suas mãos tocavam todas as partes do meu corpo, mas seu principal foco era apenas um, entre minhas pernas. Sentir o toque de Clarice fazia com que eu virasse mar, Poseidon fazendo com que as mais poderosas ondas me arrebatassem.

Caí de costas na cama e ela veio por cima, arrancando o cropped que usava sem nenhuma dificuldade. Tirei a camisa e puxei Clarice para mais perto, sua respiração ofegante a apenas alguns centímetros de distância do meu rosto. Poucos segundos depois, nenhum tecido afastava nossas peles.

Nos perdemos nos lençóis em meio a lábios, dedos, toques e suspiros.

Já era noite quando Clarice foi embora. Voltei pra cama, tranquilo e leve, ainda inundado pelo que tinha acabado de acontecer. Fechei os olhos e respirei fundo. Era a primeira vez em muito tempo que eu não me sentia dominado por dúvidas e medos.

Era a primeira vez desde a morte da minha avó que eu me sentia verdadeiramente feliz.

Quando adormeci, sonhei com Vóinha.

Estava outra vez na sala em que passei a maior parte da infância. O vento entrava pelas portas da varanda e balançava as cortinas, meus cabelos e a saia de minha avó, que rodopiava conforme o ritmo da música. Nossos dedos estavam entrelaçados e, ainda que um pouco enevoado, o sorriso dela era capaz de me aquecer por completo.

Demorei alguns segundos para perceber que estava sonhando.

Me permiti observar minha avó girando e dançando, alegre como sempre. Seu rosto continuava sem foco, mas era possível ver o sorriso caloroso, que não se desfazia por nada.

Mesmo em sonho, senti os olhos marejarem.

— Que saudade, vó — falei, a voz saindo quase num sussurro.

— Saudade por quê? Vem dançar comigo, Igor — ela respondeu.

Peguei sua mão e me pus a dançar com ela pela sala. Aos poucos, contudo, o cenário foi mudando. Quando me dei conta, estávamos em uma enorme clareira. Nossos pés descalços afundavam na grama verde e o aroma de flores preenchia todo o ambiente. Tulipas. Minha mão não mais segurava a dela, e Nilcéia agora bailava sozinha, em um vestido laranja, em meio ao canto dos pássaros.

— Você tá bem, vó?

— *Livre, leve e solta* — sua voz, um tanto abafada, ecoou por todo o ambiente.

— Queria ter te falado tanta coisa, feito tanta coisa. Queria ter dançado mais com você.

Ela parou e pendeu a cabeça para o lado, leve como o vento. Ainda sorrindo, estendeu os braços para mim.

— Minhas melhores danças foram com você, sabia? — Ela se aproximou, e pude sentir seu toque em minhas bochechas. — Não importa o que você queria ter falado ou feito. Importa o que falou e fez. Tenho muito orgulho do homem que você se tornou e do neto que foi pra mim. Não vale remoer o passado, porque ele já passou. É o futuro que importa. Sei que vai me dar ainda mais orgulho.

Tentei me apegar a cada uma daquelas palavras, já sentindo as lágrimas escorrerem pelo rosto. Puxei-a para um abraço tão real que me fez questionar a minha própria existência. Suas mãos macias nas minhas costas, o seu perfume de lavanda ocupando todo o ar.

— Fica comigo, vó — pedi.

— Sempre, Igor. Te amo, te adoro e *tudo mais.*

Abri os olhos e a primeira coisa que vi foram as três cartas da minha avó coladas na parede.

Quando eu era mais novo e as recebia, as palavras não carregavam tanto significado para mim. Eu mal dava bola para as cartas; me importava só com o dinheiro escondido que vinha junto.

Passados dois meses da perda de Vóinha, dinheiro nenhum valeria mais do que cada um daqueles recados.

Fazia um tempo que eu não abria uma carta. Agora parecia o momento certo. Fui até o armário onde guardava o resto e peguei uma no meio do bolo.

Igor,

Hoje acordei pensando no seu avô e quis compartilhar com você essa lembrança. Nós nos conhecemos aos dezesseis anos, mais jovens do que você é agora. Seu avô insistia todos os dias no colégio para que eu o encontrasse na pracinha aqui de Águas depois da aula. Eu sempre dizia não, porque meus pais não deixavam, mas com vontade de dizer sim. Certo dia, esperei meus pais dormirem e saí pela janela dos fundos. Margarete me encontrou na esquina e fomos as duas juntas sassaricar. Quando encontrei Maurício, ele esperava por mim com um buquê de tulipas laranja. Naquele dia demos o nosso primeiro beijo.

Quando seu vô Maurício se foi, pensei que mergulharia na solidão. Mas então você nasceu e trouxe um amor que eu não achava que sentiria outra vez. Obrigada por estar sempre comigo, ouvindo minhas histórias e aturando minhas estripulias. Adorei dançar com você na semana passada, vamos fazer mais vezes? Que nesse seu novo ciclo você seja regado da mesma alegria que eu tenho, todos os dias, por ser sua avó.

Te amo, te adoro e tudo mais,
Vóinha

No verso, um trecho de "Olhos nos olhos", de Maria Bethânia, foi o que me fez cair no choro outra vez.

Faltavam duas horas para a festa do Caio quando a ansiedade começou a bater.

O nervosismo, eu acreditava, era por apresentar Clarice a Caio e fingir que nada tinha acontecido entre nós. Me sentia mal por ter que omitir dela uma informação dessas. O que Clarice sabia era que Caio tinha se tornado um amigo próximo durante o último mês. Eu, ele, Ary, Henrique e Jo tínhamos saído mais vezes nas últimas semanas do que era humanamente possível: festas, bares e resenhas em que Clarice não conseguiu marcar presença por estar ajudando o pai em casa ou trabalhando na peça. Em uma semana ia acontecer a seletiva, em que apresentaríamos uma cena de quinze minutos. E precisávamos passar para ter a chance de apresentar a peça inteira na última etapa, junto aos outros cinco finalistas — e ganhar.

Por isso que, quando Caio nos convidou para seu aniversário, pensei que seria algo mais íntimo. Mas o grupo no WhatsApp tinha quarenta e seis convidados — quem tem tudo isso de amigo? — e ele ainda insistiu pra que eu convidasse Clarice. Justamente por conhecer seu estado de nervos pré-apresentação, eu tinha certeza de que ela recusaria.

Mas Clarice não apenas aceitou como disse estar "ansiosa pra conhecer o menino que conseguiu furar minha bolha de amigos e me fazer dar rolê todo final de semana".

ah, a noite promete

— Igor! E você é a famosíssima Clarice, só pode. Amei seu cabelo — Caio disse ao abrir a porta.

— Oi! Feliz aniversário! — falei, dando um abraço nele.

Clarice o cumprimentou logo depois, sorrindo de orelha a orelha. Eu sabia que Caio tinha ganhado muitos pontos com ela por comentar sobre seus cachos azuis.

— E você é o famoso Caio que tirou o Igor de casa mais vezes do que eu consegui? Por favor, me conte seu segredo.

— Ah, amiga, é só dar uma mamada. Funciona que é uma beleza.

Senti minhas bochechas arderem mais que as profundezas do inferno e quase tive um piripaque. Foi só quando Clarice jogou a cabeça para trás e começou a rir histericamente que pude respirar outra vez, aliviado. Caio a acompanhou com algumas gargalhadas e deu uma piscadela para mim.

cara de pau desgraçado
respira tá tudo bem

— Vem, vou mostrar a casa pra vocês.

O apartamento de Caio era, na realidade, uma cobertura na praia de Icaraí — informação que eu só fui descobrir quando recebi o convite da festa. Os convidados se reuniam em uma gigantesca sala de estar que dava para uma varanda quase tão grande quanto, com piscina, ofurô e uma vista de tirar o fôlego. Na lateral esquerda, uma ilha delimitava o espaço entre a sala e a cozinha, repleta dos mais diversos petiscos, bebidas e... Bom, deixa pra lá.

Na outra ponta, as pessoas se espalhavam por sofás e pufes enquanto outros rebolavam no tapete, que havia se transformado em pista de dança, em frente à TV. Na área externa, alguns exploravam a banheira enquanto casais se pegavam sem a menor vergonha na piscina.

— Você mora aqui sozinho? — Clarice perguntou, perplexa.

— Quem me dera. Não, eu moro com meus pais. Mas, como quase todo ano, eles resolveram arranjar um congresso em São Paulo bem no meu aniversário. Eba!

— Que merda. Não sabia que vocês tinham uma relação ruim — falei.

— Ah, podia ser pior. E até prefiro que eles viajem, porque aí posso fazer minha festa do jeito que eu quiser. Inclusive, não sei se vocês viram, mas ali no balcão da cozinha tem...

— A gente viu, Caio. A gente viu — ri.

— Olha só quem resolveu dar o ar da graça! Finalmente! — Henrique se aproximou, encharcado, e deu um beijo na bochecha de Clarice. Ele ameaçou abraçá-la, mas mudou de ideia quando viu seu olhar assassino. Aryel veio logo atrás.

— Clarice! Aleluia, menina. Fica fugindo da gente, né? — disse Ary, abraçando-a. Ao contrário do namorado, estava seca e muito bem-vestida. Seus cachos loiros combinavam com a sombra laranja nos olhos. Ela usava cropped, calça cargo e botas, tudo preto.

— Para, gente, tô me sentindo mal. Mas esse último mês foi foda mesmo. Depois da peça eu prometo sair mais com vocês — Clarice respondeu.

— Promessa é dívida. Se você preferir, a gente pode sair junto, mas sem o Igor. Eu sinceramente não faço tanta questão — Henrique disse.

Clarice riu.

— Por favor. Vai ser o melhor rolê da minha vida.

— Vocês não são nada sem mim, galera — me defendi.

— Amiga, como você aguenta esse garoto? — Aryel indagou, com um sorriso no rosto enquanto me puxava para um abraço de lado.

Clarice me olhou e devolveu o sorriso para Aryel.

— Tem certeza que quer saber?

Aryel soltou uma única gargalhada, incrédula.

— Não. Não mesmo.

— Eu quero. Eu quero! — Henrique interrompeu e se aproximou de Clarice, os olhos sedentos. — Me conta tudo, mulher.

— Tudo mesmo? — Clarice continuou a brincadeira.

— Não dá corda, Clarice... — Aryel alertou, me soltando.

— Tudo — Henrique insistiu. — Qual o tamanho do meu amigo, em qual nota ele geme, qual a textura dele, a posição mais...

— Henrique! Você precisa de tratamento urgente — falei, e olhei para Clarice, que, para meu desespero, esboçava um sorriso desafiador para o meu melhor amigo.

— Ele tá acima da média. Já peguei maiores, mas também menores... *socorro*

— Não estudo teoria musical, mas arriscaria um gemido em *lá menor...* *meu DEUS do CÉU*

— A textura é bem sutil, quase como um caju. Já provou caju, Henrique? — Ela lambeu os lábios e continuou: — E quanto à posição...

— Chega! Já basta o Henrique com as baixarias! Vamos beber, amiga. — Aryel tomou a iniciativa e agarrou Clarice pelo pulso, levando-a para longe.

Eu e Caio estávamos em choque, e até Henrique parecia incrédulo. Pelo visto, ele não esperava encontrar uma rival à altura. Mas quando se virou para mim outra vez, um sorriso malicioso brotou em seus lábios.

— Acima da média, é? Cê imaginava, Caio?

— Já deu! — Dei as costas no momento em que Caio engasgava com a bebida, meu rosto quase entrando em combustão enquanto sua gargalhada ecoava pelo apartamento.

A festa seguiu numa série de flashes.

Eu, Clarice, Aryel e Henrique dançando feito maníacos no tapete/pista de dança. Henrique me segurando de cabeça para baixo enquanto eu bebia de um barril de cerveja por uma mangueira. Champanhe. Rolha estourando. Um buraco no teto. Dois garotos seminus saindo à força do banheiro. Caio me empurrando de roupa na piscina. Jo dando para todos nós um pouco dos comprimidos no balcão da cozinha. Eu e Clarice nos beijando embaixo d'água. Clarice, bêbada, fazendo coisas comigo embaixo d'água. Água.

A essa altura, vários convidados já tinham ido embora. Eu, Clarice, Henrique, Aryel e Jo dormiríamos ali mesmo, então não estávamos nem aí para a hora. Passava um pouco das três da manhã quando Caio veio até mim e Clarice no ofurô, com Jo ao seu lado.

Mesmo depois de horas de festa, Jo parecia saído da capa da *Vogue*. Sua cabeça era raspada e de suas orelhas pendiam os mais variados piercings que eu já tinha visto, espalhando-se pelo lóbulo, rook, conch, helix e basicamente todos os pontos que se podia furar na região. Seu pescoço abrigava uma tatuagem de prisma colorido, que me lembrava um pouco a capa de um álbum do Pink Floyd.

— Jo, você já conheceu a Clarice, ficante premium do Igor? — Caio disse.

— Tá me reduzindo a peguete de macho, é? — ela rebateu, e Caio ficou envergonhado.

Jo riu.

— Gostei dela. Prazer, linda — disse ele, pescando a mão de Clarice para beijá-la.

— Você é perfeito. Prazer, gato.

Sorri.

— Entra, gente. Tá uma delícia — convidei.

— Ah, não, fiquem à vontade. Eu e Jo temos outros planos — Caio disse. Seu olhar, distante, fazia parecer que estava em outra dimensão. Devia estar, mesmo.

Jo abriu um sorriso nada *family-friendly* e mordeu de leve a orelha do namorado.

— Foi um prazer, Clarice. Vocês combinam à beça — ele disse antes de pegar Caio pela mão e caminhar, cambaleante, para o interior do apartamento.

Mais uma vez, eu e Clarice estávamos a sós. Henrique e Aryel conversavam na piscina, um pouco mais distantes da gente. Olhei para a extensão da Baía de Guanabara. A orla de Icaraí estava praticamente vazia, com apenas alguns corajosos pais de pet passeando com seus respectivos pela areia. Do outro lado da *poça gigante*, o Rio de Janeiro reluzia. Parecia nos chamar, como um enorme campo magnético, o barulho das ondas se misturando ao som do ofurô. Senti Clarice apoiar a cabeça em meu ombro e me deixei sorrir. Tudo parecia leve.

Livre, leve e solto.

— Sonhei com Vóinha — comentei.

Clarice se ajeitou, seus lábios roçando em meu pescoço.

— Como foi? — A voz dela saiu fraca, sussurrada.

— Nós dançamos. Sinto tanta falta desses momentos, da alegria que eu sentia quando era criança, sem responsabilidades, preocupações, sabe? Éramos só eu e minha avó girando na sala e ouvindo Rita Lee.

Clarice soltou uma risada simpática. Ela levou a mão à minha cabeça num cafuné divino, e relaxei sob seu toque. Algumas nuvens ocupavam o céu noturno e se revezavam cobrindo a lua, que se esforçava para iluminar a madrugada. Um de seus raios de luz jazia sobre a pele escura de Clarice, refletida sob a água corrente.

— Podemos dançar qualquer dia, se você quiser. Não sou sua avó, mas... Sei lá. Nada a ver, né? Esquece.

Dessa vez, fui eu quem movi os lábios para beijá-la na testa.

— Você é incrível, Clari.

Ela jogou um pouco de água em mim, bem boba.

— Às vezes eu fico pensando em como queria ter histórias assim com a minha mãe. Tudo o que tenho são fotos.

— Posso te fazer uma pergunta?

— Pode.

— Como é pra você viver ela no teatro? Você não fala tanto sobre, e... não deve ser fácil.

O silêncio nos calou por alguns instantes.

— Não é fácil mesmo. — Clarice saiu da água, devagar, e se apoiou no parapeito da varanda. Eu a segui e me posicionei ao seu lado. — Tudo o que eu tenho da minha mãe vem do meu pai. Toda vez que subo no palco, penso em duas coisas: se eu estou *perto* de ter a essência que ela um dia teve, e como ela merecia um final feliz. A vida é muito injusta.

Passeei os dedos pelos braços de Clarice, a lua inundando a baía à nossa frente.

— Ela ficaria orgulhosa pra caralho de você — foi o que consegui dizer.

— Será mesmo? Esse é o ponto, sabe? A gente não faz *ideia*. Eu não conheci ela, você não conheceu ela.

— Mas você conhece seu pai. Você conhece *todas* as histórias dos dois. Porra, escreveu uma peça de teatro inteira baseada nelas. Não conheci sua mãe, é verdade. Mas sinto que conheço muito dela através de você. E centenas de pessoas também vão conhecer.

Clarice suspirou.

— Eu tenho medo — ela disse.

— Medo do quê?

— Do festival. De, semana que vem, tudo dar errado. O peso é muito grande. De ser a protagonista. De ser a minha mãe. De o texto ser meu. De o texto ser a história dela. Se não der certo, a culpa vai ser minha. Fui o fim da história da minha mãe, Igor, e não quero ser o fim dessa história também, do sonho de mais ninguém.

Virei o corpo de lado e a puxei para mais perto. Senti seu coração pulsar acelerado contra o meu, e algumas poucas lágrimas rolaram pelas suas bochechas.

— Clarice, se a gente tem *alguma* chance nesse festival é porque você escreveu uma das histórias mais lindas que já vi na vida. É porque sua mãe se permitiu viver e colocou no mundo uma artista *do caralho*. Você não é o fim da história de Jandira, é o recomeço. E de *muitas outras histórias*. E porra, de muitos sonhos.

Ela sorriu e seus lábios, tranquilos, se aproximaram do meu ouvido outra vez.

— Acho que eu te amo — deixou escapar.

Meu estômago se revirou, e meus pensamentos novamente se afogaram. Me sentia nadando contra uma correnteza que, cada vez mais, me puxava no sentido oposto.

Eu amava Clarice. Sabia que amava Clarice.

sabia?

sabia.

... sabia?

Ali, naquele momento, não fui capaz de ecoar aquelas palavras.

8

NOVA ZELÂNDIA, LAPA & ÁGUAS

O dia do processo seletivo havia chegado.

Estávamos os cinco juntos no metrô, a caminho do teatro João Caetano para a apresentação que poderia mudar a nossa vida. O calor do Rio só estava tolerável por conta do ar-condicionado potente do vagão.

— Gente, vocês viram o que o Festau postou?! — Nic perguntou, frenético, balançando o celular.

— Não me diz que cancelaram, pelo amor de Deus — Clarice rebateu.

— Não! Divulgaram um prêmio extra! — Ele se ajeitou, apoiando o corpo em uma das barras de ferro para ler o post. — *"Em uma inédita parceria com a companhia neozelandesa de teatro Performance, os vencedores das áreas musical e teatral, além de receber a premiação em dinheiro no valor de trinta mil reais, participarão de uma apresentação única na cidade de Auckland, na Nova Zelândia, com passagem e hospedagem garantidas para o mês de fevereiro..."*

— Como é que é? — perguntei.

— Nova Zelândia? Que aleatório — Lua soltou.

— Eu não entendi nada. Tem brasileiro por lá? — Nic questionou.

— Tem brasileiro em tudo quanto é canto. É aleatório, mas é bem foda — Clarice disse.

— Cê tá de sacanagem? É foda pra caralho! Que língua eles falam lá? — Miguel ponderou.

Balancei a cabeça, incrédulo.

— Inglês, Miguel. Francamente.

Nic continuou lendo o post em voz alta e foi clicando e abrindo outras páginas no celular conforme nos atualizava.

— Aparentemente esse grupo, Performance, é de um brasileiro que foi morar na Nova Zelândia. E pelo que eu tô vendo aqui a comunidade brasileira por lá é maior do que a gente imagina, viu?

— Bom, então a gente tem motivo em dobro pra passar no processo hoje e apresentar a família da Clari do outro lado do mundo, né? — falei.

Todo o grupo vibrou enquanto o MetrôRio anunciava nossa chegada.

Em frente ao grande Teatro João Caetano, o primeiro da cidade, eu sentia meu coração querer saltar do peito. A fachada atual do prédio, que foi reconstruído e reformado depois de três incêndios, era bastante moderna. As paredes azuis recebiam o intenso sol carioca, que também se refletia nas enormes janelas, separadas de nós por alguns poucos degraus. Em frente à entrada, uma majestosa estátua do próprio João Caetano homenageava um dos maiores atores brasileiros de todos os tempos.

Centenas de estudantes ocupavam a praça Tiradentes. Cada um dos grupos possuía os mais diversos adereços, objetos de cena e até instrumentos musicais. Enquanto uns usavam roupas básicas em tons escuros, outros apostavam em uma estética mais ousada: homens e mulheres com longos vestidos coloridos, pessoas sem camisa e a pele pintada ou apenas com uma tanga. Seis pessoas se destacavam em meio à multidão com vestes coloridas e bandeiras LGBTQIAP+ amarradas como capas em volta do pescoço. Pelo que havia sido divulgado, trinta equipes tinham se inscrito para o processo seletivo, que aconteceria naquele dia e no seguinte, e apenas seis seriam finalistas.

Susana, nossa diretora, estava em êxtase. Mais animada do que qualquer um de seus alunos.

— Que maravilha. Eu amo esse lugar! Luara, qual é o nosso número mesmo? — perguntou.

— Quatro, prof. Um dos primeiros. Não sei se fico aliviada ou ainda mais nervosa — Lua disse. — Temos dez minutos pra preparar tudo no palco e depois mais quinze pra apresentar a cena. Vai dar certo.

— Já deu certo, meus amores. Junta aqui, todo mundo — Susana chamou. Formamos um círculo no meio da multidão que ocupava a praça e fechamos nossa mandala. A energia fluía de um em um, e eu sabia que tudo ficaria bem.

— Foram meses de dedicação a esse espetáculo. A cena que vocês vão apresentar hoje é só uma amostra do potencial dessa história. O teatro precisa conhecer essa obra e eu tenho certeza de que vocês vão conseguir mostrar ela para o grande público.

Clarice tinha o sorriso mais lindo estampado no rosto. Não parecia nervosa, mas eu sabia que, por dentro, era um turbilhão de emoções. Ela olhou para mim e eu sorri, assentindo com a cabeça. Seu sorriso se abriu ainda mais.

— Vocês confiaram em mim e nesse texto desde o início. Você confiou em mim, Igor — Clarice disse, os olhos marejados fixos nos meus. — E hoje eu vejo que não existiria nenhum outro grupo de atores mais bem preparado para trazer essa história à vida. Eu confio em vocês cegamente. Bora fazer essa porra de teatro que a gente ama pra caralho! — vibrou.

Nossas mãos subiram ao mesmo tempo e nosso grito ecoou, animado, pela praça.

Uma hora e meia depois, o terceiro grupo saía do teatro. O tempo de espera foi mais do que suficiente para ensaiarmos, compartilharmos uma crise de ansiedade e repassarmos o texto. Por fim, fomos chamados ao palco.

Pisar no tablado do João Caetano me preenchia com as mais diversas sensações.

Orgulho, nervosismo, amor, pânico, alegria.

Pouco falamos durante os dez minutos de preparação. Ajeitamos o cenário com algumas cadeiras, que representavam o ônibus, e limpamos uns resquícios de sujeira do grupo anterior.

Quando já estávamos prontos para começar, vislumbrei os cinco jurados na plateia — dois homens e três mulheres — e fechei os olhos.

Respirei fundo antes de, finalmente, mergulhar em cena.

Naquela noite, todos fomos juntos a um bar na Lapa, um pé-sujo abarrotado de gente. Viam-se pessoas de todos os tipos e corpos, casais formados por todas as siglas do povo animado, e até uma cota hétero dançando e gargalhando mais ao canto.

Três mesas foram necessárias para juntar todo mundo. Além do grupo do teatro, Susana, que fez questão de comparecer, Henrique, Aryel, Caio e Jo também marcaram presença. Eu amava esses momentos: quando meu universo teatral se mesclava com meu universo de casa. Era divertido ver todas as pessoas que eu mais amava interagindo e respirando o mesmo ar.

— Agora me fala, lindão. Como foi? Arrasaram? Me conta — Henrique indagou, depois de virar a caneca de chope. Sorri para Clarice, que estava ao nosso lado, e estendi a mão para que ela a pegasse.

— Ih, porra — Henrique continuou. — Que cara é essa? Tá grávida?

— Meu Deus, Rique, cala essa boca.

— Bate na madeira três vezes *agora* — Clarice basicamente o obrigou, e Henrique obedeceu, nervoso. — Eu acho que a gente foi bem sim.

— Bem? Você tinha que ter visto essa garota no palco, Rique. Não tinha luz que brilhasse mais do que ela. A gente arrasou pra caralho! — falei.

Caio, do outro lado da mesa, se levantou.

— Um brinde pra vocês então, né, minha gente? Que fizeram merda pra caralho hoje! — disse ele, e a mesa inteira ergueu os copos para a celebração. Quando sentou de novo, questionou, baixinho: — É assim que fala? Que fizeram merda?

— Não, baby — Jo foi o mais rápido a responder. — Você deseja merda antes dos espetáculos. Mas o que vale é a intenção.

— Que vergonha, cacete. O que significa essa merda que todo mundo fala, inclusive? — Caio direcionou a pergunta a mim.

— Dizem que é porque antigamente as pessoas iam ao teatro em carruagens, que eram puxadas por cavalos. E os cavalos cagam à beça, né? Então quanto melhor era a peça, mais gente comparecia, mais cavalos chegavam e mais eles cagavam. Então "merda" virou sinal de boa sorte, de casa cheia.

— A galera do teatro é criativa, né? Bosta virou boa sorte. Amei! — Caio riu com Jo.

— E quando sai nosso *double date*, pombinhos? — Henrique perguntou, triunfante.

— *Triple date*, né, bicha? Homofóbico do caralho — Caio brincou.

Todos riram juntos. Continuamos ali, conversando, bebendo e sendo felizes até o sol raiar. Era sexta-feira, eu estava com as pessoas que mais amava no mundo e tínhamos acabado de fazer a apresentação que ansiávamos havia meses. Eu estava feliz e nada mais importava.

Dois dias depois, acordei em Águas do Elefante. Tinha comprado passagens em cima da hora porque, depois de passada a inscrição para o Festau, percebi que não estava dando a devida atenção aos meus pais e pensei que uma visitinha surpresa poderia ser legal.

Em contraste com o Rio, a paz reverberava ali na serra. Acordei ao som dos pássaros, que entoavam o mesmo canto da minha infância, e com o raio de sol que ousava atravessar uma brecha da cortina.

O aroma de café fresco preenchia todo o espaço ao meu redor. Saí da cama, só de cueca, e corri até minha mala para colocar roupas mais quentes. Pense no calor de quarenta graus da capital carioca. Agora, coloque o símbolo de negativo na frente, e pronto! Essa era a temperatura em Águas do Elefante.

Quando saí do quarto para a sala, meus pais estavam sentados à mesa tomando café.

Ana, minha mãe, ostentava quarenta e cinco anos da mais bela vida. Seus cabelos, que passavam um pouco dos ombros, eram cor de mel assim como os meus. Seus olhos azuis reluziam na luz matinal. Ela usava um vestido florido e charmoso que contrastava com a roupa de meu pai, uma camisa azul-clara e sua tradicional bermuda preta.

Ao contrário do resto da família, meu pai era calvo — e eu esperava não chegar a esse ponto. Seus cabelos pretos circundavam toda a sua cabeça, mas deixavam um grande buraco no centro, preenchido por apenas alguns fios. Tinha olhos castanhos, quase pretos, e seu sorriso era o mais genuíno que eu conhecia.

— Bom dia! Já acordou? Deu formiga na cama?

Balancei a cabeça e sorri enquanto sentava de frente para os dois.

— Não tenho mais treze anos, mãe. Eu acordo cedo.

— Sei. Fez boa viagem? Te dei um beijinho de madrugada, depois que você chegou, mas não quis te acordar.

— Dormi o caminho todo, pra variar — respondi. — Então foi bem tranquilo. E vocês? Como tão as coisas por aqui?

— Tudo bem. Seu pai é que tem novidade, não é, João?

Ele deu uma risadinha sem graça.

— Novidade é fogo, hein? Mas é, sua mãe ficou no meu ouvido falando que o restaurante não estava acomodando todo mundo, que faltava espaço... Vamos expandir.

— Meu Deus. Vocês vão aumentar o restaurante e nem me contaram? Safados.

— Sim. Mas só o espaço mesmo. Eu assinei o contrato tem três, quatro dias. Não deu nem tempo de contar.

— Tudo bem, eu tô brincando. Também fiquei com a cabeça cheia por conta do festival esses últimos dias.

— E aí? Como foi? — minha mãe perguntou.

— Muito bem — falei, sem esconder a confiança. — O texto da Clari é excelente, tipo, mesmo. E todo mundo tava bem focado, então acho que conseguimos dar nosso melhor.

— E quando a gente vai poder assistir? — Quis saber meu pai.

— Se tudo der certo e a gente passar, em novembro. E aí ganhamos e vamos pra Nova Zelândia!

— Como assim?

— É o prêmio novo. Além dos trinta mil, o grupo vencedor vai se apresentar na Nova Zelândia. Foda, né?

— Nossa, que bacana! Tem algum motivo pra ser na Nova Zelândia? Tem a ver com o festival? — minha mãe perguntou.

— Não, eles fizeram uma parceria com a companhia de teatro de um brasileiro que mora por lá. Antônio alguma coisa — falei.

A expressão da minha mãe mudou, e ela arqueou uma sobrancelha ao migrar a atenção para o meu pai.

— O Antônio, ex da Marta, não tinha ido pra essas bandas de Nova Zelândia? E ele era meio teatral também, não era?

— Ah, Ana, não vou saber te dizer. Antônio da Marta...? — meu pai tentava acompanhar o raciocínio.

— Aquele que se assumiu gay e tal. Qual era o sobrenome dele? — Ela pressionou a testa contra a mão, de um jeito que só ela fazia. — Antônio Folly!

— Ah, Antônio, sei. É, teve alguma história assim mesmo. Mas não lembro direito.

Encarei os dois, um pouco surpreso pela coincidência. Por outro lado, tentava não transparecer o nervosismo que tinha me abatido no momento em que minha mãe mencionou a palavra "gay".

por que isso sempre acontece???

Me servi uma xícara de café e passeei o olhar pelos dois, para manter o disfarce. E quanto mais eu tentava disfarçar, mais eu percebia que não estava disfarçando nem um pouco.

— Legal — falei, por fim, doido para mudar de assunto. — Será que é o mesmo?

Passei o dia inteiro aproveitando o sossego do interior e a companhia dos meus pais. Minha mãe me mostrou suas novas pinturas, cada uma das telas ostentando as mais vibrantes cores, e meu pai nos levou até o restaurante durante a tarde para almoçarmos juntos. O cardápio estava de cara nova, e não deixei de aproveitar o luxo de ser filho do proprietário. Era muito boa a sensação de estar em família outra vez.

Pouco antes de sair de casa para ir morar no Rio, minha relação com os meus pais estava desgastada. Eu não aguentava mais as preocupações exageradas, o excesso de controle. Discutíamos com frequência e eu percebia, cada vez mais, o quanto precisava do meu próprio espaço.

Quando finalmente me mudei, a leveza tomou conta de novo. Nossa conexão, à distância, voltou a dar frutos. E ali, depois de um dia inteiro com eles, cheguei à conclusão de que não tinha nada mais gostoso do que ter me tornado também o melhor amigo dos meus pais.

À noite, enquanto eles se arrumavam para ir se deitar, resolvi sair para passear.

Atravessei o portão que separava o nosso jardim da rua e, quando me virei para fechá-lo outra vez, parei para observar minha antiga casa. Sob a luz da lua e iluminada pelas lamparinas espalhadas pelas paredes, ela ficava ainda mais bonita.

Conforme ia andando, fui revisitando Águas do Elefante. Passei por bares, restaurantes, brechós e pequenas casas. A cidade estava mais movimentada por conta do final de semana, e centenas de pessoas se dividiam entre os poucos — mas distintos — pontos turísticos existentes. Enquanto uns saíam para jantar, outros se aprumavam nas pracinhas.

Uma quadra antes do restaurante do meu pai, fiz uma curva inconsciente para entrar em outra rua. Meus pés me guiavam sem a menor dificuldade, conseguiria refazer aquele caminho até de olhos fechados. Ouvia ao longe o burburinho agitado dos bares, e também uma música tranquila, que aquecia o meu peito naquele frio noturno. As estrelas cintilavam em meio à iluminação escassa do vilarejo. Quando finalmente cheguei ao meu destino, ergui a cabeça.

Uma casa um pouco menor do que a dos meus pais ocupava o terreno entre uma padaria e outra residência. Me ajoelhei perto do portão e peguei uma pedra grande, revelando uma chavinha dourada escondida.

Destranquei o portão e, depois, a porta de entrada.

— Oi, Vóinha — falei ao entrar na sala.

Alcancei o interruptor e acendi a luz, que iluminou todo o cômodo. Nenhum móvel restava por ali. Sabia que a encontraria assim, vazia. Caminhei até as duas portas que davam para a varanda nos fundos e as abri. O vento entrou trazendo um ar gelado, saudoso e repleto do mais puro amor.

— Não sei quando a casa vai ser vendida, então queria passar aqui antes de voltar pro Rio. Pra me despedir sem pressa dessa vez — falei em voz alta. Não me importava de parecer esquisito falando sozinho. Porque sentia o exato oposto: eu não estava só.

Só de estar ali, naquele museu das minhas memórias mais bonitas, senti meus olhos pesarem. Me aproximei da parede do corredor, meus dedos passeando pela tinta gasta.

Vários traços e alguns rabiscos marcavam a parede, junto com números que indicavam a altura de uma criança. O nome "Igor", em uma caligrafia tão conhecida, acompanhava cada uma das marcações e datas. Meu coração apertou.

— Que saudade. — Sorri, tomado por um sentimento diferente. As memórias, a ausência, os sorrisos, os abraços.

O perfume de Vóinha invadiu o ar e me levou para as mais diversas lembranças. Aquele aroma, vívido no ambiente, me fez observar todos os cantos da casa. Os pequenos detalhes.

Nilcéia estava *ali*.

Em cada traço na parede, em cada ladrilho no chão. Sua camisola balançava com o vento que ainda entrava assobiando, sua essência mesclada a cada minucioso centímetro daquele lar. Eu sentia sua presença, mais forte do que nunca.

Tudo invadiu minha cabeça de uma vez, e explodi em prantos.

Lembrei de andar de bicicleta na rua, ouvindo seus gritos de apoio. De fazer bolinho de chuva na cozinha com ela, rindo quando o óleo respingava em nós dois. Do seu abraço apertado quando eu disse que queria ser ator, e do seu sorriso, o mais doce do mundo, quando lhe contei que havia passado na faculdade. Ouvi sua voz me pedindo silêncio pra assistir à novela, seu beijo de boa noite quando me chamava para dormir com ela.

Lembrei das nossas danças, tão graciosas que tinham até virado sonho algumas noites antes. De vê-la, pela última vez, emaranhada em tubos e com o rosto quieto, inerte, em paz. E da dor.

a dor a dor a dor a dor

Lembrei da dor que eu sentia toda vez que me recordava daquela cena.

Puxei o celular do bolso e dei play em "Baila comigo", de Rita Lee, e caminhei até o centro da sala. Meu corpo começou a se mover em passos lentos, tímidos. Fechei os olhos e a imaginei ali comigo, quase capaz de sentir suas mãos sobre minha pele. Movia os meus braços, arranhava o piso com os pés.

Desenhei, nos meus lábios, um sussurro que gostaria de compartilhar com minha avó:

— Eu sou bi — falei, e depois repeti um pouquinho mais alto do que antes, porque estava me sentindo corajoso. — Sou bi, Vóinha.

Perdi a noção de quanto tempo passei ali sozinho, dançando. Pulava e cantava, gargalhando, enquanto arriscava os passos de dança mais incomuns. As memórias continuavam vindo, na mesma intensidade, mas a sensação agora era outra. Uma saudade gostosa, alegre e elétrica.

Rodopiei no ar e uni minha voz à de Rita. Dancei pelas memórias, pelas nossas vidas, pelo passado e pelo futuro. Dancei pelo meu amor. E dancei por Nilcéia.

Antes de me despedir
Deixo ao sambista mais novo
O meu pedido final

Alcione

9
VINHO, EXPECTATIVA & SILÊNCIO

— O que você vai fazer com a sua parte do dinheiro quando ganharmos o Festau? — perguntei para Clarice enquanto jantávamos na semana seguinte.

A arquitetura do restaurante tinha uma pegada italiana. Lustres de madeira davam um brilho amarelado ao ambiente junto com as velas que enfeitavam as mesas. Pilastras de pedra dividiam o espaço e diversas pinturas decoravam as paredes.

Clarice bebeu mais um gole da sua taça de vinho.

— Eu investiria na peça, usaria a grana pra produção. Quem sabe conseguir um pontapé pra rodar o Brasil, em cartaz?

— Seria bem legal. Bem legal mesmo.

— A gente podia passar por pelo menos uma cidade de cada região. Norte, Sul, Nordeste e Centro-Oeste. — Ela sorriu, desviando o olhar. — Acho que minha mãe ia gostar disso, de ser famosa por aí — brincou.

Eu ri e segurei sua mão.

— Agora que você já sabe o que quer fazer com o dinheiro, tenho outra pergunta... o que a gente vai fazer na *Nova Zelândia*?

— Apresentar a peça também, ué. Como assim?

— Ah, Clari, eu esperava mais de você. Outro país! Não vamos apresentar o tempo inteiro, né? Deve sobrar uma folguinha pra gente passear.

— Talvez, mas nem pensei nisso. Talvez visitar o set de *O Senhor dos Anéis*?

— Ah, eu nunca assisti.

— Você nunca assistiu O Senhor dos Anéis? — ela perguntou, pasma, e soltou a minha mão. — Igor, isso é tipo um crime.

— Credo, garota. Eu só tenho preguiça, posso? Não é o estilo de filme que eu curto.

— Mas por que você perguntou da Nova Zelândia? Tá pensando em algo?

Uma ideia vinha surgindo lá no fundo da minha mente. Um pensamento que eu preferia ignorar, jogar para trás das cortinas do teatro da minha cabeça.

um país onde ninguém me conhece
pessoas que não sabem quem eu sou
uma liberdade que eu nunca experimentei
igor você sabe que não pode
clarice clarice clarice clarice clarice

Afastei o pensamento outra vez e sorri, disfarçando tudo o que me inundava.

— Na verdade, eu dei uma procurada na internet. Tem uns lugares bem legais por lá. Até lago térmico.

O semblante de Clarice ficou mais sério.

— Tá. Mas vamos combinar de não pensar nisso antes do resultado. Promete?

— Por quê? A gente vai ganhar. Não tenho dúvidas — soltei, um sorriso irônico se formando no meu rosto.

— Igor, por favor. Você é muito positivo o tempo todo, e isso me deixa nervosa. Prefiro não criar expectativas.

— Mas, Clari…

— Igor — ela me interrompeu, ainda mais séria. — Chega. Me promete.

Ao contrário de mim, Clarice tinha os dois pés no chão. Os meus não voavam tanto assim, pra falar a verdade, mas eu gostava de ter planos. Pensava na possibilidade de ganharmos o Festau e visitarmos outro país juntos. Um lado meu, um tanto egoísta, ficava chateado quando ela me pedia para segurar a onda. Já o outro simplesmente concordava.

— Prometo — cedi.

— Obrigada — ela disse, se retraindo mais uma vez na cadeira.

Depois disso, o clima voltou a ficar leve. Ficamos ali, conversando, bebendo e sorrindo.

Desde a festa do Caio e das três palavrinhas mágicas que Clarice havia me dito, algo tinha mudado. Era como se seus olhares e toques ansiassem por algo. Ela não disse nada sobre eu não ter respondido o "eu te amo", mas eu sabia que aquilo pairava no ar. Onde quer que estivéssemos, onde quer que fôssemos. Parte de mim se corroía com a ansiedade que, vez ou outra, insistia em se manifestar.

Não gostava de desonrar os sentimentos de Clarice dessa forma, mas também não era capaz de elevar nosso relacionamento a outro patamar. Não agora. Não sem entender todos os sentimentos conflitantes dentro da minha cabeça.

para de bobeira. fala que ama ela, acaba com isso!

eu te amo.

eu te amo.

eu não...

sei.

Na sexta-feira, Clarice, Lua, Miguel, Nic e eu nos reunimos na sala do meu apartamento, onde havíamos combinado de esperar juntos pelo resultado.

Cada um atualizava as redes oficiais do Festau o tempo todo no celular. Só Clarice que não. O resultado estava previsto para sair a qualquer momento depois das 20h, e já eram 20h05. Até então, nada.

— Lésbica solteira há vinte anos é encontrada morta em apartamento em Botafogo. Laudo? Crise de ansiedade — Lua disse, seus dedos nervosos atualizando a tela sem parar.

— Não é possível. Será que tão sem wi-fi? — Nic perguntou, andando de um lado para o outro.

— Gente, dá pra parar? Vocês tão me fazendo mal — Clarice disse

87

e foi até a cozinha. Ouvi a porta da geladeira abrir e o barulho de água enchendo um copo.

— Será que eles tão entrando em contato com os aprovados antes? Pra avisar? — Miguel sugeriu.

— Que ideia de merda, Miguel. Agora esses três vão começar a bater a cabeça na parede — falei.

— Puta que pariu. Será? — Nic começou.

— Qual andar a gente tá mesmo? E se eu pulasse? — Lua continuou.

Clarice voltou para a sala com passos pesados e um tom de voz elevado.

— Gente, chega. Eu tô falando sério. Me dá essas merdas aqui — ela ordenou, estendendo as mãos na direção do pessoal empoleirado no sofá, exigindo os dispositivos.

— Para de ser chata, Clarice — Lua rebateu.

— Chata, eu? Vocês que tão numa crise de ansiedade coletiva e me dando nos nervos! — finalizou, fisgando os celulares de Nic, Lua e Miguel. Numa velocidade absurda, guardou-os no bolso.

— Daqui a cinco minutos a gente olha de novo. Vamos jogar Uno pra espairecer — sugeriu.

Alguns resmungaram, mas no fim abrimos uma roda para o jogo.

Perdemos a noção do tempo e, quinze minutos depois, estávamos todos olhando para o celular outra vez.

O resultado tinha saído, e o silêncio era ensurdecedor.

Nós cinco nos olhávamos, quietos, sem coragem de abrir a boca.

Algo estava errado.

Nós não tínhamos passado.

Meses de trabalho, esforço e muito estudo para, no final, não conseguirmos uma vaga.

Foi Clarice quem quebrou o silêncio, com a voz embargada:

— É isso, gente. Não rolou. Tô indo pra casa. Alguém vai de metrô?

— Fica aqui hoje, Clari. Amanhã você vai — pedi.

— Não rola — ela disse, brusca, e se levantou para pegar a bolsa. — Alguém vem junto?

Olhei para Lua, que me olhou de volta. As duas costumavam ir juntas até certa estação.

— Eu vou. Beijo, gente — Lua disse, se levantando do sofá e se despedindo de um por um.

Miguel chamou um Uber e logo éramos só eu e Nic, que esperava uma carona do pai.

— Que merda, cara — ele disse.

— Não sei o que deu errado, Nic. Não sei.

— E quem disse que algo deu errado? A gente só não viu as outras apresentações. Talvez elas tenham sido… — ele se interrompeu, mas eu sabia o que ia falar. *Melhores.*

Eu não conseguia aceitar. Não fazia sentido que o texto de Clarice não fosse apresentado para o mundo. Não fazia sentido não termos nem a *chance* de concorrer ao prêmio em dinheiro e a uma viagem para outro continente.

Será que escolhemos a cena errada? Será que falhamos como atores?

A verdade é que nunca saberíamos onde falhamos.

O pai de Nic chegou depois de alguns minutos. Quando por fim ele se despediu, resolvi trocar de roupa e subir para o apartamento de Henrique.

Ele abriu a porta e eu o abracei, deixando algumas lágrimas escaparem. Não tinha vergonha nenhuma de chorar na frente de Henrique. Com ele, eu podia *ser*. Só isso. *Ser.*

Mandei algumas mensagens para Clarice, que só respondeu dizendo que havia chegado em casa. Sabia que ela precisava de espaço, então não insisti e guardei o celular.

Rique e eu abrimos duas garrafas de Cantina da Serra e passamos a noite jogando conversa fora e bebendo o que tínhamos para beber. Por fim, fiquei com preguiça de descer para casa.

Dividimos a mesma cama, para variar.

Naquela noite, tive um sonho estranho. Ou, no mínimo, curioso.

Fazia dois meses que eu e Clarice estávamos ficando sério. Mas não era ela quem eu beijava no sonho. Era um garoto de cabelos ondulados, pele escura e camiseta amarela. O garoto que eu tinha visto uma vez na vida, no ônibus a caminho do Rio depois do funeral da minha avó.

Não entendia por que estava sonhando com ele, mas nossos beijos eram interrompidos de tempos em tempos, conforme corríamos por uma rua escura, de construções antigas e arquitetura ancestral. Ouvia--se música ao longe, o som de uma flauta.

Nos beijamos uma última vez apoiados contra a porta de um estabelecimento fechado, que parecia uma estalagem. A porta desapareceu e, quando caímos através dela, estávamos no palco de um teatro. Me virei para a plateia e a vi preenchida por rostos familiares. Eles olhavam curiosos para mim e para o garoto, tentando enxergá-lo sob a luz fraca que iluminava o tablado. Estremeci ao reconhecer aquele cenário, que habitava a minha mente há muito tempo.

Eu o empurrei com força para trás dos panos, e ele desapareceu no breu.

Acordei no susto.

— Finalmente, hein, cacete? — ouvi Henrique resmungar da cozinha.

— Que foi? — ouvi a voz de Aryel vindo da sala.

— A princesa acordou. Bora, Amigor, que a gente já foi até pra praia.

Era muita informação para quem tinha acabado de acordar.

— Praia? Por que você não me acordou? — perguntei.

Henrique riu.

— Conta pra ele, Ary.

Aryel surgiu pelo vão da porta, seu cabelo loiro enrolado em um coque que apoiava os óculos de sol.

— Ele chegou até a te dar tapa na cara. Queria jogar água, mas achei sacanagem. Você parecia acabado, então a gente só te deixou aí — ela disse.

— Meu Deus — respondi, enquanto esfregava os olhos e apalpava a cama em busca do celular. — Que horas são?

— Horas? — Henrique surgiu por trás de Aryel, envolvendo-a em um abraço. — Você dormiu por anos, Igor. Estamos em 2037. O Brasil escapou das trevas, Beto Garcia se tornou o melhor jogador do mundo e já somos hepta.

Aryel riu, balançando a cabeça.

— Que cara bobo, vê se pode. São duas da tarde. A gente vai comer alguma coisa ali embaixo. Quer vir junto?

Em menos de quinze minutos estávamos os três sentados na mesa de um bar. Pedimos um litrão de chope enquanto esperávamos a comida chegar.

A cada dez segundos eu checava o celular, esperando por algum sinal de vida de Clarice.

Embora não fosse sua culpa, eu tinha certeza de que ela achava o contrário. O texto era dela e, de todos nós, Clarice tinha sido a que mais se dedicou para transformar aquela história em um grande espetáculo. Podíamos ter reprovado por atuação fraca, por um erro técnico ou, como Nic disse, porque outras peças também eram excepcionais. Mas eu sabia que, para Clarice, o motivo era um só: seu texto. E isso me doía o peito.

Não só porque o texto era excelente, mas porque eu é que tinha dado a ideia, meses atrás, de usá-lo, mesmo contra a sua vontade. Que a tinha forçado a mostrar a história para a turma. Ela havia me perdoado e até agradecido pelo empurrãozinho. Mas agora eu não tinha tanta certeza.

— Tá, Igor, é o seguinte — Aryel me tirou dos meus devaneios. — Ficar clicando nesse celular não vai fazer uma mensagem aparecer magicamente. Desembucha.

Alternei o olhar entre ela e Henrique, que me encarava também.

— A gente não passou no Festau — falei.

— O Rique disse — ela comentou. — Sinto muito, de verdade. Vocês mereciam demais.

Arqueei a sobrancelha e meu olhar encontrou o de Henrique, que sorriu e deu de ombros.

— Fofoqueiro. Mas enfim, Clarice saiu lá de casa bem chateada ontem à noite e desde então não me responde. Só avisou que chegou, mais nada.

— Eita — Rique disse.

— Talvez ela só precise de tempo? — Aryel perguntou.

— E eu tô dando. Mas é que... A gente tá ficando sério, sabe? Meio que esperava que ela viesse até mim quando precisasse conversar sobre as coisas.

— Exatamente — Ary rebateu. — Vocês tão *ficando*. Talvez seja hora de, sei lá, parar de enrolar e pedir ela em namoro?

Senti o coração palpitar.

— Não é tão simples assim.

— Porra, mermão, aí tu tá me envergonhando. Tu gosta dessa garota há mais de dois anos, tá se enfiando embaixo das cobertas com ela há dois meses — Henrique interveio.

Aryel pegou um punhado de batata frita que o garçom tinha trazido e enfiou na boca do namorado, que nem hesitou em abocanhar tudo.

— Fica quietinho, vida. Me conta, Igor. Por que não é tão simples?

Era a pergunta que não queria calar. Eu estava diante dos meus dois melhores amigos, as duas pessoas que eu mais amava no mundo inteiro, e ainda assim não era capaz de explicar. Não de verdade, pelo menos.

Beijar Caio tinha mudado tudo dentro de mim. Não por ser ele exatamente — embora tivesse sido ótimo —, mas por ter sido um garoto. Depois de vinte e um anos me envolvendo apenas com garotas, fugindo de uma verdade que sempre esteve ali, encontrá-lo nas escadas do meu prédio me abriu um novo mundo. Um que eu gostaria de poder visitar e explorar mais vezes, sem medo. Sem amarras.

E era nesse ponto que Clarice entrava na equação. Eu a amava. Sabia que a amava e queria estar ao seu lado, mas era inconcebível, na minha cabeça, me envolver de forma mais séria com ela sem estar em paz comigo mesmo. Em vez de me dar um frio gostoso na barriga, a ideia de namorar Clarice pesava no meu peito.

Porque pela primeira vez na vida eu havia sentido o gosto da liberdade.

E era delicioso.

10
FOFOCAS, CORTINAS & SAMBA

A água quente caía em meus ombros enquanto milhares de pensamentos povoavam a minha cabeça. Queria que ela fosse capaz de lavar também as dores, limpar as feridas.

Pensei na frustração de Clarice, na minha própria frustração. Pensei na Nova Zelândia, na sensação de subir pela primeira vez em um palco profissional para apresentar um espetáculo. Na oportunidade que eu teria de estar em um lugar onde poderia ser qualquer pessoa. Qualquer versão de mim, sem precisar de máscaras. Para mim, a ideia de visitar a Nova Zelândia tinha se tornado isso: liberdade. Uma possibilidade de me aventurar sozinho em histórias que ainda não tinha vivido. Pensei nos meus pais e em como eu contaria para eles. Imaginei abraços, palavras de conforto e o brilho inevitavelmente sumindo de seus olhos.

O toque do meu celular me tirou do transe. Era o som de chamada da minha mãe.

Terminei o banho e, cinco minutos depois, telefonei para seu número.

— Alô? — sua voz soou calma. A minha, em resposta, era mais enérgica.

— Oi. Tá tudo bem? — perguntei, por impulso. Hábito que peguei dela, acho.

— Tudo bem, sim. Tava deitada pra dormir e me lembrei do resultado do festival. Como foi? — ela entoou, esperançosa, e meu coração se despedaçou.

Que mania do universo de trazer meus pensamentos à realidade.

— Não passamos — foi o que consegui dizer.

— Poxa, filho, que pena... Vocês se esforçaram tanto. Mas não desanima. Logo surge outra oportunidade.

Nenhuma vai ser tão boa quanto essa, quis dizer.

— É, tá tudo bem. Logo aparece outra coisa — menti.

— Quer que eu fale pro Seu Alfredo falar com o Antônio?

— Hã? Do que você tá falando?

— Ih, menino! Não te contei?

— Não.

— Ontem, na padaria, Seu Pedro perguntou por você. Lembra dele? Do caixa? Contei do teatro, do festival, e aí papo vai, papo vem... — Ouvi pacientemente toda a história, sem fazer ideia de onde ia chegar. — ... Enfim, comentei sobre a apresentação na Nova Zelândia, do Antônio que você falou, e é o mesmo que eu tinha pensado! Ele é daqui de Águas! Seu Pedro fofocou que ele agora está namorando um rapaz mais jovem. E esse tal rapaz é o filho do Seu Alfredo!

Seu Alfredo era vizinho dos meus pais. O mundo era, de fato, um ovo.

— Dá pra acreditar na coincidência? — ela continuou, rindo um pouco. — O Seu Alfredo tem ajudado o seu pai a consertar umas falhas na parede pra gente poder expandir o restaurante. Fui atrás dos dois, seu pai não fazia ideia de nada e eu, imagina, doida pra saber mais dessa história!

— Você é uma figura, mãe.

— Escuta! Puxei assunto e Seu Alfredo começou a falar do filho, que é bissexual e casado com Antônio há quatro anos, um pé no Brasil e outro na Nova Zelândia...

Ela seguiu contando, mas eu devaneei por alguns segundos. Minha mãe, no auge dos seus quarenta e cinco anos, sabia o que era bissexualidade.

Pode parecer besteira, já que ela ainda era *bem* jovem. Mas para mim, filho dela e *secretamente no armário*, que nunca conversou sobre esse assunto em casa, era um choque.

Me deixava nervoso ouvi-la falar assim, com tanta naturalidade, porque minha vontade era gritar a verdade pelo telefone, contar que eu era bissexual também, tirar dos meus ombros o peso desse segredo.

Não seria mais legal se ninguém precisasse revelar nada para ninguém?

Se simplesmente fôssemos, e nada mais. Sem olhares atravessados, sem conversas desnecessárias. Sem necessidade de atuar, de tentar ser um personagem diferente de nós mesmos.

No enorme teatro que havia dentro de mim, os assentos estavam ocupados por várias das pessoas que passaram pela minha vida. Meus amigos e minha família, os mais próximos, se juntavam na primeira fileira para me assistir de pertinho. No fundo do palco, havia duas grandes, longas e tortuosas cortinas pretas. A abertura entre elas era mínima, apenas uma fresta, e seus tecidos leves e escuros ousavam tremular sob um vento imaginário. Mas não se via nada através, e poucas foram as vezes que tentei bisbilhotar.

Eu sabia o que me esperava do outro lado. Ali estavam as memórias e segredos dos quais preferia não me lembrar. Algumas brigas com meus pais, o dia em que meu cachorro fugiu de casa, minhas últimas palavras para Vóinha.

Pensamentos que tentavam me assombrar, mas que dali não me alcançavam.

A minha bissexualidade, eu pensava, havia pendurado aqueles enormes tecidos. Ela era um ser. *O ser primordial*, que rugia de dentro das coxias e fazia o teatro inteiro estremecer.

Desde que eu tinha começado a me envolver com Clarice, esse peso aliviou. O teatro da minha cabeça mergulhou no silêncio. As cortinas não mais tremulavam. Os panos se tornaram ainda mais escuros, opacos e pesados, e o vento havia cessado. O lugar estava em paz.

Em momentos como esse, porém, em que eu ouvia minha mãe falar tão casualmente sobre bissexualidade, ou durante o beijo com Caio na festa e no mar, e o sonho com o garoto do ônibus... Nesses momentos, todo o palco tremia. O vento entrava assobiando mais forte do que nunca e agitava as cortinas. Quando elas enfim voltavam aos seus lugares, em alguns pequenos pontos dava pra enxergar os rasgos. Algumas pessoas na plateia entortavam o pescoço e estreitavam os olhos para tentar, sem sucesso, observar o que havia escondido ali atrás. Mas era a mim, e somente a mim, que viam. Solitário no palco, em frente ao grande tecido, interpretando o maior personagem da minha vida: uma versão falsa de mim mesmo.

Minha mãe, do outro lado da linha, me trouxe de volta à realidade.

— Igor? Alô? Ué, gente, será que caiu?

— Oi, mãe, desculpa. Tô aqui, tô ouvindo.

— Ah, tá. Mas é isso. Quer que eu fale com ele?

O sorriso que se formou em meu rosto quase rasgou as minhas bochechas. Ana da Fonseca Mattos, a mãe mais coruja do mundo inteiro.

— Eu te amo muito, mas não faz isso. É antiético, né? — falei.

Minha mãe riu do outro lado.

— Eu sei, tô brincando. — Ela definitivamente não estava brincando. — Mas de repente peço o contato só pra você se apresentar. O que acha? Vai que ele investe na peça de vocês?

— É, quem sabe — respondi, sem muita confiança. — Vou pensar e te aviso, tá bom?

— Tá bom. Agora vou dormir, meu filho. Te amo e tenho muito orgulho de você.

— Eu sei. Também te amo.

Me sentei na cama e larguei o celular, observando a pilha de cartas de Vóinha na prateleira.

Não resisti.

Igor,

Que azar, meu amor. Logo no seu aniversário você estar com o pé engessado! Lembro de quando quebrei a perna mais nova. Na minha época nada era como hoje, então imagina a dor da sua Vóinha quando caiu na praia e fraturou o osso? Eu estava em Itacuruçá, na casa da família com todos os primos e tios. E se bem me recordo, foi durante essa semana trancada em casa que peguei em um pincel pela primeira vez. Minha prima, Odete, levou sua coleção de tintas e pincéis que minha tia comprou em Paris. Sempre exibida, a prima Odete. Pintávamos conchas, pedras e tudo o que víamos pela frente. Meu pai e minha mãe não pareceram se importar com a minha nova obsessão, ainda bem. Não sei o que seria de mim sem a arte. Se não desse certo, eu não teria dado certo. Depois disso, nunca mais quebrei nenhum osso, graças a Deus. Morro de medo só de pensar. Vou preparar aqueles bolinhos de chuva pra você, tá bem? Quanto ao seu aniversário, não quero que você fique tristinho, hein? Já, já você vai estar correndo por aí de novo. Que seu ano seja repleto de saúde, conquistas e que seu pé te leve para os melhores caminhos, mesmo que não sejam os mais óbvios. Feliz aniversário, meu neto.

Te amo, te adoro e tudo mais,
Vóinha

Depois de ler o bilhete, a voz da minha mãe ecoou na minha cabeça.

Vai que ele investe na peça de vocês.

Dois dias depois, Clarice e eu estávamos assistindo *Tapas e beijos* no meu apartamento, enquanto uma chuva leve caía sobre o Rio.

— Eu amo as duas — Clarice disse, aninhada no meu colo.

— Hum?

— Fátima e Sueli. — Ela apontou para a televisão. — Fazem a vida parecer tão leve. Até quando elas têm os perrengues com a loja, ou a Fátima com o Armane, tudo só... se encaixa no final.

— Você tá filosofando sobre *Tapas e beijos*? — perguntei, rindo.

Ela soltou uma gargalhada.

— É sério. Queria que a realidade fosse assim. Leve.

— Que graça teria a vida se tudo fosse fácil, hein?

— Você tá romantizando os perrengues, então?

— Não, óbvio que não. É só que... não sei se eu seria quem sou hoje se não tivesse passado pelas coisas que passei, sabe?

— Mas aí que tá. Você não sabe. Nem eu. Mas se eu pudesse ter minha mãe comigo, mesmo sem saber em que lugar da vida isso me colocaria, escolheria ela sem pensar duas vezes.

Deixei aquilo ocupar o espaço e fiquei em silêncio, refletindo. Por mais que eu tivesse passado por situações importantes no decorrer da vida, só a morte de Vóinha tinha sido tão ruim ou traumática a ponto de eu querer reverter. Era fácil falar sem nunca ter passado por nada do tipo.

— Pesei o clima — Clarice disse.

— Não. Me fez pensar, na verdade. E faz sentido. Nunca passei por nada do tipo, que me fizesse ponderar como seria de outro jeito, sabe?

— É. Mas gosto de pensar que, mesmo com a minha mãe viva, eu estaria no teatro. Não foi a morte dela que me transformou em artista, foi a vida que ela me deu. Meu pai me fala que eu já nasci pura arte.

Sorri. Nascer arte era algo bonito de se dizer.

— Onde você quer chegar, Clari? Tipo, seu sonho. Só aqui, entre nós dois.

Ela pensou por um tempo e saiu do meu colo para se ajeitar no sofá ao meu lado.

— Meu sonho não é muito meu — Clarice falou.

— Como assim?

— Tipo, ele *é* meu. Mas sei, ao mesmo tempo, que não é inteiramente por mim que eu quero alcançar, sabe? E não gosto tanto disso, porque a vida é minha, e é só uma. Mas eu acho que meu sonho é devolver pro meu pai tudo o que ele me deu.

— Mas isso é bonito.

— É, eu sei, é só que... Eu queria falar algo mais foda, mais minha cara. Queria que devolver pra ele fosse uma consequência, não uma meta. Mas é isso, sonho em conseguir fazer dinheiro da arte e dar o conforto que ele merece.

Assenti em silêncio. Eu também pensava em dar conforto para os meus pais, claro. Mas, como Clarice disse, seria só uma consequência. Basear seus sonhos em outras pessoas adiciona uma pressão desnecessária nos ombros.

— E você? — ela perguntou.

— Porra, agora se eu falar vou me sentir mal. Você toda bonitinha e eu todo ambicioso?

— Ah, para com isso. Só fala.

— Meu sonho é ser reconhecido pelo que faço. Ser reconhecido como ator. Estrelar um filme indie com a Karine Teles e ser ovacionado, sei lá, em Cannes.

Clarice riu.

— É, complicado. Não é melhor botar os pés no chão?

— Caralho — soltei, sem disfarçar a irritação. — Se quer desdenhar dos meus sonhos pelo menos disfarça, né?

Ela se afastou, e pude sentir o ar entre nós faiscar.

— Desculpa. Não foi minha intenção. Eu só... Não sei. Tô cansada de tudo dar errado, só isso. Você tem essa mania de ser otimista com tudo, me fez pensar na viagem, e agora a gente tá aqui, fora da merda do festival.

Continuei encarando-a, perplexo, sem esconder quanto aquele comentário havia mexido comigo. Eu tinha fugido a vida inteira de pessoas que me faziam duvidar dos meus sonhos. Não era possível que Clarice, agora, fosse uma delas.

— Desculpa se eu acredito em você, porra. Você tem essa mania de se colocar pra baixo o tempo todo, e se tá triste com o resultado, esse sentimento não é só seu. Você escreveu o texto, Clarice, mas adivinha? O Festau era um sonho de todos nós.

Ela me observou, os olhos em chamas. Eu estava de cabeça quente e provavelmente me arrependeria de toda essa discussão. Me senti ridículo.

— Quer saber? Foda-se. Não tem mais sonho nenhum, não tem Festau nenhum, não tem peça nenhuma. Por que a gente tá brigando?! — Clarice finalizou.

O silêncio entre nós se estendeu. Meus olhos observavam a televisão, mas minha cabeça estava em outro lugar. Eu quase conseguia tocar a eletricidade que emanava do corpo de Clarice. Respirei fundo e pensei outra vez na ligação da minha mãe.

— E se tiver outro jeito? E se for por outro caminho?

Clarice soltou uma única risada seca, mas suspirou.

— Que jeito, Igor?

— E se a gente montar um projeto e mostrar pro patrocinador do Festau? Ele pode investir, sei lá.

— Não. Não, não e não. Você não vai fazer isso de novo.

— Isso o quê?

— Me encher de esperança pra eu me foder de novo depois, Igor. Você e essa porra de otimismo.

Agora fui eu que ri, incrédulo. Senti uma raiva inédita, algo que não experienciava havia muito tempo. Ser otimista agora era um *problema*?

porra, clarice

de todas as pessoas do mundo, você?

é por isso

é por isso que a gente não namora

— É por isso que a gente não namora. — Minha boca, mais uma vez, me traiu.

puta que pariu

Senti o olhar de Clarice me fuzilando, mas fui covarde. Não a encarei. Uma notificação no meu celular quebrou o silêncio.

— Você consegue ser muito escroto quando quer — ela disse, levantando e indo até o banheiro. Outra notificação, nos dois celulares. Ouvi a porta batendo enquanto corria os olhos pelo dispositivo, agora na minha mão. A mensagem era de Nic.

Vcs viram o Insta do Festau???????????

Meus dedos começaram a deslizar pela tela na velocidade da luz. Digitei o nome do festival errado quatro vezes antes de conseguir acessar a página no Instagram. Quando vi o post, meu queixo caiu e meu coração quase saltou para fora. A legenda dizia:

Na última sexta-feira, 9 de outubro, anunciamos aqui no perfil os seis grupos selecionados, na área teatral, para o Festival das Artes Universitárias do Rio de Janeiro. Entretanto, conforme alguns vieram nos comunicar, o texto "Indigentes", que seria montado pelo grupo da Escola de Atores Larissa Magno, apresenta conteúdo extremamente similar ao texto "Insetos", do dramaturgo Jô Bilac. Após avaliação da banca responsável, foi decidido que o grupo e o texto estão desclassificados por plágio. O júri avaliador decidiu, portanto, ceder a vaga ao grupo de atores que havia sido alocado em sétimo lugar, agora classificados em sexto: a Universidade do Rio de Janeiro, com o texto original *Um samba de amor carioca*, de Clarice dos Santos de Assis. Pedimos desculpas pelo inconveniente e esperamos ansiosamente as apresentações, no dia 1º de novembro. Merda para todos!

Na imagem publicada, a nova lista de selecionados agora contava com a nossa peça.

Estávamos dentro do Festau.

Senti todos os pelos do corpo se eriçarem e as mensagens no grupo da turma começaram a inundar a parte superior da tela.

TEATRO 🦄 💩

Lua
QUE

Miguel
meu deussssdhfiehdjdhfeir

Lua
puTAQ UE ME PARIUUUUU!!!!!!! PASSAMO
PORRAAAAAAAA!!!!!!!

Quando levantei o olhar, Clarice estava saindo do banheiro. Ela parou brevemente no corredor e anunciou, com uma expressão neutra:

— Tô indo embora.

Meu semblante de choque a fez arquear uma sobrancelha. Levantei e caminhei até Clarice, ansioso, estendendo o celular para ela.

— Nunca mais me fala pra não ser otimista — foi tudo o que eu disse.

Vi sua expressão se tornar um misto de pavor com o mais puro choque. Algumas lágrimas se acumularam no canto de seus olhos.

— Puta que pariu.

— É.

Clarice pegou o próprio celular. Seus dedos frenéticos iam acompanhando todas as mensagens que chegavam, em tempo real, no grupo.

— Caralho — ela disse, olhando direto pra mim. O clima tenso ainda era palpável, mas o nosso foco havia mudado completamente. — Hoje é 12 de outubro. O Festau é dia 1º de novembro. A gente já perdeu três dias de ensaio, porra.

— Calma. A gente já tava com tudo mais ou menos pronto, não tava? Ninguém esqueceu o texto, Susana não esqueceu a ideia. Vai... vai dar certo.

Engasguei no final, pensando em todos os comentários de Clarice sobre meu *otimismo*. Pensando na última frase que eu tinha dito para ela, que nem sequer era verdadeira, movido pela raiva.

— Desculpa. Pelo que eu falei. Eu não quis...

— Tudo bem. Eu... também falei merda.

— Não era verdade, Clari. Não é por isso... Eu não...

Pisquei e, quando dei por mim, Clarice estava em meus braços. Seus lábios buscavam os meus com vontade, suas mãos, agitadas e violentas, desciam por dentro da minha calça.

Um fervor percorreu todo o meu corpo, e por mais que a irritação ainda não houvesse se dissolvido por completo, o sentimento que ganhava espaço agora era outro.

— A gente conseguiu, Igor — ela sussurrou na minha orelha.

Nossas bocas se encontraram outra vez, e o beijo foi forte, bruto e sedento. Os dedos de Clarice, nervosos, abriram o zíper e jogaram minha calça e minha cueca no chão. Arranhei seus ombros, suas costas e sua cintura até finalmente tirar sua roupa. Envolvi-a com os braços e Clarice tirou os pés do chão, enroscando as pernas na minha cintura. Aproximei-nos ainda mais da mesa e a coloquei sentada ali, sem que nossos lábios se afastassem.

O corpo de Clarice grudado ao meu, seus fios azuis se enrolando em meus dedos, o som ofegante de sua respiração e a marca que a mesa deixava na parede a cada nova batida. O cenário se transformava, aos poucos, no mais caótico e desafiador quebra-cabeça.

Mas que nada
Sai da minha frente, eu quero passar
Pois o samba está animado
O que eu quero é sambar

Jorge Ben Jor

11

CANTAREIRA, MONOGAMIA & ETERNIDADE

No dia seguinte, eu, Henrique e Aryel pegamos um ônibus até o Terminal de Barcas de Niterói. Era o dia do "Isoporzinho da Moda", que consistia em um monte de jovens universitários ocupando a praça da Cantareira para beber. "Da Moda" porque tinha sido organizado pelos estudantes do curso de moda, como Caio e Jo.

Na hora de descer, por conta da lotação do transporte, senti meu cotovelo esbarrar com força na cabeça de alguém. Me virei a tempo de ver um garoto de costas, com cachos ondulados caindo sobre a pele escura. Ele resmungou um "oxe, porra", e um calafrio percorreu o meu corpo. Desci e, quando o ônibus foi embora, tive uma sensação estranha de vazio.

A praça da Cantareira era como qualquer outra. Estendia-se por uns bons metros, suas árvores dando ao local um falso ar de tranquilidade. O lugar já começava a encher com os estudantes que saíam da universidade do outro lado da rua, e os bares ao redor, estrategicamente localizados, estavam lotados. Fomos em busca de Caio e Jo, que já deviam estar por ali.

— Tem carioca perdido aí? — a voz de Caio surgiu atrás de nós, e logo fomos enroscados em um abraço desajeitado.

— Oi, amigo — foi Aryel quem respondeu, virando-se pra abraçá-lo direito.

Jo surgiu logo atrás de Caio e, depois de nos cumprimentarmos, seguimos até um dos cantos mais livres da praça. Vários grupinhos se formavam por perto, todas as pessoas segurando uma latinha de cerveja, um beck ou um copo de suco com vodca. Nós não éramos exceção.

Por volta de uma da manhã, a praça estava praticamente intransitável. Estudantes se aglomeravam e ocupavam todos os centímetros possíveis do espaço, dançando, bebendo e se beijando. Homens beijavam homens, mulheres beijavam mulheres, trisais encaixavam os lábios e por aí vai.

Eu e Caio estávamos sentados em um pequeno banco no meio do caos e conseguíamos ver, ao longe, Henrique e Aryel conversando com outro casal que haviam acabado de conhecer — porque ali na bagunça, todo mundo virava amigo de todo mundo. Jo, um pouco mais à direita, beijava um garoto de cabelo rosa.

Olhei para Caio, que assistia à cena com um semblante neutro.

— Te incomoda? — perguntei. As palavras saíram um pouco emboladas, efeito do álcool.

— Hã? — Pela expressão dele, estava mais bêbado do que eu.

— Ver o Jo beijando outra pessoa na sua frente — falei, agora mais alto.

Ele riu de leve, aproximando-se ainda mais do meu rosto para que eu pudesse ouvir com clareza o que dizia.

— Nada, bicha. Eu até fico feliz de ver ele se divertindo, porque eu costumo ficar com mais pessoas. Então fico mais aliviado, acho.

Soltei uma risada e voltei a observar Jo, que continuava a beijar o rapaz.

— Qualquer hora você vai me chamar de bicha na frente deles — comentei, apontando Henrique e Aryel sem a menor discrição. — E eu quero só ver.

— Ih, bicha, relaxa. Eu chamo todo mundo de bicha.

Caio se aproximou ainda mais do meu rosto e eu pude sentir sua respiração.

— O problema seria se eles vissem a gente se pegando — ele sussurrou.

Me afastei e sorri, sem graça.

— Caio. Não posso.

Ele se distanciou e bateu a mão na testa, se desequilibrando e quase caindo do banco.

— Ué. Tá namorando, finalmente? — Caio disse, enrolando a língua.

— Ah... — Ri de leve, com zero condições de mentir. — Não. E brigamos outro dia.

— Você também não avisou ela que ia goz...

Tapei a boca de Caio, impedindo-o de terminar a frase.

— Fica quieto. Não, ela só... Sei lá. Parece que não acredita em mim e nos meus sonhos.

— *Uh-oh. Trouble in paradise?*

— Qual é o seu maior sonho? — refiz a pergunta para ele agora, que ponderou por alguns instantes.

— No momento, estudar moda em Paris. É, tipo, minha meta *número um.*

— E o que o Jo acha disso?

Caio sorriu.

— Toda semana ele me manda algum link sobre "como estudar na França". Jo trata como se fosse um sonho dele também.

Assenti e baixei o olhar, satisfeito com a resposta.

— É. Meu sonho é estrelar algum filme *grande*, trabalhar com Walter Salles, Kleber Mendonça Filho, algo assim.

— Bicha? Que *foda*! Por favor, quando você conhecer o Gabriel Leone...

— Eu pego — eu o cortei, e caímos os dois na gargalhada.

— Você tem vontade? — Caio perguntou.

— De pegar o Gabriel?

— De pegar mais meninos. Explorar esse lado da sua sexualidade.

sim

sim, eu tenho

— Tenho. — Senti as cortinas rasgando um pouco mais, o vento assolando o teatro. Algo se remexia por trás dos panos. — É por isso que eu não consigo... namorar a Clarice. Não consigo me envolver de verdade com ela porque não quero me envolver com ninguém. Eu só queria... ser livre.

Sorri, agora sem graça, mas aliviado de botar pra fora o que estava sentindo.

— Você é livre. Pode até me beijar, se quiser.

— Caio — falei sério, mas não escondi o sorriso. — Não seria justo com ela.

— Eu tô brincando. Quer dizer, mais ou menos. Mas, bicha, você meio que... já tá namorando com ela. Não precisa ter um pedido oficial, um rótulo. Vocês tão saindo exclusivamente um com o outro há, o quê, três meses?

Assenti, rindo daquela ironia, e curvei o tronco por cima do joelho para encará-lo. Eu estava vendo dois Caios.

— Eu sei. Porra, eu sei. É só que... parece que "não oficializar" alivia a minha consciência. Sinto que assim não tô enganando ninguém.

— *I hate to break this to you*, mas você meio que já tá fazendo isso. Ou você manda a real pra gata, ou aceita onde se meteu.

— E qual dos dois eu escolho, ó sábio gay da *Capricho*?

— Nunca mais fala isso na sua vida. E a resposta é óbvia. Você precisa ter cuidado com os sentimentos dela, mas a sua prioridade, na *sua* vida... tem que ser você, lindo.

— Você se vê pronto pra uma vida inteira com o Jo? — fiz a pergunta que passeava pela minha mente havia tempos.

eu me vejo pronto para uma vida inteira com a clarice?

— Sim — ele nem hesitou em responder.

não

Talvez a resposta, realmente, fosse óbvia. Meu peito ardeu com culpa, mágoa e ansiedade. O que caralhos eu estava fazendo? Por que ainda insistia em ficar com Clarice se, lá no fundo, sabia que não queria namorar com ela? Se sabia que estava *machucando* ela?

porque você ama ela

como amiga? como namorada?

vocês se amam, igor
e só o amor é suficiente?

— Ei — uma voz surgiu ao meu lado. Meus olhos demoraram a focar em um garoto parado ali, alternando a atenção entre mim e Caio. Seu cabelo preto caía por cima dos olhos e, em um esforço inútil, ele tentava ajeitá-los para trás. Vestia uma camisa rosa escrito "Altéticta de Comvmicação", ou algo do tipo, porque eu não conseguia distinguir as letras, e um short branco.

Resumindo: lindo pra caralho.

— Vocês tão juntos? Topam beijo triplo? — perguntou, assim, sem a menor cerimônia. Olhei para Caio, que me olhou de volta por apenas um segundo e então foi em direção ao garoto.

— Eu topo — ele disse, agarrando o rapaz pelo pescoço e enfiando a língua de maneira nada comportada em sua boca. Observei a cena por alguns instantes, imóvel, quando um tapa nas costas me derrubou do banco. Caí de cara no chão.

— Porra, Rique, você não tem noção nenhuma! — reconheci a voz de Aryel, que veio quase instantaneamente em meu socorro. Levantei com a ajuda dela e vi Henrique, agachado, quase se mijando de rir.

— Você não presta — falei, começando a rir junto. O problema de Henrique era esse: não dava pra ficar puto com ele. Principalmente quando estávamos os dois bêbados e ele parecia uma hiena no meio da praça pública.

— O... seu... nariz — Rique tentava formular a frase em meio aos soluços. — Tá sangrando!

— Puta merda — Aryel disse. Ela também estava bêbada, mas ao contrário do namorado, tentava se controlar.

Coloquei a mão na cara e senti o líquido escorrendo. Não parecia muito, mas estava sangrando mesmo. Puxei a camisa para cima e pressionei o nariz enquanto tentava não rir.

— Acho que é sinal pra gente ir embora. Cadê o Caio? — Aryel perguntou. Tentei virar o corpo e tive certa dificuldade para não cair outra vez. O mundo estava girando. Quando finalmente consegui levantar, apontei. O beijo de Caio e do garoto agora era complementado por Jo, que pelo visto tinha se cansado do menino de cabelo rosa.

Os dois, juntos, beijando outro garoto por pura diversão e prazer. Pura liberdade. Seus corações estavam um com o outro, ninguém mais. Dois namorados prontos para uma vida inteira.

12

RESSACA, TRIBUNAL & RESISTÊNCIA

No dia seguinte, nenhuma parte daquele rolê parecia ter sido uma boa ideia.

Acordei sem saber meu nome e onde estava. Parecia que um caminhão de concreto tinha passado por cima de mim, dado ré e depois passado outra vez. Eu estava no chão, em cima de um tapete felpudo entre dois grandes sofás. Em cada um deles tinha uma pessoa — ou um cadáver, vai saber? — jogada.

Esfreguei os olhos e, aos poucos, consegui me sentar. O ambiente ainda parecia girar e levei alguns bons segundos para finalmente entender onde eu estava: na casa de Caio. Não sabia como tinha chegado ali, mas pelo menos não estava em uma banheira cheia de gelo com uma cicatriz na barriga. Quando analisei outra vez os corpos no sofá, pude distinguir ambos: Henrique e Aryel, os dois tortos.

Até eu conseguir ficar de pé se passaram, pelo menos, três horas e meia. Ok, foram uns três minutos. Me levantei, ainda cambaleante, quase caindo por cima da mesa de vidro no centro da sala, e me espreguicei. Busquei o celular nos bolsos, mas não o achei. Os raios de sol entravam através da cortina transparente que separava a sala da varanda.

Fui até Henrique e o chacoalhei muitas, *muitas* vezes até ele dar sinal de vida.

— Rique. Cadê seu celular? Preciso ligar pro meu.

— Hmmm. Piru — ele balbuciou.

— Rique, caralho — insisti, dando uns tapinhas na cara dele. Seus olhos se abriram lentamente e sua expressão era de confusão.

— Hum?

— Seu celular.

Suas mãos tatearam os próprios bolsos e ele pegou o aparelho para me dar. Seu semblante era impagável: parecia não saber nem em que planeta estava. As sobrancelhas estavam franzidas e o olhar percorria todo o cômodo, tentando se situar.

— A gente tá no Caio, bonitão — falei, rouco. Quando acendi a tela do celular dele, quase caí pra trás. — Puta que me pariu. É meio-dia e meia.

Henrique nem pareceu se importar. Eu, por outro lado, sentia meu coração a mil. Disquei meu próprio número, segui o som do toque até debaixo do sofá onde Aryel dormia e encontrei meu celular jogado. Não deu outra: havia centenas de notificações do grupo do teatro e outras mil de Clarice. O ensaio de hoje tinha começado às oito e eu, bêbado e sem responsabilidade alguma, havia perdido. E não tinha nem dado sinal de vida.

Ignorei as mensagens e liguei direto para ela, pronto para tomar o esporro do século.

— Caralho, Igor — Clarice atendeu.

— Oi, Clari. Desculpa. Puta merda, desculpa mesmo. Acordei agora, não sei o que aconteceu. Desculpa perder o ensaio.

— Foda-se o ensaio. Você sumiu, não me atendeu, Henrique não atendeu, Aryel não atendeu. Mandei mensagem no Insta do Caio e ele não respondeu. Quase morri de preocupação.

— Desculpa. Mil vezes desculpa. Eu nem lembro de ter chegado em casa, se isso ajuda.

— Não, Igor, só piora, na verdade.

— Bom, eu tô bem, dormi no Caio. Henrique e Aryel tão apagados até agora. Foi mal.

Ouvi Clarice suspirando através do telefone.

— Ainda bem que não liguei pra sua mãe, porque eu tava quase. Me avisa quando estiver voltando. Te atualizo do ensaio de hoje.

— Pode deixar. E desculpa de novo. Da próxima vez eu aviso.

— Não sou responsável por você, Igor, mas eu me preocupo. Só isso. Tenho que ir terminar o ensaio. Beijos — ela finalizou.

Devolvi o celular de Henrique ao seu bolso. Para a surpresa de ninguém, ele tinha adormecido de novo, de barriga para cima e com um dos braços pendendo do sofá. Olhei para Aryel e pensei na possibilidade de acordá-la quando, de repente, ouvi um grito atrás de mim.

Girei o corpo na velocidade da luz e minha reação foi, óbvio, gritar de volta.

— AAAAAAAAAAAAAAAAAAAAAH!

Uma mulher que aparentava ter uns cinquenta anos e muitas cirurgias plásticas me encarava, apavorada, com a mão sobre o peito. Seu cabelo loiro era curto, espetado e mal passava das orelhas. Ela vestia um terno preto com uma camisa social vermelha por baixo.

Percebi uma movimentação ao meu lado e vi Aryel, tão assustada quanto eu, se sentando rapidamente no sofá. Mesmo com os gritos, Henrique ainda parecia estar em outro plano.

— Oi? — falei.

— Que susto, meu Deus — a mulher respondeu, um pouco mais calma.

— Você deve ser a mãe do Caio. Eu sou o Igor, amigo dele.

— Imaginei. Se você puder, por favor... — Ela apontou para minhas pernas. Só então reparei que estava de cueca. Olhei para o chão em busca da minha calça, mas não encontrei, então puxei o lençol de Aryel e enrolei em volta da cintura.

— Desculpa. A gente já tá de saída, viu? — respondi. Queria muito que Caio viesse a nosso socorro, mas pelo visto ele ainda estava apagado.

— Se vocês puderem só ajeitar a sala antes, eu agradeço — ela respondeu. Seu tom não era rude, mas imponente. Caio já havia comentado sobre a mãe advogada, e eu me sentia em um tribunal.

— Pode deixar. Desculpa o incômodo mais uma vez. E o susto.

Ela sorriu, e seu olhar seria capaz de fazer até o mais temido dos promotores mijar nas calças. Então deu passos firmes até a porta, o som dos saltos ecoando por toda a sala.

— Peçam para o Caio me ligar assim que acordar. Preciso ter uma conversinha com ele sobre o uso da nossa sala de estar — ela finalizou antes de ir embora.

Me virei para Aryel, apavorado, e o olhar dela transparecia o mesmo terror, além de confusão. Ela ainda estava acordando.

— Mermão, que vergonha — Ary disse. Com a voz ainda mais rouca que a minha, ela parecia bêbada, mesmo após horas de sono.

Trinta minutos depois estávamos os três de pé, de mochilas nas costas, com a sala quase inteiramente arrumada. Antes de irmos embora, entretanto, procurei o quarto de Caio para me despedir. O corredor era enorme, as paredes repletas dos mais diversos quadros, e cinco portas se distribuíam por ali. Duas, entreabertas, eram banheiros, o que me deixava com apenas três opções. A possibilidade de bater na errada e acordar o pai de Caio me deixava nervoso, mas...

o que é um peido pra quem já tá todo cagado?

Vai saber, talvez o pai dele nem estivesse em casa.

Fui até a porta mais distante à direita, por pura intuição, e bati três vezes. Não demorou muito para que eu ouvisse movimentação. Respirei fundo e, quando a maçaneta por fim girou, não era Caio. Mas também não era seu pai.

Era Jo, sem camisa. Antes que eu pudesse desviar o olhar, reparei que ele usava um binder bege na altura do peito.

— Te acordei? — perguntei.

— Não. Ouvi a bronca que vocês levaram. — Ele riu.

— Valeu pela ajuda, então! — Sorri de volta.

Ele balançou a cabeça em negativa, apoiando um dos braços na lateral da porta.

— Dona Flora Medeiros não sabe que eu tô aqui, e nem pode saber.

— Ela não sabe que o Caio é gay?

— Ah, saber, sabe. Ele não é tão discreto assim. Mas ela prefere não... comentar, entende? A primeira e única vez que ela me encontrou aqui não foi legal.

— Eita. Por quê? — perguntei, sem ponderar se estava sendo invasivo ou não. — Quer dizer, não precisa falar se não quiser. Foi mal.

Jo riu e olhou por cima do ombro para a cama, onde Caio ainda parecia estar ferrado no sono. Ele deu alguns passos em minha direção e encostou a porta atrás de si, baixando o tom de voz.

— Não sei se você percebeu, mas ela não costuma perder a pose. O grito que deu ali na sala? Não é algo comum. Ela não sobe o tom de voz, mas afia que é uma maravilha. Eu tava com o Caio na cama, dormindo depois de uma festa, igual agora, e ela entrou de manhã sem bater. Quando viu a cena...

Imaginei aquela mesma mulher que se apavorou ao me ver de cueca encontrando o próprio filho deitado com outro homem.

— Ela falou que "a casa não é pra qualquer um", que Caio deveria pelo menos "ter a decência de não fazer isso embaixo do teto dela" e mais um monte de coisas. Desde então, ela nunca mais entrou no quarto dele. Acho que prefere não saber quem pode estar aqui dentro.

— Que merda — foi tudo o que consegui dizer.

— É, você se acostuma. O Fernando é pior.

— Fernando?

— O pai do Caio. Nunca tá em casa, o que facilita as coisas, mas ao contrário da Flora, não faz ideia de nada. Ou finge muito bem.

Refleti a respeito. Caio nunca tinha comentado muito sobre os pais, então eu não fazia ideia de como eles haviam reagido ao fato de ele ser gay. Agora eu o admirava ainda mais.

Ele não tinha medo, não tinha vergonha de existir. Vestia sua única armadura e ia pra guerra, afrontando a própria mãe ao trazer seu namorado pra casa. Nunca tentou parecer hétero ou vestir qualquer outra máscara. Vivia livre e tentava ser feliz, dono da própria história e desbravador do próprio caminho. Mesmo sem o apoio familiar, escolheu *ser* e encontrou nos amigos — e em Jo — uma motivação maior.

as cortinas estão rasgando

— Bom... — falei, olhando através da fresta da porta para enxergar Caio. — A gente já tá indo, por causa da hora. Ia dar tchau pra ele, mas não vai rolar. Dá um beijo nele por mim?

— *Outro?* — Jo riu e deu uma piscadinha. — Brincadeira. Pode deixar, falo com ele.

Meu fluxo de pensamentos foi rápido demais e me levou direto para a primeira festa no apartamento de Henrique, onde eu e Caio havíamos nos beijado e ele me prometera que não contaria para ninguém. Meu desespero devia estar transparecendo, porque Jo se apressou em acrescentar:

— Ei, relaxa. Eu só sei porque a gente se conta essas coisas. Tipo, quando ficamos com outras pessoas. Funciona melhor pra gente. Mas ele me falou de todo o rolê. Minha boca é um túmulo. Desculpa pela brincadeira.

— Ah, tudo bem — respondi. Não sabia muito bem como me sentir em relação àquilo, mas entendia a situação. E eu confiava em Jo.

Demos um rápido abraço de despedida e ele me acompanhou até a sala para dar tchau para Aryel e Henrique. Os lençóis já estavam dobrados no sofá e toda a bagunça que havíamos feito não existia mais.

— Ah, é — lembrei. — Dona Flora Medeiros pediu pro Caio ligar pra ela. Acho que não gostou da sala ter virado hostel.

Jo riu e assentiu com a cabeça.

— Ah, imagina. Ela definitivamente amou.

No caminho de volta, liguei para Clarice.

Ela me inteirou de tudo o que havia acontecido no ensaio. Eles focaram nas cenas de que eu não participava — que eram poucas, considerando que Paulo era um dos protagonistas — e ajeitaram algumas marcações em grupo. No geral, não foi uma perda tão grande.

De qualquer forma, fiz um acordo mental comigo mesmo de que não perderia mais nenhum dos doze ensaios até o festival. Eu não ia correr o risco de jogar no lixo a nova oportunidade que nos tinha sido dada. Fiz questão de falar com Ary e Henrique quando descemos do ônibus.

— Vocês tão proibidos de me chamar pra qualquer rolê pelas próximas duas semanas.

— O alcoólatra do grupo é você, Amigor — Henrique respondeu.

— Você se lembra de ter me empurrado de cara no chão ontem?

A risada de Rique veio alta e nasal, quase o ronco de um porco.

— Lembro.

— Pode deixar, Igor. Prometo que não vou te chamar pra nada que atrapalhe os ensaios e não vou deixar o Rique te empurrar outra vez — Aryel disse.

— Agora, o mais importante: já compraram o ingresso pro Festau? — perguntei.

— Agora, meu lindo — Henrique respondeu, sacando o celular do bolso sem nem hesitar. Foi o suficiente para que eu abrisse um sorriso genuíno. — Duas meias-entradas pro espetáculo do ano. Sabia que meu melhor amigo vai ganhar trinta mil reais e uma viagem pra Nova Zelândia, vida?

— Sabia, vida. E não vai levar a gente. Um absurdo — Ary respondeu, meio distraída, enquanto apontava opções de assento na tela do celular de Henrique.

Abri o portão do prédio e seguimos juntos até o elevador. A porta se abriu e eu saí para o corredor do quarto andar, dando uma última olhada para os dois do lado de dentro, que seguiriam para o quinto.

— Até amanhã, Amigor!

— Henrique... — foi tudo que consegui dizer. Eu o vi abrir um sorriso bobo e dar uma piscadinha para mim conforme a porta se fechava outra vez.

Quando me joguei na cama, busquei no móvel ao lado as cartas de Vóinha. Fazia tempo desde a última.

Igor,

Pois o samba está animado, o que eu quero é sambar! E espero que você também, hein, netaço querido? Queria que você estivesse aqui comigo, em Caraíva. A Bahia é uma delícia e eu e Margarete estamos igual pinto no lixo! Tivemos que atravessar o rio de canoa até a cidade, acredita? Quando botei os pés na areia do vilarejo, fiquei encantada. Parece um lugar mágico! Aqui é menor do que Águas do Elefante, e toda a cidade é de areia. Só estou andando descalça! De onde estamos hospedadas, conseguimos ver o mar de um lado e o rio do outro. Você ia amar. Fomos na praia, almoçamos na rua principal e agora há pouco vimos um grupo de crianças fazendo uma apresentação musical na praça da matriz. Um garoto mais ou menos da sua idade, com uns nove anos, dedilhou essa canção no violão e eu me acabei de dançar com a Margarete! Lembrei de você na hora. Amo sua positividade e seu sorriso. Feliz aniversário, meu lindinho, e que esse ano seja repleto de muita alegria na sua vida. Que você receba de volta tudo que oferece ao mundo, e que nunca precise mudar quem você é para isso. Estou aqui, da Bahia, te mandando as energias mais lindas. Você merece.

Te amo, te adoro e tudo mais,

Vóinha

Longe se vai
Sonhando demais
Mas onde se chega assim

Milton Nascimento

13

MENSAGENS, CALMARIA & JÃO

TEATRO 🐴 💩 — 18 DIAS PRO FESTAU!!!!

15 de outubro

Lua

alguém viu minha saia roxa???

acho que deixei no camarim

Clari

Amiga pqp não sei como vc ainda não
perdeu ela de vez

Lua

alguém?????????

Miguel

nope

não faço ideia chuchu

Nic

Tá comigo!

Lua

te amo nicolau do meu cora <3

CLARI

Meu pai disse que vai julgar sua
performance interpretando ele de 0 a 10

Sem querer colocar pressão, só achei
engraçado HAHA

nossa clari realmente hilário

puta q pariu onde ta meu dramin

e se ele nao gostar?????

Pqp eu esqueço como você é dramático

falou a gata que sumiu por três anos
quando não passou no festau

Nunca mais fala cmg

kkkkkkkkkkkkkk <3 boba

clari?

pelo amor de deus eh brincadeira

CINCO NAO EH PAR

Rique
PRAIA HOJE CARALHOOOOOO

eu vou te arrebentar na porrada

aryzita

HAHAHAHA puta merda, mermão, parece criança

Caio

eu e jo topamos, hein????? Venham pra nikitiiii

EU ODEIO VCS

VOCÊ **SAIU DO GRUPO**

ARYZITA **ADICIONOU** VOCÊ **AO GRUPO**

Rique

KKKKKKKFKKWDFJIUWHIDLIFJEWIOHEIU

Caio

não to entendendo nada gays

aryzita

igor tem ensaio e henrique tá enchendo
o saco

mas eh só encheção mesmo pq ele tá
aqui de coberta assistindo esposa de
mentirinha

[Foto em anexo]

Rique

Jogou baixíssimo, vida

kkkkkkkkkkk MANDA UM BEIJO PRO
ADAM SANDLER

Jo

Mandem o link dos ingressos do Festau!
Eu e Caio queremos ir!!

FAMÍLIA

18 de outubro

Mãe

Filho, eu e seu pai vamos para o Rio
um dia antes do festival, tá? Deixa tudo
arrumadinho pra gente!!

> uhuuuuuuu pode deixar!!! vou
> ver se henrique topa comer algo
> com a gente pq ele tá com sdds
> de vocês

Mãe
Ok 😙😙😙

RIQUE

> véspera do festau eu, vc e
> meus pais teremos um jantar
> a luz de velas

Amei vou chamar o pessoal

> Henrique.

KKKK brincadeira. Eu topo, lindo.
Quer q eu cozinhe?

> sei lá vc se entende com meu pai pq
> aquele lá você sabe como eh

Show, vou levar uma garrafa de cantina
também!

não ouse

FAMÍLIA

henrique topou, ele quer saber se
pode cozinhar ou se papai vai fazer
algo

Pai
Ele pode cozinhar. Mas eu vou fazer
algo!

pqp vcs que se virem então!!!!!!!

Mãe
Olha a boca

O dedo rsrs

CLARI

19 de outubro

Vem pra cá hoje?

pode serrrr, que horas?

Sei lá, umas 16h? Meu pai quer ver
o jogo com você

clarice eu odeio futebol

só conheço um jogador

e é o beto garcia!!!

Óbvio, né, o mais famoso kkkkk

Eu falei isso pra ele, mas não adiantou

Disse que todo homem gosta de futebol

nossa, paulo. Inesperado

Pois é. Enfim, vem a hora que achar melhor

que horas o jogo acaba?

Pera aí

18:30

oks

18:30 chego aí!

HAHAHA bobo

CINCO NÃO EH PAR

Rique

Quem topa barzinho hoje pra assistir o
FlaFlu?

Caio

#GaysAntiFutebol

Rique
???

Caio
eu sou gay e odeio futebol, bicha. desculpa!

eu também!!!!!

finalmente alguém q me entende nesta porra

pera eu também odeio futebol, não sou gay

Caio
KKKKKKKKKKKKKKK

Jo
👀

aryzita
Hm.

Rique
O que o seu gaydar diz, Caio? É ou não é?

Caio

CAIO
_____

CAIO MEDEIROS PARE IMEDIATAMENTE

KKKKKKKKKKKKKK eu não falei nada, amigo, vc que se entregou

mas eu não sou gay!!!!!

eu sei

e nem hétero 😛

te odeio mto

ARYZITA

caio sabe de algo que eu
não sei?

hã?

sim ou não?

kkkkkk não?

não entendi

ok.

já ouviu jão?

cara vc é mto aleatória

mas não, pq?

ouça.

... tá?

olha só o que vc fez

[Print da conversa com Aryel]

KKKKKKKKKKKKKKKKK BICHA TO ME
MIJANDO MTO

DESCULPA jo disse pra eu não rir mas é sério
desculpa

vc realmente acha que eles tão levando a sério?

EU SEI LÁ

ELA ME MANDOU ESCUTAR JÃO

O JÃO EH GAY??????

KKKKKKKKKKKKKKKKKKKKKKKKKKKKK
ele é bi igual você <3

amigo, já pensou em só... contar pra eles?

sei que é no seu tempo e nada mais importa além
disso. mas vc sabe que eles vão ficar super de
boa, né? e se quiser manter nossos beijinhos em
segredo KKKKKKKKK não tem problema, juro

amigo eu.... não sei. de vez em
quando passa pela minha cabeça,
mas desde que eu e clarice
começamos a ficar eu me sinto ok em
não falar nada, sabe?

pq tipo... o que significaria se eu me
assumisse bi enquanto a gente fica?
e ainda tem toda a questão do não
namoro, e das inseguranças dela.......

desde q a gente conversou aquele dia eu decidi
que quero conversar com ela sobre a gente

mas sei lá minha cabeça fica meio
perturbada quando penso nisso

ai, é. tipo, não concordo, mas entendo o
seu lado. mas não é legal também você se
privar, sabe? não é algo que você controla.
é quem você é. odeio comparar minha vida
a de outras pessoas porque o assunto não sou
eu, mas quando eu olho pra trás e penso na época
que eu não era assumido, tudo que me vem na
cabeça é: por que eu não me libertei antes??????

e sinceramente nem tô falando de sair contando
pra todo mundo não, mas só de VIVER a tua
verdade, sabe? se você não quiser contar pra
ninguém, foda-se. mas seja. enfim, segue teu
coração. se precisar tô aqui, você sabe.

você foi uma das melhores pessoas
que eu conheci esse ano. obrigado de
verdade ♥

ah mas eu sei disso ;)

caio PARA

KKKKKKKKKKKKKKK

TEATRO 💩 💩 — 9 DIAS PRO FESTAU SOS DEUS

24 de outubro

Susana

Pessoal, só temos mais três ensaios antes do espetáculo e eu queria dizer que vocês tão mais do que prontos!!! A gente poderia até se encontrar mais durante essa semana, mas acho que não há necessidade porque o processo de vocês tá lindo de ver! Lembrando que na véspera temos o ensaio técnico de som e luz no João Caetano às 15h. Vocês são f*das!!!!!! Merda!!!!

Lua

BORA GALERAAAAAAAAAAAAAAAAAAAAAAAAA

O Festau EH
NOSSOOOOOOOOOOOOOOO

Nic

Amo vocês!! Feliz com tudo!!!

Miguel

QUEM TOPA SAIR PRA BEBER HOJE GALERA

Nic

3

2

1

Clari

Não dá ideia, Miguel, pelo amor de Deus

Su, que honra poder ter contado com você durante todo esse processo! Não conseguiria pensar em uma diretora melhor pra ajudar a trazer essa história ao palco! Sou mto grata e mto feliz só de ter chegado até aqui com você, e com todos também 😊

                                        a gente que é grato por você e seu texto LINDO, garota

Susana

Lua

get a room vcs dois pelo amor de deus

socorro susana não foi pra vc, vc sabe né

Nic

SAUSHAUSHAUSHAU

CLARI

26 de outubro

Eu tô mto nervosa

Tomei até Rivotril

Desculpa não estar falando tanto, mas é que minha cabeça tá a mil

                        eu sei, relaxa. mas não precisa ficar nervosa. os ensaios foram maravilhosos e tá todo mundo mais do

que preparado!!! o que for pra ser será,
mas tô confiante de que vai dar bom
demaissss! seu texto é lindo, a história
dos seus pais é linda, tá tudo lindo viu

respira

E quando é que vc não tá confiante? kkkkk

Mas obrigada. Por confiar em mim desde o
início e por estar me aturando durante esse
período todo de caos

Prometo me acalmar depois que tudo isso acabar

na nova zelândia, vc quer dizer?

Igor, para. Pf.

desculpa kk enfim. não tem motivo
pra ficar nervosa, de verdade. já deu
certo ♥

TEATRO 🐴 💩 — 1 SEMANA PRO FESTAUUUHCDIUW

Nic

Vocês viram a presença confirmada no Insta do
Festau?

Lua

pelo AMOR DE DUES INDO AGORA

QUEM GENTE FALA

Miguel
produtor

Clari
???

Lua
[Print do Instagram]

PRODUTOR DE ELENCO DA GLOBO PUTA QUE ME PARIUUUUUUUU

Miguel
eita q nois vai bomba nas telinha

Susana

Lua
gente eu nao tenho nem roupa pra isso pelo amor da deusa ariana grande pf me ajuda

CLARI

É kkkk não tem motivo mesmo pra ficar nervosa

CINCO NAO EH PAR
---

gente

produtor da globo vai no festau

ai meu cu

aryzita
AMIGOOOOOOOO

TUDO

Caio

meu deus bicha você vai ser famosa!!!!!!!!

lembra da gente quando for nas festinhas
com jade picon e viih tube ❤

Jo

Tô ansiouser

Rique

Teste do sofá?

ave maria cheia de graça

FAMÍLIA

gente, abri uma carta de Vóinha
nessas vésperas de festau e não deu
outra: Nilcéia tá se comunicando
comigo, só pode. até chorei kkkkkk

[Foto da carta]

Igor,

Feliz aniversário, meu ATOR! Já posso te chamar assim???
Que orgulho que você me dá. Que sua nova jornada no teatro
seja de muita luz. Desde pequenininho, quando você se
fantasiava pra ir pra escola, eu sabia que a arte corria nas suas
veias assim como corre nas minhas e nas de sua mãe. Até seu
pai tem lá suas artes na cozinha! Já consigo ver você famoso,
cheio das mansões e dos amores, e esquecendo a vó aqui. Ansiosa
para acompanhar essa jornada e para te ver no Faustão. Sobe
com tudo nos palcos da vida e faz aquilo que sabe fazer de
melhor: brilha!!!

Te amo, te adoro e tudo mais,

Vóinha

Mãe

Ah, que coisa linda!!! Saudades da minha mãezinha

Fiquei emocionada

Com certeza ela tá olhando por você e pela gente. Muito orgulho principalmente!!! 🖤🖤

Pai

Na lata, hein? Essa velha era boa de escrita! kkkkkkk

Saudades demais, esquenta o coração!

☺️🖤

TEATRO 🦄 💩 — É AMANHÃ MEU DEUS

31 de outubro

Susana

Igor, cadê você??? Vamos começar a passagem de luz agora!

socorro o metrô QUEBROU NO MEIO DO CAMINHO mas tô saindo da estação agora e chego em 5 minutos graças a deus

Clari

Quase me infarta, lindo.

FAMÍLIA

Mãe

Estamos saindo de Águas agora

Chegamos em umas três horas, porque seu
pai é devagar

Pai

Segurança, não lerdeza 👍

Até já filho!!

TEATRO 🐴 💩 — É AMANHÃ MEU DEUS

Clari

Cheguei em casa! Tudo certo, pessoal

Lua

boa amigaaaaa

Nic

Conseguiu pegar o ônibus então?

Clari

Sim, corri mto mas deu kkkkkk

Susana

Pessoal, é normal terem falhas na passagem
de luz, porque é quando tudo tá sendo ajeitado.
E como não tivemos tanto tempo por conta das
outras peças, ficou corrido. Mas confiem que
amanhã vai dar certo!!! Eu mesma vou ficar na
cabine pra garantir, tá? Façam a parte de vocês
e não se preocupem com o resto.

É amanhã!!!!!!!

vou me m meia noite

kkkkkk brincadeira VAMO COM
TUDO HEIN SAMBERS

Nic
Quê?

sambers pq a peça é um samba de
amor carioca

Lua
amigo calado

RIQUE

Descendo em 5

Certeza que não posso levar a cantina?

absoluta. só vem que jaja eles
chegam

De repente fico rindo à toa
Sem saber por quê
E vem a vontade de sonhar
De novo te encontrar

Maria Bethânia

14
MÃE, PAI & IRMÃO

Abri a porta e dei de cara com três pessoas de uma só vez: minha mãe, meu pai e Henrique, todos com sorrisos enormes no rosto e já colocando o papo em dia. Meus pais entraram primeiro, puxando uma malinha de mão cada um e segurando algumas compras enquanto Henrique, vindo atrás, ostentava uma única sacola plástica e uma garrafa de Cantina.

Eu o encarei, decepcionado, e ele retribuiu com um sorriso sarcástico.

— Tia Ana, preciso dizer que você tá uma gata. Com todo respeito, Joca — Henrique soltou, ajudando meu pai a ajeitar as compras na pia.

— Ah, Henrique, são seus olhos. Você também tá um gato! — minha mãe respondeu.

— Preciso me preocupar? — meu pai interveio, rindo.

— Não. Você também tá um tesão, tio — Henrique falou.

Rimos todos juntos. Sentia falta daquela dinâmica da minha família com meu melhor amigo, que poderia facilmente ter sido meu irmão em outras vidas.

Fui até o quarto ajudar minha mãe com a mala enquanto Henrique e meu pai começavam os preparativos na cozinha. Como a distância entre os cômodos era mínima, a conversa não parou nem por um segundo.

— E a faculdade, Henrique, como tá indo?

— Tá legal, tia. Já comecei a fazer o TCC, então tá bem corrido.

— Corrido, mas fica me chamando pra beber dia sim e dia também, cara de pau — falei.

— Mentira. É mentira, tia Ana. Seu filho que é o alcoólatra.

— É mesmo, Igor? Que história é essa? — minha mãe perguntou, mas seu tom era divertido. — E TCC já, Henrique? O tempo voa mesmo, meu Deus. Vai ser sobre o quê?

— "Uma análise historiográfica dos diários dos soldados russos durante a Primeira Guerra" — Henrique respondeu.

Todos ficamos alguns segundos em silêncio, e meu pai foi o primeiro a falar:

— Entendi porra nenhuma — e riu.

— Pra ser sincero, Joca, é complexo mesmo pra mim. Mas basicamente é sobre as relações homoafetivas dos soldados russos durante o período da guerra. Histórias lindas e trágicas de amor. Se não fosse pela minha orientadora, eu não teria escrito nem duas linhas. E minha namorada me ajuda também, do jeito que dá.

Meu coração pulou uma batida ao ouvir Henrique falar, casualmente, que seu trabalho de conclusão de curso era sobre *soldados gays*.

— Verdade, a Aryel! Como ela tá? Vai dar casório, é? — minha mãe perguntou.

Eu ri e encarei Henrique, vendo-o, pela primeira vez na vida, com uma pontada de nervosismo na voz.

— Ih, tia, falta tempo ainda! Querer eu quero, né? Mas ainda tem vida pela frente, calma lá.

— Tá certo. Melhor esperar um pouco mais antes de tomar essas decisões. Vai que se arrepende? — meu pai comentou. Ele já começava a separar as panelas, colocando umas sobre a pia e outras nas bocas do fogão. Henrique o acompanhava com o olhar, sem entender muito bem os movimentos. E provavelmente apavorado com a quantidade de coisas que ele estava usando.

— Que isso, João Carlos? Tá arrependido de ter casado comigo? — minha mãe perguntou. Eu havia separado duas prateleiras do meu armário para ela. Depois de um tempo, já estávamos quase esvaziando a mala.

— Jamais, meu amor. Me apaixono por você todos os dias!

— Meu Deus, vocês são muito adolescentes ainda, né? — Henrique riu.

— Pra você ver. Seguinte, Henrique: pensei em preparar pappardelle ao molho bechamel com camarões trufados. Trouxe também coentro, alho-poró e outras coisinhas. Bora? — meu pai disse.

A cara de Henrique era impagável. Ele encarou meu pai em completo silêncio, desviou o olhar para mim e retornou para ele. Por fim, riu.

— Vou te ajudar bebendo essa Cantina aqui, porque não entendi porra nenhuma!

As gargalhadas preencheram todo o apartamento.

Algum tempo depois, o aroma da cozinha já era dos deuses. Era como se eu estivesse no restaurante dos meus pais outra vez, com a sensação de paz que sempre tinha quando visitava Águas. A diferença é que, agora, sentia isso no Rio. Meu lar não ficava, necessariamente, em Águas do Elefante. Era qualquer lugar em que eu estivesse em família.

Não eram muitas as vezes que meus pais pisavam na capital carioca, então eu fazia o máximo para aproveitar cada segundo.

Cedi à insistência de Henrique e já estava no segundo e último copo de Cantina da Serra. Não podia beber muito porque, em menos de vinte e quatro horas, estaria no palco do gigantesco teatro João Caetano, apresentando a peça para aproximadamente mil pessoas. Os ingressos haviam esgotado naquele dia mesmo, quando estávamos no ensaio final. A sensação coletiva foi caótica, um misto de nervosismo pela apresentação e orgulho. Orgulho de estarmos no maior festival universitário do país e de poder fazer arte, aquilo que mais amávamos, na frente de centenas de pessoas que, assim como nós, valorizavam o teatro.

Amanhã seria o primeiro dos três dias consecutivos do festival. Duas peças se apresentariam por dia até domingo, quando também haveria o anúncio do campeão, além de premiações secundárias como "Melhor ator", "Melhor atriz", "Melhor direção" e "Melhor roteiro".

Me levantei do sofá e fui até o quarto, aonde minha mãe tinha ido se trocar. Ela vestia agora uma camisola rosa com estampa de tulipas, que se estendia até os joelhos e me trazia alguma lembrança que eu não conseguia identificar. Estava de costas, olhando através da janela para o horizonte de prédios do Rio de Janeiro. O som ambiente dali era bem diferente do que ela estava acostumada: bares lotados, carros nas ruas e, às vezes, sirenes ao longe. Já eu gostava do excesso de barulho. De alguma forma, fazia com que me sentisse vivo.

Eu já estava levemente embriagado e por isso, talvez, tenha ficado um pouco emotivo. Reparei nos fios brancos que, de maneira bem discreta, começavam a aparecer em seus cabelos. Mesmo que minha mãe ainda fosse jovem, já dava para ver alguns sinais da idade chegando. Suas mãos estavam mais enrugadas, assim como os braços e ombros, mas ela não se importava: admirava as pessoas que abraçavam a velhice, não escondiam as marcas, os vestígios de tudo que tinham vivido.

Eu não podia deixar de pensar em como ela, um dia, me faria uma falta absurda.

Balancei a cabeça e afastei o pensamento. Odiava mergulhar no tópico *finitude da vida*. Desviei o olhar para a parede e observei o espaço, antes vazio, já quase todo coberto pelas cartas de minha avó.

— Mãe? — chamei.

— Oi, filho.

Apontei para onde eu olhava, e sua atenção se voltou pra lá também. Ela abriu um sorriso puro e sincero e se aproximou para ler com mais calma.

— Sua avó te amava muito, sabia?

Retribuí o sorriso e senti o álcool correndo pelas veias quando meus olhos se encheram de lágrimas.

— Sabia.

— Cadê as outras? — minha mãe perguntou, passeando os dedos pelas cartas na parede.

— Eu tô abrindo aos poucos. Quando alguma coisa me deixa nervoso ou ansioso, ou quando sinto que preciso ler. Não quis acabar com a experiência de uma vez só.

Ela assentiu.

— Posso abrir uma? — perguntou.

Ponderei por alguns segundos. Até então eu não tinha pensado na possibilidade de outra pessoa abrir uma carta. O sentimento era estranho. Não era ciúme, não era egoísmo. Era apego. Ler essas mensagens havia se tornado quase um ritual para mim.

Minha avó tinha morrido, mas ainda fazia parte deste universo, e continuaria fazendo enquanto houvesse pessoas na terra que se lembrassem de sua existência.

Abri o armário e peguei a pilha de cartas, agora bem menor, e as embaralhei outra vez antes de estender para minha mãe.

— Escolhe — falei.

Ela se sentou na cama e puxou um dos papéis. Me sentei ao seu lado e esperei que desdobrasse a carta, que leu em voz alta. Só então reparei em como sua voz estava cada vez mais parecida com a de Vóinha.

Igor,

Mal consigo acreditar que você já está fazendo dezesseis anos. Parece que foi ontem que chegou ao mundo e tornou meus dias mais alegres, coloridos e vibrantes. Lembro do dia em que sua mãe me contou que estava grávida. Eu estava sentada aqui em casa, terminando um boi-bumbá de papel machê, quando ela me mostrou o teste de gravidez. Vi amor em seu rosto, mas também receio. Medo da escassez, medo de só o amor não ser suficiente para criar um filho. Quando eu e seu avô Maurício recebemos a notícia de que sua mãe estava a caminho, também sentimos esse baque. E por isso fui a primeira a abraçá-la e dizer que tudo ficaria bem, qualquer que fosse sua decisão. E ela, sem pestanejar, te trouxe para a família. Desde que vi seu sorriso, soube que você seria diferente de qualquer pessoa que eu conhecia. Mais puro, com o coração gigante, capaz de ser moradia para qualquer um que ousasse te conquistar.

Me faz feliz saber, todos os anos, que moro aí dentro com você. Feliz aniversário, meu neto!

Te amo, te adoro e tudo mais,

Vóinha

— Ah, mãezinha — minha mãe falou, e percebi que seus olhos estavam marejados, como no velório de Nilcéia.

Poucas foram as vezes, ao longo da vida, que a vi chorar. Todo mundo, quando criança, tem a impressão de que os pais são super-heróis, que nada seria capaz de derrubá-los. Não fazemos ideia do quanto estamos errados. É difícil, conforme crescemos, desmistificar essa fantasia que criamos em torno deles, e entender que também se machucam, choram, são vulneráveis. Só quando param de esconder as dores e mágoas é que nos damos conta, de fato, do quão fortes são.

Ver minha mãe chorando na minha frente me fez perceber como ela era forte. Quando li aquela carta pela primeira vez, aos dezesseis anos, sequer havia entendido seu real significado. Agora, aos vinte e um, todas as frases estavam claras como a luz do dia. Minha mãe se tornou ainda mais incrível diante dos meus olhos.

Peguei o celular e conectei discretamente à caixa de som da sala enquanto punha "Cheiro de amor", da Maria Bethânia, para tocar. No mesmo instante, ouvi Henrique gritar da sala:

— Ai, caralho!

O volume estava no máximo. Ri e olhei para a minha mãe, que limpava as lágrimas e sorria de volta para mim.

— Me faria a honra? — perguntou, levantando e estendendo a mão.

Não aguentei. Senti uma lágrima escorrer pela bochecha enquanto observava seu sorriso, seus olhos azuis, sua camisola. Finalmente, percebi de onde a reconhecia.

Era dela.

A camisola era de Vóinha.

Meu sorriso se alargou e eu aceitei o convite. Tomei sua mão pelo Igor de seis anos que via a avó dançar sozinha na sala. Pelo Igor de doze que, quando convidado por ela, saía correndo com vergonha para o quarto dos fundos. Pelo Igor de quinze que arriscou uns poucos passos antes de se jogar de volta no sofá.

Segurei sua mão e dancei, pelo Igor de vinte e um anos que morria de saudades daquela mulher.

Entre passos de dança, rodopios e tropeços, conduzi minha mãe até a sala. Henrique não levou mais do que quatro segundos para se erguer, com a garrafa de Cantina na mão, e se juntar a nós. Meu pai surgiu pelo vão da cozinha carregando duas panelas e se remexendo na batida da música. Apoiou ambas na mesa e se aproximou de nós três, erguendo os braços no alto e cantando junto com Bethânia.

Henrique não interferiu no nosso momento, na nossa conexão, no nosso ritmo. Ainda assim, ele se balançava em harmonia com a gente. Na sua loucura, com passos desengonçados e risadas escandalosas, Rique sempre se fazia presente.

Eu sabia que, um dia, quando minha mãe tivesse partido e meu pai também, Henrique ainda estaria ali.

E com ele estariam Nilcéia, Ana e João Carlos.

Com ele estaria toda a essência da minha família. Porque Henrique também era família.

Minha família.

15

CAOS, DEDO NO C# E GRITARIA

Entrei no camarim do teatro João Caetano e encontrei todo mundo cuidando dos preparativos. Clarice e Lua ajeitavam a bancada com as maquiagens que tinham trazido, de maneira que facilitasse o uso quando necessário. Nic e Miguel arrumavam a arara com os figurinos e etiquetavam as roupas com o nome dos personagens e a cena em que seriam usadas.

— Cheguei, meu povo — falei, juntando minha mochila com as demais.

Clarice se virou na minha direção e sorriu, animada.

Senti um aperto de ansiedade no peito. Não só pela peça que estávamos prestes a apresentar, mas porque eu queria conversar com Clarice.

Precisava conversar com Clarice.

Desde o meu diálogo com Caio na Cantareira, algo tinha se encaixado dentro de mim. Entendi que não podia continuar levando esse não relacionamento daquela forma, envolvendo-a sem que eu, de fato, me envolvesse.

Eu amava estar com ela, é claro, e tinha quase certeza de que a amava. Mas isso não era o suficiente. Clarice não merecia toda essa confusão. Ela merecia alguém disposto a se entregar de braços abertos para a galáxia que oferecia em retorno.

E por mais que me doesse admitir, esse alguém não era eu.

Fui cumprimentá-la com um beijo — a conversa teria que esperar até depois do Festau.

146

★ ★ ★

Três horas depois estávamos todos no palco para o ensaio, junto com Susana e funcionários do festival que iam e vinham pelo ambiente, organizando equipamentos, mexendo na iluminação e varrendo toda a extensão do edifício.

O teatro João Caetano era lindo por dentro. As paredes eram revestidas de madeira, e um carpete preto se estendia até o final do piso inferior, onde centenas de cadeiras se espalhavam em três grandes fileiras. Ainda em cima, mais ao fundo, havia um mezanino em formato de V a alguns metros do palco, com mais dezenas de poltronas enfileiradas.

— Certo, gente, junta aqui. Vou subir pra cabine e vamos passar as marcações, tudo bem? Não precisam fazer as cenas de fato, só as marcações, pra gente checar a ordem das luzes — Susana disse.

E assim fomos nós, cena a cena, confirmando que a iluminação estava alinhada com o nosso trabalho. Luzes nos seguiam, pintavam o palco, demarcavam ambientes e até criavam realidades paralelas.

Uma das coisas que fez com que eu me apaixonasse pelo teatro foi a possibilidade de desbravar o mundo inteiro de cima do tablado. Criávamos cenas de praia, rua, casa, floresta, montanha e até oceano. E isso era possível tanto nas apresentações mais simplórias e sem investimento, contando apenas com o palco e com o ator, até nas grandes performances repletas de cenários, iluminação, móveis e efeitos sonoros. No palco, o impossível se tornava possível.

No palco, eu não era mais Igor. Eu era Paulo, Romeu, Timbira, Édipo, Edgar, Peter Pan, Macbeth, Hamlet. Eu era todo mundo e podia ser qualquer um.

Escondia minha face atrás de máscaras e encenava uma versão de mim que não era, de fato, eu mesmo.

Não tão diferente da realidade, pensei.

Durante aproximadamente quinze minutos refizemos todas as cenas: passamos pelas casas das vizinhas, pelo cinema, pelo passeio na Lagoa; encenamos o primeiro beijo, a primeira discussão, a primeira vez; pegamos vários ônibus e dançamos em muitas rodas de samba — era samba em casa, samba no bar, samba na rua até chegarmos, por fim, no samba da gravidez. Encerramos a última cena e o palco mergulhou na escuridão antes de, logo em seguida, se acender outra vez.

Estávamos prontos.

Depois de aproximadamente três horas de caos, dedo no cu e correria, cometi um grande erro. Faltavam trinta minutos para o início do espetáculo e eu estava com Clarice no camarim enquanto ela fazia minha maquiagem. Como eu interpretava Paulo, não usaria nada muito chamativo, mas Susana sugeriu que todos passassem uma leve sombra nos olhos.

Nic estava conferindo mais uma vez a ordem dos figurinos de todo mundo na arara e os demais já estavam no palco aquecendo ou se concentrando. Em vinte minutos as portas se abririam e o teatro começaria a se encher.

— Calma, tô quase. Não pisca — Clarice disse enquanto finalizava. Meu olho, que não tinha o costume de ter um lápis quase o invadindo, lacrimejava um pouco. — Para de chorar, vai borrar tudo! — Clarice continuou. — Pronto. Dá uma olhada.

E foi aí que eu errei. Tinha um espelho gigante e iluminado na minha frente, mas minha primeira reação foi pegar o celular para olhar na câmera frontal, mais de perto. Ao pegar o aparelho, dei de cara com várias notificações de mensagens, e a mais recente, de Henrique, dizia:

Foi mal mesmo, Amigor :(

Nervoso, abri o WhatsApp para ler tudo o que tinha acontecido. Clarice pareceu notar a minha expressão.

— Que foi?

Não respondi, concentrado demais lendo as conversas.

CINCO NAO EH PAR

Rique

Gente, fodeu

Fodeuuuu

aryzita

Que foi, vida?

Tá tudo bem?

Caio

???

Rique

EU TÔ TRANCADO EM CASA

aryzita

??????? Quê????

Caio

tá zoando bicha

Rique

Pior que não

Eu tô pronto pra sair e já revirei a casa inteira atrás
da chave

Parece até cena de crime

Não tá aqui em lugar nenhum

aryzita

Pqp Henrique pq vc não veio comigo????

Rique

Eu tinha que escrever o tcc!!! Eu te falei

Vc tem a chave reserva?

aryzita

Tenho, vida

Mas eu, Caio e Jo já estamos aqui em frente ao teatro

Se eu for levar aí vou perder a peça

Rique

Puta q pariu cara minha vida é uma piada e agora????

RIQUE

Igor

Vc sabe que eu te amo muito

Muito

E tô mal de verdade

Mas não consigo sair de casa

Não vou conseguir te assistir hoje :(

Eu tô mto puto comigo mesmo eu não sei onde enfiei a chave

Muita merda pra vc

Foi mal mesmo, Amigor :(

— Igor? — Clarice perguntou de novo.

Encarei-a e fiz ainda mais esforço para não chorar. Dessa vez, não era o lápis incomodando meu olho.

— Rique não vem.

— O quê? Por quê? — ela perguntou, surpresa.

Apenas balancei a cabeça e suspirei profundamente. Meu melhor amigo não estaria presente na minha grande estreia.

Metade de mim dizia que era bobeira eu me sentir assim. Mas a outra metade estava em cacos. Henrique sempre estivera comigo nos momentos mais importantes. Saber, faltando vinte e cinco minutos para subir no palco, que a plateia estaria com um lugar vago e que uma das pessoas mais importantes *da minha vida* não estaria ali... foi o suficiente para me abalar emocionalmente. Toda minha vontade de atuar evaporou.

— Que merda. De verdade. Mas não deixa isso mexer com você. Não pode deixar — Clarice disse.

Eu assenti, porque ela tinha razão, mas era difícil. Ri, ainda segurando as lágrimas, mas algumas escapavam contra a minha vontade.

— Que coisa ridícula, sério. Não sei por que tô assim. Eu só... Sei lá. Amo muito ele. Gosto de ter as pessoas que eu amo comigo nos momentos especiais.

— Ele vai estar aqui de coração, eu te garanto. Rique é seu melhor amigo, mas tem mais pessoas ansiosas pra te ver. Sua mãe, seu pai, Aryel, Caio, Jo... Nilcéia — ela finalizou.

Aquilo foi o bastante para que minha visão embaçasse com as lágrimas. Olhei para baixo, tentando não borrar a maquiagem recém-feita por Clarice. Quando a encarei novamente, eu estava sorrindo.

— Obrigado, Clari. De verdade. Me desculpa por... — interrompi, antes que desse voz a tudo que vinha sentindo. Por sorte, ela entendeu apenas como um perdão pelo choro.

— Tá tudo bem, bobo.

— Pessoal, junta aqui no palco! — ouvimos Susana gritar. Conferi meu rosto no espelho e confirmei que, por milagre, nada havia borrado. Peguei a mão de Clarice e fomos, juntos, em direção ao nosso grande sonho.

Quando chegar o momento
Esse meu sofrimento
Vou cobrar com juros, juro
Todo esse amor reprimido

Chico Buarque

16
JANDIRA, PAULO & SORRISOS

Faltavam cinco minutos para as cortinas se abrirem. Já ouvíamos o bur-burinho das pessoas lotando, aos poucos, o teatro. Vozes se misturavam em conversas e gargalhadas. Era como se eu conseguisse ouvir tudo, até o som das poltronas rangendo.

Muita coisa passava pela minha cabeça, mas um pensamento se des-tacava, e eu tentava afastá-lo a qualquer custo: Henrique não viria à mi-nha peça. Migrei desse para o fato de que, a alguns metros dali, meus pais e amigos se acomodavam para me assistir. Fechei os olhos e os imaginei, juntos, ansiando por um espetáculo do qual eu fazia parte. Pensei em Vóinha e em como ela, mesmo odiando o Rio de Janeiro, adoraria es-tar aqui hoje.

Pensei nas nossas danças, nas nossas conversas, nas suas cartas, que ainda serviam como alento pro meu coração.

Formávamos um círculo. Uma de minhas mãos estava entrelaçada com a de Clarice, e a outra, com a de Lua. Nic e Miguel completavam a roda, com o olhar baixo e em silêncio, se concentrando. Susana se jun-tou a nós e observou cada um, o semblante orgulhoso.

Tanta coisa tinha acontecido para que a gente estivesse ali, naquele palco. Processos, ensaios, festas, bares, amizades, amores e, ainda assim, não parecia ter sido o suficiente. Não para evitar as saudades. Era nossa primeira grande apresentação juntos e, possivelmente, a última. Nada seria capaz de superar os últimos meses.

Na iminência do espetáculo, fechei os olhos e senti.

Senti Henrique, ainda que de longe, com o coração grudado ao meu.

Senti Nilcéia dançando pelo palco, limpando todas as impurezas.

Senti minha mãe passeando com o pincel pelo tablado, pintando-o das mais lindas cores para que seu filho pudesse ser também pintura.

Senti meu pai e o aroma de sua cozinha: o aroma de casa, de abrigo, de amor.

Senti Aryel, Caio e Jo preenchendo o espaço com seus sorrisos e suas gargalhadas.

Eu não estava só.

Jamais estaria.

— Podemos? — Susana perguntou.

Todos ergueram a cabeça e se entreolharam, um só sentimento percorrendo toda a roda.

— Clarice, quer fazer as honras?

Ela sorriu e assentiu. Seu olhar era firme e repleto de amor. Não havia mais caos, estresse ou nervosismo ali: havia uma única energia, fluindo entre todos nós.

— Eu seguro minha mão na sua — Clarice começou.

Todos repetiram em um coro lindo e arrepiante, que se propagava através das cortinas e das paredes do teatro até a praça Tiradentes.

— Eu seguro minha mão na sua!

— Eu uno meu coração ao seu.

— Eu uno meu coração ao seu!

— Para que juntos possamos fazer...

— Para que juntos possamos fazer...

— Aquilo que eu não posso.

— Aquilo que eu não posso!

— Aquilo que eu não quero.

— Aquilo que eu não quero!

— E aquilo que eu não consigo fazer sozinho.

— E aquilo que eu não CONSIGO FAZER SOZINHO!

— TEATRO! — Clarice gritou.

— TEATRO!!! — todos berraram em uníssono.

— MERDAAAAAAAA!!! — o coro vibrou em uníssono mais uma vez, ecoando pelo grande João Caetano. Parte da plateia gritou junto, e meu coração se acelerou ainda mais.

hora de fazer história, hein?

Clarice, Lua e Miguel se juntaram no centro do palco e se sentaram nas cadeiras ali dispostas para a primeira cena, em um ônibus. Eu e Nic corremos para a coxia, porque começaríamos fora de cena.

Tudo estava pronto. A terceira e última campainha soou.

Agora.

Era agora.

As cortinas se abriram, a luz inundou o tablado e os efeitos sonoros invadiram o teatro. O palco ganhou vida.

Olhei para a plateia, escura, mas consegui entrever o mar de pessoas. Centenas, talvez.

mas um lugar eu tenho certeza de que está vazio

Afastei o pensamento e olhei para Nic, que assentiu e sorriu.

Então, nós dois entramos em cena.

— Ih, rapá! Corre pro busão!

No teatro, *tudo* o que eu fazia era intuitivo. Tirando as marcações da diretora, todo o resto era feito com o coração, e não com a cabeça. Na verdade, *até mesmo* as marcações, assim como o texto.

Eu havia decorado o roteiro, lógico, e obviamente ele já estava entranhado no meu cérebro. Mas, se é que isso faz sentido, não era dali que eu tirava as falas: elas apenas fluíam de mim. Estar no palco era estar em constante troca com os parceiros de cena, mas não de maneira racional: eu os sentia e os ouvia. Ouvia o que me diziam, sentia o que me faziam sentir e todo o ambiente construído em volta da história sendo contada.

A importância dos ensaios e de todo o processo é que, depois de um tempo, você não precisa mais *pensar* antes de *fazer*. Você confia no próprio trabalho e em si mesmo, e simplesmente faz.

Eu não estava ali pensando no que estava fazendo: estava vivendo cada uma das ações.

As cenas se desenrolavam sem esforço. Nunca antes estivemos tão em sincronia como naquela apresentação. Nas trocas de figurino nas coxias, que eram feitas em segundos, todos que estavam fora de cena auxiliavam. Nas transições de cenário, com as marcações estabelecidas por Susana, ninguém errava nem um centímetro do que havia sido combinado.

E o público respondia ao nosso jogo. Riam das nossas piadas, gargalhavam dos desastres pessoais dos personagens e cantavam as músicas da trilha sonora. Nas cenas mais pesadas, ouviam-se fungadas, e vez ou outra também um riso fora de hora — nada novo sob o sol. Era divertido até quando cenas não intencionalmente cômicas despertavam o humor. A história era uma só, mas as interpretações eram de cada um.

Na cena que marcava a metade da peça, eu e Clarice estávamos sozinhos no palco. Paulo e Jandira ensinavam um ao outro a sambar — ou pelo menos tentavam, já que nenhum dos dois tinha lá muito talento para isso. Clarice dançava em meio a tropeços e eu, desajeitado como era, não precisava me esforçar para sambar mal. Aos risos, a plateia comprava tudo o que fazíamos.

Até que, sem querer, eu pisei em falso.

Perdi o equilíbrio aos poucos, quase que em câmera lenta, e tombei na direção de Clarice. Vi o pavor em seus olhos quando nossos corpos colidiram e caímos juntos com um forte baque. Reações de surpresa e de choque foram preenchendo a plateia.

Por segundos que pareceram horas, o teatro mergulhou no silêncio. Encarei Clarice, que me devolvia um olhar nervoso.

Não consegui pensar em nada, mas não era preciso.

Meu coração estava no palco.

Paulo se ergueu num pulo e estendeu a mão para Jandira, enquanto a outra ajeitava o terno barato.

— Quando eu digo que tô caidinho por você, dona, você precisa acreditar em mim.

Clarice logo entendeu o recado e sorriu. Jandira pegou a mão de Paulo e se pôs de pé, enquanto algumas pessoas voltavam a rir timidamente.

— Me derruba assim de novo pra você ver se eu não sambo nessa tua cara de tacho, Paulinho — ela retrucou, e o público respondeu com uma estrondosa maré de gargalhadas. A música subiu outra vez e Jandira foi saindo de cena enquanto eu, Paulo, corria atrás dela igual um cachorrinho.

— Você vê se me dá licença que eu vou arranjar um homem que tenha mais gingado! — ela disse na saída.

— Ô, dona! Jandira! Volta aqui, mulher! — finalizei e a segui para a coxia.

Nic e Lua entraram em cena conforme eu e Clarice saíamos. Miguel entrou junto, por trás, para ajudar na transição de cenário.

Ainda estávamos no jogo.

Durante o restante da peça, tudo deu certo, com exceção de duas luzes colocadas em momentos errados que provavelmente ninguém percebeu.

Miguel e Nic cativaram o público como Robson e Tonho, e estavam na grande maioria das cenas cômicas. Lua entrava mais em cenas comigo e Clarice, e o jogo era maravilhoso, porque nós três interpretávamos os grandes amigos que também éramos na realidade.

Finalmente chegamos na cena final. Quase uma hora havia se passado desde o início, e tínhamos o ânimo ainda no teto. Os outros estavam em cena, eu e Clarice ainda aguardávamos na coxia. Tonho e Robson conversavam sobre uma novidade que havia sido espalhada por Maria Auxiliadora, irmã de Jandira. Tonho, melhor amigo de Paulo, era o centro da cena, nervoso por saber antes do amigo que ele seria pai. O público ria sem parar.

Faltavam poucas falas para que nós dois entrássemos em cena pela última vez. Clarice estava ao meu lado. Me virei para ela e peguei suas mãos. Nossos olhares estavam fixos um no outro, dizendo muito mais do que qualquer palavra seria capaz de expressar.

— Pauloca vai ser pai, meu Jesus Cristinho! Quem que vai contar pra ele, Maria? — Tonho perguntava, em desespero.

Sorri para Clarice. Era nossa deixa.

— Cala essa boca, garoto, que Jandira vai falar. Você não abre esse bico senão eu te arrebento, viu? — Maria Auxiliadora replicou.

Entramos em cena de mãos dadas, e Tonho quase caiu pra trás.

— Ai, meu pai! — ele gritou. — Meu *pai do céu*! Tô falando do pai do céu. Não de outro pai. Que pai?

Maria Auxiliadora deu um tabefe no braço dele e o empurrou para o meio da muvuca do samba. E mais uma vez, ganhamos o público.

A cena toda levou mais ou menos sete minutos. O samba-enredo da Viradouro animava a plateia, e todos caprichavam na roda de samba.

Eu e Jandira estávamos no meio daquela festa, abraçados, cercados por nossos amigos e finalmente juntos. Nada mais nos separaria.

Clarice e eu dominávamos o centro do tablado, na boca de cena, e os canhões de luz iluminavam apenas nós dois. O restante do palco estava sob uma meia-luz azul. A música baixou, as vozes do burburinho ensaiado também.

— Meu amor. — A voz de Jandira era suave, mas intensa.

— Ô, dona — respondi. — Eu e você, hein? Pra sempre. Nós dois. Ela sorriu. Um sorriso doce, puro e cheio de amor.

— Nós três.

Minha expressão se fechou em confusão.

— Três? Ah, ô dona, quem é o salafrário? Eu já te disse que sou o amor da tua vida, esquece os outros! — supliquei.

O público respondia num misto de risadas e choros discretos. A energia que chegava dos assentos era surreal. Nunca, em toda a minha vida, eu tinha sentido algo tão intenso.

A magia do teatro era essa: a troca não acontecia somente no palco. Acontecia também do palco para a plateia e da plateia para o palco. Sem o público não seríamos nada.

Jandira também riu, sincera. Sua gargalhada era genuína, leve como a brisa.

— Nós três, sim. Eu, você... — Ela apoiou as mãos na barriga e inclinou a cabeça para o lado. Lágrimas se formaram em seus olhos, e também surgiram nos meus. — E ela.

A primeira lágrima escorreu pela minha bochecha antes mesmo que eu pudesse pensar. Meu queixo caiu, devagar, e uma expressão de choque — um choque alegre, esperançoso e cheio de vida — tomou conta de mim.

— É sério, dona?

— É sério, meu amor.

Jandira e eu nos abraçamos. O silêncio que vinha do público não era vazio: era preenchido pela mais pura emoção. A história de Clarice estava, finalmente, no mundo. E a jornada estava apenas começando.

— É uma menina? — perguntei.

— Não sei ainda. Mas sinto que é. Se Deus quiser, vai nascer com samba no pé!

— Filha sua, dona, não vai é conseguir deixar de sambar.

Peguei o rosto de Jandira entre as mãos e a beijei. O volume da música aumentou outra vez e o burburinho no palco também. A roda de samba que até então estava na lateral do palco se espalhou por todos os cantos, inclusive entre a plateia. Eu e Jandira caímos na gandaia e mergulhamos no meio dos nossos amigos, dançando e gritando aos quatro ventos. As luzes se apagaram, o samba terminou em um último batuque e o teatro ficou em silêncio.

Quando as luzes se acenderam outra vez, estávamos todos em linha reta, de mãos dadas, na frente do palco.

Um aplauso. Dois aplausos. Três aplausos.

O movimento foi se espalhando como fogo em pólvora.

Então, centenas de pessoas aplaudiram em conjunto. Gritos ecoavam pelo teatro. Assobios riscavam o ar. Na primeira fileira, uma senhora se pôs de pé. Ao lado dela, um rapaz, mais jovem, imitou o gesto.

O teatro inteiro seguiu como em uma grande onda. De frente para trás, as pessoas foram levantando, uma a uma. Meus olhos percorriam a plateia conforme eu os via, uns pulando, outros vibrando, alguns gritando com ainda mais intensidade.

O som era ensurdecedor. Olhei para Clarice, ao meu lado, e as lá-grimas de Jandira agora também eram suas. A maquiagem borrada não importava mais. Meus próprios olhos foram pesando. Queria chorar, mas não ali, na frente de todos.

Até que ouvi, mais alto que todos os outros, um grito reverberan-do por todo o teatro.

— IGOOOOOOOOOOR!!!!!!!

Senti um arrepio subir até a nuca. Busquei, confuso, a origem do som. Mais à frente, na primeira fileira, encontrei meus pais, emociona-dos, de pé e aplaudindo. Na fileira ao lado, Aryel, Caio e Jo vibravam e gritavam com afinco. Paulo estava um pouco mais ao fundo, junto com outras pessoas que estavam tão emocionadas que só podiam ser Robson, Seu Tonho e Maria Auxiliadora, personagens da peça e da história de Jandira.

Mas a voz não era de nenhum deles.

Ela vinha de duas fileiras mais atrás, na ponta. Um cara alto, grande e com coque samurai, que eu conhecia tão bem desde os meus treze anos.

Era Henrique.

Pulando feito um maníaco, o sorriso quase rasgando as bochechas e os braços para cima enquanto gritava.

— AMIGOOOOOOOOOOR!!!!!!!

Não resisti. As lágrimas rolaram junto com as cortinas que foram, aos poucos, se fechando. Olhei para cima, para o teto do teatro, e sorri.

17

FAMÍLIAS, AMIGOS & PORTAS

Uma hora e meia depois estávamos saindo com nossas malas de figurino e objetos cênicos.

Quando chegamos ao hall do teatro, mal conseguíamos nos mover. Centenas de pessoas já estavam saindo após o fim da segunda e última peça do dia e lotavam não apenas a entrada, mas também toda a praça Tiradentes.

Eu tentava seguir Clarice enquanto, na ponta dos pés, buscava também meus pais e meus amigos, que estavam ali em algum lugar.

Já eram dez e meia da noite, e ambulantes passeavam pela praça oferecendo comida e bebida, sabendo que a aglomeração poderia acabar se transformando em uma festinha ao ar livre. Clarice finalmente parou e me olhou, feliz. Fazia meses que eu não via seu olhar tão leve.

— Nem acredito que acabou. É estranho, né? Sei lá. Saber que amanhã não tem ensaio, nem depois de amanhã, nem depois... — comentei.

— Ué, quem disse? Se a gente conseguir a viagem, vamos precisar continuar ensaiando — ela respondeu.

Encarei-a, confuso, mas sorrindo.

— Olha só. Clarice dos Santos de Assis tá sendo otimista ou é impressão minha?

Ela deu um sorriso discreto e desviou o olhar para algum ponto atrás de mim. Me virei a tempo de receber um abraço pulado de Aryel, e pude ver Caio, Jo e meus pais logo atrás.

— Igor, que foda! Você arrasou muito! — ela disse, e correu pra abraçar Clarice. — Mulher, que história maravilhosa. Eu tô impactada. Chorei horrores.

— Vem cá, bicha — Caio disse e me puxou para um abraço, e Jo aproveitou para se juntar a nós. — Puta que pariu, vocês mandaram muito. Eu não tava esperando esse arraso não, viu?

— Ah, é? Não confiava no meu potencial? — perguntei.

— Não é questão de confiança. Só me surpreendeu, e MUITO.

— Inclusive, gente, vocês arrebentaram no figurino. Ficou a coisa mais linda, todas as paletas de cores e os estilos — Jo acrescentou.

Clarice e Aryel se aproximaram, ainda abraçadas como duas amigas de infância.

— Obrigada, Jo, de verdade. Foi tudo bem pensadinho com a nossa diretora, que é foda demais — Clari disse.

Então vi minha mãe abrir o sorriso que eu mais amava no mundo. Meu pai, que costumava manter a pose, também parecia emocionado.

— Meu filho, que coisa mais linda! — ela disse, me envolvendo em um abraço. — Que orgulho, que delícia, você é muito bom! Vocês todos foram ótimos, me senti assistindo a uma peça de atores veteranos!

— Nossa, foi mesmo. Tive que fazer força pra não chorar em algumas partes. Mas é muito engraçada também, né? — meu pai comentou.

— É. A ideia era fazer uma comédia romântica. Que bom que gostaram. Amo vocês demais.

— A história é real? Lembro de você ter comentado. Muito, muito legal mesmo, filho. Vou falar com a Clarice também — minha mãe completou.

Eu estava prestes a acompanhá-los até Clarice quando, de repente, senti um puxão por trás e fui envolvido em um abraço de urso. Mesmo antes de enxergar seu rosto, eu o reconheci pelo familiar aroma de tabaco.

— Amigor, que peça DO CARALHO! Você é melhor do que eu imaginava. Tipo, você é genuinamente bom. Eu tô chocado! — Henrique disse, se afastando um pouco.

Olhei para ele e me segurei outra vez para não chorar. Meu sorriso transparecia o turbilhão de emoções.

— Eu pensei que você não ia conseguir vir — falei.

— Você viu as mensagens? Porra, me senti um animal trancado numa gaiola. Mas dei um jeito — Rique disse, e mergulhou a mão no bolso, pegando o celular e mexendo na tela em busca de algo.

— Você achou a chave?

— Eu não faço ideia de que fim teve aquela chave. Mas olha — ele falou, e virou a tela do celular para mim. Era uma foto da entrada do seu apartamento, tirada do corredor. Onde deveria estar a porta havia um grande buraco na parede e ela, a porta, estava caída no chão.

Olhei atônito para meu amigo, sem acreditar no que estava vendo.

— Puta que pariu, Henrique. Você arrombou a porta?! — perguntei quase gritando.

Ele riu e guardou o celular outra vez.

— Tecnicamente eu desaparafusei, mas se você quiser contar pra todo mundo que arrebentei ela no chute, tudo bem. É o que eu teria feito se não tivesse as ferramentas em casa — admitiu.

Antes que eu começasse a chorar de novo, puxei-o para um abraço. Acomodei a cabeça em seu ombro e deixei só uma lágrima rolar por cima de sua blusa.

— Você é maluco, Rique. Te amo pra caralho. Obrigado por ter vindo. Você não faz ideia do quanto significa pra mim — falei.

— Irmãozinho, eu nunca mais ia dormir em paz se não estivesse aqui hoje. Eu derrubaria todas as portas do mundo por você. Também te amo — ele disse.

E ali, reunidas na praça, estavam todas as pessoas que eu mais amava nesse mundo. Aryel e Henrique riam ao lado de Clarice enquanto eu apresentava meus pais para Caio e Jo, que se deram surpreendentemente bem com eles. Como se as coisas não pudessem ficar ainda melhores, Clarice saiu correndo para abraçar Paulo e toda a sua gangue, que eu conhecia apenas das páginas de roteiro: o vizinho Robson, seu melhor amigo Tonho e a tia de Clarice, Maria Auxiliadora.

Ela me apresentou para todo mundo, e Paulo não cansava de repetir o que eu tinha feito de certo e de errado ao interpretá-lo, de maneira irônica e descontraída. Sua pele era *tão branca* que ele basicamente refletia todas as luzes que envolviam a praça, tornando-se um poste humano.

Maria comentava sobre como Lua tinha pegado todos os trejeitos dela sem nem tê-la conhecido, e o vizinho fofoqueiro, Robson, dizia que não era fofoqueiro coisíssima nenhuma, mas amou o espetáculo mesmo assim.

Ficamos ali por, pelo menos, mais uma hora e meia. Meus pais, que preferiam o conforto de casa, acabaram cedendo à insistência de Paulo para ficar mais um pouco. Os ambulantes que rondavam com bebidas estavam certos: a praça Tiradentes virou uma festa. E ainda havia mais dois dias de Festau pela frente antes do resultado.

18

ARREPIOS, PARADAS CARDÍACAS & CICATRIZ

No final da tarde de domingo, eu, meus pais e Henrique estávamos prontos para voltar ao teatro para as duas últimas apresentações e, então, as premiações. Aryel, Caio e Jo não poderiam comparecer dessa vez, mas fizeram questão de mandar mensagens para me encher de carinho e boas energias.

Antes de sair de casa, corri até o armário e peguei outra carta. Eu estava absolutamente nervoso, ansiando por um resultado positivo e com medo de não o conseguir.

Parte de mim dizia que, se não ganhássemos, ficaria tudo bem: afinal, tínhamos dado o nosso melhor, e a história de Clarice estava finalmente no mundo. Não pararia ali, de qualquer jeito. Também havia a possibilidade de termos chamado atenção dos produtores de elenco que, até onde sabíamos, tinham assistido a nossa performance.

Mas outra parte, mais ambiciosa, queria acreditar na vitória. Que subiríamos ao palco no fim da noite com o prêmio mais importante: trinta mil reais e passagens para nos apresentarmos na Nova Zelândia em fevereiro, em uma viagem que, para mim, significava também liberdade.

Como sempre, imaginei que Vóinha fosse capaz de me acalmar. Desdobrei o papel e li.

Igor,

Como eu amo o dia 29 de dezembro! Todo ano, quando a data vai se aproximando, minha alegria é pegar um pedaço de papel para te escrever uma carta. Sempre no seu aniversário.

penso não só no seu próximo ano de vida como também no ano que está chegando, após o réveillon. Não acha simbólico que seu nascimento tenha sido em um momento já tão marcado por energias de transição? Desta vez, gostaria de lhe desejar coragem, determinação e força para seguir, sempre, o seu coração. Independentemente do quão tortuoso o caminho pareça ser. As transições da vida nem sempre são tão suaves como estourar champanhe sob fogos de artifício, mas é importante passar por elas. Saiba que, no fim do túnel, sempre há luz. E eu sempre estarei do outro lado pra te encontrar, viu? Feliz novo ano, meu neto querido.

Te amo, te adoro e tudo mais,
Vóinha

Nos sentamos na quarta fileira, com roupas dignas de um desfile do Met Gala *low budget*. Não existia um *dress code* para o evento, mas a organização do festival sugeriu que os participantes usassem roupas mais arrumadas, considerando que ao final da noite haveria a grande premiação. Henrique e meus pais, que nem haviam subido ao palco, ainda assim vieram vestidos à altura da ocasião. Minha mãe usava um lindo vestido verde, cuja estampa lembrava folhas de árvore. Um fio fino e marrom dava o acabamento dele, trazendo um ar de pura *natureza*. Ana era, possivelmente, a reencarnação de Deméter. Meu pai, em contrapartida, usava uma camisa polo vinho com um sobretudo preto, que combinava com a boina que ele insistia em usar, mesmo estando no Rio e não na Toscana.

Henrique usava uma camisa social branca com os últimos dois botões abertos, uma calça jeans e um tênis não tão surrado. Era o mais arrumado que eu o via em anos. Estava acostumado com o Henrique de bermuda e havaianas. Por isso, toda hora que eu o encarava, sorria.

Clarice, ao meu lado esquerdo, usava um vestido preto que mal passava dos joelhos. Nos pés, exibia coturnos que havia comprado pouco tempo antes. Das suas orelhas pendiam brincos com o formato em perfil de uma mulher com turbante.

Quanto a mim, vestia um macacão de tecido preto simples e, por cima, uma jaqueta rosa-bebê com bolsos e detalhes em crochê. Optei também por brincos diferentes das minhas tradicionais argolinhas, e botei na orelha os mais chiques, poderosos e chamativos que encontrei em casa: dois patinhos de borracha amarelos.

arrasei pra caralho

Lua, Nic e Miguel estavam na fileira logo atrás, também com suas famílias. As luzes se apagaram quando a terceira campainha soou e as cortinas se abriram para a primeira apresentação da última noite.

Duas horas depois, eu estava um caco. A primeira exibição tinha sido mais cômica, um monólogo feito por um ator extremamente carismático e engraçado. Ele sozinho interpretou quatro personalidades diferentes, e a troca era perceptível apenas através do olhar. Pelo visto, a disputa pelo prêmio de melhor ator estava acirradíssima.

O motivo de eu ter chorado toda a água do corpo foi a segunda peça, que retratava a vida de um jovem preto, periférico e LGBTQIAP— em busca do seu lugar no mundo. Os gritos e aplausos foram estrondosos, e pude perceber nos olhos do protagonista toda a dor compartilhada com o personagem.

O palco então foi organizado para o último ato da noite: a distribuição dos prêmios. Uma mesa de madeira foi colocada no centro com cinco troféus dispostos: melhor atriz, melhor ator, melhor direção, melhor roteiro e o maior da noite, de melhor peça. Cada troféu possuía uma base preta retangular que sustentava o famoso símbolo do teatro: as duas máscaras, de tragédia e comédia, entrelaçadas, feitas de acrílico.

Os cinco jurados subiram ao palco e se acomodaram nas cadeiras.

— Caralho, minha mão tá suando e eu nem tô concorrendo a nada — Henrique disparou.

— Minha mão tá suando, meu coração tá quase saindo pela boca, minha perna não para de sacudir e eu tô com vontade de sair correndo e gritando sem roupa. Mas tá tudo bem. Eu tô bem — falei.

Minha mãe ouviu e riu de leve ao lado dele.

— Respira, filhote. Não vai desmaiar, por favor.

Sorri. Olhei para Clarice, que roía as unhas em uma agilidade impressionante. Seus cabelos fulguravam em um tom forte de azul, porque ela tinha retocado a tinta para a noite. Ela me encarou por um breve segundo antes de se voltar para o palco, transbordando nervosismo.

Estendi a mão e a apoiei em sua coxa, pressionando-a de leve. Estávamos juntos.

— Boa noite, pessoal! — a voz de Guilherme Bennevoleto, fundador do Festau, ecoou pelo teatro. — Primeiramente, gostaria de agradecer a todos vocês que estão aqui hoje e também a todos aqueles que acompanharam os outros dias. É muito especial ver um teatro desse tamanho lotado num país onde a cultura segue sendo sucateada. Vocês estarem aqui para prestigiar esses jovens atores e o nosso festival é, sem a menor sombra de dúvidas, um ato de resistência. O teatro vive e o teatro viverá!

Aplausos e gritos preencheram o ambiente.

— Imagino que, assim como nós, vocês estejam ansiosos pelos resultados. Não vou enrolar, prometo. Mas antes queria agradecer a cada um dos jurados que aqui se faz presente — ele continuou, girando no próprio eixo para encarar cada um. — Antônio Folly, que participa pela primeira vez do Festau, já nos trazendo um dos maiores patrocínios da história com a oportunidade de levar a melhor peça para a Nova Zelândia! Ao seu lado… — prosseguiu, apresentando um por um.

Julianna Palmares era dramaturga e professora da Escola de Teatro da Universidade Federal da Bahia. Marielle Antunes era ex-deputada estadual, que trabalhou a favor de dezenas de leis de apoio à cultura, além de também ser atriz. Por fim, Soraya Gabrielle era fundadora da organização Trans-Teatro, que visava incluir, nos palcos e nas telas, ainda mais atrizes e atores transgênero.

Eu estava uma pilha de nervos e mal conseguia prestar atenção no que acontecia. Só conseguia pensar no futuro. Nas portas que poderiam ser abertas a partir daquela noite. Nas possíveis audições, nos trabalhos, nas viagens. No sucesso, no dinheiro. Que sorte seria se eu conseguisse viver de arte, daquilo que eu mais amava.

Me imaginava na Nova Zelândia, turistando sozinho por Auckland, Queenstown, Rotorua, Matamata, e todos os outros pontos turísticos do país que eu tinha pesquisado. Minha cabeça imaginava diversos caminhos e possibilidades de liberdade. Papéis, filmes, séries, espetáculos, musicais.

Amigos, colegas, amores.

epa
clarice tá do seu lado
e você pensando em outros amores?

Ainda assim, minha mente me levou para o beijo com Caio. Para os beijos que eu gostaria de dividir, um dia, com outros meninos. Eu não podia me odiar por ter esses pensamentos.

Afinal, eles não passavam disso: pensamentos.

eu amo clarice
mas quero ficar com ela pra sempre?

Como eu poderia pensar em um futuro com Clarice se eu também pensava em outros garotos? E, embora fosse uma pressão absurda pensar em *pra sempre*, quem eu seria se começasse a namorar com uma data de validade?

Pessoas bissexuais são livres e podem, sim, passar a vida inteira sem nem sequer se envolver com pessoas do mesmo gênero, e isso não invalida sua orientação sexual. Não existe regra. Mas *eu* gostaria de um dia experimentar outros beijos de homens, outras relações com homens. Viver um romance com um homem.

Durante vinte e um anos eu nunca tinha vivido a minha verdade, me prendendo em um lugar como esse onde estava: um teatro. Interpretava um Igor que não era exatamente eu. Até fazer vinte e um anos eu só tinha beijado meninas, me relacionado com meninas, tido breves relacionamentos com meninas e, agora, quase namorava uma menina. E eu sabia que gostava disso.

Porra, eu amava isso.

Mas também sabia que gostava de meninos. A vida toda eu havia idealizado momentos com garotos, sem nunca concretizá-los. Isso até beijar Caio. Agora, cada vez mais, eu sentia as cortinas se rasgando. Parte de mim as puxava para que elas finalmente se abrissem. Uma outra parte, cada vez mais fraca, resistia e segurava os panos, juntos e fechados.

não é só sobre gênero
é sobre liberdade

E se Clarice entendesse o caos que tinha se instalado na minha cabeça e também não quisesse abrir mão do que tínhamos? Era egoísta da minha parte querer arrastá-la para uma situação que não tinha sido escolha dela, só porque eu queria viver outras experiências?

sim
é egoísta pra caralho

— E o prêmio de melhor atriz vai para... — a voz de Guilherme me trouxe de volta para a realidade. Olhei correndo para Clarice e Lua, que pareciam prestes a desmaiar. E vi o brilho das duas sumir quando, em seguida, veio o anúncio: — Celina Ferro, pela peça *Sete a um*! Meus parabéns!

Paulo estava sentado na fileira da frente, e sua primeira reação foi se virar para trás, para Clarice. Seu sorriso foi sincero e acolhedor, e nada precisou ser dito. Clarice retribuiu o gesto, mas seu olhar guardava, para quem soubesse ler, uma leve frustração.

— Você sabe que arrasou, né? — perguntei.

Ela assentiu.

— Eu sei. Tá tudo bem. De verdade. Não é esse o prêmio que importa.

— Prosseguindo... — a voz agora era de Julianna. — Vamos ao segundo prêmio da noite, de melhor ator. E esse foi disputadíssimo, hein?

Gelei. Seria um sonho receber o troféu pela minha interpretação.

— O prêmio Festau de melhor ator vai para... Alex Paguro, da peça *Os quatro*!

O ator subiu ao palco, o cabelo preso em um rabo de cavalo, e fez uma reverência irônica, brincando com o público, que o aplaudia calorosamente aos gritos de "Pagurinho!". Como eu já havia confirmado pela sua apresentação, ele era puro carisma.

— Roubado isso aí — Henrique disse, e me arrancou uma risada genuína.

— Também achei, viu? — Clarice concordou.

— Obrigado, amores da minha vida, mas tá tudo bem. Ele me fez rir do início ao fim — falei.

— É, mas você me fez rir *e chorar*. Dois a um, bobão — Rique rebateu.

— O que vale foi o que você fez no palco, filhote. Foi lindo de ver — minha mãe adicionou.

— É mesmo. Esse Pagodinho aí não tá com nada — meu pai completou.

Quando a plateia se acalmou e Alex voltou ao seu lugar, foi a vez de Marielle assumir o microfone.

— Metade do caminho, meu povo. Vamos lá. O prêmio Festau de melhor direção vai para...

Busquei Susana pela plateia, mas não a encontrei. Provavelmente estava mais ao fundo.

— Flávia Saraiva! Pela peça *Pele*! — anunciou. Era a segunda apresentação daquela noite, que tinha me deixado em prantos. Fiquei feliz pela vitória de uma montagem tão significativa na categoria de direção, mas ao mesmo tempo, triste pelo esforço de Susana, que merecia ser recompensada.

E agora, mais do que nunca, com medo.

— Nada até agora. Caralho — soltei rápido demais.

— É. Eu sabia — Clarice respondeu.

— Calma, gente. Ainda tem dois prêmios. Não vamos nos desesperar. Sem desespero! — Lua disse atrás de nós, desesperada.

Quando a diretora vencedora terminou o discurso de agradecimento, Soraya Gabrielle se levantou com seu vestido longo e amarelo. Um girassol enfeitava seu cabelo para completar o visual.

— Bom, lindes, vamos ao penúltimo prêmio da noite, de melhor roteiro original ou adaptação. Vocês nos trouxeram histórias e performances lindas que, acho que posso dizer em nome de todos — ela falou, consultando os demais jurados, que assentiram —, nos tocaram profundamente. Também posso dizer, pelo menos acho que posso, que ainda assim a decisão foi unânime. Se eu não podia dizer, me perdoem! — Soraya riu, e parte do público riu com ela.

— O prêmio Festau de melhor roteiro vai para… *Um samba de amor carioca*, de Clarice dos Santos de Assis!

A plateia explodiu em aprovação. Me voltei para Clarice, que estava boquiaberta. Lua já estava ao seu lado, pulando e gritando enquanto segurava a barra do próprio vestido. Paulo, na fileira da frente, gritava e assobiava.

Clarice levantou, atônita, e olhou para mim. Então a puxei para um abraço apertado e repleto de amor.

— Obrigada — ela sussurrou. — Obrigada, Igor.

Enquanto Clarice seguia até o palco, Henrique vibrava ao meu lado como se a vitória fosse dele, Paulo se recusava a se sentar, meu pai aplaudia sem parar e minha mãe, para a surpresa de ninguém, enxugava as lágrimas.

A história de Clarice havia sido premiada por todos os jurados como a melhor do festival.

Orgulho preenchia o meu coração de maneira descontrolada.

— Oi, gente. Boa noite — Clarice disse no microfone, com o troféu na mão. Ela devia estar fazendo uma força fenomenal para não derramar nenhuma lágrima.

— Primeiro, eu queria agradecer aos jurados pelo prêmio. Sério. Surreal. Também queria agradecer ao Igor, que protagonizou essa história comigo e que foi o maior responsável por esse texto ter sido apresentado aqui no Festau — ela disse. Uni as duas mãos na frente dos lábios e assoprei um beijo, e pude ver seu sorriso se expandir. — Nic, Guel e Lua, vocês brilharam em cima do palco. Susana, obrigada por ser nossa guia nessa jornada. Ao meu pai, que me criou pra ser quem eu sou hoje. Que disse que eu nasci pura arte e me faz acreditar nisso todos os dias. Esse texto é uma história real. Paulo e Jandira são meus pais. Minha mãe… — Clarice hesitou, mas prosseguiu. — … infelizmente não tá mais aqui. Mas essa obra é por ela, e pra ela. Essa obra é pra todas as Jandiras que existem e existiram, cujas histórias nem sempre são contadas. Que *Um samba de amor carioca* possa retratar, mesmo que um pouquinho, a vida dessas mulheres. Viva o teatro!

Fui o primeiro a me colocar de pé. Eu aplaudia com tanta força que minhas palmas ardiam, e vi Henrique, meus pais, Paulo, Lua, Nic e Miguel se levantarem também. Finalmente encontrei Susana, três fileiras atrás, ao lado de um garoto de pele escura e cabelos ondulados.

Me arrepiei inteiro ao vê-lo antes de voltar o olhar para a frente.

Clarice se sentou ao meu lado no mesmo instante em que Antônio se ergueu, ajeitando o paletó rosa e caminhando até o microfone.

O silêncio no teatro era absoluto. Ouviam-se apenas respirações nervosas e a vibração do ar-condicionado.

— Pois bem. O último prêmio da noite. — Ele se virou para as coxias, e duas pessoas entraram carregando um cheque enorme no valor de trinta mil reais. — Resolvemos fazer esse cheque simbólico como nos programas de televisão. Só não dá pra depositar, minha gente — brincou, e o público riu. — Queria agradecer ao Festau pela recepção maravilhosa nesse meu primeiro ano como jurado, organizador e também patrocinador. Foi maravilhoso estar com essas figuras ilustres — continuou, apontando para os demais jurados. — E também com todos vocês que se apresentaram nessas três noites. O que eu vi aqui foram não apenas histórias tocantes, como a Soraya bem pontuou, mas também esperança. Esperança pelo futuro do Brasil e do nosso teatro. Se vocês são o nosso futuro, estamos em excelentes mãos.

Aplausos e gritos tomaram conta do teatro outra vez. Minha mão pressionava a de Clarice quando senti a outra ser tomada por Henrique, que sorria para mim.

— Vamos lá. Foram apresentadas seis peças no circuito teatral do Festau este ano, mas somente um dos grupos vai acompanhar o vencedor do circuito musical, Vicente Padilha, em uma viagem para mais uma apresentação na minha belíssima Nova Zelândia. Assim como nossa querida Soraya, também quero fazer uma fofoca dos bastidores: a votação foi apertadíssima! — Ele riu, um pouco sem graça.

Sua mão abriu o último envelope. Ele ergueu o papel na altura do rosto e eu fechei os olhos. Só conseguia ouvir meu coração batendo em ritmo acelerado. A mão de Henrique apertou a minha e, por puro instinto, pressionei também a de Clarice.

— Meus parabéns a todos os concorrentes. Vocês foram fenomenais e o Festau é só o início de um caminho longo e brilhante. — Ele fez uma pausa dramática antes de prosseguir. — O prêmio Festau de melhor peça vai para *Um samba de amor carioca*, da Universidade do Rio de Janeiro!

Grandes momentos costumam nos marcar para sempre, como cortes profundos. As situações cotidianas, memórias comuns, são como ralar o joelho ao cair de bicicleta: você se machuca, arde na hora, e se recorda do tombo por alguns dias, no máximo semanas. Depois de um tempo, a ferida some. Você não se lembra mais dela. Já os acontecimentos importantes de verdade são como as marcas de uma grande cirurgia. Por mais que deixe de machucar, a cicatriz continua ali. Você olha para ela e ainda se lembra de tudo, vividamente, como se tivesse acabado de acontecer.

Aquela noite seria a maior cicatriz da minha vida.

Henrique me envolveu num abraço e me balançou, quase me jogando para cima, enquanto a plateia virava para nos observar em meio a gritos ensurdecedores de comemoração. Clarice chorava no ombro de Paulo e meus pais se espremiam entre as poltronas e o corpo de Henrique para que pudessem, de alguma forma, celebrar aquele momento conosco. Abracei os três ao mesmo tempo.

Eu chorava rios, mares e oceanos. Mil pessoas vibravam por nós. Assobios cortavam o ar e os aplausos explodiam entre as paredes do João Caetano.

A caminho do palco, de mãos dadas com Clarice, encontrei Susana já lá em cima, nos aplaudindo emocionada. Ela era pequenina em comparação aos jurados, mas gritava com mais força do que qualquer um. Também chorava por trás dos óculos de meia-lua.

Nic e Miguel se abraçavam no palco, Lua agarrava Clarice. Nós tínhamos vencido. A peça que sequer havia sido classificada na seletiva conseguira o maior prêmio da noite. A vitória era nossa, de todos nós.

Encontrei o olhar de Antônio, que não escondia o sorriso. Caminhei até ele, soluçando de tanto chorar, e mal consegui falar.

— Obrigado. Eu sou de Águas — falei, pateticamente, mencionando a cidade onde nós dois nascemos. Vi sua expressão se iluminar.

— Caramba! Que coincidência! Parabéns, *elefante* — brincou.

Então me estendeu o troféu e eu o segurei, incrédulo. Não parecia a minha vida. Não parecia real.

Me aproximei dos meus amigos e ergui o troféu alto, junto com eles. Suas mãos alcançavam cada centímetro do prêmio, cada um tentava sentir pelo menos um pouco do grande símbolo da noite. Eu queria discursar, mas não tinha condição alguma. Susana assumiu as rédeas e se pôs ao microfone, falando por todos nós. Eu só sabia chorar e sorrir.

Sorrir e chorar.

Nós ganhamos trinta mil reais.

Nós vamos para a Nova Zelândia.

19

FESTAS, SEGREDOS & DESTROÇOS

Passamos por novembro com dois ensaios por semana, só para não perder o ritmo. A peça já estava pronta, e não haveria grandes mudanças. Se nos matássemos antes da viagem, não faríamos uma boa apresentação em Auckland. Assim sobrava mais tempo pra gente aproveitar os outros dias da semana que, agora, estavam livres — quase como férias.

Eu, Henrique, Aryel, Caio e Jo estávamos grudados, aproveitando ao máximo como os jovens universitários que não seríamos por muito mais tempo. Já Clarice mal teve tempo de marcar presença: celebrações em família, correria de fim de ano e outros empecilhos me impediram de encontrá-la tanto quanto eu gostaria.

Desde que vencemos o Festau, eu buscava o momento perfeito para me sentar com ela e conversar. Sobre nós. Sobre mim. Mas estava sendo literalmente impossível.

eu não quero mais me esconder
mas também não quero magoar clarice
não aguento
mais
ser
covarde

No início de dezembro, Caio e Jo convenceram o resto da turma a irmos juntos em uma balada LGBTQIAP+ em Copacabana. Clarice enfim conseguiu se juntar a nós e eu, obviamente, estava quase parindo um filho de nervoso. Fingir ser quem eu não era em meio ao espaço mais colorido e libertador de todos não era um desafio fácil.

176

Alguns poucos rapazes chegavam em Henrique, que dizia timidamente que era hétero e namorava. As expressões deles eram sempre impagáveis, e quando se afastavam, Henrique contava vantagem:

— Os gays me adoram. Eu sou um gostoso!

Vários rapazes se aproximavam de mim, e eu fazia um esforço monumental para, assim como Henrique, levar numa boa. Clarice não se incomodava, pelo contrário: quase gargalhava quando acontecia.

se ela soubesse da verdade, será que continuaria rindo?

Foi o quarto rapaz que chegou em mim que me desestabilizou. Seu cabelo liso escorria até pouco acima do pescoço, e um bigode que deveria ser ridículo o tornava uma das pessoas mais atraentes que eu já tinha visto. Uma orelha trazia um brinco que era um pequeno cadeado.

Em momento nenhum pensei em ficar com ele ali, na frente de todo mundo. Na frente de Clarice. Mas eu estaria mentindo se dissesse que não tive vontade de beijá-lo. Clari e Aryel conversavam quando ele se aproximou, e percebi as duas me encarando e abrindo um sorriso, para aproveitar a cena.

— Você é a pessoa mais linda que eu vi hoje — ele sussurrou no meu ouvido. Sua voz tinha uma rouquidão que me fazia arrepiar. Eu precisava afastá-lo o quanto antes, para afastar também os pensamentos que me inundavam.

como você pode continuar se escondendo se quer beijar esse garoto?
eu não tô pronto
você só tem uma vida
não joga isso fora

— Hoje? — respondi, brincando. — Poxa vida.

— Se você quiser, pode ser amanhã também. E depois. E depois.

Aquilo me arrancou um sorriso genuíno.

— Desculpa, eu... — Gesticulei com a cabeça na direção de Clarice, que desviou o olhar. — Tô acompanhado.

— Ah. Saquei — ele disse, se afastando um pouco. — Você é hétero.

Olhei de soslaio para Clari, que tentava discretamente nos observar enquanto cochichava com Aryel. A música estava nas alturas, então nada poderia ser ouvido.

E foi ali que a cortina apresentou o primeiro rasgo significativo. Grande o suficiente para que a verdade escapasse por entre meus lábios.

— Não — respondi. — Eu sou bi.

O garoto sorriu e se afastou, mas não sem antes emendar:

— Quem sabe numa próxima, então.

A frase pairou no ar por uns instantes até eu voltar para perto dos meus amigos.

— O que você falou pra ele? — Clari perguntou, curiosa.

— A verdade — respondi, e dei de ombros.

Em meados de dezembro, voltei para casa a fim de passar as festas com meus pais, e não fui sozinho. Águas celebrava o Natal durante uma semana inteira, e foi o momento perfeito para apresentar a cidade para o grupo. Henrique também tinha ido visitar a família, junto com Aryel, cujos parentes não celebravam o feriado. Caio e Jo, que *definitivamente* não comemoravam em família, aproveitaram a carona e o convite e nos acompanharam até a serra. Clarice também tinha ido conosco, porque além de não ter conseguido conversar com ela, também a convidei para ficar na casa da minha família durante o Natal.

parabéns pela responsabilidade emocional, igor!

As últimas semanas tinham sido de pura angústia. A agenda conturbada de Clarice, somada aos raros momentos em que conseguíamos estar a sós, tornou quase impossível sentarmos para conversar. E não era só uma questão de encontrar tempo: eu também precisava, finalmente, revelar a verdade. Aquela que eu tinha escondido minha vida inteira, e que reverberava pelas paredes do meu teatro íntimo, ameaçando me devorar por inteiro.

Tinha havido, claro, momentos em que eu quase me permiti contar para ela. Momentos em que quase consegui ignorar as batidas aceleradas do meu coração, as dores de cabeça por conta do infinito fluxo de pensamentos que inundava minha mente. O suor incontrolável e as lágrimas que insistiam em tentar sair, mas encontravam uma barreira ainda mais forte: meus falsos sorrisos.

Pouco se fala do quão absolutamente terrível, desconfortável, angustiante e inquietante pode ser *sair do armário*. Vociferar, com todas as letras, a sua sexualidade. Sua verdade.

E, infelizmente, era essa a conversa que eu precisava ter com Clarice. Porque, para explicar para ela sobre nós, era preciso falar sobre mim.

E por mais que eu devesse — e muito — esse diálogo a ela, ainda não tinha conseguido.

Henrique e Aryel bateram na porta por volta das nove da noite do dia dezoito, e a casa dos meus pais logo se encheu. Nunca, em todos esses anos, aquela data tinha reunido tanta gente.

A árvore, que a princípio decorava a sala e abrigava alguns poucos presentes, logo ficou abarrotada com os mais diversos embrulhos trazidos por todos. Olhei ao redor e não pude deixar de sorrir ao vê-los reunidos: meus pais, Clarice, Henrique, Aryel, Caio e Jo.

Ergui minha taça de espumante para um brinde, e eles me acompanharam.

Aos amigos que a vida nos traz e à família que escolhemos a dedo.

Foi no final da noite que tudo deu errado. Meus pais já tinham ido se deitar e nós, dois casais sérios e um casal de ficantes, resolvemos nos aventurar pelas vielas de Águas do Elefante atrás de mais bebida. Paramos em uma festinha na praça principal, onde uma enorme fogueira montada com diversas estacas de madeira aquecia o público aglomerado.

O céu estrelado estava mais lindo do que nunca, e a lua cheia recaía sobre nós. Mesmo não sendo religioso, não podia negar: Jesus Cristo sabia dar uma boa festa.

Henrique e Aryel dançavam no meio de outras dezenas de pessoas enquanto eu, Clarice, Caio e Jo dividíamos o mesmo banco.

— Ok, eu preciso falar — Caio quebrou o silêncio, sua voz se unindo ao coro de pessoas que cantarolavam e se divertiam ao fundo. — Nunca imaginei Águas do Elefante desse jeito. Eu tô apaixonado.

Jo gargalhou e tomou mais um gole de Cantina da Serra, que ele havia conhecido algumas horas antes.

— Respeita a serra, Caiozinho.

Olhei para os dois e vi, pelo menos, cinco cópias de cada um. Caio — em suas cinco versões — parecia hipnotizado pela beleza bucólica de Águas do Elefante, um paraíso em meio ao caos.

E então, do mais absoluto nada, a bomba explodiu.

— O que Jesus Cristo pensaria de um viado, um trans e um bissexual celebrando a vida dele? — foi o que saiu dos lábios de Caio.

sempre os malditos lábios de caio

Senti meu peito arder, minha cabeça doer. O ser que habitava as profundezas do teatro da minha mente uivou, rugiu. As paredes tremeram, as cortinas vacilaram. Não olhei de imediato para Clarice, ao meu lado, mas eu sentia seu olhar fixo em mim.

Olhei para Jo, que olhava para ela, e sua expressão traduzia tudo o que eu precisava saber.

— Oi? — Clarice enfim despausou o tempo.

Me virei para ela e vi seu semblante de confusão. Estava menos bêbada do que o resto de nós, porque Clarice, *ah*, Clarice sempre se controlava.

Pensei em fingir que tudo aquilo era uma brincadeira de Caio. Dizer que ele tinha se confundido, mesmo que tivesse sido ridiculamente específico. Mas nada mais importava, porque o teatro estava desmoronando e eu não podia deixar os destroços machucarem quem eu amava.

Abri um sorriso sem graça, me imaginando como o pior ficante — e amigo — do mundo. O homem mais escroto a já ter pisado na terra.

— Clarice... — comecei.

— Eu tô brincando — Caio se adiantou. Apertei os olhos e balancei a cabeça, o peito acelerado.

Eu não estava irritado com ele, para ser sincero. Isso sequer passou pela minha cabeça.

— Caio — falei.

E Clarice ecoou:

— Caio... — Mas seu tom era de súplica. Ela queria, de alguma maneira, entender aquilo.

E eu entendi, em seu olhar, o que estava acontecendo. Clarice não estava chateada por eu ser bissexual. Claro que não. Clarice estava chateada porque Caio sabia, e ela não.

Não entendia por que, depois de meses juntos, eu não tinha contado pra ela.

O que ela disse em seguida só confirmou minha percepção.

— Por que você não me contou?!

— Eu não tava pronto, Clari. Ainda nem sei se tô pronto, na real — admiti.

Pensei que aquilo a faria entender, de alguma maneira. Mas se ela se sensibilizou, não transpareceu.

— Por que ele sabe? Você me conhece há anos, Igor. Quando a gente começou a ficar, vocês mal se conheciam!

— Clari... — Minha mente era um turbilhão, as cortinas estavam se rasgando, o teto caía. O grande público, espalhado pela plateia, gritava de desespero. Todas as vozes na minha cabeça gritavam, gritavam e gritavam.

— Por que ele sabe e eu não, Igor?! — Clarice insistiu.

Então eu gritei. Gritei porque meus pensamentos gritavam. Porque meu peito gritava, meus olhos gritavam.

— Porque eu beijei ele, Clarice! Eu beijei o Caio! E não é sobre eu ter te contado ou não. É sobre MIM. EU NÃO ESTAVA PRONTO! — me ouvi berrar. Reparei que Henrique e Aryel me observavam de longe. Vi outras pessoas desviando a atenção para nós.

E foi assim que a represa cedeu.

Eu chorei.

E Clarice chorou. E então saiu andando e se perdeu na multidão.

Eu não a segui quando ela desapareceu. Não a segui quando Caio me envolveu em seus braços e molhou meus ombros com as próprias lágrimas, repetindo "desculpa desculpa por favor me desculpa".

Não a segui nem mesmo depois que Henrique e Aryel se aproximaram e me envolveram num abraço, repetindo mais vezes que necessário "amigo amigo o que houve amigo amigo?".

As cortinas permaneciam abertas, e deixaram escapar pelos meus lábios a verdade que eles ainda não tinham escutado.

"Eu sou bi, gente, eu sou bi."

Ao chegar em casa, minha mãe me contou que Clarice tinha se despedido. Por mais que ela não tivesse explicado nada, dona Ana sabia, porque mãe sempre sabe. Sabia que tínhamos brigado.

Mas não sabia sobre mim.

Minha mãe me abraçou e disse que tudo ficaria bem.

Me deitei na cama e fechei os olhos, agora secos outra vez. O rio estava vazio, assim como eu.

As cortinas, que me assustaram por duas décadas, ofereciam uma abertura. O teatro ainda estava de pé, e o público, embora curioso, também havia se acalmado.

Clarice sabia. Henrique sabia. Aryel sabia.

Mas eu?

Eu não sabia.

Não sabia se já estava pronto.

20
VERDADES, FINS & RECOMEÇOS

O Natal, na semana seguinte, não foi dos melhores. Clarice não respondia minhas mensagens, meus melhores amigos estavam pisando em ovos comigo e meus pais claramente não entendiam nada.

O presente que ganhei foi o que me ajudou a abrir um sorriso depois de tanto tempo: a vitrola da minha avó, que rodou centenas, senão milhares de discos ao longo de sua vida. Eu tinha o costume de vê-la empoeirada no canto da casa de Nilcéia e, agora, ela estava brilhando com a base customizada de pinturas feitas pela minha mãe. Aquele se tornaria um dos itens mais especiais do meu apartamento.

Entreguei algumas lembrancinhas para meus pais e prometi que traria presentes melhores da Nova Zelândia. Eles não se importavam muito com isso, mas eu sim. Gostava de mimar os dois.

Dia vinte e nove de dezembro completei meu vigésimo segundo ano de vida. Henrique, Aryel, Caio e Jo ainda estavam em Águas, porque íamos passar o réveillon juntos, e aproveitamos pra comemorar, de maneira discreta, o meu dia especial.

Aquele era meu primeiro aniversário, depois de anos, sem uma cartinha de Nilcéia, e me arrependi amargamente de não tê-las trazido comigo: adoraria poder abrir uma naquele momento.

Logo eu não teria mais nenhuma para abrir. As cartas nunca mais chegariam.

Quando entrei no banho durante a tarde, deixei as lágrimas se misturarem à água do chuveiro.

Depois de tantos dias no mais puro silêncio, meu coração palpitou quando, à noite, meu celular se acendeu com uma chamada de Clarice.

— Oi — ela disse quando atendi.

— Oi.

— A gente... precisa conversar, né?

— É — respondi.

porra, e como precisamos

viu, igor? nada disso teria acontecido se você...

CALA A BOCA, PORRA

Por mais que eu estivesse esperando algum sinal de vida, qualquer migalha de Clarice, não conseguia disfarçar quão frustrado eu estava com aquele sumiço. E comigo mesmo, por ter adiado a nossa conversa por tanto tempo.

— Você ainda tá em Águas, né? Quando você volta? — ela perguntou, e eu hesitei. Meu plano era ficar até o início de janeiro.

Não conseguiria ficar todo esse tempo engolindo em seco.

— Vou aí amanhã — falei. — Pode ser?

— Aqui, não. Me encontra no Praia Shopping.

— Tá. — Não quis discutir.

— Feliz aniversário — ela soltou, por fim.

— Valeu.

Meu pai fez meu bolo preferido, de cenoura com cobertura de chocolate, e ainda trouxe mousse de limão do restaurante. Quando assoprei as velas e fiz meu desejo, diante das pessoas que mais amava no mundo, pedi para que o próximo ano fosse de liberdade. Queria ser livre da culpa, do medo, das máscaras. Não gostaria de chegar aos trinta, olhar para trás e me arrepender de ter perdido tanto tempo sustentando um personagem que não era eu. Não queria correr o risco de outras pessoas queridas, além de Vóinha, nunca me conhecerem por inteiro.

— E aí? — Henrique me puxou para o canto depois da ligação de Clarice.

— Não sei. Vou dar um pulo no Rio amanhã — admiti.

Ele me estudou.

— O que você quer fazer?

— Falar a verdade, acho. Coisa que eu deveria ter feito há muito tempo.

— Ei. — Henrique pareceu perceber a frustração que eu guardava no peito. — Não se cobra tanto, Amigor. Teu tempo é o teu tempo, mermão. Quem te ama entende, o resto nem é gente. Sei lá, inventei agora.

Caí na gargalhada. Só mesmo Henrique pra me fazer rir com uma piada sem sentido. Ele continuou:

— Agora que você quer experimentar macho, eu posso te ajudar. Existe puteiro com puto? Tipo, de homens? Só pergunta pra Ary se ela libera.

— Henrique — falei, sem esconder o sorriso.

— Você já mamou o Caio?

— Henrique!

O relógio marcava 14h37 quando Clarice chegou na cafeteria do shopping. Sua expressão neutra cedeu espaço para um sorriso simpático; nada além. Parte de mim queria abraçá-la e nunca mais largar.

A outra parte, que vivia por trás das cortinas, me segurava.

— Como você tá? — perguntei.

— Tudo bem. Você?

Sorri.

— Confuso, pra ser sincero.

— Desculpa — Clarice finalmente disse. O ar voltou aos meus pulmões, e meu corpo pareceu se aquecer outra vez.

— Me desculpa também.

— Só queria que você tivesse confiado em mim. Eu podia te ajudar. A entender as coisas, sei lá. A se entender.

Sorri outra vez e balancei a cabeça.

— Eu sei. De verdade, eu sei. Você não faz ideia de como eu queria te contar. Mas preciso que entenda que isso não tem a ver com você, e te falo com todo o carinho do mundo. É sobre mim. E, pra mim, ainda não era hora.

Ela assentiu.

— Quando você ficou com o Caio?

Ali estava. A pergunta de um milhão de dólares, que eu sabia que ouviria uma hora ou outra. Não quis enrolar. Estava cansado disso.

— Quando voltei pro Rio depois do funeral da minha avó. Na festa do Rique.

Ela sorriu e abaixou a cabeça. Sua voz saiu baixa, quase em um sussurro:

— No dia que você me mandou aquelas mensagens.

— É — confirmei. Aquele dia eu tinha sido um babaca, não dava pra negar.

— E foi só essa vez? — Clarice perguntou, e eu quis enfiar a testa na parede.

Nosso beijo no mar não tinha sido nada de mais, mas eu também não queria guardar outro segredo.

— Não — admiti. — Depois, na praia, a gente se beijou de novo. Foi a última vez.

Ela me encarava, estática, a expressão enigmática. Seus braços agora estavam cruzados, e seus olhos brilhavam junto com seus cabelos azuis.

— Você gosta dele? É por isso que... — Ela suspirou. — É por isso que nunca me pediu em namoro?

Meu coração se estilhaçou em mil pedaços. Todas as pessoas nas mesas ao nosso redor provavelmente conseguiram escutar.

— Não, Clari — respondi, sem nem hesitar. — Eu... Não é por isso. O Caio é só meu amigo.

Enfiei a cabeça entre as mãos e suspirei. Nada daquilo era fácil, e todas as palavras pareciam ter escapado de mim. Minha mente era um grande vazio. Tudo o que eu pensava, tudo o que eu queria dizer, simplesmente evaporou.

— Eu quase te pedi em namoro — Clarice disse e riu de leve. — Foda-se essa sociedade patriarcal do caralho. Mas aí, na casa do Caio, quando eu falei... falei aquilo e você não respondeu, eu fiquei confusa.

Assenti, sério. Respirei fundo por algum tempo, enquanto buscava o roteiro que eu gostaria que já estivesse escrito na minha cabeça. Embora não houvesse nenhum, as palavras foram vindo, uma a uma.

E eu confiei nelas.

— Eu te amo. E sei que sou um filho da puta por estar falando isso aqui, agora, nessa situação de merda que a gente se enfiou. Que *eu* te enfiei. Mas a verdade é que, acima de qualquer coisa, você é minha melhor amiga, Clarice. E eu te amo. Mas também é verdade que, pela primeira vez em duas décadas, eu me sinto perto de poder ser *eu mesmo*. Eu de verdade. Sei que sou bissexual há mais tempo do que consigo lembrar, mas mesmo agora, falando com você, é difícil botar isso pra fora. E é mais difícil ainda, pra mim, viver livre da maneira que eu quero. — Tomei um gole de iced latte enquanto respirava, mas Clarice sequer tentou me interromper. Prossegui: — Eu não posso namorar com você porque ainda preciso me entender. Preciso entender o que é essa vida de amores ilimitados da qual sempre me privei. Quando me dei conta disso, achei que, se o nosso relacionamento continuasse casual, eu ia te poupar de ser machucada. Te poupar de se envolver comigo enquanto eu lidava com as minhas próprias questões. E porra, agora eu sei como estava errado. Não precisa de rótulo nenhum pra gente sentir o que sente. E você não merece isso, Clari. Você merece uma pessoa que não tenha dúvida nenhuma, porque você é uma certeza absoluta. Me desculpa por ter te machucado durante todo esse tempo. Me desculpa por estar te machucando agora.

Enfim, a verdade estava no mundo. Clari não era o problema, nunca tinha sido. Eu a amava, e por isso as coisas eram tão difíceis. Eu precisava viver novas experiências. E não conseguia fazer uma coisa sem abdicar da outra.

A questão da bissexualidade para mim, àquela altura, não era estar confuso entre homens e mulheres. Bissexuais não são pessoas confusas. Bissexuais não preferem um ou outro. Eu não preferia homens, não preferia mulheres. Eram as *pessoas* que me atraíam. Mas depois de vinte e dois anos, doze garotas e um só homem, a balança começou a pesar para mim. E não era por conta da tal "renovação da carteirinha bi". Não existe *carteirinha bi*.

Era porque eu *precisava* experimentar estar com meninos. Eu *queria* viver isso ainda nessa vida, se possível. Minha alma urgia para que tudo aquilo pelo qual ansiei por anos fosse, finalmente, concretizado. Minha passagem por essa terra jamais estaria completa sem essa experiência. E por muito tempo sonhei em estar com outro homem. Sentia que precisava disso para entender uma parte de mim que eu nem sequer concebia. Queria beijar outros garotos, levá-los para a cama, chamá-los de meus e apresentá-los aos meus pais.

E isso não era justo com Clarice. Ao tentar protegê-la, eu estava machucando a mim mesmo.

Pela primeira vez na vida, precisava me colocar em primeiro lugar. Eu não poderia me ferir eternamente em prol de outra pessoa, por mais que parte de mim estivesse disposta a isso.

Clarice não conteve as lágrimas quando enfim quebrou o silêncio.

— Porra, que alívio — ela disse, e respirou fundo antes de continuar. — Que merda, Igor. Porque eu te amo. Confio em você como nunca confiei em ninguém, o que eu sinto por você *nunca* senti por ninguém. E é justamente por isso que queria falar sobre uma coisa com você. Porque você me entende. Você é a única pessoa que consegue me fazer gargalhar, que ainda me faz ver um pouco de beleza no mundo. Você e esse teu otimismo ridículo. — Ela riu de leve, e eu esbocei um sorriso. — Mas eu me questionei se você não queria me assumir por eu ser uma menina preta. E não, não precisa se justificar. Depois de ouvir tudo o que você falou, sei que não se trata disso. Mas da mesma forma que você me disse, agora há pouco, que não era sobre mim, eu preciso que você entenda que isso também não é sobre você. É sobre como a sociedade me enxerga, é sobre como minhas inseguranças rasgam a minha pele toda vez que ouso me abrir um pouquinho mais. É sobre tudo o que eu já ouvi, tudo o que eu ainda ouço. Sei lá, Igor. Mulheres pretas têm medo de não serem amadas. Eu tenho medo de não ser amada. Tenho medo de não ser suficiente. Da solidão. De precisar fazer dez vezes mais do que qualquer pessoa pra chegar no mesmo lugar. Não te culpo por não ter se aberto antes, mas também não me culpo por manifestar minhas inseguranças em você. A verdade é que... eu esperava de você uma reciprocidade, e não só de sentimento, mas de *diálogo*. Eu entendo e respeito o seu tempo, mais do que você imagina. Mas você me machucou muito. Queria que suas intenções tivessem sido mais claras, pra que eu não me cobrasse tanto por algo que sequer estava sob meu controle.

Ouvir tudo aquilo de Clarice foi como ser devorado por um tornado. Me senti péssimo por só agora enxergar tantas camadas que eu, na minha vivência muitas vezes rasa, jamais cogitara enxergar.

Viver mergulhado nas minhas próprias questões me tornou alheio ao que poderia estar se passando na cabeça dela. Eu tinha direito, sim, a toda turbulência emocional dos últimos meses, mas havia sido absolutamente egoísta em manter Clarice no escuro sem nem pensar no que isso significava para ela.

Abraçamos o silêncio, nós dois, por um bom tempo. Nada ali poderia curar nossas feridas nem remendar nossas almas, tão marcadas pelas dores que havíamos carregado e pelas verdades que demoramos a dizer.

— Então é isso? — foi Clarice quem nos trouxe de volta.

— É isso. Acho que a gente precisa respirar um pouco. E me desculpa, Clari. Por ter feito você sentir tanta coisa ruim. Você sabe que...

— Eu sei. Não precisa — ela me interrompeu. — Só... vamos respirar um pouco, mesmo. Ainda temos a Nova Zelândia, né? Você continua sendo meu par romântico.

Soltei uma risada de leve.

— Porra.

— É. Porra. Mas vai dar certo.

— Vai dar certo — concordei.

Na virada do ano, a pacata Águas do Elefante não teve nem queima de fogos. Mas as ruas estavam lotadas de moradores alegres, que dançavam, cantavam e se aglomeravam nas praças. Meu beijo de meia-noite foi com Henrique, que insistiu *muito* em me dar um selinho. Aryel não viu problema nenhum e eu, que literalmente só queria calar a boca do meu melhor amigo, cedi.

Passamos as duas horas seguintes ouvindo ele gritar: "Eu sou muito aliado!".

Abracei Caio, Aryel, Jo e meus pais. Contive as lágrimas, que sempre arriscavam despencar nesses momentos de transição, ainda mais depois de tudo o que tinha acontecido. Os últimos meses haviam sido de muito choro, alegria, tristeza e emoção se revezando e parecendo brincar para decidir qual seria a próxima a me dominar.

Jamais pediria que as lágrimas secassem. Mas gostaria que, nesse novo ciclo, elas viessem da mais pura felicidade.

Janeiro passou correndo. Voltamos a ensaiar com mais frequência, para estarmos familiarizados com as poucas mudanças no texto e algumas outras nas marcações. O clima com Clarice não era dos melhores, mas estávamos trabalhando nisso. Era a decisão certa, eu tinha certeza, mas não tornava as coisas mais fáceis. Eu a amava, ela me amava, e nós interpretávamos um par romântico. Não um par qualquer, ainda por cima: os pais dela.

O resto dos dias era gasto com as minhas repetitivas viagens entre o Rio e Águas, porque resolvi passar um pouco mais de tempo com meus pais antes da viagem.

Desde o dia em que Caio fez a fatídica piada que me tirou do armário para Clarice, ele estava diferente. Mais próximo, mais solícito. E eu sabia que ele se sentia culpado, embora eu tivesse dito, diversas vezes, que estava tudo bem.

De maneira enigmática, Henrique e Aryel me obrigaram a acompanhá-los até a casa de Caio, em Niterói, do outro lado da ponte. Não me falaram o porquê, o que atacou a minha ansiedade, mas cedi.

Quando entramos no apartamento, uma faixa gigantesca pendurada no teto anunciava: "BEM-VINDO AO VALE, IGOR!".

Confete foi estourado na minha cara, recebi muitos abraços e beijos, e Henrique, para finalizar, arrancou o moletom e revelou uma camiseta arco-íris com a palavra "ALIADO!!!" no centro. Me acabei de rir.

— Que porra é essa? — perguntei.

Caio me deu mais um abraço apertado e só então pude notar diversos cartazes LGBTQIAP+ espalhados pelo ambiente. Todos usavam cores da bandeira, menos eu.

— Você sabe que eu me sinto um merda por ter te arrancado do armário, né?

— Sei, Caio. Você pede desculpas todo dia. *Literalmente.*

— Pois é. Acho que você merecia uma *saída* mais divertida. Já que eu estraguei toda a parada de se assumir, sabe?

Balancei a cabeça, incrédulo, e Jo se aproximou com uma pulseirinha para mim.

Era feita de miçangas pretas e, ao centro, três cores se destacavam: rosa, roxo e azul. A bandeira bissexual.

— Vocês não existem... — Sorri, porque estava quase começando a chorar e não queria passar esse vexame. Coloquei a pulseira e abri os braços. — Podemos beber?

— Antes — Caio me interrompeu enquanto ele, Jo, Henrique e Aryel formavam uma fileira na minha frente, lado a lado.

Henrique pigarreou antes de prosseguir.

— Amigor — falou, e vi os quatro prendendo o riso da maneira mais fofa possível. — Tem alguma coisa que você quer contar pra gente?

Caí, mais uma vez, na gargalhada. Desisti de tentar segurar as lágrimas, que rolaram discretamente pelas minhas bochechas, e abri um sorriso gigante.

Entendi o que eles estavam fazendo, e não ousei reclamar. Enchi o peito de ar e falei, em voz alta, para os meus melhores amigos do mundo:

— Amigos... Eu sou bissexual.

E eles berraram em aprovação.

Fevereiro chegou e, com ele, a nossa viagem. No aeroporto, me despedi dos meus pais e dos meus amigos com lágrimas nos olhos. Seria apenas um mês longe, sim, mas era justamente a despedida que apertava o meu peito.

Henrique também não escondia o choro, o que eu achava bonitinho. Nunca tínhamos ficado tanto tempo longe um do outro, e era engraçado ver que eu não estava sendo sentimental sozinho. Caio e Jo o confortaram, e Ary fazia o mesmo com meus pais, que estavam até mais tranquilos do que Rique, enquanto eu atravessava para a área de embarque, junto com Clarice, Nic, Lua e Miguel.

Nossos lugares, por algum motivo, haviam sido espalhados pelo avião, com exceção de Nic e Miguel que, milagrosamente, caíram em assentos lado a lado.

A primeira parada foi em Santiago, no Chile, após um voo de quatro horas que eu nem vi passar, porque dormi. Ficamos rodando pelo aeroporto por uma hora e *hablando mucho español* até embarcarmos no segundo e último avião. O voo até a Nova Zelândia seria de *doze horas.*

Sim. Doze horas.

O que se faz durante doze horas em um avião? Eu estava prestes a descobrir.

E, novamente, nossos lugares caíram separados. Dessa vez nem Nic e Miguel deram sorte. Me acomodei no meu assento, 43J, e pluguei os fones de ouvido antes de dar play em Rita Lee.

Fechei as pálpebras e apoiei a cabeça, pronto para o maior cochilo da minha vida, quando senti alguém tocar meu ombro. Abri os olhos e, quando o fiz, um arrepio percorreu todo o meu corpo.

Seus cabelos ondulados, num tom caramelo reluzente, haviam crescido até a altura dos ombros. Sua pele negra irradiava como se ele fosse um deus grego saído do Olimpo única e exclusivamente para destruir a minha vida. Seu nariz possuía um traço grosso, embora delicado, e combinava com os lábios grandes, chamativos e, *porra*, muito bem hidratados. Ele vestia um casaco xadrez num tom claro de rosa, e de suas costas pendia o mesmo estojo de instrumento de tantos meses atrás, que agora, mais próximo, eu conseguia reconhecer: era para guardar um violino. Tirei um dos lados do fone, completamente aturdido, e o garoto abriu um sorriso sem graça. Quando passou a mão para ajeitar o cabelo atrás da orelha, eu quase tive um treco. Teria caído duro se já não estivesse sentado.

De todas as pessoas do mundo que poderiam aparecer ali, eu estava encarando o garoto do ônibus, que encontrei quando voltava para o Rio depois do velório de minha avó.

E de todos os lugares no mundo para encontrá-lo, o universo escolheu aquele momento. Um avião do Chile para a Nova Zelândia.

— Licença. — A voz dele soou baixinha, o sotaque me derretendo por inteiro. — Aqui é a fileira quarenta e três?

SEGUNDO ATO
VICENTE

Caminho se conhece andando
Então vez em quando é bom se perder

Chico César

21

DESENCONTROS, REENCONTROS & YOUNG ROYALS

Quando eu tinha seis anos, eu e meus pais adotamos um pequeno vira-
-lata preto. Seu nome era Lineu, em homenagem ao personagem de *A grande família*, que eu costumava assistir com eles toda noite antes de dormir.

Lineu foi meu melhor amigo naquela época. Como tínhamos um
jardim grande, passávamos os finais de semana correndo e brincando
pelo gramado. No final do dia, eu *sempre* insistia para que ele dormisse
comigo, mas meus pais nunca deixavam.

Quando eles viajavam e eu dormia na casa de Vóinha, porém, Lineu se empoleirava no meu travesseiro. Nilcéia amava aquele cachorro,
talvez até mais do que amava a mim. Sempre lhe dava restos de carne,
o aconchegava no colo e o deixava dormir comigo. As noites com Lineu eram muito especiais.

Quando eu tinha oito anos, Lineu fugiu. Certa noite, esquecemos
o portão aberto e no dia seguinte não o encontramos mais. Espalhamos
cartazes pela cidade, batemos perna pelos arredores e pedimos ajuda
para todos os conhecidos. Minha avó ia de casa em casa nas redondezas
para ver se alguém tinha, por acaso, colocado o cachorro para dentro.

Os primeiros dias foram terríveis; eu estava inconsolável. Meu pai
precisava ficar comigo no quarto até eu finalmente dormir e só então
saía de fininho para a própria cama. Ao longo das semanas seguintes, os
choros foram se tornando menos frequentes. Ainda pensava em Lineu
e tentava encontrá-lo no caminho para a escola, na volta da padaria, nas
praças movimentadas. Até que, com o passar dos meses, ele virou um
borrão na minha memória.

Uma história que eu revisitava poucas vezes, porque ficava escondida atrás das cortinas. Aquela tinha sido minha primeira grande *cicatriz*.

Lineu nunca foi encontrado.

Há seis meses, quando ainda lamentava a morte da minha avó, me encantei brevemente por um lindo garoto no ônibus que me levava de Águas do Elefante até o Rio de Janeiro. Não sabia onde ele tinha embarcado, já que o ônibus passava por três cidades antes de chegar à capital. Como qualquer outra paixão platônica, o garoto se perdeu em meio às minhas lembranças. Nem cogitei a possibilidade de vê-lo outra vez porque já nem me recordava do nosso encontro. Não conscientemente, pelo menos.

A partida de Lineu tinha sido importante para que eu criasse um sistema de autodefesa que não permitia que eu me apegasse a qualquer coisa — ou qualquer um. Em outra vida, talvez, eu tivesse procurado pelo garoto do ônibus. Teria tentado buscar explicações para o sonho em que ele me visitou. Mas não. Simplesmente deixei que partisse para nunca mais voltar.

Só que agora ele tinha voltado.

E estava sentado ao meu lado, na poltrona da janela, 43K. Já tínhamos decolado havia umas duas horas quando a comissária de bordo passou oferecendo a primeira refeição do voo. Escolhi uma torrada de avocado com ovos beneditinos e café com leite.

caralho

isso é um avião ou um hotel cinco estrelas?

Abri a bandeja à minha frente e apoiei os itens, quando a moça perguntou:

— *Do you know if he wants anything?* — Ela apontou para o garoto, me perguntando se ele queria algo. Segui seu indicador e o vi com a cabeça recostada em uma almofada de pescoço preta com "Dangerous Woman" escrito em branco. Seus olhos estavam fechados.

Como o voo era de doze horas, não quis arriscar deixá-lo passar fome. Da mesma forma que ele havia me cutucado e balançado meu mundo quando chegou, fiz o mesmo e toquei seu ombro. O garoto acordou devagar e levou alguns segundos para se situar, até me ver apontando para a comissária.

— Café da manhã — comentei.

Ele corrigiu a postura no assento e se adiantou para buscar a comida, agradecendo à atendente e apoiando os itens na bandeja. Sua escolha foram dois potes de salada de frutas e um suco de laranja.

— Valeu — o garoto disse, conforme abria a primeira vasilha. Eu não sabia como reagiria a uma conversa inteira com ele, porque um simples agradecimento seu já fazia o meu coração palpitar.

Pensar que Clarice estava em algum lugar daquele avião também fazia com que eu me sentisse mal. Já fazia um mês desde a nossa conversa, mas o sentimento de culpa ainda insistia em me visitar.

— De nada — respondi. — Não ia te deixar passar fome. Ainda mais com essas comidas chiques.

— Nossa, nem fala. A saladinha tá uma delícia. Quer? — E me ofereceu a colher, assim, sem mais nem menos. Balancei a cabeça levemente, mas sem deixar de sorrir.

— Vou ficar com meu café nada saudável mesmo. — E completei, para retribuir a gentileza: — Se quiser provar, fica à vontade.

— Ih, não. Eu sou vegano. Vou ficar na frutinha mesmo!

Ficamos em silêncio por algum tempo, mas eu gostava de ouvir sua voz. Queria continuar conversando, só não sabia bem como.

além disso, algo me puxava para ele
uma sensação estranha
quase como um ímã
ou eu tô maluco
igor você tá maluco

Matutei sobre vários assuntos e cheguei ao mais óbvio: o dia do ônibus. Não queria mencionar aquilo porque eu provavelmente pareceria um maníaco, mas não tinha ideia melhor.

— Isso vai parecer maluquice, mas... — comecei.

— Qual é o seu nome? — ele falou ao mesmo tempo, e seus olhos se arregalaram na minha direção. — Oxe, desculpa! Que foi que tu disse?

Graças ao bom Deus, a história do ônibus ficaria pra outro dia. Ou século.

— Nada, não. Relaxa. Eu sou Igor. E você?

— Vicente, Igor. Prazerzão, viu? — E sorriu.

— Vicente... — ecoei, tentando revisitar alguma lembrança. — Esse nome não me é estranho.

— Ô, abestalhado, não é tão raro assim também, né? — ele brincou. Ri.

— Não, é que o nome me lembrou de alguma coisa — insisti. Pensei nas últimas festas, nas conversas com amigos, no Festau...

pera, o festau!

VICENTE

— Puta merda! Você ganhou o Festau na área musical, não foi?

— E tu assistiu, foi? Ganhei, sim. Tô indo pra Nova Zelândia me apresentar, foi um dos prêmios — finalizou.

não é possível

o universo só pode estar de sacanagem comigo

— Eu não assisti. Mas... Bom, eu tô indo me apresentar também. Minha peça ganhou na categoria teatral — contei.

— Puta merda! Que massa! E que coincidência a gente sentar junto! — Vicente disse.

— Pois é — falei, e deixei escapar uma risadinha abafada. Um pensamento invadiu minha cabeça. — Como você sabia que eu era brasileiro?

— Tá brincando, é? A gente tá conversando em português, *Igor*. — A forma como ele pronunciava meu nome arrepiava meu corpo inteiro.

Minha gargalhada em seguida foi genuína. Tampei a boca e olhei para os lados, torcendo para não ter incomodado os passageiros que ainda dormiam.

— Não, *Vicente*. Quando você chegou me perguntando o número da fileira. Você já perguntou em português. Como sabia?

— Ih, meu filho, eu não sabia nada. Só chutei pra poupar meu inglês — ele disse e riu.

A voz de Vicente, além do sotaque delicioso, era suave e aveludada, equilibrando perfeitamente os agudos e graves.

Se eu sou arte, pensei, *Vicente é música.*

Ficamos jogando conversa fora por mais um tempo e eu enfim resolvi usar a tela interativa que me encarava, acoplada na poltrona da frente. Um aplicativo exibia diversos filmes e séries pelos quais eu passava deslizando, sem um objetivo claro. Conforme eu descia, a mão de Vicente invadiu o meu espaço e apontou para a tela.

— *Young Royals* — ele disse.

— Hã?

— Já assistiu?

— Não. Por quê?

— Então assiste. Você não vai se arrepender. Tem roteiro, química, romance, tudinho. Confia em mim.

— Ah, beleza — falei, sem nem saber do que se tratava. A capa eram dois garotos, um loiro e um que parecia latino, se beijando. Sorri de leve e a encarei por mais tempo do que devia, lembrando uma vez que Lua tinha falado que pareciam Nic e Miguel. De fato, eram iguaizinhos.

— Eita. Esqueci de avisar que é um romance LGBT. Você não é homofóbico nem nada do tipo, né? Rapaz, espero muito que você não seja homofóbico — Vicente disse, o tom de voz um pouco mais sério.

— Não! — me apressei em responder, e não consegui segurar o riso. — Claro que não. Eles parecem dois amigos meus, só isso. — Cliquei no cartaz e dei play no primeiro episódio. Pus meu fone e olhei para Vicente. — Eu sou bi, aliás — soltei, assim, sem mais nem menos, porque agora eu podia. E porque agora eu *queria.*

Vicente sorriu para mim e *porra.* Ali estava, outra vez, aquela sensação estranha. Um ardor no peito que parecia querer me comunicar alguma coisa, as engrenagens da minha cabeça trabalhando a mil por hora.

Ele sustentava uma expressão curiosa. Quer dizer, ele *estava* curioso. Parecia tentar me decifrar com os olhos.

Seus cabelos estavam presos, e na orelha Vicente exibia um pequeno brinco que brilhava, mesmo com a pouca luz da aeronave.

Percebi que tinha passado tempo demais trocando olhares com ele e sorri, desviando a atenção de volta para a tela.

Aumentei o volume e me acomodei na poltrona para assistir.

Nove horas e uma temporada inteira depois, o avião havia pousado. Ao longo dos seis episódios, me senti cada vez mais hipnotizado pela trama e pelos personagens. Por volta do terceiro capítulo, Vicente acabou colocando a série para passar em sua própria tela e acompanhar junto comigo, e comentávamos volta e meia.

Quando nossa fileira foi liberada para o desembarque, seguimos juntos até o terminal do aeroporto de Auckland. Placas decoravam o caminho com frases escritas em duas línguas: uma era o inglês, e a outra eu não conhecia.

Embaixo de "Welcome" estava escrito "Kia ora", que eu imaginava ser "Bem-vindo" em alguma língua indígena. Não demorou muito para Vicente notar minha curiosidade.

— É maori — ele disse. — Um idioma do povo nativo.

— Eles são indígenas? — perguntei.

— Maori significa "local", ou "original". Basicamente, quem nasceu nessa terra. E esse também é o significado de indígena, que vem do latim. Então, sim.

— Você estuda esse tipo de coisa?

— Você não pesquisou nada sobre a Nova Zelândia antes de vir passar o mês aqui? Nadinha?

— Ah, só um pouco. Tinha muita coisa rolando nesses últimos meses — respondi, e era verdade. A correria dos ensaios, das idas a Águas e, claro, toda a situação com Clarice.

— Oxe, mas eu já tava vendo antes mesmo de ganhar o Festau. Não sou bobo nem nada. A gente tem que manifestar essas coisas, sabe? — ele finalizou.

Sorri.

Nos separamos na imigração, onde alguns funcionários recebiam os turistas. Vicente foi alocado em uma fila e eu, em outra.

Quando enfim saí de lá, perdi Vicente de vista e encontrei Clarice, Lua, Nic e Miguel nas esteiras, aguardando as bagagens. Me aproximei dos quatro, ainda cansado da viagem e possivelmente da mudança no fuso: Auckland estava quinze horas na frente do Brasil. Saímos do Chile no dia 2 de fevereiro e chegamos na Nova Zelândia, após doze horas de viagem, no dia 4.

Éramos oficialmente viajantes do tempo!

— *Hello* — larguei quando me aproximei dos quatro.

Clarice sorriu de leve e Nic e Miguel me responderam simpáticos, mas exaustos.

— Fez boa viagem? — Lua perguntou.

— Fiz. Assisti *Young Royals*, inclusive. Você tava certa. Esses dois aí são clones.

Lua abriu um sorriso cansado e se virou para a esteira outra vez.

As malas foram aparecendo aos poucos. Depois de dez minutos, todos já estavam com suas respectivas bagagens; menos eu.

A esteira rolava, rolava e rolava, trazendo mochilas coloridas, malas do tamanho de estádios de futebol e até carrinhos de bebê, mas nada da minha.

— Bora? — Clarice perguntou, cansada.

— Falta a mala do Igor, Clari — Lua disse por mim. Ela estava claramente se esforçando para não escolher um lado após nosso "término", assim como Nic e Miguel. Embora todos já soubessem, nenhum deles perguntou sobre o assunto (não para mim, pelo menos).

— Podem ir, gente. Tá tudo bem. Eu espero aqui — falei, e Clarice assentiu.

— Você não vai se perder? — Lua questionou.

— Eu e Guel ficamos com ele. Não vai caber todo mundo no mesmo Uber, de qualquer jeito. A gente se encontra no hotel.

Elas concordaram e desapareceram pelas portas da área de desembarque.

Mais cinco minutos se passaram e nada. Nic e Miguel continuavam ao meu lado, ambos sentados em suas malas enquanto aguardavam.

Meus olhos estavam fixos na abertura da qual saía a esteira, e acabei não percebendo quando Vicente surgiu ao meu lado.

— Extraviou? — ele perguntou. Me virei num susto, que o fez rir, e acabei rindo junto. Sua gargalhada era gostosa.

— Pelo amor de Deus, vira essa boca pra lá. — Meus olhos foram direto para os lábios de Vicente, e por muito pouco não fiquei preso ali, em seu rosto. Pisquei e mudei de assunto. — Você tava lá até agora?

— Sim. Eu trouxe drogas, eles acharam, foi barril. Mas já tá tudo certo — ele disse.

Ri novamente, mas Vicente se manteve sério. Fechei a expressão, confuso.

— Pera, é verdade? — perguntei. E então foi ele quem riu.

— Cê é abestalhado, Igor? Tinha um brinco artesanal na minha mochila, coisa boba, com umas folhas secas. Tive que passar pela checagem de riscos ambientais, porque eles são doidos com a proteção da fauna e da flora, mas nem demorou tanto, não. Aí fui no banheiro, me perdi no caminho e cheguei. — Ele abriu um sorriso logo em seguida, conforme apontava para a esteira. — Minha mala tava me esperando, viu só?

Me virei para vê-la e percebi que a minha chegava junto, logo atrás. A dele, surpreendentemente, ainda vinha primeiro.

Só quando pegamos nossas bagagens me dei conta de que Nic e Miguel não faziam ideia de quem era aquele deus grego ao meu lado. O cansaço ainda ia me matar.

— Gente, esse é o Vicente, esqueci de apresentar. Ele ganhou o Festau na categoria musical. Vicente, esses são Nic e Miguel, meus amigos. Eles se apresentaram comigo — falei.

— Prazer, minha gente. — Vicente se apressou em cumprimentá--los com beijos e abraços, que foram muito bem recebidos pelos dois, ainda que cansados.

Ele parecia ser o único não afetado pela longa viagem de doze horas. Se estava exausto como todos nós, escondia muito bem.

Seguimos juntos, os quatro, até o saguão. O aeroporto de Auckland era basicamente como qualquer outro. Várias lojinhas se espalhavam pelo enorme corredor, além de estandes de locação de carros, de empresas aéreas e de seguros. Placas penduradas no teto indicavam a área de embarque, desembarque e também a saída. Centenas de pessoas se espalhavam por todo o ambiente, os sons das rodinhas de malas se misturando às crianças que choravam e ao imenso mar de palavras proferidas em inglês, que preenchiam os meus ouvidos de maneira abrupta. O mais curioso foi encontrar, em certa parte do hall, uma estátua de um anão de O Senhor dos Anéis.

Ele devia ter pouco mais de três metros e apoiava as mãos em sua espada, cravada no chão. Também olhava para baixo. A escultura era toda feita de pedra, ou pelo menos era o que parecia, e algumas partes tinham pequenos musgos espalhados, dando um toque bem medieval.

— Uma parte da trilogia foi gravada aqui — Vicente disse quando passamos pela estátua. — Dá pra visitar, inclusive, a cidade dos hobbits.

— Pois saiba que pelo menos isso eu já sabia — respondi, e ele me devolveu um sorriso irônico.

Conectamos o celular ao wi-fi do aeroporto, e fui bombardeado de mensagens no grupo com Henrique, Ary, Jo e Caio.

CINCO NAO EH PAR

Rique

Boa viagemmmmmmmmmm

Se pegar algum gostoso no avião, manda foto

Pelados

aryzita

pqp

Caio

hahaha baixa o tinder, amigo, confia

Jo

Mas é uma piranha esse meu namorado

Dividimos, os quatro, um carro até o hostel. Vicente estava hospedado junto com a gente, no centro da cidade. Pedimos no aplicativo a opção que fornecia veículos com porta-malas maiores para que todas as bagagens coubessem em um só. O motorista que nos recebeu parecia ter origem indiana e era bem simpático.

Não conversamos muito durante o percurso, que durou mais ou menos quarenta minutos. A exaustão do longo voo pareceu finalmente atingir Vicente. Sentado no banco da frente, ele mantinha a cabeça recostada.

Uma curiosidade sobre a Nova Zelândia: assim como na Inglaterra, o volante fica do lado direito. Então era um pouco confuso ver a direção no lado oposto ao qual eu estava acostumado, mas também engraçado. Quando o veículo buscou a gente no aeroporto, Vicente sem querer abriu a porta do motorista, pensando ser a do passageiro, e nos arrancou boas gargalhadas.

Chegamos no hostel por volta das sete da noite. Quando descemos com nossas malas, admito ter ficado um tanto confuso. Pensei até que estávamos no lugar errado. A construção parecia uma igreja de séculos atrás, com dezenas de janelas espalhadas por toda a sua extensão, que dobrava uma esquina. No ponto de divisão entre as duas ruas, um pequeno campanário se erguia por alguns metros e poderia facilmente ter abrigado um sino de bronze em algum momento.

Embora antigas, as paredes, as vidraças e os beirais aparentavam estar em excelentes condições, provavelmente reformados ao longo dos bons anos desde sua construção. O que tornava o hostel ainda mais especial era o fato de estar no meio de dois grandes prédios modernos, espelhados e, bom, feios.

— Foi um depósito de confecções até 1920 — Vicente disse, a cabeça inclinada para observar toda a maestria daquela construção.

Me virei para ele, atônito, porque não era possível que até disso soubesse.

— Você tá de sacanagem — falei.

— É lindo. Como você sabe? — Nic entrou na conversa.

Os olhos de Vicente pousaram em mim e ele abriu um largo sorriso, enquanto respondia ao questionamento do meu amigo.

— Eu fiz meu dever de casa.

E saiu puxando suas malas em direção à porta.

Fiquei ali parado por alguns instantes, o sorriso estampado no rosto, até finalmente seguir os três para o interior da hospedagem.

22

KIWI, SINUCA & O SOL

Ao contrário do seu exterior, a parte de dentro do hostel era bem simples. Um longo carpete cinza se estendia pelo local e parecia seguir através de um corredor até os fundos. Um rapaz loiro ocupava a recepção, cujas paredes estavam repletas dos mais diversos cartazes, pôsteres e papéis contendo informações de passeios guiados, sugestões de locais turísticos, indicações de bares, restaurantes e passeios pelas redondezas.

Vicente, Nic e Miguel conversaram com o recepcionista enquanto eu, distraído, fui até um dos murais. Vários passeios pareciam saídos de filmes de fantasia. Fiquei especialmente interessado nos lagos térmicos ao norte, com águas aquecidas pelo calor vulcânico, e nas trilhas noturnas perto de cavernas onde insetos luminosos, chamados *glowworms*, produziam um brilho azul incandescente que mais parecia montagem.

Analisar aqueles cartazes me apertava o coração, de um jeito bom. O desejo pulsava em minhas veias e meu corpo parecia implorar para que eu vivesse aquelas experiências, mas eu não sabia se conseguiria. Teríamos pouco mais de três semanas no país e uma grande apresentação no último final de semana de fevereiro. Provavelmente passaríamos bastante tempo ensaiando, então sair de Auckland não parecia uma possibilidade real.

— Igor? Vem cá — ouvi Nic chamar, e me aproximei dos três com passos apressados. — Tudo bem se ficarmos em um quarto nós quatro? Tem mais camas e pode ser que chegue mais gente, mas ele acha que não.

Passei o olhar por Vicente e Miguel, que me encaravam em busca de uma resposta. Pareciam já ter entrado em um acordo. Pensei em Clarice por um momento mas, logo em seguida, lembrei que não estávamos mais juntos. Um pouco de espaço seria até melhor.

— Sim, sem problemas — falei.

Subimos três lances de escada até finalmente chegarmos ao nosso quarto. Seis beliches se espalhavam pelo ambiente, todos arrumados e com lençóis, cobertores e travesseiros dispostos em cima. Uma janela se abria para a área de lazer do hostel, onde alguns hóspedes se divertiam na piscina.

Miguel e Nic escolheram o mesmo beliche, mais ao fundo, e eu preferi dar privacidade para os dois, pegando uma das camas mais afastadas. Deixei minhas bolsas no colchão de baixo, porque nunca fui muito fã de dormir em lugares altos.

Se Vicente teve a mesma percepção que eu, não sei, mas senti meu coração palpitar quando, entre os seis beliches, ele subiu a escada do que eu havia escolhido para mim.

— Vê se não balança muito aí embaixo, hein?

Sorri.

E pelo acelerar do meu coração, ele sorriu também.

Me joguei na cama de baixo e balancei um pouco de propósito. Eu o ouvi rir. Abri a mochila, vasculhando alguns pertences. Peguei o carregador, os fones de ouvido, e meus dedos encontraram as cartas de Vóinha.

eu não passaria quase um mês inteiro sem elas

Aproveitei o momento para ler uma. Depois dessa, só restariam quatro.

Igor,

Reescrevi esta carta hoje mesmo, no seu aniversário. A outra estava pronta há uma semana, mais ou menos, porque sua avó é organizada, sabia? Mas depois do que aconteceu agora há pouco, senti a necessidade de colocar no papel novas palavras. Estou contando porque não sou mentirosa, hein?! E confio absolutamente que você não vai falar isso para ele, está bem? Um menininho, Henrique, passou por aqui para te deixar uma lembrancinha de aniversário. Eu disse para ele passar na sua casa, para encontrar com você, mas ele respondeu que seria melhor não, porque vocês não eram amigos, mas a mãe dele me conhecia. Como a boa avó que sou, coloquei o menino para dentro, servi uns bolinhos de chuva e resolvi entender o porquê daquele presente, se nem amigos vocês são! Ele contou que no início desse mês, na escola, um garoto mais velho estava falando baboseiras para ele, e que você o defendeu dando um chute no outro rapaz. Que sua mãe nunca encontre esta carta, porque o que vou dizer aqui deveria ser proibido: estou orgulhosa de você. Não pela agressão, porque não acredito que isso resolva nada, e o mundo já está feio demais. Mas pela coragem de enfrentar um comportamento inaceitável e ajudar esse menino, Henrique, mostrando que ele não está sozinho. É importante você saber que, na vida, vão existir outras situações como essa, talvez mais sutis, mas que machucam igual. Quando se sentir em dúvida do que fazer, não chute mais ninguém, viu? Coloque a mão no coração e, simplesmente, encontre a resposta. O caminho certo nem sempre é o mais fácil, mas sei que você o encontrará.

Feliz aniversário, meu netinho mais lindo. Que orgulho de você.

Te amo, te adoro e tudo mais,
Vóinha

Eu nem fazia ideia de que Nilcéia tinha sido a responsável pelo florescimento da minha amizade com Henrique. Aquilo, mesmo em meio à exaustão que me dominava, foi o suficiente para me fazer sorrir.

Me acomodei no travesseiro e, antes que pudesse perceber, senti meus olhos pesarem. O cansaço cobrava seu preço e meu corpo implorava pelo descanso.

— Boa noite — falei, e me virei para o lado.

Agora, foi Vicente quem balançou o beliche. Quando me dei conta, ele já estava em pé ao meu lado, com um olhar da mais pura decepção.

— Cê tá doido, é? São sete da noite, Igor!

— Mas eu tô morto. Não tenho energia pra viver hoje — respondi.

— Sinto muito, você não vai dormir agora. É regra de viagem, a gente precisa se ajustar ao fuso. Você vai ficar acordado até, no mínimo, onze.

— Vicente... — tentei debater.

— Não quero saber. Você vai comigo desbravar esse hostel e é agora — ele finalizou, fisgando minha mão com a sua. Seu toque era suave e firme, como se ele fosse, ao mesmo tempo, dobrador da água e do fogo. Senti seu calor subir pelo meu braço e tentei não analisar demais um simples gesto, embora já fosse tarde. Me coloquei de pé e suspirei.

— Tá, tá. Vamos. — Virei para os fundos do quarto a fim de chamar Nic e Miguel. — Vocês vão?

Mas eles não responderam. Nic estava deitado, imóvel na cama de baixo, e Miguel na de cima. Aparentemente, eles tinham demorado só alguns segundos pra cair no sono.

Fiz um esforço fenomenal para soltar a mão de Vicente, porque pensei que seria estranho caminhar por aí com ele me puxando, e seguimos juntos para fora do quarto.

Nossa primeira parada foi o terraço do hostel.

Um telhado de madeira inclinado cobria uma grande área repleta de cadeiras, mesas e sofás. Redes de proteção cercavam as sacadas que davam para o anoitecer. Havia vários cordões de luzes e trepadeiras pendurados até o teto, que traziam um ar ainda mais aconchegante para o ambiente. Alguns hóspedes já se aglomeravam por ali, e conforme fomos caminhando até um lugar vazio, pude ouvir os mais diversos idiomas: inglês, espanhol, alguma língua que parecia asiática, outra que se assemelhava ao alemão, e outras que eu nem fazia ideia do que eram. Pessoas de diversas cores e etnias, de variados estilos e humores transformavam aquele espaço em uma grande experiência cultural.

Eu e Vicente sentamos num sofá perto de uma sacada e passamos um tempo só analisando a paisagem de Auckland. Não muito distante estava a famosa Skytower, uma torre que subia por 328 metros, mais alta que a Torre Eiffel. No topo, uma grande cúpula iluminava o céu e, ao olhar mais atentamente, dava pra vê-la girar.

O clima de Auckland naquele horário era agradável. O vento fresco entrava pelo terraço e trazia consigo um pouco da brisa do mar que eu tanto amava. Embora diversas vozes ecoassem por ali, o sentimento era de paz e calmaria.

Não pude deixar de sorrir.

— Tá pensando em quê? — Vicente perguntou.

Me virei para ele e percebi que estava devaneando. Ri de leve.

— Não sei. Em tudo, eu acho. A gente tá do outro lado do mundo, não é doido? Não é, tipo, em outro país. É *literalmente* do outro lado do globo.

— É. Olho assim, pra essa imensidão, e fico pensando em mainha.

Meu sorriso murchou, e fiquei com medo de ter entendido errado. Ainda assim, arrisquei:

— Sinto muito.

A resposta veio pelo olhar antes mesmo de Vicente abrir um largo sorriso e me empurrar de leve pra trás.

— Tá louco, é? Vira essa boca pra lá! É que a gente sempre foi muito junto. Eu, mainha e Cecília, minha irmã. É a primeira vez que a gente se separa desde... sempre — ele disse.

— Ah! — Embora tivesse sido engraçado, fiquei meio sem graça.

— Vocês moram juntos, então?

— Uhum. Desde que eu nasci, lá em Caraíva. Eu e Ceci nascemos juntinhos, coladinhos um no outro. Mainha criou nós dois praticamente sozinha, com a garra que Deus lhe deu.

Caraíva, pensei. Esse nome não me parecia estranho, mas também não me acendia nenhuma memória.

— Você mora em Caraíva, então? É na Bahia? — perguntei.

— Oxe, já foi lá, foi? Ninguém conhece Caraíva.

— O nome não me é estranho, mas não conheço. Só arrisquei por causa do seu sotaque, que eu acho lindo — comentei, e imediatamente senti as bochechas arderem.

Vicente deu um sorriso singelo, mas encantador, em retorno.

— Então a gente deu sorte, porque eu amo o sotaque carioca — ele disse, e eu senti uma vontade súbita de pular dali mesmo. — Eu nasci em Caraíva, mas a gente se mudou pra Petrópolis quando eu e Ceci tínhamos dez anos. Mainha recebeu um convite de uma amiga pra trabalhar em uma escola de música. As coisas em casa tavam difíceis, sabe? Ela e painho já não eram mais felizes, discutiam o tempo inteiro. Foi a chance de ela recomeçar do zero. E painho… nem brigou por nós. Só deixou a gente ir embora. Parte de mim acha que ele fez pelo nosso bem, mas lá no fundinho eu sei que não. Pra Cecília foi mais difícil, porque ô menina apegada ao pai. Mas hoje, depois de tudo… foi melhor desse jeito.

petrópolis

o ônibus de águas do elefante para o rio tem mesmo uma parada na cidade imperial

— Que legal isso. Quer dizer, não toda a parte do perrengue, e do seu pai, e de você ter se mudado, e…

caralho, por que que eu tô falando isso?

Respirei fundo.

— Legal a parte da sua mãe trabalhar em uma escola de música. É isso. Eu sou meio enrolado, desculpa. Mas ela trabalhar com música… tem a ver com você tocar violino?

Vicente me encarava como se observasse um animal exótico. Não um animal do qual ele tinha medo, pavor ou receio. Mas como se estivesse curioso para saber mais.

para saber tudo aquilo que estava escondido por trás das cortinas

— Você é abestalhado, Igor. Sabia? — ele soltou, assim, do nada, e deixou aquilo pairar no ar. Seu sorriso se formou outra vez, e alguma coisa se remexia dentro de mim.

Algo que eu não sentia havia muito…

não

algo que eu nunca senti

— Mas sim, tem tudo a ver — Vicente continuou. — Ela trabalhava numa escolinha em Caraíva e foi onde eu comecei a tocar. No início aprendi violão, porque era o que a gente tinha, e às vezes a gente se apresentava na praça da matriz. Mas quando fomos pra Petrópolis eu pude escolher. Não lembro exatamente como foi no início, mas mainha costuma dizer que *o violino me chamou* e, desde então, não largo mais dele.

— Que bonito isso. Gosto muito dessas frases bobas mas que carregam muito significado. "O violino me chamou" — repeti.

— Você tem alguma sua? — ele perguntou.

— Não sei se é minha. Mas eu costumo pensar que, pra mim, *se a arte não der certo, eu não dei certo.*

— Então você é feito de arte, Igor?

— Gosto de pensar que sim. — Sorri.

— Agora é sua vez. — Vicente sorriu, sem graça, mas por um momento pude ver seu olhar indo para longe. — Já falei demais de mim. Desculpa, juro que não sou chato assim.

Dei risada, confuso, sem saber o que dizer. Vicente era o *extremo oposto* de chato, mas não tive coragem de dizer isso em voz alta. Sua atenção se voltou para mim outra vez.

— Espera, antes eu vou descobrir quais são os drinques neozelandeses. Quer alguma coisa? — ele perguntou, erguendo-se do banco.

— Me surpreenda — respondi, e Vicente assentiu, seu olhar escondendo algum segredo.

Quando ele se dirigiu ao bar, me peguei outra vez encarando a imensidão do céu de Auckland. Acabei também pensando nos meus pais, em Henrique, nos meus outros amigos. Ainda não tinha entendido o fuso, então não sabia dizer que horas eram no Brasil, mas provavelmente já era dia. Se eu quisesse, poderia pegar o celular e mandar mensagens, matar as saudades.

Mas parte de mim queria aproveitar o momento. Queria ignorar um pouco a existência da minha outra vida, no meu país, e me dar a oportunidade de experimentar todas as novas possibilidades do outro lado do mundo.

vestir uma nova máscara que nunca vesti
ou simplesmente revelar o meu verdadeiro rosto

Vicente voltou com dois copos na mão: um cujo líquido era verde e parecia reluzir sob as luzes do teto, e outro em um copo parecido com o de martíni, mas que continha uma bebida densa e vermelha. Foi essa que ele me serviu, e eu a analisei, curioso.

— É bloody mary, conhece? Tomei uma vez no Brasil e achei massa, resolvi trazer pra você. E é lógico que eu vou experimentar também — Vicente disse e se sentou ao meu lado, as pernas cruzadas sobre o estofado para que ficasse com o corpo virado para mim.

Olhei a bebida e depois Vicente, minha expressão provavelmente cômica, porque o fez rir.

— Que foi? Não confia em mim? Prova aí.

Aproximei o copo dos lábios e tomei um gole. O sabor era diferente de tudo que eu já tinha provado e do que eu esperava. Não era uma bebida doce, mas sim salgada, e o gosto era de tomate. Por incrível que pareça, estava uma delícia.

— Isso é suco de tomate? — perguntei, os olhos arregalados.

— Não disse que era bom? Deixa eu provar, vem cá — ele disse e pegou o copo da minha mão enquanto me estendia o outro, de líquido verde. Dessa vez, provei-o direto. O sabor era ácido, mas doce. Sentia um pouco de canela, tônica e alguma fruta que não consegui identificar.

— Gostoso? Esse eu nunca tinha tomado, é o drinque assinatura da casa. O nome é "kiwi kiwi delight" — falou.

— É de kiwi, então?

— Não, é de manga — Vicente brincou. — Mas tenho uma daquelas coisinhas que você ama... — ele disse, e arqueei as sobrancelhas, confuso.

— O qu... — comecei, e fui imediatamente interrompido.

— Curiosidades da Nova Zelândia! Kiwi é um pássaro nativo daqui, uma espécie bem rara, tem o bico longo que é uma doideira! E por isso também é o termo que se usa pra chamar os cidadãos. Tipo carioca com o Rio, tá ligado? O pessoal daqui é *kiwi*!

— Inacreditável. Eu tô andando com um Google ambulante, é isso?

— A diferença é que eu não travo, bonito. — Ele deu uma piscadinha. — Mas vai, deixa de coisa. Contei tudo sobre mim, agora é sua vez.

Fiquei ali parado, encarando-o por algum tempo. Dessa vez consegui sustentar o olhar, talvez porque o suco de tomate alcoólico estivesse fazendo efeito já no primeiro gole. Os olhos de Vicente, em uma tonalidade cor de mel, pareciam me hipnotizar.

Finalmente, eu disse:

— Minha mãe é pintora, meu pai é chef de cozinha. Nasci no interior do Rio, mas agora moro sozinho na capital. Meu melhor amigo é meu vizinho, e eu daria a minha vida por ele. Desde criança sei que quero fazer teatro. Foi como eu te disse, gosto de pensar que sou arte, sabe? E muito disso veio da minha avó. Ela morreu em julho do ano passado. Costumava dizer que seu sangue de artista passou pra minha mãe, e depois pra mim. Foi com ela que aprendi a amar MPB. *Não*. Foi com ela que aprendi a *amar*. Ponto. E sempre que posso, gosto de olhar pro céu e pensar nela dançando Rita Lee na sala de casa comigo. Olho pra cima na esperança de que, de algum lugar, ela esteja olhando de volta pra mim. E olha que nem sou muito religioso. É isso.

Parei para respirar, meus olhos fixos nos de Vicente, e me lembrei de um detalhe que havia deixado de fora. Já tinha falado no avião, mas quis repetir. Agora, aos poucos, eu finalmente estava me sentindo mais confortável comigo mesmo.

— E eu sou bissexual. Sei que já comentei com você, mas ainda tô me acostumando a dizer em voz alta porque até, sei lá, dois meses atrás eu fingia ser hétero. E não preciso mais fingir. Não *quero* mais fingir.

Vicente não se apressou em me responder. Deixou aquelas palavras pairarem no ar, passeando ao nosso redor e formando, à nossa volta, um casulo. Seu olhar se desprendeu de mim e encarou as estrelas, que enfeitavam a noite movimentada do centro da cidade. Ele ajeitou o cabelo atrás da orelha outra vez, gesto que parecia repetir a cada dez minutos única e exclusivamente para acabar comigo.

Esperei que perguntasse sobre a minha bissexualidade, porque seria o mais previsível.

Mas não para Vicente.

— Como era o nome dela? Da sua avó? — Foi seu questionamento.

— Nilcéia. — Sorri.

— Acredito que a gente faça, sim, parte de algo maior. O universo é grande demais, a vida é muito linda pra não ter uma razão pra gente estar aqui. E acredito também em energias e na troca delas. Nunca conheci sua avó, mas no momento que você falou dela eu senti o amor ao seu redor. E não digo de maneira figurativa não, viu? É nítido, pelo menos pra mim. Nilcéia não tá lá em cima, por mais bonito que isso também seja. Ela tá em *você*. — Ele voltou a me encarar, e seus olhos brilhavam. Algo me dizia que os meus também. — Você disse que aprendeu a amar com ela. E não é só isso, Igor. Você exala o amor que ela deixou em você. E isso é muito bonito.

Vicente ergueu o copo e sorriu, sua cabeça agora levemente inclinada para o lado.

— Um brinde a Nilcéia — ele disse.

Eu ergui o meu próprio copo, nossos olhos fixos um no outro, e brindamos.

— *Hey* — uma voz surgiu ao nosso lado. Um homem de mais ou menos trinta anos, cabelo e barba ruivos, sorria gentilmente para nós dois. Ele segurava um bloco de notas e uma caneta. — *You guys wanna join the tournament?*

Será que a gente queria participar de um torneio?

Olhei para Vicente, que me encarava tão confuso quanto.

— *What tournament?* — perguntei, tentando entender melhor.

— *Oh, yeah, sorry. It's our weekly pool tournament. It takes place at the bar downstairs and the winner gets free drinks for the whole night* — o homem disse.

O álcool no meu corpo tinha se misturado ao cansaço, não facilitando muito o entendimento de outra língua. Mas até onde eu havia captado, se tratava de um campeonato de sinuca em troca de bebida grátis no bar lá embaixo.

Antes que eu pudesse pensar no assunto, Vicente assumiu as rédeas.

— *Free drinks? We're in* pra caraio! Bota aí, Igor e Vicente! — ele disse, animado com a possibilidade de beber de graça.

— *Sorry?* — o homem perguntou, confuso e simpático.

— Ih, foi mal. *It's our names. Igor and Vicente.*

— *Cool! It'll start in fifteen minutes. Do you know where it is?*

— A gente acha! — Vicente respondeu, me puxando de novo pela mão. Dessa vez, me deixei ser guiado.

Nem eu nem Vicente sabíamos jogar sinuca, então tomamos uma surra. Ainda assim, o início da noite foi bastante divertido. Viramos shots de tequila, vodca, rum e jägermeister em uma sequência que não parecia nem um pouco saudável para o nosso fígado. Aplaudimos um gringo que subiu no balcão do bar e logo foi expulso do estabelecimento, cantamos *happy birthday* para uma garota que estava celebrando com as amigas e ainda abraçamos um casal que tinha saído do próprio casamento para ir beber, os dois ainda de terno.

Eu não me divertia assim havia uns meses, e Vicente também parecia estar fora de si. Quanto mais álcool eu ingeria, mais sentia o bater daquelas asas subindo dentro do meu peito. Olhar para ele me causava certo desconforto também, porque era ridículo que alguém pudesse reter tanta beleza em uma só existência.

A cada novo sorriso, meu coração parava.

A cada olhar trocado, minha pele entrava em combustão.

E quando ele me tirou para dançar, eu só pensava *socorro socorro socorro caralho socorro* em um fluxo desenfreado de palavras e sentimentos que eu sequer conseguia nomear.

Cantamos Katy Perry, dançamos Dua Lipa e gritamos ao som de *High School Musical*. Reparei que, quanto mais bebíamos, menos Vicente encostava em mim.

Não sabia se era coisa da minha cabeça, insegurança ou falta de interesse.

Talvez ele tivesse percebido o meu coração batendo para fora do peito e se assustado, porque talvez não estivesse sentindo a mesma coisa.

provavelmente não estava mesmo né igor

emocionado do caralho
ele te conhece há menos de doze horas

Ainda assim, continuei me divertindo, prestando atenção ao choque causado por cada novo toque.

Meu sorriso só murchou quando, ao fundo, vi Clarice, outro garoto que eu não conhecia e uma menina asiática que não tirava os olhos de Lua, os quatro juntos.

Não fechei o sorriso por raiva, decepção e muito menos por ciúmes. Clarice estava desimpedida, assim como eu, e tinha mais é que aproveitar mesmo.

A sensação, ainda assim, era esquisita. Era como olhar para trás e vê-la comigo, nos meus braços, ao mesmo tempo que a via ali, na minha frente, nos braços de outro. Percebi que estava evitando ficar perto de Clarice não só para respeitar o tempo dela, mas também o meu, de certa forma. E isso tudo era muito mais confuso, complexo e difícil de lidar do que eu imaginava.

Porque enquanto ainda sentia um buraco no meu coração por conta do fim, eu também sentia pássaros surgirem em meu peito na presença de Vicente.

Respirei fundo, fisguei a mão de Vicente e caminhei em direção à porta.

— Vem comigo.

No início, pensei em voltar para o quarto, cair no beliche e hibernar até o dia seguinte. Eu estava exausto, Vicente claramente estava mais pra lá do que pra cá e, sendo sincero, dormir me parecia a melhor opção.

Mas o baiano, mais uma vez, foi quem me convenceu do contrário.

— E se a gente for visitar o teatro, Igor?

— Teatro?

— Onde a gente vai se apresentar! — Sua voz estava engraçada, a língua toda enrolada transformando sua dicção em algo parecido com "abludhferka".

— Você sabe onde é?

— Não. Sim. Talvez.

Eu ri, Vicente riu.

Sua gargalhada preenchia o ar com tamanha facilidade que meu sono topou aguardar mais um pouco. Eu precisava ouvir mais daquilo.

— É perto do mar — ele continuou. — E o mar é pra lá. O último a chegar é hétero!

E assim, sem mais nem menos, saiu correndo pela avenida principal. Antes que minhas pernas tomassem vida, tive tempo de gritar:

— Não é perigoso?

Ao qual ele respondeu:

— APRENDE A VIVER, CARIOCA!

Sorri e, rendido, disparei atrás dele.

Corremos pelas ruas, entramos em becos sem saída e, volta e meia, dávamos de cara com outros jovens tão animados quanto nós. O centro de Auckland já estava vazio e o relógio, que conferi na vitrine de uma loja de eletrônicos, marcava 1h33. Vicente tropeçava, caía, ríamos em uníssono e respeitávamos os sinais fechados para pedestres mesmo quando não havia carros passando, só pela piada.

A gargalhada dele ecoava em meio aos prédios, tão natural como o vento soprando em nossos cabelos.

Passamos por um parque, no qual poucas pessoas passeavam com seus pets, e finalmente avistamos centenas de barcos boiando sobre águas calmas.

Quando chegamos ao cais, com a lua inundando o mar aberto à nossa frente e os poucos sons da cidade reverberando às nossas costas, eu enchi os pulmões e gritei, com toda a minha força, depois caí na gargalhada. Vicente me olhava de um jeito engraçado, suas pálpebras entreabertas por conta do álcool e do sono.

— Ei — ele me advertiu, sério até demais, e me voltei em sua direção.

Parecia preocupado.

— Que foi? — baixei o tom.

— Cuidado. Vai acordar os peixes.

E, outra vez, a gargalhada.

Estávamos lado a lado, nossos ombros quase se tocando, observando o céu estrelado por cima das montanhas ao longe. Alguns barcos tinham as luzes acesas e ajudavam a formar, também, o que parecia um mar cintilante.

e mesmo com todo o horizonte

e com toda a luz da lua

nada parecia brilhar mais do que o sol ao meu lado

Eu conseguia ouvir a respiração de Vicente, tranquila, e mesmo quando o mundo começou a girar mais rápido, tudo o que eu sentia era o calor que emanava dele.

Quando ele apontou para um caminho ao meu lado, dizendo que era por ali que chegaríamos ao teatro, tudo o que eu sentia era meu peito me puxando para ele.

Quando o vi sorrir pela última vez naquela noite, antes de sua expressão se fechar em um semblante de preocupação, tudo o que eu sentia era que o conhecia havia décadas.

E então, eu vomitei.

É a chuva chovendo, é conversa ribeira
Das águas de março, é o fim da canseira

Elis Regina

23

CHÁ, CÉU & VULCÃO

Acordei sozinho no dia seguinte. O sol matinal entrava pelas cortinas que, se eu bem me lembrava, nem havíamos fechado antes de dormir.

Movi meu corpo para olhar na direção do beliche de Miguel e Nic, e o encontrei vazio. O silêncio no quarto era total. De fininho, resolvi colocar os pés descalços no chão e me afastar um pouco da minha própria cama para enxergar o colchão de cima, em busca de Vicente.

Ele também não estava lá. Minha cabeça doía, e meu corpo *definitiva-mente* tinha sido atropelado por elefantes raivosos. Não importava a força que eu fizesse, não conseguia me lembrar de nada da noite anterior. Só de vomitar, de sentir os braços de Vicente me envolvendo e, então, *puf.*

Zero.

Vicente poderia ter passado mal e ido para o hospital.

Ou talvez tivesse percebido que eu não era uma companhia muito boa e mudado de quarto. Esse pensamento fez minha enxaqueca aumentar trezentas vezes.

De qualquer forma, ninguém tinha me acordado. Nem Vicente, nem Nic, nem Miguel. Os três tinham saído sem nem me chamar.

Voltei para a cama e afundei a cabeça no travesseiro, o mundo inteiro ainda girando. Peguei o celular e vi o horário: onze e meia da manhã. Pelo visto meu corpo precisava mesmo de uma recarga, ainda mais depois da noite anterior.

Alcancei a mochila na beira da cama e fisguei o primeiro pedaço de papel que encontrei. Só restavam mais quatro cartas de Vóinha, mas eu precisava *muito* de uma agora.

Igor,

Que você seja um grande homem, como é um grande menino. Dezoito anos não é para qualquer um, viu? Agora já pode tomar pinga com sua avó! Brincadeira, não faço isso há muito tempo. Lembro do meu último porre, logo antes de você chegar aqui em casa, com quase seis anos. Não foi fácil lidar com a perda do seu vô Maurício. Sei que isso não justifica, mas era a minha válvula de escape. Uma maneira de acalmar os pensamentos. Mas o pavor nos seus olhos, a maneira que você corria de mim, como se eu fosse um monstro, me fizeram perceber que não era essa memória que eu gostaria de deixar marcada na sua vida. Se não fosse por você, meu neto, eu jamais teria entendido que o meu prazer havia se transformado em vício. A luta foi árdua, e você provavelmente nunca percebeu, porque era novo demais. Sua mãe me ajudou, seu pai me ajudou, Margô nunca saiu do meu lado. Mas foi por você que eu consegui. Hoje, com você já adulto, não tenho vergonha nem receio de falar sobre o assunto. É importante você saber que, quando queremos, nós conseguimos. Não importa quão difícil seja, e nem o que já aconteceu. Os olhos estão mirando, sempre, o futuro.

E é nele que devemos focar.

Não vale remoer o passado, porque ele já passou.

Se cuide e, por favor, não seja preso!

Te amo, te adoro e tudo mais,

Vóinha

Não consegui segurar a risada, pensando no que a grande Nilcéia diria se me visse naquele estado. Uma versão minha que ela, literalmente, nunca viu.

Um Igor de ressaca, depois de vomitar nos pés do seu possível-novo-crush, que era um garoto, em uma ilha na Oceania.

Se minha história fosse um livro, eu *com certeza* não estaria esperando por uma cena como essa.

Quando olhei o celular de novo, uma notificação surgiu na tela, com uma mensagem de Rique:

Amigorrrrr, me liga quando der. Quero ver os
cangurus da Nova Zelândia!!!

Desbloqueei o celular e liguei para ele por chamada de vídeo.

O rosto de Henrique apareceu na tela depois do terceiro toque, e só quando me vi na minha própria câmera reparei que o meu parecia ter sido amassado com um martelo. A soma da cara de sono com a de ressaca me fazia parecer um pug, mas sem a fofura.

— Boa noite, meu lindo! — ele disse, mas logo percebeu que a luz diurna invadia o quarto. — Opa. Bom dia, flor do dia.

— Bom dia, Rique. E boa noite, também — falei, a voz mais arrastada do que eu imaginava que estaria. Só então sua expressão mudou. Ele parecia preocupado.

— Apanhou de um canguru? AMOR, CORRE AQUI — Rique gritou, e eu suspirei.

— Não tem canguru na Nova Zelândia, Henrique. Dei PT — admiti.

Sua cara de satisfação só não foi pior do que a gargalhada que veio em seguida.

— Caralho, você tá aí há, o quê? Menos de um dia? E já encheu o cu de cachaça?

— Cachaça só no Brasil, vida. — Aryel surgiu na câmera. — Oi, amigo.

— Bom dia, Aryzinha do meu coração.

Foi nesse momento que a expressão dela mudou da água para o vinho.

— Ah, não. Me conta tudo. Quem? Onde? Como?

Olhei confuso para a câmera, e Henrique, assim como eu, se virou para a namorada.

— Hã?

— Olha a cara dele, Henrique. Traduz a cara dele pra mim.

— Acabado? Fodido? Feio pra porra?

— Nossa, valeu.

— Não, vida. Ele tomou um chá.

— Chá? — perguntei. Eu não estava entendendo nada.

A expressão de Henrique, por outro lado, se clareou como um holofote.

— TU TOMOU PICA NA CARA, SAFADO????? OU FOI CHÁ DE BUCETA???? *cara.........*

quanta baixaria às onze da manhã

Meu rosto ficou em chamas, Aryel deu um tabefe na cabeça de Henrique e ele, por sua vez, não poderia estar mais animado.

— QUEM FOI? QUEM FOI O CRETINO? Você não ia me contar do seu primeiro garoto, Igor?

— Não tem primeiro garoto, Henrique. Chega.

— Meu Deus! — Ele levou uma das mãos à boca e se virou para Aryel. — Meu melhor amigo não confia mais em mim. Isso vem no pacote bissexual? Heterofobia?

— Um pouco — Ary admitiu, mas sorriu. — Mas de qualquer maneira, não seria o primeiro... você sabe. Do Igor.

Meu corpo acordou todo de uma só vez e, por três segundos, esqueci até que estava de ressaca.

— Oi? — foi tudo o que consegui dizer.

Ary arrancou o celular da mão de Rique e, sorrindo para a câmera, me jogou o maior *plot twist* da minha vida.

— Eu sei de você e do Caio, bestalhão.

— COMÉQUIÉ??? — Henrique gritou e se afastou do celular outra vez para encarar Aryel, que ria sozinha.

Dessa vez fui eu que me aproximei do aparelho, em choque.

— ELE TE CONTOU?

— Claro que não. Eu vi.

— COMO ASSIM VOCÊ VIU??? — Meu coração estava acelerado, meu rosto ardendo de vergonha. Vergonha, vergonha, vergonha.

— Vocês se pegaram no corredor, mermão! Na festa que rolou aqui, inclusive, Rique. Eu tava indo fumar meu tabaquinho de boa no terraço, e aí foi flagrante. Mas não contei pra ninguém, *óbvio*. E não quis te forçar a nada também. Preferi esperar você fazer no seu tempo.

Gostaria muito de achar toda aquela situação fofa, mas algo me preocupava mais.

— Você viu tudo *tudo*, Ary? Ou só a gente se beijando? — perguntei, sem pensar nas consequências dessa fala.

— Eca. Eca, eca, eca, Igor. Eu só vi vocês se beijando e entrei no apartamento de novo. Eca! — ela disse e devolveu o celular para Henrique, cujos olhos agora brilhavam através das lentes da câmera.

— Amigor… — seu tom guardava o início de um possível escândalo.

— Rique. Não. Eu te proíbo.

— Você e o Caio…

— Henrique…

— ELE TE MAMOU???

— ECA! PORRA, HENRIQUE! — Aryel gritou ao fundo.

— LARGA DE SER HOMOFÓBICA, GAROTA! — ele disparou, sarcástico e histérico.

— Eu não vou ter essa conversa com vocês. Eu não vou…

Nesse momento, a maçaneta do quarto girou. Os policiais enfim estavam invadindo meu quarto para ver o que estava acontecendo, depois de tantos gritos.

Foi o que eu pensei, pelo menos.

Só que quando a porta abriu, em meio aos berros provindos do outro lado da tela, onde Henrique e Aryel discutiam calorosamente, era Vicente quem entrava.

Ele usava uma regata branca que realçava sua silhueta e deixava à mostra seus braços definidos. Me peguei olhando tempo demais para outras partes de seu corpo que não o rosto, então corrigi isso o mais rápido possível.

Vicente me olhava, confuso, ouvindo a gritaria do meu celular, e segurava, nas mãos, dois potes de cookies e uma xícara de café.

— Que barulheira é essa? — ele perguntou.

— Gente… — falei, tentando chamar a atenção de Henrique e Aryel.

— CALA A BOCA, HENRIQUE! EU SÓ NÃO QUERO SABER DA VIDA SE-XUAL DO...

— GENTE! — eu berrei ainda mais alto do que antes, e os dois se voltaram para o celular.

— Eita, teus amigos são animados, hein? — Vicente disse ao fechar a porta e se aproximar de mim, seu bom humor inundando o ambiente.

— Preciso ir. Depois falo com vocês, tá?

Me distraí olhando para a tela e, quando percebi, Vicente estava ao meu lado na câmera. Ele se inclinava sobre o meu colchão para olhar o celular, o rosto absurdamente próximo ao meu. Era possível sentir sua respiração no meu pescoço, e não preciso nem dizer como eu fiquei.

— Eu sou o Vicente! Você deve ser o melhor amigo por quem Igor daria a vida — ele disse, orgulhoso, sem a menor vergonha na cara.

— Gente, eu preciso ir mesmo. Beijos, amo vocês!

O último olhar de Henrique, recheado das mais profundas más ideias que eu sabia que invadiam sua cabecinha, só não foi pior do que o que ele disse antes de eu desligar o telefone:

— AMIGO, VOCÊ TOMOU CHÁ DE...

Olhei para Vicente, que parecia não dar a mínima para o que Henrique tinha falado.

— Oi. Desculpa... por ontem — falei.

— Tá de sacanagem? Eu não me divertia assim fazia décadas! — ele disse, me estendendo um dos potes de cookies e a xícara de café. — Tinham umas outras comidas não veganas, mas ia dar um trabalhão subir com tudo. Se você quiser eu volto lá. Como cê tá se sentindo?

Olhei para Vicente e sorri. Como alguém que eu conhecia havia pouco mais de vinte e quatro horas podia ser a única pessoa naquele país a me oferecer esse tipo de carinho?

— Parece que apanhei de um canguru. — Roubei a piada de Henrique, porque sabia que ela me traria exatamente o que eu queria: a gargalhada de Vicente.

E em menos de dois segundos, lá estava ela, explodindo de seus lábios.

Peguei os cookies de sua mão e mordi o primeiro, que era divino. Vicente também comia, o que indicava que eles eram, de fato, veganos. Embora meu pai fosse chef de cozinha, meu talento para a culinária era nulo. Eu não fazia ideia, por exemplo, de quais ingredientes deveriam ser alterados para se fazer um cookie sem produtos de origem animal. Cheguei para o lado e dei espaço para Vicente, que se acomodou.

— Você não ficou chateado? Por eu ter vomitado em você?

— Que nada. Primeiro, você vomitou no chão, não em mim. Segundo, eu fiquei foi preocupado de você desmaiar, ter cirrose, entrar em coma alcoólico. Fora isso, relaxa! Pela sua cara amassada, você deve ter dormido bem, ein?

— É, nada a reclamar. — Tomei uns goles do café e, *puta merda*, como pode uma bebida agir como néctar dos deuses?

— Hum... — ele murmurou, devorando o seu quarto cookie. — Aqueles seus amigos daqui do quarto que eu já esqueci o nome, me perdoa, foram com outras duas meninas do teatro passear pelo Auckland Domain, um parque aqui perto com um museu lindíssimo. Me chamaram, uns fofos.

— Você não quis ir? — perguntei.

— E te deixar aqui sozinho e desmaiado? Tá doido, é?

Deixei meus olhos pousarem nele sem medo, sem receio. Era como se minhas pupilas fossem ímãs e Vicente, um grande campo magnético. Eu não sabia o que falar, e não acreditava que palavras seriam capazes de transmitir o quanto aquilo significava para mim naquele momento.

— E quais são seus planos, então? — questionei.

— A gente pode ir atrás deles, ou... podemos almoçar nas alturas. O que você prefere?

Sorri.

— Me leve aos céus, Vicente.

A paisagem de Auckland a trezentos e vinte e oito metros de altura era estonteante. Prédios, ruas e avenidas se mesclavam com árvores, parques e jardins espalhados pelo centro, e a junção das cores parecia uma tela pintada por minha mãe. Águas azuis reluziam e cercavam todo o perímetro da região, abrigando barcos, iates e lanchas que navegavam suavemente sob o sol intenso da uma da tarde.

Mais adiante, a depender da posição em que estávamos, era possível ainda observar uma ilha que abrigava nada mais nada menos que um vulcão, o Rangitoto, que batizava toda aquela extensão de terra. Pelo que Vicente havia dito, felizmente ele estava inativo havia séculos.

Estávamos no topo da Skytower, sentados à mesa em um restaurante que circundava a torre por completo. Embora a vista fosse divina, tudo o que eu conseguia ouvir eram os sons dos talheres ao nosso redor, as pessoas vomitando palavras em inglês numa intensidade que me deixava tonto. No Brasil, dezenas de pessoas conversando ao mesmo tempo não me incomodavam, mas ali, em outra língua, meu cérebro fritava.

— É o mais próximo do céu que eu consigo te trazer. Serve? — Vicente perguntou.

— Poxa. Nem pra passar das nuvens, anjo? — brinquei, e ele riu. — É lindo. Tipo, absurdamente lindo. Não sei como vou conseguir almoçar sem me distrair com essa vista.

— É, eu ainda não sei também. É lindo pra porra, mesmo. E a vista da cidade é bonitinha também — Vicente disse, e eu me virei a tempo de vê-lo me encarar com um sorriso bobo depois de uma cantada bem-sucedida. Minhas bochechas coraram.

eu estava num encontro?

com um menino???

Meu coração acelerou, mas resolvi não me precipitar.

— Já sabe o que você quer? — perguntei.

— Depende — ele respondeu, sustentando o sorriso malicioso.

— Vicente — falei, sério. Arqueei as sobrancelhas e abri um leve sorriso, encarando-o de volta.

Ele cedeu.

— Vou pedir o risoto de cogumelos. E você?

— Acho que esse *snapper fillet* — respondi, apontando para o cardápio na mesa. — Filé de peixe e mexilhão. Me perdoa por não ser vegano também — supliquei de brincadeira.

— Eu perdoo. Viva com a culpa de contribuir para uma indústria que assassina animais e seca a nossa água — Vicente retrucou, em tom irônico. — Para de besteira. Pelo menos você não pediu esse tal fígado de pato.

— Eca. Eu sou uma pessoa íntegra, Vicente, parece que não me conhece — falei.

Ele sorriu.

— Mas eu não te conheço. *Ainda*. E que bom que tocou no assunto, bonito, porque quero saber mais da sua vida.

Refleti por algum tempo enquanto alternava meu olhar entre Vicente e a paisagem de Auckland. Não sabia por onde começar. Normalmente, quando eu contava um pouco da minha vida para as pessoas, começava pelos meus pais. Ou por minha avó. Gostava mais de falar das pessoas que me cercavam e do quanto elas importavam para mim do que falar de mim mesmo.

Com Vicente, eu sentia que podia fazer as coisas de um jeito diferente. Eu podia, inclusive, começar falando de mim com um tópico que eu nunca antes tinha cogitado. Algo que ainda me apavorava, mas que, perto dele, me trazia um bem-estar absoluto.

— Já te contei duas vezes. Que sou bissexual. Né?

— É. Quer contar a terceira, pra pedir música no *Fantástico*? — ele brincou, e seu rosto se iluminou com a própria piada. Ri de volta, incapaz de entender como uma pessoa podia ser assim. Tão pura e genuína, sem pedir nada em troca.

— Bom, quero. Eu sou bissexual. Acho que te falei, também, que não contava isso pra ninguém até dois meses atrás, porque eu morria de medo. Não estava pronto, sabe?

Ele assentiu antes que eu prosseguisse.

— Caio, um amigo meu, foi o primeiro a saber. Porque a gente se beijou. E aí, no final do ano passado... — Balancei a cabeça e desviei os olhos, sem graça. Por mais que eu me sentisse mais confortável, ainda era estranho falar sobre isso. — Ele fez uma piada, nada demais, nunca nem fiquei chateado porque foi sem querer. Falou sobre eu ser bi. A menina que eu... ficava, ela não sabia, e ouviu. E meus dois melhores amigos também. E essa foi minha saída do armário!

Vicente me estudou mais um pouco. Ele poderia perguntar mais sobre Clarice, sobre Caio, sobre qualquer um dos tópicos superficiais que mencionei.

Mas ele, mais uma vez, foi por outro caminho.

— Como você se sentiu?

E foi a primeira vez que me permiti pensar nisso.

como eu me senti?

— Vulnerável — respondi. — Porque aquela versão de mim, que eu escondia fazia tanto tempo, finalmente me escapou. Era como se uma parte minha... da minha essência, sabe? Tivesse deslizado por entre os meus dedos e fugido do meu peito.

Vicente sorriu e apoiou as mãos na mesa, seus dedos adornados pelos mais variados anéis. Tive vontade de levar minha própria mão até a dele, só para sentir aquele choque outra vez. Mas me segurei.

— Quando você descobriu que gostava de garotos? — ele perguntou.

— Eu sempre soube. Só nunca... me senti confortável com a ideia. Cresci na escola ouvindo os meninos disputando quem beijava mais garotas, questionando qual das meninas da sala era a mais gostosa. Chegava em casa e assistia a novelas, filmes e até desenhos em que os casais eram formados única e exclusivamente por homens e mulheres. Eu me sentia uma aberração, sabe? Pensava que era esquisito, que eu não pertencia, que alguma coisa tava errada comigo.

Falar sobre aquilo tão abertamente era um alívio. Eu sentia como se duzentas toneladas de chumbo tivessem sido removidas das minhas costas. E Vicente era, acima de tudo, um bom ouvinte. Não me interrompia, não me cortava. Seus olhos permaneciam fixos em mim, e eu sabia que ele digeria cada uma das palavras que saíam da minha boca. Talvez até se identificasse com elas, de alguma forma.

— Quando eu fiz catorze anos, ou pelo menos eu acho que foi aos catorze, resolvi pesquisar na internet. Algo bem idiota, sabe? Do tipo "menino gostar de menino" ou alguma coisa assim. Foi quando descobri, pela primeira vez, que eu não estava sozinho. Que existiam não só outras pessoas como eu, mas uma comunidade inteira. Crescer no interior pode ser bem difícil às vezes. Você não sabe o que é certo e o que é errado, não sabe o que existe de fato e o que é pura invenção. Só o que se faz, na maioria das vezes, é repetir e disseminar um pensamento enraizado e tomar aquilo como a mais pura verdade, um costume pra vida. Por isso, descobrir cada uma das letras da nossa sigla me aliviou. Mas não o suficiente pra que eu quisesse contar sobre mim para outras pessoas. Só me fez entender que, no mundo, eu não estava só. Em Águas, era assim que eu me sentia. Sozinho. Quando eu fui morar no Rio é que as coisas começaram a mudar.

Me doía usar essa palavra.

Sozinho.

Porque eu nunca estive, de fato, só. Sempre tive meus pais, Vóinha. Henrique nunca saiu do meu lado.

Mas nenhum deles sabia da luta que eu travava dentro de mim. Da solidão que eu, por decisão própria, escolhi abraçar.

Vicente parecia tão imerso quanto eu nos próprios pensamentos. Seus lindos cabelos marrons estavam presos em um coque acima da cabeça, e aquilo só o deixava ainda mais bonito. Ele usava uma jaqueta rosa por cima de uma blusa branca e uma corrente pendurada no pescoço.

Era tão confiante, tão cheio de vida. Era o que eu sempre quis ser e, ao mesmo tempo, alguém que eu sempre quis *ter*. Não como posse ou pertence. Ter *comigo*. Lado a lado. Vicente brilhava mais do que o sol, mas não me ofuscava com a sua luz. Ele me fisgava pela mão e me trazia para perto, de forma que todo o seu clarão banhasse também o meu corpo. Comigo, ele dividia seu astro.

— O que te fez mudar, na capital?

— Essas pessoas já não existiam só através da tela de um computador. Não eram apenas letras de uma sigla digitada na internet. As pessoas eram simplesmente pessoas. Elas existiam, e *cagavam* pra qualquer outra coisa. Hoje nós estamos cada vez mais nas telas do cinema, em séries, nos livros. Mas é importante saber, também, que existimos no mundo real. Nós *podemos* existir. Lembro de ter visto homens passeando de mãos dadas, mulheres trocando beijos no parque, com gestos que, em Águas, eu só via entre casais hétero. Nesses momentos fui percebendo que eu podia ser mais. Que eu podia ser eu. Mas, óbvio, não foi fácil lidar com a verdade. Levou muito, muito tempo.

— E por que tanto tempo?

— Sinceramente? Também não sei. Eu penso sempre na sorte que tenho de ter nascido em uma família que me apoia em tudo, e de contar com amigos que pouco se importam se tô beijando garotos e garotas cis, trans ou pessoas não binárias, desde que eu esteja feliz. E isso sempre me confortou, de certa forma, mas nunca facilitou as coisas. Acho que meu medo não era de como os outros iam se sentir em relação a mim. Mas de como eu me sentiria comigo mesmo. E levou tempo até eu processar tudo isso.

Vicente sorriu e, então, moveu uma das mãos por cima da mesa e a pousou sobre a minha. Senti o choque, e me perguntei se ele também havia sentido. Uma pequena faísca que subia dos dedos pelos pulsos, braços, até se aconchegar no peito. Não me afastei, assim como ele. Ficamos ali, mão sobre mão, existência sobre existência. Um pequeno gesto que, para mim, tinha um peso enorme. Um significado ainda maior. Olhei para os lados, para as outras dezenas de pessoas que se acomodavam no restaurante, e nenhuma sequer prestava atenção em nós.

Eu podia existir.

— Como você se sente *agora*? — Vicente perguntou, retomando o assunto.

leve
leve como os pássaros que insistem em me acompanhar
elétrico,
como o choque que eu sinto a cada novo toque seu
livre
livre, livre, livre, livre, puta que pariu, livre

— Como se todo esse tempo de prisão tivesse sido uma escolha lúcida do universo que, por seus próprios motivos, quis me trazer aqui, no dia de hoje, com você. Sinto como se agora, depois de anos sendo rocha, eu tenha me transformado em *pena*. Sinto que precisei chegar ao outro lado do mundo pra *finalmente* conseguir enxergar quem eu sou.

Sua mão pressionou a minha, de leve, mas o suficiente para enviar uma nova onda de calor por todo o meu corpo.

— Igor, *porra* — ele disse, sem economizar no sotaque. — Você é *mesmo* arte.

Sorri.

— Se eu sou arte, Vicente...

Você é minha música, pensei. Mas minha garganta travou as palavras, e o silêncio se estendeu entre nós. E eu não me importava.

Não me importava porque enxerguei, através dos olhos dele, um reflexo da sua alma. Calma, intensa, curiosa e repleta de histórias. Não havia pressa alguma. Da janela panorâmica víamos outra vez o vulcão Rangitoto.

Me sentia um pouco como ele, adormecido havia séculos.

A diferença é que eu finalmente estava entrando em erupção.

24

NANDO REIS, ARIANA GRANDE & SURPRESAS

Naquela mesma noite, Nic e Miguel resolveram turistar pelos bares de Auckland. Quando nos convidaram, eu e Vicente pensamos em ir, mas o cansaço falou mais alto.

Tínhamos passado a tarde toda, só nós dois, passeando pela cidade. Fizemos compras para amigos e familiares, voltamos mais uma vez ao cais para olhar o mar e ainda nos deitamos umas boas horas no gramado do Victoria's Park, só para assistirmos as pessoas vivendo mais um dia de suas vidas.

— Posso botar uma música? — perguntei. Estávamos sozinhos no quarto, lado a lado, cada um em um pufe. A janela aberta dava para a piscina do hostel, que estava bem movimentada mesmo àquela hora da noite.

— Por favor, fique à vontade. O que cê curte ouvir?

— Rita, Gal, Cazuza, Cartola. Gosto muito de MPB. Muito mesmo. E você?

— Eita, gostar eu também gosto, mas meu coração tá no pop. Vim ao mundo pra servir Ariana Grande. Mas também gosto de Billie Eilish, Beyoncé, Gaga, SZA... o gostoso do Frank Ocean.

Eu ri.

— Conheço todos. Mas não saberia citar nenhuma música deles.

— *Não?* — Vicente disse, incrédulo.

— Desculpa? — tentei.

— A gente vai revezar. Você coloca os seus hinos e eu coloco os meus.

— Justo.

Comecei a playlist com Maria Bethânia, e Vicente me observou cantar toda a letra de "Reconvexo". Em seguida, não consegui tirar meus olhos dele enquanto performava "Dangerous Woman", de Ariana Grande. Depois dançamos juntos ao som de Rita Lee, conversamos um pouco mais ao som de "Kill Bill", cantamos em uníssono "Meninos e meninas", do Jão, que eu havia começado a ouvir desde que Aryel me sugeriu, e nos enfiamos em um poço sem fundo com Billie Eilish.

Passamos o resto da noite e o início da madrugada assim, mergulhando a ponta do pé um no mundinho do outro. Não mergulhávamos de cabeça sem antes checar a temperatura. De pouco em pouco, Vicente me recebia em sua vida e eu o recebia na minha. Aprendi coreografias, ensinei letras que marcaram a música brasileira e conheci as maiores canções do álbum *Yours Truly*, que era o favorito de Vicente na carreira da Ariana. Usamos os celulares como microfone e subimos nos beliches como se fossem o nosso palco.

Quando cansamos e nos deitamos nos pufes para reabastecer as energias, Vicente me perguntou:

— Qual a sua música favorita?

— Nossa. Boa pergunta.

Ao longo dos anos a minha resposta teria mudado de maneiras drásticas. Muito do que define qual música é a minha favorita é o momento pelo qual estou passando.

Eu me lembrava de algumas. "Codinome beija-flor", do Cazuza, foi uma das primeiras a me marcar. Depois veio "O mundo é um moinho", de Cartola, "Maria, Maria", de Milton Nascimento e "Águas de março", de Tom Jobim e Elis Regina.

Ainda as amava, mas não na mesma intensidade de antes. A que vinha na minha cabeça, naquele momento, era uma que eu conhecia fazia tempos e da qual sempre gostei. Nunca, entretanto, esteve no meu pódio. Mas ali, naquele presente, foi a primeira que me veio à cabeça.

— "Pra você guardei o amor", do Nando Reis. E a sua?

— Fácil. "Honeymoon Avenue", da Ari. Foi uma das primeiras que aprendi no violino.

— Algum dia vou ter a honra de te ouvir tocar?

— Você não sabe a trabalheira que é pra tocar esse safado. Tem que tirar da proteção, limpar, afinar, depois limpar de novo, ajeitar pra guardar. O ritual pra tocar um violino é um porre!

— Poxa… — falei, fazendo biquinho, só pelo drama. Mas não deixei de sorrir.

— Vou pensar no seu caso. Bota a sua favorita pra gente ouvir, e depois eu coloco a minha.

Estiquei meu corpo por cima de Vicente para buscar meu celular, que carregava em cima do frigobar. Não o fiz de maneira proposital ou pensada, muito pelo contrário, mas quando me dei conta, nossas cinturas estavam encostadas uma na outra. Senti o calor do seu quadril contra o meu e percebi também quando parte de mim se animou com o contato. Arranquei o celular do fio e saí de cima de Vicente antes que ele pudesse perceber. Com vergonha, dei uma espiada em seu rosto, que parecia enigmático. Não conseguia ler sua expressão. Dei play e Nando inundou o quarto com música outra vez.

Ao som das primeiras frases, fechei os olhos e recostei a cabeça na parede, até sentir algo macio sobre meus ombros. Vicente acomodava a bochecha ali, seus cabelos suaves aquecendo o meu rosto. Pressionei as pálpebras outra vez e sorri.

Dois dias depois, na segunda-feira, eu estava passeando sozinho pela Queen Street, uma enorme rua que se estendia por dois quilômetros e abrigava várias lojas de grife, acessórios, restaurantes, bares e cafeterias. Vicente resolveu ficar pelo hostel, para que pudesse ligar com mais calma para a mãe e para a irmã, com quem mal tinha falado desde que chegara.

Até então não havíamos ouvido nenhuma informação sobre o início dos ensaios, nem da nossa peça nem da apresentação de violino de Vicente. Faltavam apenas duas semanas até a data do espetáculo, e eu já não ansiava tanto assim para subir ao palco.

Amava entrar em cena e jogar com o público. Só de pensar na oportunidade de fazer isso do outro lado do mundo, na Nova Zelândia, eu ficava arrepiado. Mas me assustava e muito lembrar que eu protagonizava, com a minha ex-ficante, um romance baseado na história dos pais dela.

Eu estava na frente de um grande Starbucks quando meu celular apitou. Ouvia "Honeymoon Avenue", graças a Vicente, quando vi a mensagem:

MONTAGEM FESTAU + PERFORMANCE — AKL 22

Antônio

Bom dia, gente! Tudo bem com vocês? Espero que tenham feito uma excelente viagem e aproveitado esse final de semana! Gostaria de pedir desculpas, primeiramente, por não ter conseguido receber vocês! Entrei em contato com o hostel p/ que tudo estivesse de acordo, mas me enrolei com outras questões da companhia e não pude ir em pessoa. E o segundo assunto que eu quero tratar com vocês: os ensaios. O espetáculo vai acontecer no dia 19 de fevereiro, e o teatro onde vão se apresentar é o ASB Waterfront, um teatro lindo perto do porto, como eu havia sinalizado antes. Se quiserem passar lá p/ conhecer, também já deixei a lista com os nomes de vocês. O endereço deixo aqui embaixo. O problema é que o Waterfront estará ocupado durante toda essa semana e o início da próxima. Portanto, os ensaios começarão a partir do dia 13. Até lá, aproveitem a Nova Zelândia! É uma alegria imensa ter artistas tão incríveis por aqui ;)

O texto gerou sentimentos mistos em mim: por um lado, eu estava tranquilo. Era como se eu pudesse respirar outra vez, sabendo exatamente o dia em que voltaria a contracenar com Clarice. Por outro lado, ter quase uma semana livre me deixava em desespero.

Lógico, pelo menos eu estava desesperado em outro país.

Quase de imediato, meu celular começou a vibrar na minha mão, o nome de Vicente enorme no centro da tela. Meu coração pulou uma batida.

— Alô?

— Viu a mensagem, viu? — ele perguntou do outro lado da linha.

— Acabei de ler. Uma semana inteira sem nada pra fazer. E agora?

Ele riu.

— Sem nada pra fazer? Ô, Igor, eu esperava mais de você. Corre pra cá que eu tenho uma surpresa.

— Surpresa? Que surpresa?

— Beijo e tchau! — Vicente disse, e desligou.

Afundei o celular no bolso e apertei o passo na direção da hospedagem.

Quando atravessei a porta de entrada, dei de cara com Clarice e Lua, que carregavam bolsas e apetrechos, além de roupas que gritavam "estamos indo passear!".

— Bom dia — falei, sorrindo. Era estranho interagir com Clarice, mesmo que nossa última conversa não tivesse sido tão ruim. E Lua...

Bom, Lua estava distante desde que tudo aconteceu. Eu já imaginava que, em um cenário como esse, ela tomaria o lado da amiga--quase-irmã.

Ainda assim, doía.

— Oi — as duas responderam em uníssono.

— Viram a mensagem? Dos ensaios?

— Uhum — Clarice falou, ajeitando os óculos de sol na cabeça. — Vamos ter férias um do outro por mais alguns dias.

Eu a encarei, sério, e ela desviou o olhar ao abrir um sorriso fraco.

— Tô brincando. Foi mal.

— Ah. Vocês vão... passear?

— Lua me convenceu a ir numa ilha beber vinho.

— Ah, é? — perguntei.

— Pois é — Lua finalmente abriu a boca. — Em Waiheke, tem um barco que sai ali do porto. Recomendo, caso você queira ir com Nic, Miguel e o... outro menino.

Ela hesitou ao mencionar Vicente e pude jurar ter visto Clarice, outra vez, desviar o olhar. Forcei um sorriso.

— Legal. Bom alcoolismo, então! Quer dizer, bom passeio com álcool. E vinho. Viva Dionísio!

que porra eu tô falando?

Me despedi e subi as escadas direto até o meu andar, apressado e levemente incomodado.

Quando entrei no quarto, Vicente estava de costas, suas roupas estiradas em cima da *minha* cama enquanto, na bancada ao lado, fazia movimentos de vaivém com a mão na frente da cintura. Mais ao fundo, Miguel e Nic prestavam muita atenção ao que estava acontecendo, fosse o que fosse.

— Aí tem que passar, assim, mas sem esfregar pra não rasgar, tá vendo? — Vicente dizia.

— Não te dá nervoso passar isso aí? Porque parece muito, muito sensível — Nic perguntou.

— E aí depois é só tocar uma? — Miguel complementou.

— Bom dia, eu... tô atrapalhando alguma coisa? — perguntei, sem entender, e os três se voltaram para mim na mesma fração de segundo. Eles ficaram em silêncio por alguns instantes antes de caírem na gargalhada.

— Tô mostrando como que cuida do arco pra poder tocar o violino, abestalhado! Tem que passar o breu aqui nos fios, ó, mas com cuidado pra não criar fricção, senão arrebenta. Preciso fazer isso toda vez antes de tocar — Vicente disse, mostrando uma pedrinha retangular que passava, cautelosamente, no arco. Ele repetia os movimentos de um lado para o outro, sempre afastando o tal breu das cordas quando chegava a cada uma das pontas, sem ir e voltar de uma vez só.

— Ué, e você vai tocar agora? — perguntei.

— Não. É só um workshop gratuito porque o Miguel queria ouvir uma música e eu disse a mesma coisa que te falei ontem, que é um ritual toda vez que preciso tocar. Ele não acreditou, então resolvi mostrar!

Olhei para Miguel, que riu de leve antes de se voltar para Nic outra vez.

Me aproximei de Vicente.

— Cadê minha surpresa?

— Ali, ó — ele disse e apontou para o canto da cama, sem dar muita atenção.

Estiquei o corpo por cima das várias roupas espalhadas no colchão até alcançar um pedaço de papel sobre o meu travesseiro. Quando o peguei, reconheci na mesma hora.

— Não entendi — falei.

— Não mesmo? — Vicente sorriu.

Olhei o cartaz outra vez, o mesmo que eu tinha visto quando cheguei no hostel. Um pôster que mostrava vários pontos turísticos por todo o país, desde lagos térmicos até cavernas com insetos que brilham. No mínimo, três cidades diferentes constavam ali.

— Você tá falando sério?

— Uhum.

— Como você sabia? Tipo, que eu tinha me interessado por esses passeios.

— Queria muito levar o mérito, mas não posso. Eu não fazia ideia! Foi o Nic que te viu namorando esse cartaz lá embaixo.

Desviei a atenção para Nic, que me olhava de volta. Seu sorriso escondia algo que eu não conseguia captar.

— Vocês deviam ir. Essa semana à toa pode fazer bem pra você, Igor — ele disse, enquanto pendurava a mochila nas costas e, a passos lentos, caminhava com Miguel até a porta.

Assenti e retribuí o sorriso. Sempre tive Nic como um bom amigo, mesmo não sendo tão próximo. Ao contrário de Lua, ele não tinha escolhido lado algum: continuava agindo normalmente comigo e com Clarice. Mas aquele sorrisinho, aquela pequenina faísca nos olhos, me parecia uma espécie de escolha. Ele estava do meu lado.

Dobrei o papel e me virei para Vicente outra vez.

— Quando vamos?

Quero assistir ao sol nascer
Ver as águas dos rios correr
Ouvir os pássaros cantar
Eu quero nascer
Quero viver

Cartola

25

MATAMATA, MOTEL & BOYZINHO

Na manhã seguinte, eu e Vicente estávamos no carro a caminho da nossa primeira parada: Matamata. Eu levava apenas uma mochila grande, onde apertei todas as minhas roupas, acessórios e as três últimas cartas de Vóinha. Vicente resolveu levar uma mala enorme, maior do que a minha, e com muito mais coisa.

Nossa ideia inicial era, obviamente, usar o transporte público da Nova Zelândia. Mas conforme fomos conversando com Cooper, o garoto loiro e lindo da recepção, percebemos que não seria a melhor das ideias. Muitos dos principais lagos e rios térmicos, cavernas, trilhas e pontos turísticos *naturais*, como ele chamou, eram inacessíveis sem carro.

Me frustrei ao pensar que nossos planos poderiam ter ido pelo ralo, porque eu não tinha carteira de motorista, mas Vicente, mais uma vez, fez-se luz. Ele não só dirigia como também havia pensado em levar uma versão traduzida do documento para poder usar no exterior. Só restavam dois problemas:

1. O carro.

A única solução possível seria, claro, alugar um veículo. Eu não tinha dinheiro suficiente para bancar o aluguel por mais de uma semana e ainda comprar todas as outras coisas que queria, sem falar na alimentação. Quando comentei sobre isso com Vicente, ele abriu um sorriso e disse:

— Bonito, eu ganhei trinta mil no Festau. E num precisei dividir com ninguém, não.

— Mas esse dinheiro você tem que investir na sua carreira musical, Vicente. Pra melhorar sua vida! — rebati.

— Alugar um carro pra turistar por uma semana inteira com você vai melhorar a minha vida.

Não discuti mais, apenas aceitei, e meu peito pareceu arder em chamas.

Resolvido o primeiro problema, ainda havia o segundo.

2. Como Vicente ia dirigir do lado direito?

Começamos bem quando, mais uma vez, ele entrou no carro pela porta do carona. Aquilo também fazia o meu peito arder, mas de preocupação.

— Pelo amor de Deus. Eu nunca te vi dirigir e a primeira vez vai ser do lado contrário. Quais as chances de dar merda?

— Cê tá falando com um profissional, meu filho. Senta a bunda, encaixa firme esse cinto e simbora! — Vicente disse, e saiu com o carro.

No geral, sua direção era boa, e o volante ao lado direito não parecia interferir tanto quanto eu imaginava. Ainda assim, em alguns momentos, principalmente nas rotatórias e curvas, caíamos na gargalhada com a cara de pânico que ele fazia.

Nossa viagem era pontuada pelas mais variadas músicas, como na outra noite no hostel. Agora era Lucas Mamede quem nos acompanhava nos alto-falantes, e me dei conta de que o cantor poderia facilmente ser um gêmeo perdido de Vicente.

Fiz uma chamada de vídeo com a minha mãe, para contar que ia viajar com um novo conhecido, Vicente. Ao contrário dos meus amigos, ela não levantou nenhuma suspeita: afinal, ainda não sabia sobre a minha bissexualidade, e contar pelo celular não estava nos meus planos. Eu queria fazer aquilo da maneira certa: frente a frente, olho no olho, por mais que a ideia me deixasse nervoso.

— E esse Vicente é confiável, Igor? — minha mãe perguntou, e eu e Vicente rimos, porque ela estava no viva-voz.

— É, mãe. Dá oi, Vicente. — Virei o celular para ele.

— Bom dia, dona Ana! É um prazer imenso, viu? — ele disse, inclinando a cabeça sem tirar os olhos da estrada.

— Só Ana, por favor. Prazer, Vicente! Cuida bem dele, hein? —
ela falou, e eu voltei a câmera para mim enquanto Vicente respondia:

— Com muito carinho.

— Te aviso chegando lá, pode ser? — perguntei.

— Tudo bem. Qual é o itinerário, mesmo?

— Primeiro Matamata, porque Vicente é maluco por O Senhor
dos Anéis...

— Gostei dele! — meu pai berrou ao fundo.

— ... depois Waitomo, pras cavernas, e aí Rotorua, que é uma cidade cheia de lugares pra visitar.

— A comida daí é boa? — João Carlos gritou mais uma vez, agora
aparecendo na tela. Sorri instantaneamente.

— A gente comeu em uns lugares bem legais, mas ainda preciso
explorar melhor pra te dar o parecer completo — respondi.

— Se vir algum prato bonito pode me mandar foto pra eu copiar!

— Pai!

— Eu tô brincando. Pra eu me *inspirar.*

Ri outra vez.

— Pode deixar. Vou indo, gente. Saudades! Amo vocês.

— Beijos, filhote! — minha mãe disse, e desliguei.

— Seus pais são ótimos — foi a primeira coisa que Vicente disse.

— Eles são. Quero saber quando vou conhecer sua mainha e sua
irmã. Inclusive, ainda não sei o nome da sua mãe.

— É Sol — ele respondeu.

E eu não pude deixar de sorrir.

Às dez horas da manhã, estacionamos no Motel Central de Matamata.

sim, nós iríamos ficar em um motel

não, não foi por livre e espontânea vontade

Passamos a noite anterior e o início da madrugada pesquisando
hospedagens na cidade. A região tinha um único hostel, cujos quartos

estavam lotados de turistas. Aparentemente, todo mundo tinha resolvido visitar a Nova Zelândia em fevereiro. Fora o motel, nossas outras opções eram hotéis ou Airbnb, mas os valores eram absurdos. Então acabamos decidindo pelo mais barato.

O Motel Central de Matamata era, sem a menor sombra de dúvidas, o melhor que eu já tinha visto. Do lado de fora, várias casinhas pretas elegantes se amontoavam num estacionamento, ocupado pelos carros de outros hóspedes.

Quando entramos, fiz o possível para esconder a vergonha de estar chegando ali com Vicente, mas o funcionário pouco se importou. Só então lembrei que, no resto do mundo, motéis são apenas hospedagens baratas.

é o brasil que transforma tudo em putaria!!!

Quando chegamos na nossa *casinha*, ficamos em choque. Não era possível que aquilo ali tinha saído pela bagatela de quarenta dólares neozelandeses. Três cômodos abertos se interligavam por passagens em arco. Uma sala com sofá, mesa, duas cadeiras e TV recebia luz através de uma enorme janela na lateral, cuja vista era a parede de arbustos do lado de fora. A cozinha era no mesmo ambiente que a sala, mais ao canto, e tinha geladeira, fogão e bancada para cozinhar.

Mais adentro, o quarto abrigava uma enorme cama de casal, que facilmente acomodaria cinco pessoas, e outro arco dava para o banheiro, também sem porta.

eita

— É, pra um dia só isso aqui tá bom demais — Vicente disse.

— Porra, isso aqui é bom demais até se a gente quisesse passar o mês — respondi.

— Cê tem um ponto. Separa nossos ingressos de Hobbiton enquanto eu tomo um banho? Tô desesperado — ele disse.

Me joguei na cama e abri o site, fazendo login com a conta que Vicente tinha me passado. Ele havia comprado ingresso com meses de antecedência, dizendo que faltaria em qualquer ensaio para visitar o set de O Senhor dos Anéis. Já eu, na noite anterior, tive sorte de comprar uma entrada quando liberaram alguns poucos ingressos de última hora.

Quando adicionei os dois à carteira digital, ouvi o som da água caindo. Olhei para o arco e senti uma pulsação no corpo, um desejo, um nervosismo. A menos de cinco metros de distância, Vicente estava sem roupa. E, para piorar, ao lado da entrada do banheiro havia um espelho, cuja inclinação permitia observar o box.

Se eu inclinasse o meu corpo um pouquinho para a frente...

não

igor, para

isso é invasão de privacidade

provavelmente assédio

e mais um monte de outros crimes

Meus olhos queriam muito encontrar aquele espelho, e se eu não arranjasse qualquer distração nos próximos dez segundos, ia acabar saindo dali algemado. Então, fiz a primeira coisa que passou pela minha cabeça: liguei para Henrique.

— AMIGORRRRR! Tava falando de você agora, meu lindo!

— De mim? Com quem?

Ele virou o celular e mostrou Caio, Ary e Jo, todos na casa de Caio, em Niterói.

— Viadooooooo! — Caio gritou e se aproximou da câmera, claramente alcoolizado.

Jo ria ao lado dele e me cumprimentava com acenos. Era engraçado como os dois eram extremos opostos. Caio era extrovertido, animado, festeiro, enquanto Jo era mais quieto, tímido e assertivo.

— Que horas são aí? — perguntei.

— Quase sete! — Ary respondeu.

— Porra, e vocês já tão nesse estado?

— Toda hora é hora, amigo! — ela disse.

— Vem cá — Henrique se tornou o foco da câmera outra vez, o rosto próximo demais do celular. — E aquele boyzinho, hein?

Olhei instintivamente para o banheiro e me afastei ao máximo, ainda na cama, para evitar que Vicente escutasse qualquer besteira proferida pelo meu melhor amigo.

— Fala baixo, maluco. Não tem nada. É só um amigo que eu conheci aqui. Ele também ganhou o Festau, mas na categoria musical.

— Aquele deus ainda é músico? Porra, a vida é muito injusta com alguns, né? — Henrique parecia verdadeiramente frustrado enquanto se virava para Aryel, em busca de apoio. Ela só riu e deu um beijinho nele.

— Que boyzinho, gente? Igor tá com um boyzinho??? — Caio perguntou, um sorriso *terrível* se espalhando pelo seu rosto. — Conta tudo! Como ele é? Como você conheceu ele? O que vocês tão fazendo?

— Quantos centímetros? — Henrique completou.

Aryel virou um tabefe na testa do namorado, que resmungou.

— Obrigado, Ary. Ele é um amigo, só isso. A gente vai ter quase uma semana de folga antes dos ensaios, então decidimos passear juntos.

— Vocês tão indo turistar do outro lado do mundo juntos, só os dois? — Jo finalmente abriu a boca.

— É...?

— E dividindo o mesmo quarto no hostel?

Abaixei a cabeça e abri um sorriso, já sabendo o que vinha pela frente.

— É um motel, na verdade.

— PUTA QUE ME PARIU!!! — Henrique gritou primeiro, e o coro em seguida foi tão descontrolado que precisei até abaixar o volume do celular.

— Gente, pelo amor de Deus, cala a boca!

— Igor vai pegar um boy que não sou eu! Finalmente, bicha, eu tô tão orgulhoso! — Caio disse, e seus olhos ficaram marejados, o que me fez soltar boas gargalhadas. O que o álcool não faz com a pessoa?

— Você nem contou como e onde vocês se conheceram — Jo disse.

— Foi no avião, vindo pra Auckland — falei, mas logo percebi o engano. Me apressei para corrigir: — Na verdade, teoricamente eu conheci ele em um ônibus indo pro Rio ano passado. Mas isso é história pra outra...

— Que festa é essa que não me chamaram?

Como se tivesse surgido do além, Vicente apareceu ao meu lado e no frame da câmera. Ele estava com o peito nu e a toalha enrolada na cintura, e me esforcei ao máximo para não virar o rosto e dar uma boa olhada nele.

— Caralho, viado, tu tá pegando esse gostoso? — Caio, sem a menor noção, simplesmente largou essa pergunta. Aryel foi a primeira a encará-lo, os olhos arregalados, e cair na gargalhada.

Eu não sabia onde enfiar a cara.

— Tô sabendo de ninguém me pegando não, viu? Prazer, sou o Vicente. Daí eu só conheço o Henrique, foi mal! Quem são os outros? — ele perguntou e eu quis entregar o celular, pular pela janela e correr até sumir.

— Eu sou a Aryel, esses…

— VOCÊ SABE MEU NOME??? — Henrique gritou e roubou toda a atenção para si de novo.

— Oxe, Igor não para de falar de você. Tipo, o tempo todo.

— Eu sou o Caio, esse é o Jo. E se o Igor voltar a falar do Rique, dá uns tabefes pra calar a boca dele, porque esse aqui não merece essa atenção toda, não — Caio falou, apontando pra Henrique, que grunhiu. Vicente riu e respondeu:

— Você é o famoso Caio! Já ouvi falar de você também.

A cara de Caio foi impagável.

— Tô famoso???

Vicente riu, as mãos ainda segurando a toalha na cintura. A proximidade com ele estava mexendo com meus neurônios.

— Bom, por experiência própria — Caio começou —, minha dica é pegar no cabelo dele e…

— Chega, gente, tenho que ir!

Vicente me deu um empurrãozinho de leve, adorando aqueles cinco minutos de fama.

— Calmaí, porra, deixa eu anotar!

— IIIHHH!

— CARALHO, VIADO!

— PUTA QUE ME…

— TCHAU, GENTE! — falei, e desliguei. Então me virei para Vicente, pronto para pedir desculpas. Mas perdi todas as palavras.

Seus cabelos molhados caíam sobre os ombros, também salpicados de água. Ele ainda não havia penteado os fios, que se emaranhavam de forma perfeitamente harmônica. Não consegui me conter e, quando percebi, já estava olhando para o seu tórax. Uma pintinha decorava a parte de cima do umbigo e seus mamilos pareciam esculpidos por um artista. No dia em que Vicente morresse, eles provavelmente seriam exibidos no Louvre.

Meus olhos foram baixando ainda mais, até que Vicente me chamou.

— Ei, eu tô aqui em cima, viu?

Não tinha como a situação piorar, depois desse combo de desastres vergonhosos.

— Desculpa. Eu me distraí.

— Tô vendo...

— Não, me distraí pensando... na... minha avó.

— Oxe? — Vicente perguntou.

— Nada — falei, e me levantei rápido. Meu rosto devia estar da cor de um pimentão. — Tá pronto? Vamos?

Ele me olhou estranho e apontou para a própria cintura.

— Claro que não tô pronto, bonito. Me dá cinco minutos.

Vicente voltou ao banheiro, sem nem esconder as risadas diante do meu pânico.

26
HOBBITS, MEMÓRIAS E FERIDAS

O centro de Matamata era dominado por referências à Terra Média. As lojas eram, na verdade, grandes casas de hobbits, com produtos dos hobbits, roupas dos hobbits, comidas temáticas dos hobbits e, bom, acho que já deu para entender.

Por um lado era divertido, porque a decoração toda fazia o lugar parecer saído de um filme — e ainda nem estávamos no set de gravações! —, mas ao mesmo tempo era ruim porque eu nunca tinha assistido a O Senhor dos Anéis e não aguentava mais ser julgado por isso.

— Como assim você nunca assistiu a maior trilogia de todos os tempos?

— A maior trilogia de todos os tempos é Star Wars. Episódios IV, V e VI.

— Oxe. Nananinanão. Star Wars é bom. Mas O Senhor dos Anéis é a maior trilogia de todos os tempos.

— Não vou discutir com você porque tenho certeza de que se eu falar um A contra O Senhor dos Anéis por aqui, o próprio Gandalf aparece e me mata.

— Pois eu acho bom mesmo. E digo mais: é um absurdo você ter topado vir comigo pro set de gravações sem nem conhecer os filmes.

— Oxe, por quê? — perguntei, e Vicente me olhou curioso, seu sorriso se abrindo como o sol num céu nublado.

— "Oxe", é? Já tá querendo me imitar? — perguntou. Balancei a cabeça e ri.

— Que bobo, cara. Você é um bobo. Não importa eu nunca ter assistido. Eu tô indo porque você tá superanimado e sua alegria é contagiante, tá bom? Eu iria até o set dos filmes de *Percy Jackson* por você.

— E tu odeia *Percy Jackson*, é?

— Os filmes, mais que tudo. Os livros, amo demais — falei.

— Olhe só. Nem tudo está perdido, Igor, do chalé de Afrodite.

— *Afrodite?* — quase gritei.

— Errei? Qual é?

— Sinceramente? Não sei. Nunca consegui me definir em um só, Vicente, do chalé de Apolo.

Sua risada de confirmação chamou a atenção de algumas pessoas que passavam pela gente na rua.

Hobbiton era, de fato, retirada dos filmes. Em um campo afastado, colinas e ruas íngremes se espalhavam e abrigavam decorações que haviam sido utilizadas em O Senhor dos Anéis. Dezenas de portinhas redondas, das casas dos hobbits, coloriam as encostas, enquanto jardins floridos pintavam o gramado e trilhas de pedra nos guiavam pelo terreno. Eu e Vicente estávamos em um dos pontos mais altos, em frente a uma das tocas, e uma enorme árvore se erguia atrás de nós. Pelo que o megafã que me acompanhava havia comentado, aquele era o local do aniversário de cento e onze anos de Bilbo.

não, eu não sei quem é bilbo

Dali do alto era possível ver, também, um belíssimo lago de águas escuras e uma ponte de pedra que levava até o outro lado do terreno, onde uma grande taverna chamava a atenção por ser uma réplica exata da taverna dos hobbits. Aparentemente, o passeio dava direito a uma bebida gratuita.

— Aquela ponte ali, ó, foi por onde Gandalf chegou pela primeira vez na vila dos hobbits — Vicente disse.

Eu ri, sem entender nada, mas alegre por estar acompanhando um fã obcecado pelo passeio.

— Só pra confirmar, Gandalf é o velho barbudo, né?

— *Velho barbudo?* Eu vou te obrigar a assistir à trilogia, bonito. Te cuida!

— Boa sorte — falei.

A taverna, que Vicente disse se chamar A Taverna do Dragão Verde, foi o que me fez cogitar ver os filmes. Seu interior era todo revestido de madeira, e as pequenas janelas deixavam entrever os gramados e as colinas por onde havíamos passeado. Além do bar com várias torneiras de bebidas, a taverna também abrigava mesas, barris e até uma pequena sala de estar com sofás antigos e lareira. Todos esses detalhes, juntos, formavam um ambiente bucólico que me fez não querer mais ir embora.

Vicente e eu usamos nosso ticket de bebida grátis para duas sidras, que foram servidas em canecas de cerâmica, e nos sentamos em uma mesinha ao lado da janela.

— Aqui é a coisa mais linda, não é? Vou tirar umas fotos pra mainha — ele disse, e puxou o celular do bolso.

Subi a caneca até os lábios para beber mais um pouco quando um flash iluminou meu rosto. Olhei curioso para Vicente, que sorria.

— Eu deixei?

— E eu lá preciso pedir permissão? Eu, hein! Vou mandar pra ela saber quem foi o responsável caso eu desapareça. O menino aparentemente inofensivo usando a blusa mais básica da lojinha — ele respondeu.

— Ei! — protestei. Estava usando uma camisa bege lisa com colarinho vermelho. Já Vicente vestia uma jaqueta jeans por cima de uma blusa listrada nas cores rosa e branco, com um colar de ametista.

Devolvi a caneca à mesa e puxei meu próprio celular para bater uma foto de Vicente. Enquadrei seu rosto, que sorria para a lente, e a janela redonda da taverna, que dava para o lago e a ponte lá fora. Com um clique, eu tinha acabado de produzir uma obra digna dos acervos dos museus.

— Vai mandar pra sua mãe também?

— Não — respondi, meus olhos fixos na foto. Só percebi que Vicente sorria quando retornei a atenção para ele. — Vou guardar essa pra mim.

— E o que mais você guarda? Hora de me contar mais sobre você.

— Você não cansa? É uma pergunta sincera. Você realmente... gosta de ouvir minhas histórias?

— Oxe, mas é claro. Quero conhecer o que te faz *você*, Igor.

Henrique havia sido a única pessoa na minha vida, até então, com quem eu me sentia confortável para falar sobre mim e meus sentimentos, porque ele não tentava me consolar logo de cara, dando conselhos vazios e falando qualquer coisa só por falar. Ele me ouvia. E eu sentia um interesse genuíno.

Nem Aryel, nem Caio, nem Jo e nem mesmo Clarice tinham feito eu me sentir dessa forma. Não os amei menos por conta disso, porque não significava que eles não se importavam ou não prestavam atenção. Significava, apenas, que provavelmente não lembrariam das minhas histórias por muito tempo. Ao contrário de Henrique, que ainda lembrava do nosso primeiro diálogo, aos oito anos.

Vicente me ouvia como Henrique. Eu conseguia ver, através do seu olhar, todas as minhas histórias sendo absorvidas.

— Certo. Mas antes, quero que você me conte uma coisa — falei.

— Pode mandar — ele respondeu.

— Como foi o *seu* processo de autodescoberta e autoaceitação como... bom, como não hétero?

Vicente riu e apoiou os braços cruzados sobre a mesa, um dos cachos caindo pela lateral do rosto enquanto os outros permaneciam atrás das orelhas.

— Aparentemente eu não sou tão óbvio assim. Eu sou gay, Igor! E meu processo foi... tranquilo, até — ele disse, e fez uma pausa para tomar mais um gole da bebida.

Agora era eu quem devotava toda a minha atenção a ele. Vicente me fazia querer guardar comigo cada palavra proferida por seus lábios, para sempre.

E não era *apenas* por conta de seu sotaque, juro.

— Mainha conversava comigo e com Ceci desde cedo sobre essas coisas. Não diretamente, né? Mas dizia que podíamos ser felizes como a gente quisesse, que nada nesse mundo faria ela amar a gente menos, e que o que mais importava pra ela é que fôssemos felizes. Na época eu não entendia muito bem do que se tratava, mas depois de alguns anos fui começando a entender. Ela perguntava se eu gostava de alguma menininha na escola, eu fazia que não. E aí perguntava se eu gostava de algum menininho, e eu contava logo uns três! — Vicente disse, rindo.

Não conseguia imaginar como seria ter uma infância assim, livre de julgamentos e de qualquer receio já tão novo. Enquanto isso, em casa, eu me trancava a sete chaves.

teria sido diferente se meus pais fizessem perguntas como essa?

— Mas painho não gostava dessa conversa. Antes de a gente se mudar, esse era um dos principais motivos para os dois brigarem. Lembro de quando ele me chamou de "viadinho" pela primeira vez. Eu tinha uns nove anos, nem entendia o peso da palavra ainda. Mainha quase derrubou a casa, enquanto eu e Ceci ouvíamos tudo do nosso quarto. De vez em quando a gente ainda visita ele, em Caraíva. Mas mainha não quer ver nem pintado de ouro. É complicado, porque painho é um homem carinhoso. Solitário. Só tem… a cabeça antiga. Fora do lugar. Ele nunca mais falou nada a respeito da minha sexualidade, mas sei o que pensa, lá no fundo. A gente se encontra tão raramente, sabe? Então eu tento relevar.

Assenti. Não devia ser fácil ter uma relação assim com o próprio pai. Era a realidade de tantas pessoas e, ainda assim, sempre me embrulhava o estômago pensar. Queria dizer a Vicente que laço de sangue nenhum é mais importante do que o próprio bem-estar. Do que a própria existência. Mas ele seguiu falando:

— Mas não foi fácil crescer gay em Petrópolis, não. Ô, cidadezinha conservadora da desgraça! Não me escondi, não abaixei a cabeça, e por isso muita gente maldosa se sentia no direito de falar besteira pra cima de mim. Mas cê acha que eu levava desaforo pra casa? Ah, mas não levava mesmo! E nem Ceci, que já foi suspensa mais de quatro vezes por dar umas porradas em quem mexia comigo.

— E ela? Também é do vale?

— Que nada. É a cota hétero, tadinha. Mas graças a ela eu não passei por nada sozinho, e ainda consegui fazer amigos de verdade. Os únicos que aguentaram a minha companhia! — ele disse, rindo, mas sua expressão se fechou um pouco. — Quem sabe num te apresento um dia, hein?

— Ah, é? — Sorri. — Passei a vida inteira com medo de me assumir, e nunca parei pra pensar em como teria sido se eu tivesse me aceitado mais jovem. Se eu teria feito outros amigos que me entenderiam, se me apaixonaria por meninos sem receio... Provavelmente teria vivido bem mais experiências. Por isso fico feliz em saber que, pra você, esse período foi de luz. Mesmo com as complicações, sabe? Eu mal te conheço e ainda assim... Sei lá, quero que a sua vida seja a mais feliz possível. É estranho? — perguntei.

— Não é estranho. E é recíproco, bonito. Agora é a sua vez.

— Só mais uma pergunta! Você disse que mora desde os dez anos em Petrópolis... Por que ainda tem o sotaque baiano?

— Se você preferir eu consigo chiar. *Ixqueci o ixqueiro na ixquina da ixcola* — Vicente disse, com sua melhor versão do sotaque carioca. Sendo bem sincero, não era nada ruim.

— Por favor, não. Seu sotaque é a coisa mais linda, mas eu fiquei curioso.

— Tá aí uma pergunta sem resposta. Mainha nunca perdeu o sotaque, e hoje penso que foi proposital. Acho que ela nunca quis que a gente se esquecesse das nossas raízes, sabe? E ainda bem, porque se tem uma coisa da qual me orgulho é da minha Bahia! Nem eu nem Ceci perdemos. A gente ouve mainha, ouve nossos avós de Caraíva, painho... e o sotaque só resolveu ficar com a gente.

— Obrigado, Caraíva. Ok, o que você quer saber? — perguntei.

— O que você quer contar? — ele devolveu.

Pensei um pouco a respeito. Várias coisas passeavam por minha cabeça, mas com Vicente eu sentia o desejo de sair do óbvio. De finalmente vasculhar algumas lembranças que se escondiam por trás dos panos e libertá-las, aos poucos, para o mundo. Depois da nossa primeira conversa, o palco que residia na minha mente tinha ficado bem mais livre, e as memórias mais inexploradas estavam pedindo para entrar em cena. Respirei fundo e abri as cortinas, o coração acelerado demais por revisitar uma enorme cicatriz.

— Meu maior arrependimento foi não ter contado pra minha avó sobre mim. Sobre eu também gostar de meninos. Às vezes me pego pensando nisso, sabe? Em como eu sei quem sou desde muito cedo e por muito tempo fui incapaz de dividir essa verdade com as pessoas que eu mais amava, e que me amavam de volta na mesma intensidade. Eu passava horas, todo santo dia, na casa dela. Conversava, chorava, dança-va, passeava. A gente fazia de tudo um pouco, mas eu nunca... nunca comentei. Ela não me conheceu por inteiro, e isso me dói ainda hoje — confessei, e senti as lágrimas voltarem. Pensar que Nilcéia havia morrido sem me ver por trás da minha máscara era um dos poucos as-suntos que ainda mexia bastante comigo. Eu já tinha feito as pazes com os outros, e a saudade havia se tornado um calorzinho gostoso que apertava o peito e não mais o fazia sangrar.

Mas esse pensamento ainda me machucava.

— Eu nunca falei isso pra ninguém, nem pro Henrique, mas... eu tentei. Tentei contar pra ela. Minha avó foi internada uma semana an-tes de morrer, depois de ter caído em casa e fraturado o fêmur. O sus-to foi enorme, mas até então, estava tudo sob controle. O hospital de Águas é bem simples e tem muitas falhas, mas os médicos são maravi-lhosos. Diziam que ela alegrava toda a equipe, pedia as fofocas da cida-de, cantava em vez de repousar... E aí, do nada... — continuei, mais lágrimas se acumulando em meus olhos.

Vicente estendeu a mão por cima da mesa e tocou meu braço, o calor de seu toque desacelerando as batidas do meu coração.

— Ela teve uma complicação. Uma bactéria hospitalar, acho. O que eu sei é que em um dia ela tava bem, e no outro, tava entubada em um coma induzido. Foi só então que voltei pra Águas. Até ali, eu tinha acompanhado as notícias pela minha mãe, lá do Rio. Eu queria ir visi-tar, mas tanto Vóinha quanto meus pais insistiam que não precisava.

Que ela voltaria pra casa logo, e aí sim valeria a pena fazer uma visita. Só fui pra Águas quando ela já não estava mais consciente. E eu... — Respirei fundo antes de continuar. — Eu visitei no terceiro dia. Não era comum que os médicos deixassem mais de um familiar visitar o paciente no CTI. Mas eles não estavam otimistas, então deixaram a gente entrar, um por vez. Primeiro minha mãe, depois meu pai e, por fim, eu. Ver ela deitada, quietinha, os braços finos emaranhados por fios, o tubo no rosto... foi muito, muito ruim. Eu caí no choro assim que vi.

Minha mente me teletransportou de volta para aquele momento. Não contei todos os detalhes para Vicente, mas me lembrei de cada palavra que eu tinha dito.

Me sentei ao lado dela. Passei dez minutos em silêncio, e os dez seguintes conversando. Queria muito acreditar que minha avó estava me ouvindo, mas lá no fundo eu sabia que não. E ali, na beira da maca, consumido pela culpa de não ter conseguido me despedir da maneira que eu gostaria... eu tentei. Disse:

— Vóinha, me desculpa por nunca ter te contado com todas as letras. Eu quis, e quis muito, mas tinha medo. Não da sua reação, porque você só me faria dançar com ainda mais alegria, mas de mim mesmo. Eu demorei pra me entender e, depois disso, demorei ainda mais pra me aceitar. Ainda não me aceitei, essa é a verdade. Eu sou bissexual, Vóinha. Também gosto de meninos. Não do Rique, ele é só meu amigo, mas já gostei do Pepê, do Tom... de mais alguns. Você costumava me dizer que *amar é o que a gente faz de melhor*, e eu segui isso ao pé da letra. Eu não escolho meninos ou meninas. Escolho amar as pessoas. Eu sou quem sou por causa da senhora, Vóinha. E quero muito, muito mesmo, que você fique aqui com a gente. Porque a gente ainda tem muito pra fazer. Você precisa me ver no teatro, você precisa me ensinar a dançar desse seu jeito maravilhoso. E sei o quanto a senhora ama viver, e sei também o quanto a vida ama invadir o seu corpo. Mas eu também não quero ser egoísta, vó, porque talvez você já tenha dançado demais. E não acho que você vai parar por aqui. Saiba que eu te amo muito. E que o *seu amor* me fez *puro amor*.

De volta à taverna, diante de Vicente, continuei a contar em voz alta, por mais que doesse.

— Não teve um aperto de mão, um *bip* diferenciado nos batimentos. Nada como nos filmes, em que a pessoa acorda depois de uma grande revelação. Vóinha morreu no dia seguinte, de outra parada cardiorrespiratória. E desde então eu guardo isso pra mim, porque não quero ser peso pra ninguém.

Usei a outra mão para enxugar as lágrimas, com cuidado para não afastar o toque de Vicente. Queria que soubesse que eu gostava quando ele me tocava, gostava quando repousava os olhos em mim. Sorri de leve ao perceber o show que eu tinha acabado de dar.

— Desculpa por pesar o clima — brinquei.

Vicente deu um sorriso tímido para mim, e só então pude ver seus olhos vermelhos e marejados.

eu o fiz chorar?

— Eu te falei aquele dia que a sua Vóinha vive em você. E as energias que nos cercam são um caminho de mão dupla. Então você também viveu nela. A morte não é um ponto-final. Quando eu disse que você abriga sua avó... isso valeria mesmo que ela ainda estivesse viva. Durante vinte e um anos da sua vida você já a abrigava, e ela também abrigava você. Eu não posso dizer nada da sua relação com ela, porque isso é só de vocês dois, mas posso te dizer que sua avó te vivia muito mais intensamente do que você imagina, e talvez até do que você desconfie. Nunca, em hipótese alguma, se sinta culpado por não ter falado sobre sua sexualidade abertamente com ela. Você precisava respeitar o seu tempo, e ela com certeza entenderia isso.

Eu mastigava mentalmente cada palavra que Vicente falava, e comecei a formar uma hipótese na cabeça. Algo que, até então, eu nunca havia cogitado. Será que Vóinha...?

— Você quer dizer que... — comecei, mas ele logo me interrompeu.

— Eu não quero dizer nada, bonito. Só quero que saiba que a perspectiva que a gente tem sobre as coisas não é a única. A gente não controla tudo, por mais que tentemos muito. Digo isso porque não gosto de te ouvir dizendo que sua Vóinha não te conheceu por inteiro. Ela te *viveu*, Igor. Muito mais do que tu imagina.

— Eu nunca conheci alguém como você — foi o que consegui dizer.

— Como assim? — Vicente perguntou.

— Você me ouve. De verdade, sem nem precisar se esforçar. Sem querer nada em troca, você só... — finalizei a frase com um gesto, expandindo as mãos ao meu redor. Não sabia como colocar em palavras aquele sentimento.

— E isso é bom ou ruim?

Sorri.

— Descubra.

Vicente sorriu e olhou para o lado, pela janela. Percebi o momento exato em que seu olhar se distanciou, tornou-se mais vazio. Suas mãos se afastaram das minhas e resisti ao impulso de pegá-las de volta. Não sabia ao certo como ele reagiria.

Não sabia ao certo como *eu* reagiria.

— Tá tudo bem? — foi o que consegui perguntar. Ele voltou a me encarar, já esboçando um sorriso.

— Obrigado, viu? — falou.

— Pelo quê?

— Por ter vindo comigo, na viagem. Quando eu ganhei o Festau, foi tudo uma loucura. Uma mistura de felicidade e medo, sabe? Eu te contei, lá no hostel, que nunca desgrudei de mainha e Cecília. Nunca estive tão longe delas por tanto tempo, e... isso me deixou nervoso. Não sabia o que esperar da Nova Zelândia, ainda mais sozinho. Não sou bom em fazer amigos. E sou ainda pior lidando com a solidão.

Deixei uma risada surpresa escapar dos lábios, e o encarei com ainda mais afinco. Meu olhar encontrou o dele e senti meu estômago se revirar com o bater das asas.

— Por que *caralhos* você pensa que não é bom em fazer amigos?

— Porque é a mais pura verdade, bonito. Eu sou expansivo, intenso, sei disso. Ave Maria, sei bem até demais. E é algo que já afastou algumas pessoas ao longo da minha vida. Nem todo mundo gosta de estar ao meu redor. Nem todos se sentem *confortáveis*, como me diziam, pelo menos. Quando você me conheceu, pude ser eu mesmo e você não se afastou. — Ele alargou o sorriso e consegui ver sua mão se aproximando de mim outra vez, pela mesa, mesmo que só alguns centímetros.

Senti meu coração afundar um pouco ao ver sua expressão. Os lábios dele se curvaram num sorriso que parecia guardar inúmeras mágoas. Nunca, em um milhão de anos, imaginaria que Vicente tivesse medo da solidão.

— Vicente — comecei, balançando a cabeça. — Eu não estaria sentado aqui, nessa mesa com você, se não fosse pela sua intensidade. Pela sua expansão. Jamais teria puxado assunto com você no avião por livre e espontânea vontade, mas não porque eu não *queria* falar com você. E sim porque eu tinha medo, vergonha. Essas bobeiras que fazem com que a gente, sei lá, não dê o primeiro passo. Que fazem com que a gente *não corra atrás de um garoto bonito em um ônibus*, por exemplo — falei, e sorri. Se Vicente tivesse me visto aquele dia, na ponte Rio-Niterói, será que teria falado comigo? — Sua intensidade é uma das suas maiores qualidades. Nunca acredite em nenhum babaca que diga o contrário. Eles que se *fodam*.

Sem perceber, minhas mãos se apoiaram na mesa e senti o momento exato em que nossos dedos se reencontraram. Queria abraçá-lo, acomodar Vicente no meu peito e dizer que ele não precisava se preocupar.

nunca alguém mexeu comigo desse jeito

Seu olhar pousou ali, em nossas mãos, e um sorriso tímido enfeitou seu rosto. Algumas mechas de cabelo cobriam seus olhos, que eu tanto queria enxergar naquele instante.

— Tenho um segredo pra te contar — Vicente disse.

— Qual? — perguntei, quase sussurrando em meio às vozes que cada vez mais dominavam o ambiente. Mais pessoas finalizavam o tour e entravam na taverna.

— *Eu nunca conheci alguém como você* — ele repetiu as minhas exatas palavras de antes. Senti meu corpo estremecer por inteiro. Ousei mover os dedos por cima dos dele, o mais simples carinho parecendo uma grande revolução.

— Eu também tenho um segredo — comecei. E senti que aquele era o momento ideal para contar.

— Misericórdia. Vai me fazer chorar de novo?

Dei risada e me inclinei para a frente, olhando-o nos olhos. Só Vicente era capaz de me fazer gargalhar depois de me afogar em lágrimas.

Só ele trazia o calor do sol depois de uma tempestade.

— Eu espero que não. É só que… Bom, como eu explico isso? Eu já tinha te visto antes daqui. Antes de a gente se conhecer no avião. Foi num ônibus — confessei.

— OXE, EU SABIA QUE NÃO TAVA DOIDO! — ele gritou e bateu na mesa, o que me fez afastar a mão outra vez. Olhei para os lados e encontrei alguns rostos nos encarando de volta. Meu choque era tão grande quanto a animação de Vicente.

— Quê?

— Você me deu uma cotovelada na cara, não foi? Eu te vi bem rapidinho, saindo do ônibus, abusado da peste! Foi em Niterói, num foi?

As engrenagens dentro da minha cabeça estavam trabalhando como nunca. Do que *caralhos* Vicente estava falando? Como eu poderia ter dado uma cotovelada no rosto dele, se eu nem tinha saído do meu assento?

Com cautela, comecei a explicar:

— Vi, eu não faço ideia do que você tá falando. Quando eu te encontrei, a gente tava na ponte Rio–Niterói, você se levantou igual turista pra tirar foto da vista da cidade pela janela e eu te achei… — me interrompi, sem graça. — Enfim. Eu te vi, e pouco depois você desceu do ônibus.

— Eu vou casualmente aceitar que você me chamou de Vi sem transparecer quão fofo foi. Então não foi você que me deu uma cotovelada na cara no ônibus em Niterói, descendo no terminal?

Senti as bochechas corarem, porque o apelido tinha saído de maneira totalmente espontânea.

Alguma parte minha reconhecia e tentava recriar a cena que Vicente narrava, mas não com clareza. O sentimento era engraçado, porque era como se ele estivesse certo mas, ao mesmo tempo, eu não me lembrasse direito, embora Niterói fosse um destino frequente pra mim, por ser a cidade de Caio.

— Não sei. Não sei mesmo. Eu me lembro é desse outro dia.

Vicente puxou o celular do bolso e o apoiou na mesa, desbloqueando-o e correndo o dedo pela tela até abrir o álbum de fotos.

— Você lembra quando foi?

— Lembro — falei, pensando na data que eu provavelmente nunca mais esqueceria. — Foi um dia depois do funeral de Vóinha. Vinte e três de julho.

Ele deslizou o dedo pelo aparelho feito um louco, passando por centenas de fotos e vídeos até ir parando aos poucos. Eu sabia o que ele estava fazendo, mas não acreditei que fosse dar em nada até Vicente empurrar o celular para mim, por cima da mesa, e dar play.

— Aqui.

No dia em que o encontrei, Vicente não estava tirando fotos. Estava fazendo um vídeo da paisagem, que começava enquanto ele ainda estava sentado, até o momento em que ficou de pé e foi gravar mais atrás do ônibus. O vídeo passou uma, duas vezes, e senti um pouco de saudade daquela vista do Rio de Janeiro, o céu azul iluminando a tarde de julho. Foi só na terceira vez que mudei o foco da atenção e estreitei os olhos quando a câmera passou, durante um breve segundo, por um garoto de cabelo cor de mel que olhava de soslaio na direção do celular.

Eu estava na galeria de Vicente esse tempo todo. Pausei o vídeo e devolvi o aparelho para ele, apontando para o canto da tela.

— Surpresa — falei.

— Nem fodendo! — ele respondeu e olhou outra vez para mim, incrédulo.

— O universo é doido, né?

Seus olhos migraram da surpresa para a mais pura crença. Crença no universo, e em como ele traçava e unia os caminhos que *precisavam* se encontrar. Percebi o momento exato em que suas pupilas brilharam para mim.

— Você nem faz ideia.

27

ENDEREÇOS, TRAUMAS & VICENTE

Naquela noite, cheguei sozinho no motel. Vicente resolveu parar em algumas lojinhas no caminho para comprar mais lembrancinhas para a mãe e a irmã, mas eu preferi voltar para descansar.

Depois de três dias inteiros ao lado dele, o silêncio agora era ensurdecedor. Em pouco tempo, já estava sentindo abstinência de sua voz, seus olhares, sua gargalhada e seus toques repentinos.

Quanto mais tempo passávamos juntos, mais Vicente fazia esforço para me *tocar*. Não sabia se era impressão minha, se ele estava apenas se sentindo mais confortável com a minha presença ou se, assim como eu, tinha vontade de sentir *aquele* choque.

Como a solidão não combinava com o meu look, resolvi recorrer à minha mais fiel companheira: Vóinha.

No quarto, mergulhei a mão dentro da mala, puxando os três envelopes que me restavam de Nilcéia. Abri um deles.

Igor,

Dez anos! Minha nossa, uma década inteira. Você não faz ideia, né? Mas saiba que é muito, muito tempo mesmo. Feliz aniversário, meu lindo. Todo esse tempo te transformou em um menino de ouro, e eu quero te propor uma brincadeira: o que você quer fazer nos próximos dez anos? Não precisa quebrar a cabeça, viu? Deixa o tempo correr na velocidade dele. Vou te falar os meus sonhos, e vou amar ouvir os seus. Em dez anos, quero viajar ainda mais! Sinto que o mundo é muito pequeno perto da minha vontade de atravessar as fronteiras. Quero poder te levar pra Disney, visitar a Tailândia. Quero dançar nas ruas de Roma! E quero, é lógico, te ver crescer com toda a luz do mundo inteiro. Independentemente de quais sejam, busque os seus sonhos com afinco. Por mais difíceis que as coisas possam parecer, nunca deixe de tentar. Nada vem de graça, mas se vier, por alguma razão do universo, agarre com as duas mãos. Com muita força! Mal posso esperar para ver a história que você vai trilhar, e estarei ao seu lado sempre que surgirem os empecilhos. O segredo da vida é o sorriso, meu neto.

   Te amo, te adoro e tudo mais,
   Vóinha

Fechei os olhos e me permiti sonhar.
onde eu quero estar em dez anos?
Me imaginei em palcos, telas e cartazes.
Sonhei com flashes, aplausos e gritos.
Pensei nos meus amigos, na minha família e… em Vicente.
Eu o conhecia havia poucos dias, e já o imaginava na minha vida dali a dez anos?
porra de lua em peixes

Enquanto Vicente preparava o jantar na cozinha, ele me contava o que tinha comprado no passeio.

— Peguei uma miniatura da vila dos hobbits pra Ceci, e pra mainha ainda vou procurar em outro lugar, mas comprei dois cartões-postais daqui! Com a foto de Hobbiton, sabe? Trouxe dois caso você queira um também.

— Mas você vai mandar pra elas?

— Que nada, isso demora. Eu ia chegar em casa antes do cartão! É mais pra lembrança, mesmo. Vou pegar um de cada lugar que a gente visitar — Vicente disse.

— Amei a ideia, mas acho que você devia enviar sim, viu? Pelo menos um. Mesmo que chegue depois, pode ser uma surpresa legal pro Vicente do futuro.

Ele parou de mexer a panela e olhou pra mim, orgulhoso.

— Taí, gostei. Vou fazer isso é agora mesmo. — Então se debruçou no balcão para escrever no cartão-postal.

— Vou te copiar. — Saquei outra caneta para escrever no meu.

Comecei a escrever ao lado dele e tinha acabado de preencher o endereço da casa dos meus pais quando Vicente pôs a mão sobre a minha, e eu pude sentir *outra vez* aquele choque. O filho da puta só podia ser Zeus. Olhei para ele, que encarava meu cartão-postal, curioso.

— *Rua dos Três Elefantes, casa 9?* Não é possível — Vicente disse, segurando o riso.

— Qual o problema? — eu perguntei, sorrindo.

— Tem três elefantes na sua rua, é? E você não me contou? — ele disse, agora rindo, e retornou ao próprio cartão, preenchendo a mensagem.

— É uma longa história, envolvendo montanhas e a minha cidade, Águas do Elefante — respondi, e desviei minha atenção para as mãos de Vicente, que passeavam pelo papel de maneira graciosa. Sua letra parecia esculpida, daquelas que facilmente seriam encontradas no Pinterest decorando algum resumo de matéria. O endereço dele também me chamou a atenção.

— Rua 24 de Maio, 43? — perguntei.

— É, oxe. Que que tem?

— Rua dos Três Elefantes é mais bonito, sinto muito. Morar em uma data? Não, obrigado — falei.

— Abestalhado.

— Falando em data, tenho uma pergunta — continuei, ao lado dele enquanto cada um preenchia sua própria mensagem para a família.

— Pois então diga!

— Quando é seu aniversário?

Vicente inclinou a cabeça e me olhou, seu sorriso um enorme campo magnético que me puxava para perto.

— É 4 de março. E o seu?

— 29 de dezembro — respondi, e ele voltou ao fogão para finalizar a comida.

Mais tarde, depois de comer um macarrão delicioso de shitake e portobello que Vicente havia feito, nos jogamos no sofá e fui obrigado a assistir ao primeiro filme de O Senhor dos Anéis. O relógio marcava meia-noite e dez, meus olhos mal conseguiam se manter abertos de cansaço, e a história lenta do filme também não ajudava.

Ainda tinha a cereja do bolo: o vinho que estávamos dividindo. Mil vezes melhor que a Cantina da Serra que eu costumava compartilhar com Henrique.

— Não vou conseguir ver até o fim — falei, relutante, porque não queria frustrá-lo.

— Eu tô cansadinho também — ele respondeu, a voz enrolada. — Mas você tem que prometer que vai assistir depois.

— Não sei, hein? — respondi, brincando.

— É meu filme favorito da vida, sabia?

— Jura? Não fazia ideia, mas cheguei a desconfiar depois de passarmos pela loja dos hobbits e antes de comermos na taverna dos hobbits no nosso passeio dos hobbits.

Vicente riu e jogou uma almofada em mim, quase acertando a taça na minha mão.

— Cala boca, peste. Esse filme me faz lembrar de *casa*. Foi Ceci quem insistiu pra gente assistir com ela, eu e mainha. Na primeira vez ninguém gostou muito. Na segunda, ficamos mais empolgados. E aí vieram a terceira, a quarta, a quinta...

— Se vocês não gostaram na primeira, por que tentaram mais vezes?

— Era o único filme que a gente tinha pra ver na época. De uma locadora lá, e nunca mais devolvemos. Quando mainha queria acalmar a gente, colocava pra assistirmos juntos, os três.

Dei mais um gole no vinho antes de apoiar a taça na mesa. Minha visão estava cada vez mais turva.

— Vocês três são próximos desde sempre, né? A Ceci parece ser uma irmã legal — falei.

— Ah, dá pro gasto. Ela é muito protetora, às vezes. Contei que conheci você e que a gente veio passear, e ela quase teve um treco. Disse que… — ele parou. O silêncio tomou conta. Olhei-o e o encontrei me encarando, sua expressão intensa e, ao mesmo tempo, claramente alcoolizada.

— Disse o quê? — perguntei, por fim.

Ele balançou a cabeça, suspirou e continuou:

— Pra eu tomar cuidado. Pra não me machucar *outra vez*.

Senti meu peito palpitar de leve e me virei para Vicente. Com cautela, apoiei a mão em seu braço. A sensação era a de ouvir uma música tocada no piano, com toda a extensão de notas subindo pelo meu corpo em um grande arrepio. Sua cabeça se inclinou quando ele me olhou de lado.

— O que houve? — perguntei.

Vicente pareceu ponderar. Se questionar, revisitar memórias.

— Eu tinha dezessete anos. Tinha um menino, Ferdinando, com quem eu tava ficando na época. Era tudo muito empolgante, divertido, *intenso*… até não ser mais. A gente se falava fazia uns quatro, cinco meses, quando ele só… sumiu. Parou de me responder, me evitava na escola. Eu fiquei *semanas* sem saber o que tinha acontecido. Minha ansiedade atacava todo santo dia, e Ceci era a única com quem eu me sentia confortável pra chorar.

Meus dedos, antes que eu fosse capaz de perceber, passeavam de leve pelo braço de Vicente. Tentavam acarinhar sua pele na intenção de, de alguma forma, trazer conforto também ao seu peito. A voz dele, embargada, mostrava quão difícil era revisitar a lembrança.

— Quando Ferdinando finalmente me deu uma resposta — Vicente disse, rindo baixo —, falou que eu era *demais*. Não no bom sentido, sabe? No sentido de… ser *demais pra aguentar*. E que ele não conseguia suportar alguém assim o tempo todo no ouvido dele. Que eu falava muito sobre meus sonhos, sobre os pequenos festivais que eu vencia na época… Que eu só sabia falar de mim.

— Mas você quase não fala de você — soltei. Vicente apenas riu e inclinou a cabeça.

— Não mais. Não quero correr o risco de fazer outras pessoas cansarem de mim, sabe? Não sei. Talvez eu fosse uma pessoa narcisista, ou com ego muito grande... Mas não sou mais assim, bonito. Pode ficar tranquilo, viu? Prometo não te encher com essas bobeiras — ele disse, sorrindo. *E como aquele sorriso me machucava.*

Vicente genuinamente acreditava que me incomodaria se me falasse sobre sua vida.

Mal sabia ele que eu *ansiava* por mais.

Implorava por mais.

— Não — falei. — De jeito *nenhum*. Eu quero saber tudo sobre os seus sonhos, Vicente. Quero ouvir sobre cada um dos festivais que você ganhou, quero conhecer cada pequeno detalhe que faz de você, *você*. Esse Ferdinando é um babaca. Não foi capaz de suportar seu brilho. E porra, como você brilha. Isso tem a ver com ele, não com você.

Vicente sorriu e pôs a mão por cima da minha, ainda em seu braço. Meu coração acelerou, mas preferi ignorar os batimentos.

— Obrigado, bonito. Ele foi um babaca, sim. Mas também foi meu primeiro e único amor. Por isso... ainda me afeta tanto, eu acho — ele disse, recostando a cabeça no sofá. — Você já teve algum? Grande amor, digo — perguntou.

Meu estômago embrulhou, minha cabeça pesou como chumbo e meu coração quase saltou do peito. As cortinas que mal haviam guardado Clarice estavam prestes a trazê-la à cena outra vez. Por mais que não estivéssemos mais juntos, ainda era estranho pensar nela. Porque, atrelado a isso, me vinha culpa.

Culpa por tê-la machucado em um processo que deveria ter sido meu, e apenas meu.

Culpa por não ter cumprido as promessas que eu tinha feito.

Culpa. Só culpa.

Um ronco alto interrompeu meu raciocínio. Olhei rápido para Vicente e o encontrei de olhos fechados, a cabeça pendendo por cima de uma almofada. Não pude evitar um sorriso.

De lado, o perfil do baiano parecia ter sido milimetricamente esculpido para que todos os seus ângulos favorecessem sua absurda beleza. O nariz se afastava um pouco do rosto em comprimento, mas sem nenhum exagero, com um contorno que me lembrava as curvas de seu violino.

Imaginei beijá-lo ali, naquele instante, para sentir seus lábios, seu corpo contra o meu, como a explosão de uma estrela.

Movi a taça de vinho na mesa de centro para poder apoiar os pés e, sem me importar com mais nada que me impedia de *ser feliz*, me aproximei de seu corpo e apoiei a cabeça no ombro dele. Ficamos ali, os dois juntos, nossos campos energéticos se misturando em um contato despretensioso, sem medo e sem vergonha. Passei o braço por cima de seu peito e também fechei os olhos, pensando somente no garoto que dormia ali ao meu lado.

Ah, Vicente.

Eu vi um menino correndo
Eu vi o tempo
Brincando ao redor do caminho daquele menino

Gal Costa

28
ARTE, MÚSICA & NÓS

Acordei com o sol praticamente fritando a minha cara, o suor começando a se acumular pelo meu corpo. Não tínhamos fechado as cortinas, e a claridade invadia todo o espaço da sala. Meu rosto ainda estava acomodado no ombro de Vicente, e me afastei para encontrá-lo, já acordado, mexendo no celular. Quando ele enfim olhou para mim, sorriu e esticou os braços bem no alto para se espreguiçar.

— Finalmente, bonito. Boa tarde! — Vicente disse.

— Tarde? Que horas são?

— Quase uma. Pensei até que tinha morrido.

Esfreguei os olhos e continuei a encará-lo, sério. Ainda me sentia sonolento e minha mente aos poucos pegava no tranco.

— Você tá sentado aí desde que horas? — perguntei. Se eu acordei ainda deitado em Vicente, então ele não havia se mexido.

— Onze — falou.

— Você ficou duas horas sem levantar por… minha causa?

— Claro que não. Eu só escolhi ficar sentado com o celular quase sem bateria depois de onze horas de sono e um corpo dolorido porque eu queria — ele rebateu, o sorriso irônico iluminando o rosto.

— Por que você não me acordou? — indaguei, irritado não com ele, mas com o fato de tê-lo deixado desconfortável durante todo esse tempo.

— Você dorme bonitinho — Vicente respondeu e eu ri, sem graça.

Cinco horas depois, estávamos chegando na nossa hospedagem em Waitomo. Levamos pouco mais de duas horas para comer, arrumar as nossas malas e finalmente partir de Matamata, rumo ao próximo destino. A viagem da cidade-sede de Hobbiton até Waitomo, conhecida por suas cavernas iluminadas, durava mais ou menos uma hora e meia, mas Vicente dirigia sem pressa, aproveitando as paisagens pelo caminho.

Já estava escurecendo quando estacionamos ao lado do hostel onde ficaríamos, com várias cabanas de madeira espalhadas por um enorme gramado. Uma grandiosa casa branca era a construção principal e estava no centro do terreno, com centenas de luzinhas penduradas e as portas e janelas escancaradas. A energia que fluía por ali era *linda*. Por todo o gramado, fogueiras iluminavam o ambiente e pessoas conversavam e bebiam alegremente, algumas em barracas e outras, mais afastadas, nos próprios motor homes.

Entrei na casa principal antes de Vicente, que ficou para trás a fim de tirar as coisas do carro, e me aproximei da recepção. Um senhorzinho de cabelos grisalhos e sorriso simpático ajeitava algumas decorações na parede.

Um crachá no peito indicava seu nome: *Benjamin*.

— *Good evening!* — falei.

Enquanto fazia o check-in, gastei todo o meu inglês perguntando sobre o motivo de estarmos ali: as cavernas dos *glowworms*, paisagens naturais onde insetos luminosos se prendiam às paredes rochosas como grandes constelações. O passeio era feito em barcos, que guiavam os turistas por rios cavernosos.

Minha alegria logo se dissipou quando Benjamin contou que esses passeios deveriam ser agendados com antecedência, e que todos os próximos, ao longo de toda a semana, já estavam esgotados. Contei a ele sobre nossa viagem, sobre virmos de longe e o pouco tempo que ainda tínhamos no país. Ele me ofereceu uma solução: um mapa, no qual traçou uma rota com a caneta, que nos levaria por uma trilha gratuita e isolada em meio à floresta até os *glowworms*.

Depois de me garantir que não existiam animais perigosos na Nova

Zelândia e, aparentemente, nenhuma história de sequestro pelas redondezas, agradeci e saí da casa, encontrando Vicente no caminho.

— E aí? — ele perguntou.

— Vamos deixar as coisas e ir. Já sei onde podemos aproveitar a noite — falei, e ergui o mapa traçado por Benjamin diante de seus olhos.

— Eita, então simbora! — Vicente disse, carregando as malas. — Qual a nossa cabine?

— Sete — respondi, e uma gargalhada escapou de sua garganta.

— Apolo, é?

Empurrei de leve seu ombro e sorri conforme seguíamos juntos em direção ao nosso chalé.

Benjamin havia me dito que o caminho era ruim. Vicente e eu saímos de carro pela avenida principal, dobramos uma rua e, a partir dali, pegamos uma estrada de terra. Uns dez minutos se passaram sem nenhuma iluminação além dos faróis do carro, e não havia uma alma viva na trilha. Era um cenário perfeito de filme de terror.

— Tem certeza que não quer traficar meus órgãos, bonito? — Vicente perguntou, o corpo pulando no banco do motorista a cada buraco pelo qual passávamos.

Meu estômago se revirava de nervoso. Segundo o mapa, o caminho era aquele mesmo. Ainda assim, nada afastava da minha cabeça a possibilidade de algo estar errado.

— Depende — respondi. — Qual o seu tipo sanguíneo?

Isso foi o suficiente para o fazer rir e, consequentemente, aliviar um pouco do medo. Foi só então que, à nossa direita, surgiu um portão que levava a um enorme estacionamento a céu aberto, mas pavimentado. Postes iluminavam o lugar e havia algumas placas no que pareciam entradas para trilhas. Tudo o que ouvíamos era o estrilar dos grilos.

Nenhum veículo além do nosso estava parado ali, tampouco pareciam existir outros turistas. Vicente encaixou o carro entre a cerca e uma árvore, e descemos.

A noite estava serena, tranquila, e o céu ajudava a contribuir para a pintura. A lua banhava Vicente e a mim como se fôssemos protagonistas de uma peça de teatro. Hora ou outra o vento soprava, trazendo consigo o som das árvores, e a única sensação, naquele momento, era paz. Olhei as placas das trilhas até que identifiquei a nossa: "*Glowworms Trail Run*", cujas informações logo abaixo indicavam três quilômetros de percurso total. Me virei para Vicente e o vi fechando a mala e caminhando em minha direção. Nas suas costas, estava a maleta do violino.

— Não pergunte — ele disse ao se aproximar.

Sorri, curioso, mas obedeci e mudei de assunto.

— É por aqui, segundo a placa. Vamos?

Ele estendeu o braço.

— Por favor, meu guia. Vá na frente.

A lua cheia era nossa maior fonte de iluminação durante a trilha, hora ou outra acompanhada de pequeninos postes de luz branca. O caminho continha pedrinhas que indicavam a direção, mas não facilitavam a nossa exploração. Dos dois lados, árvores preenchiam toda a extensão e pareciam seguir por quilômetros. A escuridão não era de todo ruim, porque dessa forma conseguíamos ver milhares de estrelas aglomeradas no céu noturno, assim como a Via Láctea.

Aos poucos, nossos olhos se acostumaram com a pouca luz e ficou mais fácil avançar. Primeiro, passamos por uma pequena torre redonda cujas escadas em espiral nos levaram até o topo de uma pequena encosta por onde a trilha seguia. Depois, caminhamos mato adentro ao som de grilos até chegarmos a uma enorme cerca elétrica, que nos separava de uma clareira onde vacas e ovelhas dormiam em pé. Em certo momento, me desequilibrei e apoiei a mão sobre ela, e o choque me jogou, com susto, para cima de Vicente, que inundou o silêncio com sua risada iluminada.

Depois de pelo menos trinta minutos de caminhada, chegamos a uma pequena ponte de madeira entre duas colinas. Abaixo dela, era possível ouvir a água corrente do que parecia ser um riacho tranquilo. Nas laterais foi onde encontramos, pela primeira vez, o nosso objetivo.

Ver os *glowworms* ao vivo era ainda mais mágico. Grandes rochas ladeavam a ponte, totalmente cobertas por pequeninos focos de luz azul, que brilhavam em uma intensidade capaz de iluminar o nosso caminho, como centenas de lâmpadas de LED.

Quando me virei para o outro lado, percebi que os insetos me cercavam ali também.

A sensação era a de observar uma galáxia. Eu e Vicente estávamos em uma estação espacial e, ao nosso redor, milhões de estrelas azuladas se acomodavam no espaço. A lua sobre nós era o maestro, que regia aquela sinfonia de luzes e a complementava com seu próprio brilho. O som da água corrente se somava aos grilos e sapos, ao vento que balançava as folhas das árvores e às notas do violino que traziam ainda mais vida àquela natureza.

pera aí
violino?

Busquei a origem do som. Estava tão perdido em meu próprio mundo que demorei a encontrá-lo. Uma pequena caverna se abria do outro lado da ponte, cercada por paredes rochosas, plantas e árvores, o chão de grama. Sua entrada formava um arco natural, e o teto e as paredes estavam repletos de milhares de insetos luminosos. Eu me sentia um astronauta, explorando novas galáxias.

No centro, os cabelos balançando com a ventania e as mãos percorrendo as cordas de um violino, estava Vicente.

O sol.

Os *glowworms*, ainda que parados, pareciam orbitá-lo, puxados pela gravidade que surgia daquele ponto fixo no gramado.

Precisei me aproximar um pouco para ouvir melhor, a ponte balançando de leve a cada passo que eu dava. Só quando cheguei ao outro lado consegui identificar a canção que ele tocava. Aquela mesma música que eu, dias antes, tinha lhe dito que era a minha favorita. Aquela que em poucos versos sintetizava tudo o que eu sentia quando estava com Vicente, mesmo o conhecendo havia tão pouco tempo.

Ele tocava "Pra você guardei o amor", de Nando Reis, e seus dedos corriam pelas cordas em uma velocidade descomunal. O violino estava apoiado em seu pescoço, e os olhos de Vicente, fechados, pareciam se mover por baixo das pálpebras a cada nota arrancada do instrumento. O arco passeava pelas cordas de maneira leve, com maestria e paixão. Conforme ouvia a música, corri os olhos por onde estávamos. Olhei os *glowworms* no teto, de um lado e do outro. Observei a ponte tremulando ao vento, o rosto de Vicente se expressando a cada nota.

A banda era a natureza. O farfalhar das árvores, o canto dos insetos, junto com outros sons que eu mesmo não era capaz de identificar. Quanto mais a melodia ecoava, mais eu me aproximava de Vicente. Atravessei a ponte *sugado* por seu campo gravitacional. Não quis chegar perto demais para não assustá-lo ou atrapalhar a sua performance. Mas estávamos juntos, como as folhas e os galhos, a pele e os ossos, o instrumento e a voz.

Vicente passou lentamente o arco uma última vez pelas cordas, pressionando os dedos contra o violino e este contra o pescoço. As notas musicais não mais preenchiam o ar, mas circulavam dentro de mim como o meu próprio sangue. O silêncio retornou e agora meus batimentos cardíacos eram audíveis.

Olhei Vicente nos olhos. Poucos metros nos separavam, e eu o enxergava através da claridade dos insetos. Seu rosto brilhava em um tom de azul convidativo, seus lábios me chamavam com um sorriso esperançoso. Ele curvou o corpo para baixo, e por um breve instante o meu próprio vacilou, até que o vi apoiar, com muito cuidado, o violino no gramado. Vicente se ergueu outra vez e me encarou. Senti a energia que circulava entre nossos corpos, vi seus punhos cerrados e me deliciei percebendo, por fim, o desejo recíproco.

Eu não hesitei.

Me lancei em sua direção, meu corpo finalmente cedendo à gravidade que havia dias insistia em me puxar. Ninguém seria capaz de resistir, de não mergulhar de cabeça. Quando nossos corpos se encontraram, eu o envolvi com os braços e o pressionei contra o peito, nossos batimentos sincronizados como se fôssemos um só. Nossos lábios se encontraram e o choque, *aquele* choque, explodiu em uma verdadeira tempestade elétrica. Meus braços formigaram, meu corpo entrou em combustão.

Meu coração não errou sequer uma batida porque ali não existia errar, apenas acertar.

E era certo demais.

Os lábios de Vicente devoravam os meus, nossos corpos emitindo os mais diversos tons e cores e sons e sentimentos e tudo tudo tudo tudo tudo.

Minhas mãos arranhavam suas costas com o mais puro desejo de sentir sua pele, arrancá-la, tê-la pra mim, só pra mim.

Nossas cinturas, famintas, colavam-se uma à outra sem o menor pudor, e eu sentia Vicente e Vicente me sentia, assim como Apolo sentiu Jacinto, como Pátroclo sentiu Aquiles.

Se Vicente fosse a lua, aquela que nos iluminava,

dois garotos perdidos

se (re)encontrando,

eu seria suas ondas. Cederia sem esforço ao seu comando, à sua gravidade.

Os dedos dele, tão suaves no violino, percorriam o meu cabelo com uma voracidade que, para mim, era novidade. Riscavam minha nuca, minhas costas e minha cintura, inquietos e desesperados.

Afastei o rosto com esforço e parei a apenas alguns centímetros do dele, nossos olhares fixos e lábios sentindo o sabor um do outro, nosso riso ecoando pelas paredes de pedra. A gargalhada de Vicente reverberava nas rochas,

nas árvores,

no céu e nas estrelas.

Ela entrava pelos meus ouvidos,

descia pela garganta e

abraçava o meu peito, de dentro para fora.

Seu sorriso ia de orelha a orelha, assim como o meu, que o acompanhava sem hesitar.

— Você é arte — ele me disse mais uma vez, e eu quis derreter.

Quis ser água,

maré,

oceano.

E depois de ouvi-lo tocar, depois de conhecê-lo melhor, e ali, em seus braços, eu percebi. Vicente também era a mais pura, clara e intensa personificação da arte.

Pensei de novo na resposta que dias antes ficou presa na minha garganta.

Agora, ela saía leve como o vento. Sem esforço nenhum.

— Se eu sou arte, Vicente, você é a *minha música*.

Meus lábios não resistiram e se jogaram outra vez nos dele. Minhas mãos se enroscaram em seu cabelo, minha cintura pressionou a dele e meu corpo quis jogá-lo contra a parede de rochas. Seus braços me envolviam como um manto, e o calor do seu corpo reverberava em mim, como se eu estivesse abraçando não a Lua, mas o próprio Sol.

Beijar Vicente era como passear nos campos de girassóis de Van Gogh, saltitar pelas notas dedilhadas por Mozart e esculpir, com Michelangelo, uma nova *Pietà*.

Era como pedalar durante a noite pela orla de Copacabana, escutar Cazuza proferir as mais diversas palavras de amor e sentir a leve brisa do mar em um dia de verão.

Beijar Vicente era como estar vivo depois de anos em repouso. Nossos lábios brincavam entre si e nossas línguas exploravam, com cuidado, o novo universo que visitavam.

Minhas costas encontraram o gramado macio e eu recebi, convidativo, o peso do corpo dele sobre o meu. Minhas mãos, mais ágeis do que meus próprios pensamentos, arrancaram sua camisa pelo pescoço e a jogaram longe, na direção contrária à do riacho. Rolei para o lado e me coloquei por cima, para só então Vicente tirar a minha camisa com uma calma brutalidade, uma voracidade tranquila.

Seu rosto, sedento, me devolveu exatamente o que eu esperava: um sorriso maroto, iluminado pela luz do luar.

Beijei-o outra vez, com mais vontade do que antes, e o senti inteiro.

Senti seus lábios, seu toque, seu coração em sincronia com o meu e o ar que entrava e saía de seus pulmões. Senti seus pelos se eriçando, a vibração de seu corpo.

Senti sua cintura e senti e senti e senti,
e eu sabia que ele também me sentia
e sentia e
sentia.

Parte de mim estava morrendo de medo do que estava por vir pela primeira vez em vinte e dois anos, mas outra parte era a responsável por fazer com que minha mão direita percorresse seu tórax, sua barriga e invadisse sua calça. Meus dedos exploravam, minha pele ardendo pelo contato com sua pele, e pelo, e pele. Deixei-os ali, com vida própria, fazendo tudo, tudo

e mais um pouco de tudo,

enquanto o senti, também sem receio, me despir da cintura para baixo. Nenhum tecido mais nos separava.

— Espera — sussurrei, ofegante, meus lábios a poucos centímetros dos de Vicente e implorando por mais, por favor, mais.

— Tudo bem? — ele perguntou.

Assenti.

— Eu nunca... você sabe. Com homens.

Ele me puxou para mais perto e mordiscou de leve a minha orelha antes de, enfim, sussurrar em meu ouvido:

— *Você quer?*

Minha mão livre agarrou o rosto de Vicente, meus dedos pressionando suas bochechas. Me aproximei, outra vez, e murmurei com os lábios colados aos dele.

— Muito. Eu te quero *muito*.

Nossos corpos se entrelaçaram e nossas roupas, largadas, decoraram o gramado da caverna. Sob a luz azul dos insetos, que nos observavam sem pudor, Vicente e eu nos unimos em um só, de diversas formas, pelo que pareceu uma vida inteira.

Não tínhamos pressa alguma.

29
LIBERDADE, POUNAMU & REENCONTRO

Os dois dias seguintes passaram mais rápido do que eu gostaria. Vicente e eu não nos desgrudamos enquanto passeávamos pela Mangapohue Natural Bridge, um arco de pedra com mais de dezessete metros de altura formado naturalmente, por Whakarewarewa, uma floresta gigantesca de sequoias majestosas, cujas copas se perdiam de vista, até seguirmos para Rotorua, nossa última parada.

Henrique, que me disse que queria conhecer melhor o meu "primeiro menino" (uma fala fofa e perturbadora ao mesmo tempo), ligou pelo menos três vezes naquelas quarenta e oito horas, mas não para falar comigo, e sim com Vicente. Aryel também aparecia vez ou outra para dar oi, assim como Caio e Jo, mas eu mal conseguia conversar com eles, porque o músico era o centro das atenções — e, honestamente, aquilo me fazia transbordar de alegria. Vicente irradiava energia, amor e carinho com todos os meus amigos, mesmo sem conhecê-los, e mais uma vez eu sentia que tudo se encaixava. Como um quebra-cabeça com todas as peças.

A sensação era de estar vivendo em um sonho, no qual minha consciência migrava de paisagem para paisagem em um mundo ideal. Nem mesmo dona Ana e seu João Carlos resistiam aos encantos do meu "amigo" por chamada de vídeo.

Com exceção dos momentos de conversa com o outro lado do globo, Vicente e eu não tínhamos mais nada nos separando.

Nada nos afastava,

nos impedia
ou nos amarrava.
Éramos livres. E a nossa liberdade era linda.

Quando enfim chegamos no hostel, já era noite. Rotorua era maior do que as duas últimas cidades que havíamos visitado, mas não chegava a ser uma metrópole como Auckland. Conhecida por suas atrações de lazer, estava localizada em uma área de grande atividade geotermal, com piscinas, lagos e rios térmicos. O lago central da cidade literalmente preenchia a boca de um vulcão inativo havia milhares de anos, o qual dera nome ao povoado.

Ou seja, eu e Vicente estávamos em uma cidade sobre um vulcão.

Isso era perceptível já nas ruas, onde vários canos despontavam do asfalto como chaminés, trazendo para a superfície vapor quente. Um cheiro metálico de enxofre dominava a região, por conta da atividade vulcânica.

Vicente estacionou no hostel e fiquei triste por ter que, depois de várias horas de viagem, tirar a mão de sua coxa.

A hospedagem ficava perto do centro da cidade, em frente a uma enorme praça com um chafariz que abrigava uma revoada de gaivotas.

Uma lojinha ao lado do hostel me chamou a atenção, e inconscientemente me aproximei da vitrine, Vicente vindo logo atrás.

— Quer comprar o cartão-postal daqui? — ele perguntou, e apontou para o fundo da loja, onde um estande repleto de postais nos aguardava.

Assenti e entrei, mas me perdi antes mesmo de chegar lá. O lugar estava repleto de itens artesanais, pulseiras, colares e brincos. Eu sabia que tinham algum significado importante, porque não conseguia tirar os olhos das peças, fascinado com a delicadeza com a qual tinham sido confeccionadas.

— Olha que coisa linda, Vi — falei e apontei alguns colares dos quais pendiam uma pedra verde. Cada uma delas tinha comprimento e largura diferentes. Umas eram esculpidas em formatos específicos, como animais, e outras eram simplesmente pedras brutas, perfeitas em seu estado mais natural.

Senti o olhar de Vicente sobre mim antes mesmo que ele falasse alguma coisa.

— Tá ouvindo esse barulhinho? — perguntou. Tinha o semblante de uma criança prestes a fazer bagunça.

— Que barulhinho?

Ele puxou o ar lentamente antes de soltar as palavras, disparando uma atrás da outra:

— *Curiosidades da Nova Zelândia!* Essas pedras se chamam *pounamu*. Não sei como pronunciar direito, não. Mas é o termo maori pra definir a jade nefrita e outras duas, chamadas bowenita e serpentinito. Os maoris acreditam que elas aumentam a *mana*, o poder espiritual e o prestígio de quem as usa. Elas também são capazes de absorver a *mana* de quem as utiliza e passar para os próximos, de geração em geração. Várias ferramentas e armas da cultura maori foram forjadas com essas pedras.

Encarei-o, boquiaberto. Vicente sorriu para mim, orgulhoso de si, e abanou a mão em frente ao rosto como se dissesse "para de bobeira". Mas não era bobeira.

— Você tá de sacanagem. Não é *possível*. Como?

Ele se aproximou de mim e estalou um beijo em meus lábios, que quase me fez cair duro ali mesmo, antes de, enfim, apontar para cima do meu ombro esquerdo.

— Tem um cartaz ali explicando, bonito. Eu só li pra você! — E saiu, gargalhando, em direção aos cartões-postais.

Saímos da loja com dois postais: no meu, vários desenhos de atrações turísticas da cidade, unidos em um só. Segundo a moça que nos atendeu, Rotorua tinha mais de cinquenta mil habitantes e um terço era maori, por isso a cultura deles estava tão presente na região. O de Vicente retratava as brilhantes cavernas dos *glowworms*, onde tínhamos enfim nos encontrado de verdade.

Além disso, também compramos dois colares de *pounamu* em forma de tartarugas (ideia de Vicente), que colocamos imediatamente no pescoço. Então caminhamos lado a lado até nosso hostel.

— Tenho uma ideia — falei.

— Diga.

— Você leu que essa pedra absorve a nossa *mana*, ou algo do tipo. Então vamos combinar de daqui a um ano trocarmos os nossos colares. Assim você vai estar absorvendo o meu *poder espiritual*, e eu, o seu.

Vicente sorriu e, com a mão livre, entrelaçou nossos dedos.

— Então quer dizer que cê me quer daqui a um ano? E me diz assim, sem uma gota de vergonha na cara?

Senti as bochechas corarem e olhei para ele, todas as palavras me abandonando no momento em que eu mais precisava delas.

Vicente apertou minha mão e caiu na gargalhada.

— Eu amei a ideia, bonito. Mal posso esperar pra ter você comigo — ele disse por fim.

você não faz ideia do quanto de mim já tá com você
acho que nem eu sei

Vicente foi dar uma olhada no mural do hostel enquanto eu me aproximava do balcão da recepção. Uma mulher de uns vinte e cinco anos, cabelos castanhos curtos e olhos escuros usava um belíssimo colar de quartzo branco, com um símbolo esotérico no centro, e o crachá ao lado revelava seu nome: Cel.

— *Hi, Cel. I'm Igor and I have...*

— Brasileiro? — ela perguntou, com um português até mais perfeito do que o meu. Olhei-a, confuso, e Cel sorriu.

— *No?* Ou é?

— Sou, sou sim — respondi, curioso pra saber como ela tinha adivinhado. — Você também?

— Sim, mas moro aqui há dez anos. Quarto privativo? — Cel perguntou, indicando Vicente ao fundo com o queixo, e pude notar o momento em que sua expressão adotou um tom diferente, quase como se ela o estudasse, as sobrancelhas arqueadas. Seu olhar retornou a mim, o mesmo semblante no rosto. Seu sorriso, entretanto, transmitia uma enorme paz.

— Isso. A reserva tá no meu nome.

— Vocês vão ficar no quarenta e três — Cel disse, me entregando as chaves.

— Obrigado.

— Por nada — ela respondeu, e outra vez observou Vicente. Aquele semblante curioso retornou e, ao se voltar para mim, senti como se pudesse me enxergar por dentro, vasculhar o interior da minha alma e desbravar os meus mais profundos sentimentos. — Vocês se reencontraram.

Deixei aquilo no ar por uns segundos, porque não estava entendendo nada.

— Oi?

Ela balançou a cabeça e ajeitou os fios de cabelo atrás da orelha, com uma expressão tão pura quanto água.

— É só isso. Fico feliz de ver que vocês se reencontraram.

Acenei em despedida e, sorrindo, fui até Vicente e entrelacei meus dedos nos dele.

Subimos juntos até o quarto andar, onde ficava nosso quarto privativo com apenas um beliche. Deixamos as coisas na cama de baixo e trocamos olhares cheios de significado.

O cômodo não tinha janela, mas uma espaçosa varanda. Abaixo dava para ver uma piscina iluminada emanando vapor. Adiante, a vista se abria para as ruas do centro de Rotorua, com pessoas andando e bares piscando as mais coloridas luzes e reverberando os mais distintos sons musicais.

Quando voltei a olhar para dentro do quarto, Vicente já estava sem camisa e pegava seu pijama na mala. E foi só então que percebi, mexendo na minha própria mochila, que restavam apenas duas cartas de Vóinha. Fui tomado por um sentimento agridoce, e passei uns longos segundos encarando os dois envelopes de papel.

Vicente, que me observava, percebeu.

— *Bonito*. Tá tudo bem? — perguntou, massageando meus ombros de leve.

— Tá — respondi, e puxei as cartas para fora da mala.

Contei sobre elas para Vicente, que me ouvia com um sorriso no rosto. Compartilhei histórias de Nilcéia com sua melhor amiga, Margarete, e algumas outras lembranças que ainda estavam frescas na minha mente.

— Parece bobeira, mas eu sinto como se... — Me segurei, não querendo completar a frase.

— Como se ela estivesse falando com você? — perguntou Vicente.

Ergui a cabeça e nossos olhos se encontraram, com aquele brilho que eu só compartilhava com ele.

— Não acho besteira. Não acredito em coincidências. Acredito em destino — pontuou.

Eu acreditava no poder do universo e em como as cartas *quase* sempre me consolavam quando eu precisava. Parecia que Vóinha tinha escrito cada uma delas para serem abertas depois de todos esses anos, quando ela já não estivesse mais aqui. Não era apenas o apego, a saudade e a crença.

Ouvir Vicente concordar comigo me enchia de amor. Me fazia perceber, pela primeira vez, que eu podia, sim, acreditar.

— Você não existe. Sabia disso? Não existe — falei, sem tirar os olhos dele.

Vicente se aproximou em um movimento rápido e estalou um beijo nos meus lábios, as mãos mergulhadas no meu cabelo.

— Existo sim, bonito. E sou seu. Aproveita.

— Meu, é?

Ele abriu um sorriso, aquele que só ousava abrir quando estávamos a sós, e guardei as cartas de Vóinha outra vez dentro da mala.

Não me sentiria confortável se elas assistissem ao que eu estava prestes a fazer.

30

PEIXES, VINHOS & VIDAS

De manhã cedo, já estávamos no carro outra vez. O céu, do mais intenso azul, não abrigava sequer uma nuvem. Depois de dirigir uns trinta minutos, entramos de novo em uma estrada de terra. Agora, pelo menos, o caminho era visível graças à luz do sol, que inundava também com calor a agitada Rotorua. Assim que Vicente fez a curva para fora do asfalto, ele parou o carro e desceu, calado. Eu o segui com os olhos até perceber que estava contornando o automóvel para, então, abrir a minha porta. O sorriso dele era malandro.

— Anda, cê que vai dirigir — ele disse.

— Como é que é? — perguntei. Eu não tinha carteira, e muito menos prática.

— É isso mesmo que você ouviu. Quer que eu faça todo o trabalho duro por aqui? O carro é automático, vai ser massa. Bora, vaza pro lado.

Olhei-o, incrédulo, mas obedeci. Troquei de assento sem sair do carro e me senti estranho por estar com as mãos ao volante no lado direito. Se eu já não tinha prática com o lado esquerdo, quão ruim seria na situação oposta?

Levamos quase vinte minutos em um percurso que poderia ter sido feito em cinco. O caminho de terra não facilitava, repleto de buracos e pedras dos quais eu tinha que desviar, com cuidado, enquanto revezava o pé entre o acelerador e o freio. Vicente, que prometera ajudar, só conseguia rir, e em raras ocasiões colocava a mão no volante, apenas quando percebia que eu estava a um passo de perder o controle e bater nas cercas que nos ladeavam.

Quando enfim chegamos a um pequeno estacionamento pavimentado, dei o meu melhor para parar entre duas faixas brancas que sinalizavam a vaga. Só quando desci do carro percebi que ele estava torto, tortíssimo, torto *pra caralho*. Vicente riu outra vez, mas disse que não havia razão para ajeitar. O lugar estava quase completamente vazio, exceto por uma picape amarela.

Assim que pegamos as mochilas para adentrar a floresta, vimos um casal asiático sair da trilha e retornar, molhado e com toalhas nos ombros, para o veículo. Acenamos para os dois quando passamos e eles acenaram de volta.

Dessa vez, o caminho era menos sinalizado, o que fez com que quase nos perdêssemos algumas vezes. Ainda assim, tentamos seguir o que parecia ser uma trilha. Suspeita, mas era nossa única opção. Andamos por pelo menos dez minutos até, finalmente, ouvirmos o som de água corrente. Quanto mais caminhávamos, mais forte o barulho ficava, até se transformar em um estrondo.

Nos deparamos com um pequeno lago de cor marrom que se estendia por alguns metros e, em uma de suas encostas, mais ao alto, um pequeno riacho despencava sobre ele, formando uma bela cachoeira. Árvores de folhas verdes, amarelas e alaranjadas cercavam todo o perímetro e nos transportavam para um reino distante, protegido pela natureza e, provavelmente, habitado por fadas, gnomos e lobisomens.

O vapor que saía do lago era visível, e o aroma, tão forte quanto o calor que eu estava sentindo: aquele odor metálico de enxofre.

— Tem certeza de que essa água não vai, tipo, cozinhar a gente? Ou passar alguma doença? — perguntei.

— Não. — Vicente se aproximou da beira do lago. — Mas eu diria que vale a pena arriscar. Bora?

Eu estava hesitante, mas assenti. Me afastei um pouco da margem e tirei o tênis e a blusa, mantendo apenas o shorts. Quando olhei Vicente outra vez, tudo o que restava em seu corpo era a cueca branca. Seus pés já alcançavam o primeiro degrau da escada natural de pedras que levava até a parte mais funda.

— Você vai entrar de *cueca*? — perguntei.

Ele estava de costas para mim, e virou o pescoço o suficiente para que, de lado, eu conseguisse enxergar seu rosto. Então sorriu.

— Claro que não! — E suas mãos desceram com avidez para retirar a única peça de roupa restante.

Meus olhos se fixaram em seu corpo nu, todo definido. As costas de Vicente eram pequenas, mas seus ombros musculosos faziam com que ele parecesse um trapezista. Vendo-o de trás, sua bunda e o início de suas coxas tinham um tom mais claro que o restante do corpo, graças às marquinhas de sol que ele havia adquirido nos últimos dias. As panturrilhas, grossas, também pareciam conseguir sustentar toneladas de peso.

Eu poderia observá-lo pelado por horas, mas a minha festa acabou em questão de segundos, quando ele deu mais alguns passos e afundou da cintura para baixo nas águas opacas.

Ao se virar, soltei um suspiro por não conseguir enxergar através da água. Vicente afundou a cabeça por milésimos de segundo, desafiando as placas que diziam para não submergir ali, e retornou à superfície com os cabelos molhados caindo para trás.

— Bora, bonito! — ele gritou. — Eu ainda não fui consumido pelo enxofre, então acho que tá tudo bem!

Me aproximei da escada pela qual ele descera e dei o primeiro passo para dentro da água, mas Vicente se aproximou nadando e segurou minhas pernas, um olhar de desaprovação me devorando por completo.

— Tá proibido entrar de roupa — ele disse.

— Vicente… — Eu o olhei, sério. — E se chegar alguém?

— Sete da manhã de uma sexta-feira? Acho que não, viu.

— A gente viu um casal… — comecei, mas ele me cortou.

— Para de frescura. Tu ficou pelado comigo no meio do mato em Waitomo, garoto. Abaixa esse shorts logo e pula aqui!

Relutante, abaixei o shorts e a cueca de uma só vez, lançando-os para trás, na pilha de roupas que havíamos deixado embaixo de uma árvore não muito distante.

Vicente me encarava, dali da água, e percebi o momento em que seus olhos desviaram dos meus para encontrar um terceiro convidado que se fazia presente um pouco abaixo da minha cintura. Dessa vez era ele quem estava sedento, e não eu.

— Te dou cinco segundos pra entrar antes de te atacar — ele disse, e eu sorri.

— Cinco, quatro, três, dois... — comecei a contar, provocativo, e suas mãos me puxaram com força para dentro do lago. O cheiro de enxofre ali se tornava ainda mais intenso, e eu tinha certeza de que havia engolido um pouco do líquido na queda.

Rezei para não morrer pelado e intoxicado por gases vulcânicos.

Quando me pus de pé outra vez, Vicente estava a pouquíssimos centímetros de distância. Passei os braços em volta de seu pescoço e ele me abraçou ao redor da cintura, por baixo d'água.

— Você é ridículo — falei.

— Pensei que tínhamos combinado de não fazer mais nada em público — ele respondeu, e revirei os olhos.

Me aproximei do seu rosto e passeei os lábios com calma por sua bochecha, sua orelha, seu pescoço. Fiz todo o caminho de volta, até encontrar sua boca. Beijei-o com uma paixão tão intensa quanto a temperatura do lago.

— E combinamos. Mas pelo visto você resolveu fugir do nosso acordo — falei quando nos separamos, e abri um sorriso malicioso. Senti algo se movendo por baixo da água e roçando na minha cintura, quase com vida própria.

— Estranho — Vicente disse. — Que é isso batendo na minha barriga? Será que é peixe?

Sorrimos juntos e mergulhei as mãos em seus cabelos, nossos lábios selados outra vez em um beijo calmo e banhado de amor.

peixes não sobreviveriam em um lago como aquele.

Durante as horas seguintes, aproveitamos o que a cidade tinha a oferecer como se fosse o nosso último dia na Terra.

Era, de fato, o nosso último dia de viagem. Depois do lago térmico, fomos direto para um lugar onde era possível descer de uma colina rolando dentro de uma enorme bola de plástico. Vicente foi primeiro, eu fui em seguida. Saímos intactos e felizes depois de voarmos ladeira abaixo.

Como se já não bastasse, seguimos para o famoso bondinho plágio do Pão de Açúcar, o Skyline Rotorua, que nos levava até o topo de uma enorme montanha. No caminho, a vista era absurda. Milhares de pinheiros se estendiam pelas encostas e ruas da cidade e conseguíamos ver, com enorme clareza, o azul do gigantesco lago Rotorua.

Quando o sol se pôs, vagamos pelas calçadas e exploramos o centro da cidade, conhecendo moradores, outros turistas e crianças que nos cumprimentavam com uma inocência tamanha. Encontramos um bar perto do hostel e ficamos ali até a madrugada, bebendo, beijando, jogando sinuca e trocando carícias. Fazíamos de tudo para que o dia não terminasse, porque a rotina de ensaios durante a próxima semana nos tomaria grande parte do tempo.

— Eu quero voltar aqui — Vicente disse, a cabeça deitada sobre o braço apoiado na mesa. Garrafas de sidra e copos de drinques preenchiam a superfície, e nossos olhos queriam ceder, mas se esforçavam mais do que nunca para continuar abertos. — Com você. Eu quero viver isso tudo de novo, com você.

— Não. Vamos para a Itália. Holanda, Inglaterra, Espanha — falei.

— Suécia, Croácia, Marrocos...

— Egito — falamos em uníssono. Estendi minha mão e acariciei sua bochecha macia.

— Qual é o seu maior sonho, *Igor*? — ele perguntou.

Pensei em outro momento em que respondi a essa pergunta e fui reprimido por sonhar alto demais.

Às vezes, coisas menores do que nós nos assombram por mais tempo do que deveriam.

Dessa vez, respondi sem medo:

— Trabalhar com grandes diretores. Estampar cartazes ao redor do mundo com o lançamento de um filme. Subir em palcos em vários países, desfilar bem elegante pelos tapetes vermelhos. Viver várias vidas e emprestar a minha alma para muitos, *muitos* personagens. Quero tocar o máximo de pessoas com a minha arte. Com a minha existência.

Vicente sorriu.

— E tá esperando o quê?

Quis jogar a mesa no chão e voar em seu pescoço, beijá-lo com mais desejo do que eu já havia mostrado até então. Me limitei a sorrir.

— E qual é o *seu* sonho, *Vicente*?

O sorriso que se formou em seus lábios era extremamente genuíno. Vicente havia se privado de falar sobre si por anos, por conta de um relacionamento tóxico. E isso me causava dores físicas.

— Faz tempo que não falo isso em voz alta. Não confio esse *segredo* pra qualquer um — ele disse.

Sorri, me sentindo desafiado.

— Eu sou qualquer um, então?

Ele gargalhou, junto com um arroto que escapou de leve.

— *De jeito nenhum*. Mas lembro a primeira vez que eu contei, em voz alta, os meus maiores desejos. Não foi tão legal — comentou.

Estendi as mãos por cima da mesa e fisguei as dele. Ao nosso redor, pessoas conversavam e cantavam, tacos de sinuca encontravam as bolas e a energia era o mais puro caos.

Mas nada importava.

Ali, naquele instante, eu só enxergava Vicente.

— Quer falar sobre isso? — perguntei.

— E estragar a noite com minhas besteiras?

Apertei seus dedos de leve.

— Não tem nada de besteira nisso, Vi. E você seria incapaz de estragar essa noite. No máximo vou ficar extremamente puto com mais pessoas do seu passado — falei, e ele riu.

— Quando eu cheguei em Petrópolis, depois que nos mudamos, todos da escola já eram amigos entre si. Os grupinhos já existiam. Não era comum chegar um aluno novo, assim, de fora da cidade. E as coisas não eram nada fáceis pro Vicente de nove, dez anos. Falavam do meu sotaque, do meu cabelo comprido, da minha pele. E eu não enxergava a maldade, na época. Continuava tentando me enturmar, sabe? Mas eu me sentia um... intruso, de certa forma. Porque aquelas crianças já tinham uma história. Brincadeiras, amizades, e eu só não conseguia... fazer parte — Vicente disse.

Seus olhos desviaram dos meus e observaram a rua, através da janela que, ao nosso lado, nos protegia da leve chuva que caía sobre Rotorua.

— Minha última tentativa de me enturmar foi quando, em uma aula, a professora perguntou o que queríamos ser quando adultos. Lembro até hoje de algumas respostas: jogador de futebol, astronauta, médico. Mas foi só na minha vez, quando disse que meu sonho era ser um músico famoso, que a sala caiu na gargalhada — ele contou. Seu olhar devaneou um pouco, outra vez distante, e pude ver seu maxilar tenso. Vicente continuou, sem me encarar: — Ir ao espaço e pisar na Lua? Legal. Tocar violino em um espetáculo? *Piada*. Depois disso, eu só falei dos meus sonhos outra vez com o *Ferdinando*. Entende por que eu prefiro guardar pra mim? — ele finalizou.

Me ajeitei no banco e puxei suas mãos em minha direção. Segurei-as com a maior firmeza que pude antes de beijá-las com ternura e, quando nossos olhos se encontraram novamente, eu sorri.

— Vicente — repeti, com cautela. — *Qual é o seu sonho?*

Senti sua mão pressionar a minha e vi a leveza invadir o rosto dele outra vez. Seu olhar brilhava, e Vicente sorriu antes de, finalmente, falar.

— Performar em um estádio lotado, pra umas cem mil pessoas. Fazer uma turnê pelo mundo, por todos os países que a gente citou. Levar você comigo pra cada um deles. Esgotar todos os ingressos. *Meu sonho é tocar o máximo de pessoas com a minha música. Com a minha existência.* — Nossos dedos se entrelaçaram com ainda mais força e nos encaramos, em silêncio, por um longo tempo.

Estudei seus olhos, suas sobrancelhas, seu nariz e seus lábios.

Quis tocá-los e visitá-los um a um, com todo o tempo que não tínhamos.

— Não deixa ninguém te impedir de ser você, Vicente. Nunca mais. Me promete?

— Prometo tentar — ele respondeu.

Por enquanto, aquilo era suficiente.

— Não é doido pensar que... a gente se conhece há nove dias? — perguntei.

— Nessa vida — Vicente respondeu.

Talvez fosse a intensidade do que estávamos vivendo juntos, talvez fosse o álcool. Mas eu concordava, de certa forma, que era impossível que esse fosse o meu primeiro encontro com Vicente.

Se eu acreditava que o universo tinha nos levado até ali, eu também acreditava que ele já nos unira outras vezes.

O que eu sentia por aquele garoto na minha frente atravessava quaisquer barreiras da espiritualidade.

Disso eu tinha certeza.

Cedemos por volta das duas da manhã. Com os dedos entrelaçados, subimos as escadas até o nosso quarto. O único beliche teve só um dos colchões ocupado, onde eu e Vicente nos deitamos juntos, espremidos, o calor passando de um para o outro em uma troca constante.

Antes de nossos olhos se fecharem, fizemos amor outra vez. Nossos toques suaves revisitando partes que conhecíamos havia tão pouco tempo, mas já conseguíamos localizar. Minhas mãos passeavam por todos os cantos, curvas e regiões do corpo dele, como um barco navegando através de um rio. Seus dedos me pressionavam como cordas de um violino, suas mãos me tocando e arrancando, em meio a suspiros, as mais perfeitas notas musicais.

Éramos teatro, pintura, escultura e poesia.

Cazuza, Gal, Nando e Rita.

Éramos música,

e éramos arte.

31
CERTEZA, DESPEDIDA & PÔR DO SOL

Acordamos por volta de meio-dia, levamos as malas para o carro e saímos em direção a Auckland outra vez. Novamente deixei a mão apoiada na coxa de Vicente, como que para sentir que tudo aquilo havia sido, de fato, real. Nem em meus maiores sonhos eu poderia imaginar que um dia estaria vivendo algo tão intenso em um período tão curto, e ainda por cima com outro homem.

Fugi de mim mesmo por tanto tempo que, quando me encontrei, não queria mais largar.

Meus olhos se fecharam e meu cansaço me levou para o mundo dos sonhos.

Revisitei o avião com Vicente, nossa primeira conversa no terraço, nosso almoço no topo do mundo. Corri pela cidade dos hobbits e mergulhei na escuridão das cavernas de Waitomo. Me banhei nas águas térmicas de Rotorua e viajei num bondinho. Em tão pouco tempo, eu tinha vivido os melhores dias da minha vida.

Acordei no susto com Vicente me cutucando, seu sorriso estampado no rosto.

— Bom dia, bonito. Isso que é copiloto, hein? — ele brincou.

— Cacete, me desculpa. Eu apaguei. A gente *já* chegou? — perguntei, a frustração transparecendo em minha voz. Não queria que nossa viagem acabasse nunca mais.

— Tenta de novo, bonito. Se você ficar acordado comigo pelas próximas três horas, vou te fazer uma surpresa.

— Três horas? — perguntei, sarcástico, e ele gargalhou. Coloquei nossa playlist compartilhada para tocar. Desse jeito, nossos universos colidiam. As divas pop e as vozes da Tropicália podiam, finalmente, conviver em paz.

Reconheci o momento em que cruzamos o centro de Auckland, e pude ver a Skytower à distância. Mas não entramos em nenhuma das vias que levavam às ruas centrais da cidade: seguimos pela rodovia até que todos os prédios ficassem, outra vez, para trás das montanhas e árvores. Olhei para Vicente, que encarava apenas o caminho adiante.

Não sabia para onde íamos, mas estava grato por ter mais algum tempo a sós com ele antes de voltar à vida real.

Estacionamos em uma enorme colina. Eu não enxergava muito bem onde estávamos por conta das árvores, mas sabia que ali era o nosso destino final. Vicente desligou o motor e desceu do carro, me convidando para ir com ele. Demos as mãos e fui guiado por um estreito caminho entre rochas, o vento assobiando, nossos cabelos voando com a brisa.

Brisa essa que trazia consigo o cheiro do mar.

Finalmente viramos uma curva e vi, alguns metros abaixo de nós, uma faixa de areia escura se estendendo pelo que pareciam dezenas de quilômetros. Eu não conseguia enxergar onde aquilo terminava. Ondas quebravam na praia, e o oceano, azul profundo, pintava o restante do horizonte até se encontrar com o tom mais claro do céu, que ia, aos poucos, perdendo a luz conforme o sol baixava.

Em toda a extensão da praia, turistas e banhistas pegavam sol, arremessavam bolas de rúgbi e passeavam com cachorros. Uns, sem coleira, corriam e brincavam entre si. Mergulhavam nas águas, saíam saltitando e sacudiam o pelo na mais absoluta alegria.

Eu e Vicente descemos pelo caminho na encosta e chegamos à orla.

— Onde a gente tá? — perguntei, por fim.

— Muriwai. A areia é preta assim por conta dos...

— Vulcões — terminei a frase.

— Oxe. Cê conhece, é?

— Não — admiti. — Mas tudo nesse país tem alguma coisa a ver com vulcão, não é difícil chutar. Esse lugar é perfeito, Vi.

Ele sorriu ao me puxar até um espaço vazio na areia. Nos sentamos ali mesmo, seus braços envolvendo o meu corpo, minha cabeça recostada em seu ombro enquanto observávamos, juntos, a vida acontecendo ao nosso redor.

Cada uma daquelas pessoas tinha um nome, uma paixão, uma família. Tinha um emprego, sonhos, desejos, ambições. É curioso imaginar como o mundo é repleto das mais diversas histórias individuais das quais a gente nem faz ideia. Cada rosto que encontramos, cada ser humano pelo qual passamos, tem um mundo inteiro dentro de si.

O sol se aproximava do oceano, tingindo o céu de várias cores, como uma obra surrealista. A areia, ainda que escura, refletia todos os tons que a iluminavam. O rosto de Vicente reluzia sob o entardecer, seus cabelos ondulados ao vento.

Beijei-o uma, duas, três vezes. Pressionei seu pescoço, acariciei sua nuca. Mordi seus lábios, suas bochechas, seus dedos. Eu o sentia o máximo que podia, enquanto pintávamos uma cena da qual eu jamais me esqueceria.

Uma nova cicatriz, aberta pelo mais puro sentimento de *amor*.

é possível sentir amor em tão pouco tempo?

— Vi. Eu não quero falar, porque não quero me precipitar nisso. Mas eu meio que quero, ao mesmo tempo, sabe?

Seu sorriso e sua mão no meu cabelo me falaram que estava tudo bem. Não queria guardar aquilo para mim porque sabia que, se o fizesse, explodiria.

E porque eu já estava arrependido demais de guardar segredos.

As cortinas do meu enorme teatro não precisavam mais existir.

Éramos jovens, Vicente e eu, mas para mim era diferente: a perda de Vóinha ainda era recente demais para eu deixar de pensar em quão pouco tempo nos é dado para viver. Não queria arriscar perder nem um segundo com ele, porque nunca sabemos qual vai ser a nossa *última música*.

— Eu acho que te amo — falei, assim mesmo, sem rodeios. Aquele sentimento era novo para mim, mas não podia ser outro senão amor.

Vicente me puxou para perto, seus lábios macios se unindo aos meus de maneira despretensiosa, mas recheada de paixão. A cada novo beijo, meu coração acelerava, acelerava e acelerava.

Não parecia acostumar.

Quando se afastou, li os seus olhos antes que ele ousasse responder. Diferente de mim, que pensava demais e era invadido pelo medo (e pela vergonha), Vicente simplesmente *abraçava* o que sentia.

Sem o menor receio.

Ele me encarou, e seus lábios enfim ecoaram as palavras que eu o ouvira dizer diversas vezes, ao longo dos últimos dias, das mais diversas maneiras.

— *Eu tenho certeza.*

Sorri e encostei minha testa na dele, nossas respirações se mesclando no pouco espaço que nos separava.

— Esse é o nosso reencontro — falei, por fim. Ainda não entendia muito bem o significado que aquelas palavras guardavam.

— Como assim? — ele perguntou, sussurrando.

— É só isso — respondi, repetindo o que havia ouvido e em que tinha acreditado sem pestanejar. — Fico feliz por ter te reencontrado.

Nem Shakespeare, nem Nelson, nem Tchékhov conseguiriam botar no papel o nosso amor. Nenhum dramaturgo conseguiria, mesmo muito depois de nós.

Só o universo era capaz de compreender.

Mais ninguém.

— Vi — sussurrei depois que o sol se pôs. A praia estava, por fim, esvaziando. Além de nós dois, poucos turistas ainda passeavam por ali. O som das ondas se unia às poucas vozes restantes, a brisa acalmando o nosso peito.

— Diga.

Puxei do bolso os dois últimos envelopes. Escolhi um para mim e estendi o outro para ele.

— Quero que você abra — falei.

Seus olhos me disseram tudo o que eu precisava saber. Sua expressão de choque, misturada com a responsabilidade que ele sentia.

— Tem certeza?

— Absoluta — respondi. Suas mãos vieram de encontro ao papel.

— A gente abre junto? — ele perguntou, e eu refleti.

Durante os últimos meses, evitei ao máximo gastar as cartas. Não queria que acabassem. Naquele instante, por outro lado, estava disposto a abrir as duas *últimas* de uma só vez. A sensação era agridoce. Sabia que as leria novamente, vez ou outra, mas também entendia que nenhum outro momento me faria criar memórias como essa.

Dali a meses, anos ou décadas, essas cartas me fariam revisitar não apenas Vóinha, mas todas as lembranças que permearam aquele último ano.

Meu beijo com Caio, meu envolvimento com Clarice, nossa rejeição no Festau, nossa vitória no Festau. Cada página dessa história que me trouxe até ali, do outro lado do globo, dividindo as últimas palavras de Nilcéia com um estranho.

Um estranho que, de maneira tão estranha, eu já amava.

Vicente me disse que o universo agia da própria maneira, e que coincidências não existiam. Todos esses textos e essas músicas e o carinho de Nilcéia haviam me levado até a praia de Muriwai, com ele, e com exatas duas cartas restantes.

Até o maior dos céticos conseguiria enxergar a matemática básica que nos cercava naquele momento.

— Vamos abrir juntos. Eu leio primeiro, depois você lê a sua.

Vicente assentiu, e abri a primeira carta.

A luz do fim de tarde mal era capaz de iluminar as últimas letras ali guardadas.

Li, em voz alta, enquanto as ondas me acompanhavam em seu próprio ritmo:

Igor,

Neste 29 de dezembro você está completando nove anos. Sei que agora essa informação parece óbvia, mas daqui a um tempo você vai adorar lembrar disso. E é por essa mesma razão que resolvi te escrever esta carta. Quem sabe, se você gostar, não faço todo ano? O aniversário é seu, meu lindo, mas o maior presente quem recebe sou eu. Vejo em você a criança mais alegre, sem-vergonha e corajosa do mundo inteiro. Ah, meu neto, como eu queria ter a sua idade outra vez. Correr pelas ruas e desbravar o mundo sem preocupações, sem dores nas costas e com muita disposição pela folia. Lembro com muito carinho da minha infância, das viagens para Itacuruçá, dos aniversários ao lado de minha mãe e meu pai. Se ainda me resta alguma energia hoje, é graças a você, que de alguma forma habita, aqui, dentro de mim. E quero que saiba que eu também habito em você, com todo o carinho do mundo. Sua Vóinha é mais feliz, todos os dias, por ser sua avó. Hoje, amanhã e sempre.

Te amo, te adoro e tudo mais,

Vóinha

Roteirista, não complica
Capricha o céu pra nós
Escreve um bom final pra nós

Caio Prado

32

FIM, DOR & MACHUCADO

As palavras de Vóinha, através da voz suave e do sotaque baiano de Vicente, ganhavam outras cores. Ele trazia um novo brilho à carta conforme passeava pelas letras e a transformava, mesmo pequena, em poesia:

> Meu lindo!
> Te amo, te adoro e tudo mais,
> Vóinha

Se existia uma maneira melhor de encerrar os meus encontros póstumos com Nilcéia, eu era incapaz de imaginar. As últimas cartas a serem abertas foram, coincidentemente, a primeira e a última a serem escritas.

Uma, recheada de palavras de carinho quando eu mal entendia o mundo, e a outra, no auge da sua idade, com três linhas provavelmente escritas com dificuldade, que sintetizavam um sentimento infinito. O universo não brincava *mesmo* em serviço. Vicente terminou a leitura e nossas cabeças se encostaram, lado a lado, enquanto observávamos a imensidão do oceano, sob a luz do luar que invadia o céu noturno. A brisa era leve e tudo o que eu sentia era a mais pura, absoluta e perfeita paz.

Eu sentia em meu entorno e dentro de mim a presença de Nilcéia.

Não sei se ela pegou um avião, se chegou nadando ou se simplesmente se teletransportou para o outro lado do mundo.

Mas ela estava ali.

Dançando, como sempre.

— Obrigado, Vóinha.

O caminho para Auckland foi bem quieto. Vicente e eu trocáva-mos algumas palavras, mas o sentimento de despedida e de finitude nos dominava.

— Como vai ser? — perguntei.

— O quê?

— A gente.

— Oxe, a gente dá um jeito. Os ensaios vão ocupar a maior parte do tempo, mas nada que não dê pra resolver.

— Eu tô falando de depois, Vi — continuei, pressionando os dedos sobre sua coxa esquerda. Apertava-o já com saudades desse universo que havíamos visitado nos últimos sete dias, do qual eu não estava dis-posto a sair.

— O que eu sinto num vai mudar, não. Aquilo que eu te disse, na praia? Não vai passar — ele falou. — A gente pode viver o agora antes de viver o futuro, que tal? Mas que ele vai ser bonito, ô se vai.

Assenti e recostei a cabeça no banco, observando as luzes passando em alta velocidade pela rodovia. Mais à frente, já era possível observar a Skytower iluminando o céu da grande metrópole neozelandesa, a luz roxa brilhando como um astro em meio às milhares de estrelas que en-feitavam a noite.

— De volta — Vicente disse quando chegamos no hostel de Auck-land, já caminhando depois de devolver o carro na locadora.

Eu havia passado uma semana inteira sem receber nenhum tipo de notícia do grupo de teatro; Nic, Miguel, Lua e Clarice estavam no mais absoluto silêncio.

Por isso, ao cruzar a porta da recepção, foi uma surpresa encontrar Luara completamente bêbada e de biquíni.

Seu rosto se iluminou quando me viu e, entre tropeços, enroscou o braço no meu.

— Tá rolando uma festinha na piscina! Vem comigo! — ela começou a me puxar, e olhei para trás, na direção de Vicente. Com esforço, consegui fazê-la parar.

— Calma. A gente chegou agora.

— Vem você também, menino! — minha amiga disse, os olhos fixos em Vi.

— A gente precisa deixar as malas primeiro, Lua, e aí a gente... — comecei, mas Vicente logo me cortou.

— Vai na frente, bonito. Eu subo com as coisas e te encontro lá.

— Tem certeza?

Ele assentiu, e seu sorriso me tranquilizou.

— Cinco minutos.

Lua voltou a me puxar em direção à piscina, seu rosto extremamente satisfeito com o que tinha acabado de ouvir.

— "Bonito", é?

Quando Lua falou sobre uma festinha, eu não estava esperando pelo caos instaurado que encontrei. Pelo menos trinta pessoas se aglomeravam na área externa do hostel, o vapor artificial da piscina decorando o ambiente em conjunto com diversas luzinhas de led penduradas.

Ela me puxou em meio à multidão até a beira d'água, onde Nic, Miguel e Clarice conversavam com copos na mão. Eles também pareciam bêbados.

— Olha quem encontrei perdido na recepção.

Sorri para os três quando fui avistado. Clarice me estudava com mais afinco do que os demais.

— Como foi a viagem, amigo? — Foi Nic quem me salvou da expressão enigmática da minha ex-ficante. Sorri para ele, mesmo que nervoso.

— Muito boa. Tem uns lugares lindos por aí, inclusive! Vocês podiam ter ido com a gente.

Clarice soltou uma breve risada, e senti algo palpitar dentro de mim. Eu não estava cem por cento livre do sentimento de culpa, pressão e dívida que eu parecia ter com ela. E *doía*.

— Deus me livre, imagina? Nós, presos em meio à tensão sexual entre vocês dois — Lua disse.

Meu corpo inteiro tremeu e senti as bochechas arderem, todos os olhares voltados para mim. O que mais me deixava nervoso não era o fato de — ao que parecia — todos saberem sobre a minha bissexualidade, mas sim comentarem abertamente sobre mim e Vicente na frente da minha recém-ex-quase-namorada.

Mais uma vez, culpa.

Culpa por quê?, eu também pensava.

— Vou subir, gente — Clarice disse por fim, levantando-se para sair da água. Antes que eu pudesse me mover, Nic a segurou pelo pulso.

— Puta que pariu, não. Vocês dois parem com isso. — Nunca em toda a minha vida eu tinha visto Nic tão estressado. — Eu, Lua e Miguel vamos dar uma volta. Vocês, pelo amor de Deus, conversem.

— Nic, eu não vou... — Clarice começou.

— Foda-se. Vocês vão conversar. — Ele saiu da piscina meio puto, levando Miguel. Lua os acompanhou e ficamos só eu e Clarice ali, em meio à multidão, o silêncio entre nós quase se estendendo pela eternidade. Subi o olhar por um breve momento, como se um ímã estivesse me atraindo, e encontrei Vicente na janela, sorrindo para mim. Estava com o celular no ouvido, provavelmente conversando com a mãe ou Cecília. Ele ergueu a mão, como se dissesse "já vou", e meu coração acelerou outra vez.

— Como você consegue? — Clarice enfim se dirigiu a mim, o tom sério. Voltei a olhar para ela, que não parecia ter notado Vicente alguns metros acima de nós.

— Consigo o quê? — Mas eu sabia exatamente do que ela estava falando.

— Se apaixonar tão rápido. Se abrir com tanta facilidade.

Balancei a cabeça.

— Não é assim. Eu não...

— Igor. — Clarice suspirou. — Eu não sou criança. Dá pra ver na maneira que o seu olho brilha. E foda-se, a gente nunca nem namorou, você tá no seu direito.

Um pouco de ar retornou aos meus pulmões.

— Mas não vou mentir. Dói. Ainda dói pra caralho em mim, e dói ainda mais ver que, pra você, pelo visto, não machuca nem um pouquinho. Eu signifiquei alguma coisa pra você?

— É *óbvio*. Clarice, pelo amor de Deus.

— É óbvio *mesmo*?

Não. Não era óbvio.

Porque, durante toda a minha vida, eu tinha escondido.

Escondido tudo o que me machucava por trás dos panos. Preferia guardar todas as dores, decepções, frustrações e arrependimentos no fundo do teatro, sem jamais espiar o que estava ali.

Doía, sim, me lembrar de Clarice. Do nosso primeiro beijo na mureta da Urca. Dos nossos corpos entrelaçados na piscina, a lua caindo sobre nós.

Ardia pensar no seu rosto emocionado quando a vi ganhar o maior prêmio de sua carreira até então.

Rasgava a minha pele pensar no seu beijo, sentir seus abraços, ouvir sua gargalhada.

Doía pensar no futuro que imaginei com ela, e doía pensar que ele jamais existiria.

Clarice jamais seria uma ferida.

Para mim, Clarice era cicatriz. A mais bonita e mais difícil que eu já tive que abrir.

Me sentei na borda da piscina, molhando de leve os shorts. Não olhei para ela, porque isso tornava as coisas mais fáceis.

— Dói pra caralho, Clarice. Durante toda a minha vida eu criei esse mecanismo de defesa, como se eu pudesse simplesmente esconder tudo o que me machuca nas coxias de um teatro. E eu deixo lá, guardado, e não visito outra vez. Porque sempre que eu tento...

Suspirei. Clarice saiu da piscina e se sentou ao meu lado.

— Doer faz bem, de um jeito ou de outro — ela disse. — Sabe quando a gente se machuca, passa remédio e falam que "se tá ardendo, é porque tá curando"? — Então sorriu de leve. — A dor ajuda a curar.

Assenti, mas não abri a boca outra vez. Ela estava certa.

— Puta merda, eu tô dando colo pro meu ex-quase-namorado que tá apaixonado por outro. Quando você me fazia acreditar que viríamos pra Nova Zelândia, eu *definitivamente* não imaginaria essa cena.

Não consegui conter a risada, e o ar ficou mais leve quando também a ouvi gargalhar. Olhei para Clarice e, no momento em que ela me olhou de volta, eu deveria ter percebido.

Deveria, naquele instante, tê-la puxado para um abraço ou começado algum outro assunto.

Deveria ter feito qualquer coisa para evitar que, no auge do álcool, Clarice envolvesse o meu pescoço com os braços e me beijasse.

E *doeu*.

Doeu sentir os lábios daquela garota que por tanto tempo eu amei, antes mesmo de entender que era amor, e não sentir a mesma coisa.

Doeu ver o seu olhar quando ela se afastou e notou, depois de longos segundos sem ser correspondida, que aquele era o fim.

Não tinha volta. Não tínhamos volta.

Mas nada, absolutamente *nada* doeu mais do que me virar e dar de cara com Nic, nervoso, olhando para mim e, em seguida, para a janela acima de nós, agora vazia. Entendi sua expressão antes mesmo que ele movesse os lábios, que li sem muita dificuldade mesmo em meio ao caos sonoro, porque seu nome era tudo no que eu pensava.

— Vicente — Nic murmurou. E eu corri.

Quando abri a porta do quarto, quase a arrancando no desespero, não havia nem sinal de Vicente. A cama em que ele tinha dormido nos primeiros dias, em cima da minha, estava vazia, mas as malas dele estavam no chão. Recebi uma dose de adrenalina e me virei, voltando a correr pelo hostel.

Vicente não estava no terraço,
nem nos corredores,
nem na recepção,
nem no bar ao lado da hospedagem,
nem ao redor da piscina.

Já estava exausto de tanto rodar quando, finalmente, dei de cara com Nic. Seus braços me envolveram de leve antes que eu dissesse qualquer coisa.

— Não sei onde ele tá — admiti.

Nic assentiu, sério. Seus cabelos, ainda molhados, caíam de leve por cima dos olhos.

— Quando ele quiser, ele aparece. Dá um tempinho.

— Ele... — Suspirei, meu peito subindo e descendo conforme eu levava o ar para os pulmões. — Ele viu?

Os lábios de Nic ficaram tensos, e sua cabeça se curvou levemente para o lado quando, mais uma vez, ele fez que sim.

Meu chão se desfez e me senti caindo em um limbo sem fim. Não entendia por que Vicente tinha desaparecido.

Entendia, sim, o motivo da sua confusão. Entendia seu desespero, seu possível medo e até sua decepção.

Mas ir embora dessa forma, sem nem sequer me ouvir?

Quando subi ao quarto e me joguei na cama, revisitei o teatro de sempre. As cortinas ainda estavam ali, opacas como sempre foram; mas o vento que atravessava suas aberturas era mais forte do que de costume.

Ele trazia consigo todas as dores das quais eu fugira por anos. Uma a uma, todas enroscadas entre si. Meu peito afundou, minha respiração acelerou, e lágrimas inundaram o meu rosto.

Deixei doer por Vóinha e por Clarice.

Deixei dilacerar por Vicente.

Sangrei pelo nosso beijo nas cavernas luminosas,
pelos seus dedos pressionando a minha pele.

Sangrei pelos seus sorrisos, pelo eco das suas gargalhadas e por seus olhos brilhando todas as vezes que me encontravam.

Sangrei pelo amor que senti, tão avassalador
e sangrei por continuar sentindo.
Minhas cicatrizes, abertas, sangravam, sangravam
e sangravam.

O colar de *pounamu* pesava em meu peito, provavelmente tentando acalmar, de alguma maneira, todas aquelas energias que me dominavam. Ele clamava por Vicente, assim como eu.

Senti cada uma das cicatrizes, e as senti tão intensamente, vívidas, como se estivessem recém-abertas. Meu peito subia e descia em uma velocidade bestial, mais rápido do que minha cabeça era capaz de processar.

Meu ar, aos poucos, se tornou escasso.
Meu esforço para inspirar era enorme, absoluto,
e o resultado era quase nulo.
Não dava para respirar,
o ar não era suficiente.
eu
preciso
de ar
Uma mão tocou meu peito.
Percebi o momento em que alguém se juntou a mim, na cama,
sua voz tão perto,
mas tão distante.
— *Ei* — eu ouvia. — *Respira. Respira.*
respira, igor
Pouco a pouco, ao longo do que pareceram séculos, senti meus pulmões inflarem outra vez.
Meus olhos ainda eram cascatas,
minhas cicatrizes, oceanos.
Mas meu coração retomou seu ritmo, os batimentos acompanhando, com calma,
aquele que batia ao meu lado.
é curioso o poder que ele tem sobre mim

Não o vi em momento algum, porque em momento algum fui capaz de abrir os olhos.

Mas naquela noite, sentindo o calor de Vicente me envolvendo de novo, só consegui lembrar da música na última carta de Vóinha.

Escreve um bom final pra nós.

33

SUMIÇO, EXPECTATIVAS & ARO-SQUAD

Acordei sozinho. Sentia o rosto inchado por conta do choro e, quando olhei para o lado, as malas de Vicente não estavam mais lá. Espiei também o colchão de cima, vazio, o que fez meu coração arder outra vez.

Parte de mim se questionava se a presença dele ali, durante a noite, tinha sido um sonho.

Olhei para os lados em busca de qualquer sinal do baiano; não havia nem sequer uma carta, um bilhete. Somente a lembrança de sua presença ocupando a maior parte do espaço.

O beliche de Nic e Miguel, ao fundo, parecia remexido — provavelmente estavam de pé desde cedo —, e reparei também em outras camas, antes vazias, agora ocupadas com diversas malas. Novos hóspedes.

Me levantei com um esforço fenomenal e respirei cinco vezes, de olhos fechados.

De volta aos ensaios.

A semana passou como um enorme borrão. Vicente desapareceu completamente, e eu só não entrei em absoluto desespero porque sabia, pelas atualizações no grupo do Festau, que ele estava cumprindo seu cronograma. Quis encontrá-lo, esperar na porta do teatro e obrigá-lo a me ouvir. Pensei em mandar mensagens.

Mas eu sabia que Nic estava certo: *quando Vicente quiser, ele aparece.*

E porque, de maneira inconsciente, eu estava chateado. Não sei se tinha esse direito, afinal, ele me vira beijando outra pessoa. Mas me machucava a ideia de que Vicente pudesse simplesmente desaparecer depois da melhor semana da minha vida. Sem dar a chance de eu me explicar.

Por quê?, era o que eu me perguntava.

Os ensaios para a apresentação final tinham sido menos caóticos do que eu imaginava. Contracenar com Clarice era difícil, mas assim que subíamos no palco abríamos espaço para Paulo e Jandira. Clarice era uma atriz absurdamente profissional e talentosa, e eu *jamais* faria qualquer coisa que prejudicasse a peça.

Entendia a importância daquilo para ela, e sabia quão difícil devia ser contracenar a história de amor dos seus pais comigo, que havia partido seu coração.

Fora do teatro, mantivemos o mínimo de contato possível e ela nunca mais tocou no assunto do beijo.

Susana chegou em Auckland alguns dias depois, sua alegria por estar na Oceania nos dando ainda mais gás.

Eu, Nic e Miguel aproveitávamos o tempo livre para passear por pontos turísticos da cidade, o que era ótimo. O único lado não tão *ótimo* assim era que...

Bom. Eu era a *vela*.

Sentia como se, de alguma forma, estivesse atrapalhando os dois. E foi por isso que, na primeira oportunidade a sós que tive com Nic, em um banco do Victoria's Park, resolvi abordar o assunto.

— Posso te fazer uma pergunta?

— Já tá fazendo.

— Tá. Posso fazer outra?

Ele me olhou, segurando um pequeno pote de sorvete com o qual se deliciava.

— Já fez de novo, Igor. Só fala, garoto.

Assenti e ri de leve, recostando no banco. A praça estava lotada de diversos turistas, moradores, atletas, crianças, cachorros e até um porco na coleira. O canto dos pássaros preenchia o ambiente.

— Você e Miguel tão... juntos? — larguei, assim, sem nem preparar o terreno.

Ele deu mais uma colherada antes de responder, os olhos fixos no horizonte, e não em mim.

— Sim, viemos juntos pra Auckland. Estávamos juntos essas últimas semanas em alguns passeios e estávamos juntos agora há pouco também. Mas se você tá perguntando se somos um *casal*... Por que duas pessoas precisam *sempre* ser um casal?

Olhei para ele, curioso.

— Não sei — admiti.

— Sabe, eu passei a vida inteira fugindo de romance. Não por aversão, trauma, ou medo. Eu só... nunca fiz questão de viver essas histórias estampadas nos filmes, seriados, livros. Nunca passou nem perto de ser uma prioridade pra mim, entende? Mas as pessoas *nunca* fizeram questão de achar isso normal. Pro *resto do planeta*, o amor romântico é o grande objetivo. É como se fosse algo obrigatório na vida de todo mundo. Você nasce, cresce, estuda, trabalha, encontra alguém, vive um romance, tem filhos, morre. Eu nunca pensei assim.

— E como você pensava?

— Eu *não* pensava, esse é o ponto. Eu só vivia a minha vida. Igual a você, igual a qualquer outra pessoa. Tenho amigos, hobbies, desejos. — Nic riu. Sua gargalhada era alegre e leve, e o fez babar um pouco do sorvete. — É engraçado falar sobre isso porque parece que eu sou uma matéria do *Globo Repórter*. "Arromânticos: onde vivem? Do que se alimentam?" Mas é isso. Eu só não pensava no amor romântico, em querer fazer parte de um casal.

Nunca havia tido uma conversa mais profunda com Nic. Aquela era a primeira vez que eu o ouvia falar sobre esse assunto. Eu sabia, claro, o que a letra A da sigla LGBTQIAP+ significava. Só nunca tinha dado a devida atenção para o assunto, até agora.

— Mas, pra responder a sua pergunta sem nenhum tipo de enigma — ele continuou —, o Guel é uma pessoa especial pra mim. Não sei se eu chamaria o que temos de *amor romântico*, mas ele é a pessoa com quem quero estar na maior parte do tempo. Ele me entende de uma maneira que nenhuma outra pessoa jamais me entendeu, e eu me sinto muito bem sempre que estamos juntos. Miguel é minha primeira opção. Meu número um. É basicamente isso. Não é um romance de livro como o seu com o Vicente.

Senti o coração pesar ao ouvir o nome, mas sorri. Lembrei de quando Nic sugeriu nossa viagem, entendendo as entrelinhas desde o início.

— Como você sabia? Lá atrás, quando falou pra gente viajar. Eu nunca... nunca comentei sobre ser bi com você.

— Uma *porta* teria percebido a forma como vocês se olhavam, Igor. Não precisei rotular o que você sentia, eu só... enxerguei.

Observei seu perfil, porque Nic continuava encarando os transeuntes da praça. Seu nariz levemente arrebitado segurava os óculos quadrados na ponta, que pareciam já estar frouxos de tanto tempo de uso.

Engoli em seco.

— Você... acha escroto? Eu ter me envolvido com ele tão pouco tempo depois da Clarice?

Enfim, seus olhos me encontraram. Sua expressão parecia dizer "por favor, né?".

— Eu não tenho que achar nada. Isso eu deixo pra você. Se você pudesse, mudaria o que aconteceu? Foi uma viagem feliz? Valeu a pena?

não, eu não mudaria
foi a viagem mais feliz da minha vida
valeu muito, muito a pena
eu faria tudo de novo

Queria eu que as coisas fossem tão simples.

— Ainda assim... — Suspirei. — Você viu o que aconteceu quando eu voltei. O beijo. Foi estranho, porque não senti nada. Mas eu sei que ela sentiu. E, sei lá, fico mal por continuar machucando Clarice, mesmo depois do fim.

Nic balançou a cabeça em negativa.

— Você não controla o seu coração, porra. E eu acho curioso que você se sente mal por machucar a Clarice, mas estaria tudo bem se continuasse se machucando? Deixando de viver algo que te fez *verdadeiramente* feliz? Você tem seu processo, cara, e ela tem o dela. Não dá pra vocês se intrometerem um no do outro, porque é extremamente pessoal. Nada que você fizer ou disser vai fazer com que ela se cure. Esse remédio é interno. Você amou o Vicente — ele disse, apontando o meu colar de *pounamu.* — Ponto-final.

Ergui o olhar para o céu, oculto pelas copas de diversas árvores que se aglomeravam ali no entorno da praça. Meus ouvidos foram tomados pelo som ambiente de crianças gargalhando, carros buzinando ao longe.

— Esses últimos dias... meses, na verdade, me fizeram pensar muito sobre várias coisas. E isso vai soar *bem* aleatório, mas você é uma pessoa que eu quero ter na minha vida.

Nic se levantou do banco sem dizer uma palavra e caminhou até uma lata de lixo a alguns metros de distância, na qual jogou o pote vazio de sorvete. Ele retornou e, enquanto voltava, eu dei risada. Quando se sentou ao meu lado outra vez, ergueu os braços para se espreguiçar e sorriu.

— É recíproco, Igor. E *aliás* — ele acrescentou —, você é uma das poucas pessoas com quem me senti confortável pra falar sobre meus sentimentos. E a equipe é formada pelos meus pais, pelo Miguel e pelo meu melhor amigo Eros. Isso te torna um membro oficial do meu *aro-squad.*

34

EDIFÍCIO, TEVERE & PONTE

O dia era dezenove de fevereiro, nosso penúltimo em Auckland e, consequentemente, o dia da apresentação. Era possível ouvir as pessoas inundando o teatro, suas vozes preenchendo a enorme câmara do Waterfront. Os ingressos haviam esgotado dois dias antes, e eu, Nic e Miguel comemoramos em uma noite de festa no quarto do hostel.

Estávamos todos juntos ali, de mãos dadas atrás das cortinas, em um círculo. Susana, Lua, Clarice, Miguel, Nic e eu. Nossos olhos estavam fechados e Susana conduzia um leve aquecimento para que relaxássemos antes da grande apresentação.

Obviamente, estávamos muito mais tensos do que da última vez. Não só por conta de toda a situação que envolvia os dois protagonistas do espetáculo, eu e Clarice, mas pelo fato de estarmos, pela primeira vez, nos apresentando em outro país. A plateia, segundo Antônio, era formada em sua maioria por brasileiros que viviam em Auckland e redondezas, mas também contava com alguns neozelandeses, que poderiam acompanhar uma legenda digital em tempo real no telão ao lado do palco.

Dessa vez, foi Lua quem puxou a oração do teatro, a qual repetimos a plenos pulmões. Pressionei os dedos em torno da mão de Nic, que devolveu o gesto, e finalizamos o momento com gritos e batidas no palco. Nas raras vezes em que meus olhos encontraram os de Clarice, só pude enxergar tensão.

Seu nervosismo para que o espetáculo desse certo era maior do que qualquer sentimento que ela nutria por mim naquele momento, e eu daria ainda mais do meu sangue para que tudo saísse conforme os planos.

A primeira campainha soou, depois a segunda, e por fim a terceira. As cortinas se abriram com a mesma cena de meses atrás, apenas eu e Nic de fora. Quando nossa deixa foi dada, subimos ao palco e preenchemos o espaço com a nossa presença. Era o início do fim.

Uma hora e dez minutos depois, nos unimos na boca de cena e recebemos os aplausos calorosos do público. O espetáculo, mais uma vez, tinha sido um sucesso. A plateia se misturava em cores, idades e gêneros, e era incrível ver o quanto a arte podia chegar longe, atingindo pessoas distintas. Aquela *definitivamente* não seria a minha última vez nos palcos.

Disso eu tinha certeza.

Busquei, pelos segundos que pude antes de as cortinas se fecharem de novo, Vicente na plateia. Meus olhos se espremeram contra a luz na tentativa de ver qualquer sinal que confirmasse sua presença, mas não o encontrei.

Susana vibrou conosco mais uma vez antes de seguirmos em direção à plateia. Eu, Nic e Miguel ocupamos os nossos lugares reservados, e Clarice e Lua desapareceram pela porta que dava para o hall. Antes que eu pudesse comentar qualquer coisa com Nic, a primeira campainha soou.

Meu coração acelerou no mesmo instante.

Eu não encontrava Vicente havia dias, e sequer poderia dizer com certeza que ele estaria ali para se apresentar. Até onde eu sabia, tudo estava certo, mas depois de uma semana inteira sem qualquer notícia, não pude deixar de ficar nervoso. As três campainhas serviam não apenas para anunciar o início do espetáculo, mas também para me dizer que ele estava se aproximando.

por favor, por favor, por favor

Ao segundo sinal sonoro, meu braço começou a tremer. Meus olhos se inundaram de lágrimas, que haviam se escondido por muitos dias mas, finalmente, buscavam liberdade.

Eu não chorava por estar prestes a rever Vicente,

eu chorava por tê-lo perdido

na mesma velocidade
com a qual o encontrei.

Eu sentia o colar pulsar junto com meu coração, que quase atravessava o peito tamanha a voracidade com a qual batia.

Cada segundo parecia uma década,
um século,
um milênio.
Era como se eu fosse a Terra,
as cortinas, a Lua
e Vicente, *ah*, Vicente era o Sol,
e toda a minha existência ardia,
implorava pelo fim daquele eclipse.

No terceiro toque, as luzes se apagaram e meu rosto, no escuro, enfim se tornou cascata.

Sob um único canhão de luz, Vicente subiu ao palco.

Vestia um terno inteiramente rosa; calça, gravata e blazer. A camisa social por baixo era branca, assim como seus sapatos. Meu peito *se rasgou* quando vi, em seu pescoço, o colar de *pounamu* que compramos juntos. Enrosquei o meu próprio entre os dedos enquanto o observava ajeitar o violino, com cuidado, sobre o pescoço.

Meu, foi o que minha cabeça gritou.

ele ainda é meu, meu, meu

Um suporte transparente apoiava o instrumento em sua clavícula. Com um pouco mais de foco, percebi que Vicente não o segurava com o pescoço, como em geral fazia. O violino estava acoplado, de alguma forma, a esse equipamento.

Se antes precisava pressioná-lo com o rosto para firmá-lo, sua cabeça agora estava livre, seus cabelos ondulados caindo majestosamente por cima dos ombros. Havia um microfone no palco, pouco mais à frente, mas Vicente nem se aproximou. Apenas subiu o arco e começou, enfim, a desenhar seu espetáculo.

As notas surgiam de seus dedos como as águas de um riacho, com destino definido mas um caminho repleto das mais diversas curvas, encontros e cascatas.

Entendi para que servia aquele suporte quando o vi *dançar*. Seu corpo bailava pelo palco e a luz o seguia, como se não pudesse perder nem um segundo do show que ele apresentava.

Vicente se movia com uma fluidez absoluta. A música era "Mystery of Love", e embora fosse uma apresentação instrumental, o significado da canção não se perdia ali. Meu estômago, depois de dias em silêncio, se agitava com os pássaros que sempre me visitavam quando estávamos juntos. Ali, naquele momento, eles percorriam meu corpo inteiro. Sentia-os pelos braços, pelas pernas e mãos. Suas asas roçavam cada um dos pontos que Vicente havia visitado não muito tempo antes.

Eu sabia que ele tocava sobre o amor e os mistérios que o rodeavam. Seus braços, ágeis, aqueciam o palco como se estivéssemos nos banhando em um lago térmico. Seus olhos, ainda que distantes, apresentavam o brilho que eu só havia encontrado uma única vez, quando nossos corpos se tornaram um só na caverna luminosa de Waitomo.

Vê-lo performar reforçava tudo aquilo que eu já sabia: que o centro do universo estava em Vicente. Arrisquei um olhar para a plateia, e as cabeças ao redor em todo o teatro acompanhavam cada um de seus movimentos.

A música foi ralentando, sem nunca perder a precisão. Quando o teatro estava prestes a cair em silêncio, Vicente emendou a nota da canção seguinte e continuou, seu corpo colorindo o palco inteiro enquanto seus dedos faziam preencher os nossos ouvidos.

e a minha alma.

Quarenta minutos depois, Vicente tinha performado um total de sete músicas.

sim, eu contei

não, eu não queria que acabasse

Foi no desfecho da sétima canção que ele enfim se aproximou do microfone, sob os primeiros aplausos do teatro. A grande maioria, entretanto, não arriscou aclamá-lo. Não ainda.

Assim como eu, queriam mais. Estavam *sedentos* por mais.

— Boa noite — Vicente disse. — *Good evening* — repetiu em inglês. Seu sotaque e sua voz, que eu não ouvia havia tempo demais, invadiram meus ouvidos saudosos e ali permaneceram, intocados, em um santuário próprio. — Primeiramente, gostaria de agradecer a todo mundo que veio nos prestigiar hoje. Não só a mim, como a todo o pessoal da peça. Quando peguei esse violino pela primeira vez... — ele apontou para o instrumento que ainda se prendia ao seu corpo — ... jamais imaginei que um dia estaria tocando do outro lado do mundo. Em um teatro lotado como esse. A música é minha vida. Eu *sou* música.

Vicente fez, então, uma pausa.

Uma pausa que não durou mais do que três segundos, mas que, para a minha cabeça e o turbilhão que a invadia, pareceram eras.

— Mas *música*, sem *arte*, não é nada.

Minha respiração se tornou ofegante, porque tudo dentro de mim entrou em alerta. Todas as células do meu corpo vibraram, meus pelos se eriçando enquanto meus neurônios se esforçavam para fazer a próxima sinapse.

Música sem arte não é nada, Vicente disse.

Estava falando de mim.

De *nós*.

— E é por isso que, durante essa última semana, resolvi mudar o meu repertório. Deu trabalho, viu? — falou, rindo, e a plateia o acompanhou. — Mas valeu a pena. Porque nada no universo acontece sem um motivo, sem uma razão. Minha próxima e última performance é uma junção de duas músicas que, em termos sonoros, não têm *nada a ver*. Uma é pop americano, a outra é popular brasileira. Mas as duas foram unidas pelo mais puro sentimento de *amor*. E pela *arte*. Senhoras, senhores *and everyone in between*... essa é a minha versão de "Honeymoon Avenue" e "Pra você guardei o amor".

Eu quis gritar.

Sair correndo da poltrona, invadir o palco,

e agarrar, beijar, arranhar.

Quis sentir seu corpo junto ao meu,
suas mãos revisitando a minha pele.
Em vez disso, eu só chorei,
mais,
e mais.

Olhei para Nic, que me encarou de volta. Mesmo sem entender o que estava acontecendo, ele sabia que era importante para mim. Sua mão segurou a minha, e assisti a Vicente, no palco, brilhar mais uma vez.

Começou com o violino convidativo de "Honeymoon Avenue" e foi, aos poucos, caminhando para a parte mais pop da música. Vicente não se perdeu em momento nenhum, ainda que dançando, vez ou outra tirando um pé do chão e girando o corpo em uma perfeição absurda. A música se acalmou pouco a pouco, logo depois do refrão, e foi aí que Vicente uniu as canções. Uma pequena e rápida nota foi o suficiente para que ele mergulhasse em uma transição de tirar o fôlego.

Quando menos esperávamos, já estava em "Pra você guardei o amor", de Nando Reis. Suas mãos, antes ágeis e nervosas, agora passeavam lentamente pelas cordas do violino. Seu corpo, que até então balançava em uma coreografia ritmada, ficou parado.

A única movimentação no palco, além do arco atravessando as cordas do instrumento, era o de suas pernas se aproximando do microfone.

E, nesse momento, Vicente quebrou absolutamente *todas* as expectativas.

Seus lábios se moveram, tranquilos, e ele *cantou.*
Suave, tímido, assertivo.
Cantou para mim,
para ele,
para as quinhentas pessoas que dividiam aquele espaço conosco.
E cantou como um *anjo.*

Para cada verso que saía de seus lábios, uma lágrima escorria por meu rosto. Sussurrando, baixinho, eu entoava a canção com ele, em um dueto que eu não fazia ideia de que precisava tanto.

Fechei os olhos, encharcados, e revisitei nossos momentos.

Fui para Hobbiton, um vilarejo de pura fantasia.

Para as cavernas de Waitomo, onde, pela primeira vez, meu corpo reverberou o mais puro amor.

Para o lago térmico, onde peixes *definitivamente* não sobreviveriam.

E para as nossas trilhas, nossos bares, nossos beijos e sorrisos.

Vicente me deu, em uma semana, o que eu não tinha encontrado em uma vida inteira: *liberdade.*

— *Vou nascer de novo/ Lápis, edifício, Tevere, ponte/ Desenhar no seu quadril/ Meus lábios beijam signos feito sinos/ Trilho a infância, terço o berço/ Do seu lar.*

Parte da plateia já estava de pé. Pouco a pouco, todos foram levantando das cadeiras. Uns arriscavam passos de dança com seus amados, outros simplesmente se erguiam para acompanhar, com mais atenção, o final do espetáculo.

Cabeças mais tímidas balançavam devagar.

Cada um do seu jeito, todos dançavam para Vicente.

Até que, em uma última longa nota, ele encerrou a canção. O som que seguiu foi estrondoso. O teatro parecia vibrar como um vulcão prestes a explodir.

Vicente finalmente desacoplou o suporte com o violino do corpo e se aproximou ainda mais da beirada do palco, onde reverenciou a plateia. Eu aplaudi, assobiei e gritei seu nome. Instantes antes de ele se perder por trás das cortinas, nossos olhares se encontraram.

Vicente sorriu, com olhos marejados, e meu coração desmoronou.

35
FOGO, GELO & ATÉ LOGO

— Vai! — ouvi Nic gritar.

Antes que eu pudesse mudar de ideia, invadi o palco e atravessei as cortinas. Quando cruzei os panos, no mais completo desespero, não foi Vicente quem encontrei.

Foi Antônio.

— Igor! — ele disse.

Sorri por educação, mas eu mal conseguia raciocinar. Minha mente era um borrão e a única coisa que eu conseguia ver, flutuando na minha cabeça, era Vicente.

— Oi! Você viu ele? O Vicente? — Olhei com pressa por cima dos seus ombros. Meu coração estava acelerado, a ansiedade me atacando.

— Sim, ele foi para o camarim. Igor, esse aqui é meu marido, Bernardo, e essa é nossa filha. — Só então voltei para o mundo real. No desespero, não havia percebido a presença de outro homem, mais alto e magro que Antônio, de cabelos castanhos e barba feita. Seu rosto era assustadoramente parecido com o de Alfredo, seu pai.

A criança, que estava de pé entre os dois, tinha traços de ambos. O sorriso contava com poucos dentes, e os olhos azuis contrastavam com os cabelos castanhos presos em maria-chiquinhas.

— Fala oi, Thea! — Bernardo encorajou, mas tudo o que ela fez foi acenar a mãozinha.

Sorri, completamente apaixonado. Os três, juntos, formavam uma das famílias mais lindas que eu já tinha conhecido. Antônio e Bernardo pareciam ter sido feitos um para o outro.

E pensar nisso me trouxe de volta à minha busca.

— É um prazer, Thea. Você é muito linda. E é um prazer também, Bernardo. Vou adorar conversar com vocês, mas agora preciso correr — falei, e saí à procura de Vicente, sem dar nenhuma satisfação.

espero que eles não me odeiem

Passei por corredores estreitos, bati em cômodos vazios e entrei em cada camarim atrás do músico. Não havia nem sinal dele por ali. Perguntei para funcionários do teatro, descrevi Vicente e obtive a mesma resposta todas as vezes: ninguém o tinha visto. Prestes a desistir e aceitar que ele não queria mesmo me encontrar, virei uma última curva e me vi em um corredor extenso com uma porta enorme no final. Em cima, uma placa verde destacava EXIT; na frente, reconheci o garoto que se aproximava dela, agora sem o blazer. Ele girou a maçaneta e o vento inundou o ambiente, seus cabelos balançando no ar. Quando Vicente estava prestes a desaparecer para o outro lado, minha cabeça me levou de volta para aquele primeiro encontro, em uma tarde carioca, dentro do ônibus que atravessava a ponte.

Lembrei de vê-lo desaparecer em meio à multidão da rodoviária.

Nesse dia, eu o perdi em um piscar de olhos porque fui fraco demais para fazer alguma coisa.

Dessa vez, *eu corri.*

Corri pelos beijos, pelos toques, pelas vidas que sequer lembramos.

Corri pelas risadas, pela sua música e pela *nossa* arte.

Corri por tudo o que havíamos vivido em tão pouco tempo e por tudo que eu

queria,

implorava e

desejava

que vivêssemos por *muito mais.*

Corri por Vicente e corri por mim,

por *nós.*

Quando a porta estava prestes a fechar outra vez, agarrei-a pela beirada e atravessei para o outro lado, deparando com uma rua tranquila.

Vicente estava a poucos metros de distância, caminhando por entre árvores até a bacia portuária de Auckland. Fui atrás dele.

— *Vicente!* — A palavra saiu em um grito quase entalado.

Ele parou e se virou, calmo, o olhar suave se unindo a um pequeno sorriso malicioso que tentava esconder. Vi o momento exato em que seu corpo falhou e quase se jogou contra o meu.

vicente ainda me deseja

na mesma intensidade que eu o quero para mim

— Oi.

— Me desculpa — foi o que eu disse. Não sabia pelo que, exatamente, estava pedindo perdão. As palavras só saíram flutuando para fora de mim.

— Pelo quê?

— Por tudo. Por não ter te contado sobre a Clarice, por você ter visto um momento de fragilidade dela e interpretado tudo errado. Me desculpa por não conseguir lidar com a sua ausência, mesmo te conhecendo há menos de duas semanas.

— Bonito, você não precisa pedir desculpas. Eu... fiquei chateado, não vou mentir. Você me fez revisitar memórias que eu não acessava fazia muitos anos, porque eu me sentia confortável com você. Eu só queria que você pudesse ter se sentido confortável comigo, também.

— *O quê?* Vicente, não. Eu nunca me senti tão confortável como me sinto com você. Clarice e eu... É uma longa história, mas nós não temos mais nada. Ela tinha bebido, e aí... Vicente, eu amei ela por três anos. Mas quando Clarice me beijou, eu não senti *nada*. Porque, *porra*, eu só queria você. Mais ninguém. *Ninguém.*

Ele assentiu, seu maxilar um pouco tenso.

— Eu me senti, outra vez, naquela escolinha de Petrópolis. Invadindo uma história que não era minha. Por isso eu só... sumi.

— E *por que* você sumiu? — Não escondi a raiva que eu sentia por ele ter desaparecido. Por ter me virado as costas sem nem mesmo me ouvir. Por ter me deixado no vazio. E doía *muito*, porque era difícil sentir qualquer coisa por Vicente que não fosse amor.

— Porque doeu pra *peste*, Igor. Voltar de um sonho e dar de cara com um pesadelo. Ver você beijando outra pessoa reabriu um corte. — Vicente se aproximou, a passos acelerados, e pressionou o indicador contra o meu peito. Quis afundar ali, sentindo aquela corrente elétrica outra vez depois de dias de apagão. — *Bem aqui*. Eu sumi porque tive medo da sua resposta. Tive medo de te perder, depois de mal ter te encontrado, e fugi. É meu mecanismo de defesa. Fugir. Às vezes a realidade é assustadora demais pra mim.

Deixei as palavras pairarem no ar. O vento ainda soprava, as ondas do cabelo de Vicente tocando meu rosto de leve. Eu quase conseguia sentir sua respiração, de tão perto que ele estava.

— Eu não queria te encontrar porque, na minha cabeça, você ia me largar. Ia me falar que "eu era muito, *muito*" e que você precisava *respirar*. Porque é isso que eu sou: um excesso. E ninguém me aguenta por muito tempo. Você nem mandou mensagens, entende?

Fui mergulhado em um banho de água fria. Um misto de arrependimento, culpa, rancor e até raiva.

— *Você* não me mandou mensagem. Não tentou falar comigo — rebati.

— Acho que nós dois poderíamos ter feito diferente.

Assenti.

— Mas você veio me ver. À noite.

Lembrei do corpo dele emaranhado no meu na cama do beliche, quando seu toque foi o suficiente para acalmar meus batimentos.

— E te deixar foi a decisão mais difícil da minha vida, bonito. Você num faz ideia. — Vicente se afastou alguns passos, jogando a cabeça para trás. Lágrimas desciam, como poesia, por suas bochechas escuras.

Seu corpo mais uma vez clamou pelo meu, e não contive os passos que me levaram até ele. Próximo o suficiente para tocá-lo, mas sem o fazer.

— Vi, você tem o coração mais lindo que eu já encontrei. Nunca, em toda a minha vida, eu te pediria espaço para respirar. Aquele dia, quando você deitou comigo, eu estava em *pânico*. Em cinco minutos, Vicente, você me *devolveu* o ar. Não o contrário. Nunca o contrário.

Um sorriso suave se desenhou em seu rosto, e os pássaros cantaram pelas minhas entranhas. Senti o calor retornando ao meu corpo, mas ainda não por completo.

— Eu acredito. Juro que acredito.

Ele suspirou, o olhar vacilando. Dei dois passos para trás.

— Mas?

— *Mas*... não é só isso, bonito.

— Vicente — minha voz era de súplica.

— Você me disse, com todas as letras, que queria entender a sua liberdade. Queria descobrir quem você é, de fato. Cada segundo longe de você pareceu uma eternidade, Igor, e tudo que eu mais quero é poder te acompanhar nessa jornada, acredite em mim. Você me fez sentir o que eu não sentia há anos. Há *vidas*. Mas uma semana longe de ti me fez perceber que eu não *posso*. Porque você precisa passar por isso sozinho. Como vai encontrar o seu lugar no mundo, a sua *liberdade*, preso a mim?

Inclinei a cabeça e o encarei. Eu odiava e amava a maneira como Vicente, através das palavras, falava *absurdos* e de algum modo me fazia acreditar.

Queria pegar seu rosto entre as mãos e gritar, *implorar* para que ele ficasse comigo.

Ainda assim, eu entendia o que ele estava falando.

mas

não, igor

não não não

— Você não me prende, Vicente. Você me soma. Você é tudo o que eu procurava, mas nunca encontrei. Você me mostrou, em uma semana, um mundo que eu não habitei por vinte e dois anos. *O mundo que habita em mim.*

— Não, Igor. O mundo que habita em você sempre esteve aí. Eu só tive a sorte de ver você trazê-lo pra superfície, pra fora desse esconderijo onde estava fazia *muito* tempo. Mas poderia ter sido qualquer um.

— Não, Vicente. Só poderia ter sido *você*.

Ele riu, de leve, e abaixou a cabeça, para fitar o chão.

— Só existe um jeito de você ter certeza disso. E é vivendo a *sua* liberdade. Sozinho. E você sabe disso.

Quis arrancar as cordas que prendiam os barcos no cais e amarrá-lo a mim, transformá-lo em um *glowworm* para carregar, comigo, sua luz em meu bolso.

Mas, *puta que pariu*, ele estava certo.

Vicente se aproximou de mim de novo, nossos corpos como ímãs em seus esforços para evitar o contato. Mas, dessa vez, ele me abraçou.

Suas mãos pressionaram as minhas costas e minha cabeça deitou sobre seu ombro. Nos alinhamos na altura exata para que fosse o abraço mais confortável do mundo. Se um toque de Vicente era choque, aquele encontro era uma verdadeira tempestade, e eu recebia cada novo impulso de braços abertos.

O resquício de água que ainda existia em meu corpo estava sendo derramado, agora, sobre ele. Senti seu coração acelerado batendo contra o meu peito, seus dedos desesperados em minha pele.

— *Eu te amo. Tenho certeza* — consegui dizer.

— Eu *acho* que também te amo — Vicente brincou, a risada abafada no meu ouvido. Sorri também. — E é por isso que preciso te deixar ir. É por isso que você precisa *viver*.

Nossos olhos se encontraram de novo e pude ver, de perto, sua íris cor de mel inundada de água. Mesmo com as lágrimas rolando por seu rosto, Vicente continuava lindo.

não é justo

nada disso é justo

— Não acho que acaba aqui. — Aproximei meu rosto do dele outra vez, e deixei meus lábios *sedentos* passearem por suas bochechas.

Não beijavam, não mordiam,

apenas passeavam, tranquilos,

pela pele que clamava pelo meu toque.

Seus dedos se enroscavam nos meus fios,

mergulhando como em um oceano sem fim.

Nossos lábios se tocaram e, ainda assim, não beijaram.

Tinham sede, fome,

desejo,

mas não pressa.

— A gente pode viver o agora, e o *nosso* futuro... *Ah, a gente deixa guardado. Pra nós dois* — Vicente murmurou.

Nossas línguas se entrelaçaram e, finalmente, beijei-o uma última vez. Suas mãos delicadas passeavam com cautela pelo meu corpo, por cada parte que gostariam de explorar antes do fim. As minhas se perdiam por entre seus cabelos, mergulhavam em suas costas e pressionavam cada centímetro de pele.

Enquanto nos despedíamos, pensei no universo.

No universo que me trouxe cartas, amigos, descobertas e liberdade.

No universo que me eliminou do Festau só para, duas semanas depois, me abrir as portas outra vez.

No universo que me deu uma, duas, trinta chances ao longo do ano.

No universo que me presenteou com passagens para o outro lado do globo em um assento ao lado de um garoto qualquer.

Um garoto qualquer que já tinha me apresentado antes.

Um garoto que era tudo, *menos* qualquer.

O garoto que ali, nos meus braços, eu amava.

E que, contra todas as possibilidades, me amava de volta.

O universo tinha me levado até Vicente, e eu *sabia* que a nossa história não terminaria ali.

Ela estava, na verdade, apenas começando.

No mundo tem tantas cores
São tantos sabores
Me aceita como eu sou

Renato Luciano

36

ROXO, ROSA & AZUL

Quando desembarquei no aeroporto do Galeão, no Rio de Janeiro, vi logo minha família de braços abertos. Minha mãe, meu pai e Henrique vibravam enquanto eu, em meio à multidão, corria ao encontro deles.

Envolvi-os de uma só vez, seus braços me apertando de volta. Não segurei o choro agarrado que se formou em minha garganta e, quando percebi, já estava soluçando, as mãos das pessoas que eu mais amava me acarinhando com tudo o que tinham.

— O que foi? — minha mãe perguntou, mas não respondi.

Encontrei, no olhar de Henrique, a verdadeira amizade.

Ele sabia pelo que eu chorava e sentia parte da minha dor.

O caminho até Águas foi quieto. Meus pais faziam perguntas sobre os passeios, a apresentação, a Nova Zelândia, e eu respondia com uma animação forçada, porque ainda pensava em Vicente. Não podia comentar com eles sobre o assunto antes de... Bom, antes de contar sobre mim.

A estradinha para a serra era repleta das mais apertadas curvas e subia quase até o céu. Milhares de árvores pintavam o horizonte, formado por belas montanhas que subiam, desciam e se encontravam.

Eu não havia feito tal conexão antes, mas a estrada para Águas parecia e *muito* com as estradas da Nova Zelândia.

As únicas diferenças eram o silêncio e minha mão sozinha, agora sobre a minha própria coxa.

Quando enfim chegamos em casa, larguei todas as minhas tralhas no quarto e me sentei à mesa de jantar. Meus pais papeavam na cozinha e organizavam as compras feitas no caminho, e meu coração acelerava a cada segundo que passava, como se eu estivesse prestes a ter um ataque cardíaco.

Minha respiração estava ofegante quando consegui, finalmente, expulsar as palavras da minha boca.

— Mãe. Pai. Posso falar com vocês?

Pude sentir seus olhares curiosos, mas não ousei encará-los. O silêncio era quebrado apenas pelo som de seus passos, que ecoavam pela sala enquanto eles se aproximavam e se sentavam à minha frente.

Quando os olhei, soltei uma breve risada. A expressão de minha mãe era de *pavor*, e conhecendo-a bem, ela provavelmente achava que eu ia anunciar alguma doença terminal ou algo do tipo. Meu pai tentava segurar as pontas, embora também parecesse preocupado com o que eu poderia dizer.

— Tá tudo bem. Não é nada grave. — Pelo menos, eu esperava que não.

— Pode falar, filho — eles disseram, quase em uníssono. Apoiei as mãos sobre a mesa e soltei um longo suspiro, forçando o choro para dentro. Dois meses antes eu tinha *jurado* que aquele ano seria de menos lágrimas, e em pouco mais de quarenta dias eu já tinha chorado o equivalente a uma década.

— Eu... conheci uma pessoa. Na Nova Zelândia — comecei, e minha voz falhou. Eu tremia, tremia *muito*. Os dois me observavam, curiosos, esperando pela história. — Não pensei que pudesse sentir algo tão forte, tão pouco tempo depois de Clarice. Mas aí, quando eu menos esperava, descobri...

— *Vicente* — minha mãe completou. Encarei-a, não exatamente surpreso. Ela o havia conhecido pelas chamadas de vídeo, conversado algumas poucas vezes, e não era *nada* boba. Conseguiria ligar os pontos com facilidade para encontrar a solução.

E ah, ela era minha mãe.

E mães *sempre* sabem.

Sua expressão era suave, e seus lábios formavam um sorriso delicado.

— Vicente — repeti, e assenti. Meu pai continuava em silêncio, e meus batimentos ainda martelavam o peito. — Quando eu tinha treze anos, pelo menos é a primeira memória disso que eu tenho, eu... conheci um menino na escola, que tinha acabado de chegar. Sem que ninguém soubesse, comecei a gostar dele da mesma forma que o Rique gostava daquela menina, Gabi, durante todo o ensino fundamental. Naquela idade eu não entendia o que isso queria dizer, porque eu *também* gostava da Gabi. Mas eu me tranquei. Me tranquei pra eles, me tranquei pra vocês e me tranquei pra mim. Ano passado eu encontrei a chave, no Rio, mas não conseguia abrir. *Ainda não tinha coragem.* Durante esse mês na Nova Zelândia... — Suspirei, por fim, porque só falar o nome dele ainda parecia difícil. — Vicente me ajudou. E eu não quero mais esconder quem sou. Não quero mais me esconder de mim, e não quero esconder de vocês. Pai, mãe, eu sou bissexual. Gosto de garotas, gosto de garotos, eu só *gosto* de pessoas. E é isso.

Ao encarar minha mãe novamente, eu a vi sorrir. Um sorriso sincero e carinhoso, um sopro de esperança que havia muito eu precisava sentir. Meu medo, entretanto, era o silêncio do meu pai. Desde que comecei a falar, não ousei encará-lo. Mas não queria fugir disso.

Me forcei a virar o rosto e, quando o fiz, meu coração derreteu.

Não havia *um* traço sequer de decepção em seus olhos.

Ali, na minha frente, tinham virado cachoeiras. As bochechas dele estavam marcadas pelas lágrimas que rolavam, sem vergonha alguma, até o pescoço. Elas molhavam o sorriso que se formava em seu rosto, e eu quis me jogar nos braços dos dois. As pessoas que eu mais amava no mundo me amavam de volta, sem dizer uma palavra, e tudo pareceu se colorir outra vez. Com cores que eu nunca havia conhecido.

— Meu filho, a gente *te ama* — foi meu pai quem quebrou o silêncio. — Me desculpa se em algum momento fiz qualquer coisa que te fez pensar que não poderia me contar...

Eu o interrompi antes que ele mergulhasse em pensamentos errados.

— Pai, não. Nunca. Nunca mesmo. Se teve uma coisa que você fez, vocês dois, foi me dar conforto. Conforto para me abrir e compartilhar quem eu sou. O receio que eu tinha, o medo... era tudo meu. *Eu* não estava pronto. Nunca, nem por um segundo, pensem que me escondi por medo de vocês.

Meu pai assentiu e secou os olhos, e foi a vez de minha mãe falar.

— Engraçado, isso só me passou pela cabeça pela primeira vez no ano passado. Eu não imaginava, e fico triste de pensar que, como mãe, não pude te ajudar quando você precisou — ela disse, erguendo a mão para que eu não a interrompesse também, como estava prestes a fazer. — Não importa o que você vai dizer, Igor, não vai mudar o que sinto. Sou sua mãe, e queria poder ter estado com você durante todos esses anos. Mas eu respeito e entendo o seu tempo. De agora em diante, vou trabalhar em dobro. Porque você é meu filho, e o mundo pode ser assustador, mas eu te amo. E nós vamos seguir juntos.

— Juntos. Nós três, hein? Não me deixa de fora. Quando é a próxima parada LGBT? — meu pai perguntou, e nós rimos. Agora era eu quem estava chorando, feliz pela liberdade. Minha mãe se levantou, sem dizer nada, e foi até o quarto. Pude ouvir apenas o barulho de gavetas abrindo e portas batendo até vê-la, por fim, retornar com um envelope na mão.

— O que me fez pensar nessa possibilidade pela primeira vez, ano passado, foi encontrar isso aqui — ela disse, balançando o papel na minha frente. Meu coração gelou, porque eu não fazia ideia do que era. Revisitei memórias antigas, pensei se já havia escrito declarações de amor para meninos quando mais novo, algum diário, mas nada me vinha à cabeça. Minha mãe continuou: — Quando fui arrumar a mudança depois que sua avó morreu, achei essa cartinha dentro da mesa de cabeceira da cama dela. Já vou te adiantar que eu li, porque não sabia o que era, e achei que minha mãe tinha ficado doida de vez! Mas então comecei a prestar mais atenção, e percebi que, talvez, ela fosse mais esperta do que todos nós juntos.

— O que é isso, mãe?

— Uma carta que sua avó escreveu pra você. Uma que, pelo visto, ela nunca te entregou. — Sua mão se estendeu em minha direção, o papel preso por entre os dedos.

Eu já tinha me despedido de Vóinha. Já tinha passado pelo luto de abrir a última carta e aceitado, no meu coração, que seus recados para mim haviam, pelo menos nesse plano, terminado. Pegar aquele envelope foi como entrar em combustão.

— Vem, João. Vamos deixar os dois a sós. — Minha mãe levantou outra vez, meu pai seguindo-a para fora de casa.

Tirei o pequenino adesivo que fechava o envelope e puxei, de dentro, a carta.

Igor,

Hoje é dia 15 de agosto de 2008. Resolvi escrever para o Igor do futuro e, quem sabe, a Nilcéia do futuro também. Me senti na necessidade de registrar uma coisa que você falou comigo, caso você esqueça daqui a algum tempo e eu também. Eu estava sentada na minha poltrona, assistindo à minha novela, quando você chegou sozinho aqui em casa e muito, muito triste. Fui até você e perguntei o que tinha acontecido, e você não quis contar. Parecia até ter chorado, mas sua cara era de emburrado, pra variar! Sua Vóinha sabe como quebrar esse gelo rapidinho, não é? Coloquei o vinil do Cazuza e te ofereci os docinhos da padaria, e você logo já estava sorridente de novo. Eu, como boa leonina, fiz a pergunta outra vez. Você me olhou, pensou, me olhou. Seu olhar é muito curioso, e não acredito que isso vai se perder com o passar dos anos. Finalmente, você me contou. Disse bem assim: "Não conta pra mamãe nem pro papai, promete?", e eu, claro, prometi. E nunca vou contar. Você me disse: "Tem um menininho na escola, o Pedro, e ele tá namorando a Gabi. Eles andaram de mãos dadas e tudo!". Achei bastante graça, isso de andar de mãos dadas, mas logo entendi: sua frustração era pelo seu primeiro amor. Sua mãe já tinha me contado sobre essa menina, em certa ocasião, e então perguntei: "Igor, você tá com ciúmes da Gabi, é isso?", e você me olhou, sério, e balançou a cabeça antes de dizer: "Eu tô com ciúmes do Pepê, Vóinha. Eu gosto muito dele".

Ah, meu neto. O mundo não merece o seu coração. Então esse registro, Igor, é para você saber que eu te amei desde o dia em que você nasceu, quase nove anos atrás, mas depois de hoje, eu te amo mais do que a mim mesma. Vou respeitar o seu tempo, as suas escolhas e a sua vida. Mas estarei aqui, sempre que precisar, te ajudando a limpar o horizonte. Para que você enxergue, com clareza, o arco-íris que brilha ao fundo.

Te amo, te adoro e tudo mais,
Vóinha

Do outro lado, tinha um recado extra.

Revisitei esta carta depois de ouvir uma música nova do Renato Luciano com vários outros artistas. Só consegui pensar em você.

"No mundo tem tantas cores
São tantos sabores
Me aceita como eu sou"

A carta, que eu mal havia lido, já estava completamente manchada pelas lágrimas que caíam do meu rosto. A maior frustração da minha vida, a maior tristeza que eu sentia, era a de nunca ter contado para Vóinha sobre mim.

Mas eu tinha contado. E antes mesmo que pudesse entender o que sentia. Antes de compreender esse sentimento e o guardar, por anos, atrás das cortinas.

Nilcéia não conheceu uma versão falsa de mim. Ela conheceu uma versão ainda mais verdadeira.

Naquela noite, sonhei com o teatro. E não um teatro qualquer, mas o teatro dos meus pensamentos, aquele onde eu escondia tanta coisa por trás das cortinas. Me vi de pé, em frente ao grande público, e reconheci alguns rostos na plateia. Vi meus pais, Henrique, Lua, Clarice, Aryel e mais centenas de pessoas. Rostos que passaram pela minha vida em momentos únicos, e outros que estavam comigo diariamente. Todos os assentos estavam ocupados, e a plateia ansiava pela minha apresentação.

Depois de anos de medo, censura e escuridão, me aproximei das cortinas. Não queria mais performar usando só metade do palco.

Queria correr por todo o tablado, livre das amarras que me prendiam. Passear por histórias, países, amores e novos mundos. Queria habitar cada universo que pudesse, faminto por *mais*.

Agarrei as cortinas com as mãos e puxei os panos, mas eles nem se moveram.

Embora mais leves, o peso ainda era enorme. Eu fazia toda a força do mundo, tudo o que eu tinha guardado, mas nada acontecia.

Senti uma presença atrás de mim e me virei a tempo de ver um par de mãos se unindo ao trabalho. Era Caio, sorrindo, mas com a expressão dura pelo esforço que fazia. Me coloquei de um lado da cortina e ele do outro, cada um puxando em uma direção. Ouvi mais passos subindo ao palco e encontrei Jo, ao lado do namorado, puxando junto. Vi os braços de Henrique e Aryel, lado a lado, agarrando também os panos, que cediam cada vez mais. Nic se aproximou da outra extremidade, somando esforços. Olhei para o lado a tempo de ver meus pais, correndo pelas escadas do teatro e subindo para se unir ao restante do grupo.

As cortinas tremulavam e cediam, sob as mãos dos meus maiores amores. Elas se arrastavam, milímetro a milímetro, mas pareciam finalmente estar se abrindo. A luz, que havia tanto se escondia ali atrás, começava a iluminar todo o ambiente.

Outro rosto surgiu, não vindo da plateia, como o resto, mas de trás dos tecidos.

Seus cabelos ondulados e longos presos atrás das orelhas, o estojo do violino nas costas. Vicente sorriu para mim e se colocou ao meu lado, entrelaçando os dedos nos meus com uma mão e, com a outra, puxando em conjunto.

todo mundo está aqui

todas as pessoas que me ajudaram, me acolheram, estão abrindo a cortina comigo

por que não é o suficiente?

Mesmo em um sonho, eu sentia o suor escorrendo pelo meu rosto. Eu gritava pelo amor, pela liberdade, pela vida que eu evitava fazia tanto, tanto tempo. Os braços de Henrique estavam flexionados, Aryel parecia escorregar a cada nova puxada. Vicente, ao meu lado, fazia mais força do que qualquer um. Caio e Jo, juntos, brigavam com o pano como se lutassem pela própria vida.

E então, uma nova mão se uniu a nós.

Uma mão que carregava marcas de história, de carinho e de cuidado. Que eu vira durante toda a minha vida e que me acolhera em tantos momentos que nem eu mesmo era capaz de enumerar.

Nilcéia se pôs na minha frente, seus cabelos ruivos balançando sob um vento que nem sequer existia. Sua camisola, com a qual eu a vira dançar durante anos, carregava um novo tom de vida.

Pela primeira vez desde que minha avó havia partido, pude ver seu rosto com clareza. Ela sorria. Sem esforço, pôs-se frente a frente com as enormes cortinas, que se erguiam a mais de cinco metros, e agarrou cada um dos panos.

Todos soltamos os tecidos e observamos conforme ela, majestosamente, abria-os sem a menor dificuldade.

Sozinha.

Os panos voaram para os lados e deram espaço ao restante do palco, que era *enorme*. Maior do que eu havia imaginado.

Ali, do outro lado, estava um garoto sentado com a cabeça mergulhada nos joelhos. O restante do tablado estava vazio, e a iluminação, antes voltada para nós, agora focava somente nele. Me aproximei, enfim explorando aquela área.

Quando estendi a mão, nossos olhares se encontraram. Os olhos castanhos dele combinavam com os cabelos cor de mel, e suas orelhas ostentavam os mais descolados brincos.

Era estranho olhar para mim sem estar de frente para um espelho.

Aquela outra versão de Igor agarrou o meu pulso e se colocou de pé, o sorriso se abrindo num rosto que não sabia havia muito o que era felicidade.

— *Obrigado* — sua voz sussurrou quando ele me abraçou. Seu corpo se mesclou com o meu, e eu senti *fogo* percorrer a minha pele. Uma erupção, da cabeça aos pés.

Me senti mais vivo do que nunca.

Mais *livre* do que nunca.

Me virei para a plateia, meus olhos encontrando todos os meus amores ali, de pé comigo no tablado.

No *meu* tablado.

Em meio a Caio, Jo, Henrique, Aryel, Nic, Ana, João Carlos e Vicente, Nilcéia caminhava, em linha reta, na minha direção.

Todos os outros observavam a cena.

Os passos dela eram lentos e curtos, mas ninguém parecia ter pressa. Eles sorriam e me olhavam, confiantes.

Estavam prontos para o início de um novo espetáculo.

Vóinha estalou um beijo em minha testa e, finalmente, olhou no fundo dos meus olhos.

— *Voa, meu passarinho* — ela disse.

E eu abri as asas.

EPÍLOGO
O INÍCIO

Acordei ainda cansado no início da tarde, o som dos talheres e pratos batendo na cozinha. Ter decidido pegar um ônibus para Águas depois da festa de despedida de Caio tinha sido uma das piores escolhas que eu poderia ter feito, porque saí de Niterói às quatro da manhã, ainda bêbado, e apaguei durante o percurso.

O próprio motorista teve que me acordar quando, enfim, chegamos à rodoviária da cidadezinha.

Não me lembrava da caminhada até a casa dos meus pais, embora soubesse que não oferecia muitos riscos. Levava menos de dez minutos, e a pacata Águas do Elefante era tão perigosa quanto a Nova Zelândia, mesmo do outro lado do globo.

Até hoje, um ano depois da melhor viagem da minha vida, relembrar Auckland trazia uma sensação estranha.

Me levantei e abri as cortinas, a luz inundando o quarto escuro. O tempo, nublado, oferecia também algumas gotas de chuva que caíam de leve.

Dei um beijo em minha mãe quando cheguei na sala e me joguei no sofá, rolando a tela do celular e vendo as centenas de fotos que tínhamos tirado na noite anterior, todos juntos.

Havia imagens minhas beijando Caio, beijando Jo, além de Henrique e Aryel me segurando de cabeça para baixo, Nic e Miguel jogando *beer pong* e outros vários momentos de que eu sequer me lembrava. A festa tinha sido maravilhosa, embora triste, porque marcava o nosso último encontro antes que Caio fosse realizar seu grande sonho de fazer pós-graduação em Paris.

Jo queria acompanhá-lo, mas Caio não permitiu. Não porque não o quisesse junto, muito pelo contrário, mas porque sabia que ele teria que gastar todo o dinheiro que juntara ao longo de anos para a mastectomia, e Caio *jamais* permitiria isso.

— Fez boa viagem, filho? — minha mãe surgiu por trás do balcão da cozinha, carregando dois copos com água preenchidos por vários pincéis.

— Mais ou menos. Parece que um caminhão me atropelou.

Olhei-a nos olhos. Estava mais linda do que nunca, com seu avental todo manchado de tinta por cima da camiseta preta. Atrás de si, pendurado na parede, estava o quadro mais lindo que ela já havia feito.

Um ano antes, no final de fevereiro, eu contara para ela o meu último sonho com Vóinha, e ela o transformou em arte. A pintura passeava por todas as cores que faziam parte do arco-íris e, no centro, um garoto de costas exibia asas do tamanho do mundo.

Minha mãe apoiou os copos e caminhou a passos largos até a mesa de centro, onde havia um pequeno envelope pardo.

— Isso chegou pra você. Quer dizer, tinha chegado três meses atrás, segundo o carimbo, mas seu pai só achou hoje, caído no fundo da caixa de correio — ela disse, e expressei minha confusão.

— Três meses? O que é?

— Não sei.

Ela me estendeu o envelope antes de caminhar com seus pincéis para a área externa, onde trabalhava.

Nada decorava o papel além de um carimbo que dizia "Entregue em 29 de dezembro", e eu tremi. Tinha chegado no meu aniversário, mas eu não fazia ideia do que era.

Abri o envelope e puxei, de dentro, o seu conteúdo. Reconheci no mesmo instante, e meu peito desabou no chão.

Uma enorme caverna estava estampada num cartão-postal, com o teto e as paredes abarrotados de centenas de insetos azuis. Na parte de baixo da imagem, havia um enorme lago que refletia, suavemente, o brilho dos *glowworms*. Enrolado no papel, um fio preto dava voltas e mais voltas em seu entorno e prendia uma tartaruga verde escura.

Um *pounamu*, quase idêntico àquele que eu levava no peito havia mais de um ano.

Girei o cartão-postal e encontrei, do outro lado, um grande texto escrito na mais bela caligrafia. As letras pareciam passear e casar com o papel, e só pude imaginar Vicente, com suas mãos delicadas, fazendo-as brotar da caneta para mim.

Engoli o choro que se formava em minha garganta e li.

Arte,

Passei grande parte desse último ano refletindo sobre a vida. Pensando em tudo o que me trouxe até aqui, em tudo o que me levou para o outro lado do mundo, com meu violino em mãos. Pensei em você quando observei as ondas, quando ouvi o canto dos pássaros e quando dormi coberto pela luz das estrelas. Contei nossas aventuras para minha irmã, para mainha e para os meus amigos, que se recusaram a acreditar que uma história tão linda, de um amor tão intenso, poderia ter sido real. Pensei, por diversas vezes, em ir até você. Em quebrar a distância que eu mesmo impus para me encontrar novamente em seus braços, toques e lábios. Mas não o fiz, bonito. E não o fiz porque acredito que não seja a hora. E ainda agora, escrevendo esta mensagem, não sei se é. Mas não pude mais fugir do meu coração. Espero que o cartão chegue a tempo do seu aniversário, porque eu quero te desejar toda a alegria do mundo, do universo inteiro. Você me fez feliz de uma maneira que ninguém jamais havia feito, e com uma naturalidade que espantou até a mim, que vivia sem nenhuma amarra.

Se pensar que o futuro chegou, sabes onde me encontrar.

Com eterno amor,
Sua Música

E como sei que gosta de canções ao final de cartas, deixo aqui uma.

A carta se encerrava com um trechinho de música, como não podia deixar de ser. Vicente escolheu o refrão de "Pra você guardei o amor".

Meu corpo inteiro ardia em chamas. Meus ossos pareciam se quebrar, um a um, enquanto meu coração bombeava sangue para todos os milhões de células que me mantinham vivo. Senti, pela primeira vez em muito, muito tempo, a certeza absoluta do que deveria fazer. Corri para o jardim atrás de minha mãe. Minha cabeça estava um caos, porque eu deveria ter recebido essa mensagem três meses antes, no meu aniversário. Mas, em vez disso, a recebi no dia...

não
impossível

— Mãe! — eu gritei, esbaforido, só para ter certeza. — Que dia é hoje?

Seu olhar se levantou do quadro no qual ela trabalhava.

— Quatro de março, filho. Por quê?

Meu corpo se transformou em vulcão, terremoto e furacão. Senti, ao mesmo tempo, como se dezenas de desastres naturais me assolassem simultaneamente. Os pássaros, que mal tinham aparecido nos últimos meses, se espalhavam com força, outra vez, em meu estômago.

é hoje
o aniversário do Vicente é hoje
universo... você não erra uma.

— Preciso do carro — falei, por fim. — Tenho que ir pra Petrópolis.

★ ★ ★

O caminho até a cidade imperial era longo, e embora eu estivesse com pressa, não arrisquei ultrapassar a velocidade. Quando tirei a carteira de motorista, meses antes, prometi aos meus pais que nunca dirigiria sem cautela. Não só por eles, mas por mim também.

Pelas curvas tortuosas que me levavam até o meu destino, revisitei uma enxurrada de memórias daqueles últimos doze meses. Eu tinha vivido, em um ano, tudo o que não conseguira viver ao longo dos outros vinte e dois.

Desde o momento em que pisei novamente no Rio, depois de voltar da Nova Zelândia, Henrique fez questão de me acompanhar nas mais variadas festas, bares e muvucas. Segundo ele, a melhor tática para superar um coração partido era *pegando geral*. Aryel condenava essa ideia, mas nunca deixava de nos acompanhar, assim como Jo e Caio. Nosso grupo estava mais unido do que nunca.

Em abril, fiz o meu primeiro teste para um comercial de televisão, e fui aprovado. A propaganda do fast-food ficou no ar por pelo menos dois meses, e toda hora que passava na TV aberta, Henrique me mandava um vídeo orgulhoso. A partir daí, mais testes apareceram, até para séries e filmes, mas eu ainda não tinha conseguido nenhum.

A carreira do ator é baseada em aceitar os *nãos*, mas nunca desistir do *sim*.

Meus pais apareceram de surpresa no Rio, em junho, no dia da parada LGBTQIAP+. Eles tinham combinado em segredo, com Henrique, de participar do evento comigo. Embora eu achasse *muita* graça nisso, foi maravilhoso celebrar o mês do orgulho finalmente com *orgulho*, rodeado das pessoas que eu mais amava. Meu pai ostentou uma bandeira bissexual amarrada no pescoço, e minha mãe pintou a própria camiseta, antes branca, com as cores do arco-íris. Henrique, ao contrário dos meus pais, não apostou na sutileza. Usava brincos de arco-íris, pulseiras coloridas, um short estampado com unicórnios e uma camiseta que dizia: "Sei que o A é de assexual e arromântico, mas eu sou Aliado pra caralho!". Foi nesse mesmo dia, em meio à imensidão colorida que inundava Copaca-bana, que pude introduzir Nic oficialmente ao grupo. Ele passou a nos acompanhar em várias outras saídas, volta e meia levando Miguel junto.

Me envolvi brevemente com dois garotos, duas garotas e uma pes-soa não binária ao longo do ano, mas não consegui fazer funcionar. Beijei, no mínimo, algumas dezenas de pessoas. O problema era sempre esse: *fazer funcionar*. A sensação era de que, embora me divertisse e apro-veitasse de tudo um pouco, as coisas não fluíam como deveriam. Como se meu coração estivesse em outro lugar.

Com outra pessoa.

E foi por isso que, em agosto, procurei o meu primeiro grande amor.

Marquei de encontrá-la na mesma cafeteria onde tínhamos "termi-nado".

Os cabelos de Clarice tinham um tom forte de roxo, não mais de azul, e estavam quase totalmente raspados. O novo corte destacava ain-da mais seus diversos piercings nas orelhas.

Embora a escolha do lugar fosse estranha, Clarice não pareceu se im-portar. Deixei claro, desde o início, que não aceitaria fazer isso se corres-se o risco de machucá-la outra vez. Eu sabia, por meio de Lua, que os meses seguintes a Auckland não tinham sido dos melhores para ela.

— Oi — Clarice falou assim que se sentou.

Cumprimentei-a com um sorriso leve e resolvi ir direto ao ponto. As palavras queriam escapar a qualquer custo.

— Me perdoa — falei. — Por tudo. A maneira que eu agi com você, a forma como as coisas aconteceram... Me perdoa. Eu não tenho como voltar no tempo e muito menos cicatrizar os machucados que eu *sei* que deixei em você, mas quero que saiba, do fundo do meu coração, que eu nunca te quis mal.

Ela assentiu, os ombros arqueados. Um sorriso sutil se moldou em seus lábios.

— Igor, relaxa. Foi ruim, sim, porque durante um bom tempo nós éramos felizes. Você me *fazia* feliz. E quando eu vi essa felicidade surgir por outra pessoa... Sei lá. Foi como se um machucado reabrisse, sabe? Minha insegurança tomou conta de mim outra vez, meu medo de nunca mais conseguir ser amada por ninguém... Então, quando naquele dia você se sentou do meu lado, tudo o que me vinha na cabeça eram os nossos momentos de alegria. Foi meio humilhante, te beijar daquele jeito, e nem eu sei por que fiz aquilo. É uma daquelas coisas que a gente não consegue explicar.

Balancei a cabeça, rindo de leve.

— Eu não te julgo, porque... Foi meio abrupto, eu acho? Como tudo terminou? Eu só precisava...

— Viver — ela completou, assentindo. — Eu sei. Pra ser sincera, por um tempo não consegui entender por que você não podia viver *ao meu lado*. Mas depois percebi que você precisava de *liberdade*. Uma que você só poderia ter consigo mesmo. Foi difícil pra caralho, Igor. Porque você foi a primeira pessoa com quem eu me abri de verdade, e a sensação era de que eu nunca mais encontraria ninguém que me entendesse da mesma maneira. Mas hoje eu enxergo de outra forma. E inclusive, acho que nunca pude te falar, mas... Eu tô feliz por você ter conseguido passar por toda essa jornada *fodida* de se entender e se aceitar.

— Valeu, Clari. De verdade. Amigos? — perguntei.

— Amigos *sem benefícios*. Tive aquela recaída em Auckland, mas não pense que vai acontecer de novo. Tô experimentando coisas novas.

— *Ah, é?* — Sorri ao entender o recado.

Ela riu e se afastou, ainda sentada, para se espreguiçar. Seu rosto estava iluminado outra vez.

— E o seu boy? Nada?

Lua, provavelmente, tinha atualizado Clarice sobre toda a minha história inacabada com Vicente.

Apenas balancei a cabeça, quieto.

— Bom. Quem perde é ele.

Soltei uma risada e ela me acompanhou, dois ex-quase-namorados compartilhando o amor que, antes de ser romântico, já existia. Por boas horas, aproveitamos a companhia um do outro mais uma vez.

Uma semana depois, recebi uma notícia que me deixou bastante feliz. *Um samba de amor carioca* havia sido comprada por uma produtora e se transformaria em uma minissérie de seis episódios para o Prime Video. De todos os atores da peça, Clarice seria a única a reprisar o papel, como Jandira, e com todo o mérito do mundo.

Eu tentava ajeitar o cabelo no retrovisor enquanto dirigia, seguindo o GPS, pelas ruas de Petrópolis. Avistei museus, praças cheias e muitas construções antigas que remontavam à época imperial, uma mais linda do que a outra.

O carro finalmente fez a curva na rua 24 de Maio, e ri sozinho ao me lembrar de quando vi Vicente escrevê-la no papel. Parecia que fazia décadas. Meu coração queria saltar do peito, e minhas mãos, suadas, deslizavam pelo volante.

Saltei do veículo e fui em busca da casa quarenta e três, sentindo os dois colares enroscados no peito. Com cuidado, enquanto seguia à procura do local, tirei um dos *pounamu* do pescoço e o segurei entre os dedos.

A diferença entre as nossas tartarugas era a forma. A de Vicente era levemente maior, com uma lasquinha na ponta, e a minha tinha um casco mais bruto. Era essa que eu segurava em mãos e ansiava para entregar a ele.

De acordo com a cultura maori, Vicente estava prestes a ser abençoado pela minha *mana*, o meu poder espiritual, da mesma forma que a dele já envolvia a minha alma.

Quando finalmente encontrei a casa de paredes salmão, atravessei o portão semiaberto e dei três batidas na porta escura de madeira. As janelas tinham cortinas brancas, que estavam fechadas, e o tapete de boas-vindas me arrancou gargalhadas, porque só poderia ter sido ideia de Vicente. Ele dizia: "Oi, sumido!", em letras brancas.

Ouvi o barulho da chave girando e, quando a porta se abriu, todo o ar escapou dos meus pulmões.

Vicente estava mais lindo do que nunca. Seus cabelos, que antes passavam dos ombros, estavam agora na altura das orelhas, mas com a mesma ondulação de sempre. Ele vestia uma camiseta verde-água, que parecia larga em seu corpo, e shorts bege. Sua expressão, ao me ver, fez o meu mundo brilhar com ainda mais intensidade.

O sorriso que seus lábios moldaram foi mais lindo do que qualquer outro que eu havia visto em seu rosto, e tudo o que pude fazer foi sorrir de volta. Sentia aquela gravidade retornando, meu corpo querendo se jogar contra o seu.

As ondas de choque já percorriam toda a extensão da minha pele, mesmo antes de as mãos dele me tocarem.

Me lembrei do nosso primeiro encontro, no avião, e da maneira como ele me pegou de surpresa, com seu sotaque delicioso e seu calor emanando para mim. De como me encantou desde aquela primeira frase, perguntando se estava na fileira *quarenta e três*.

E ali, encarando o número de sua casa, senti arrepios de novo.

Porque tive a confirmação.

A confirmação de que a nossa história estava, sim, sendo acompanhada de pertinho.

E de que, sem acreditar em coincidências, eu acreditava em *destino*.

Acreditava no universo.

Estendi a mão, oferecendo o meu *pounamu*.

— Mainha — Vicente gritou, sem tirar os olhos de mim. — Coloca mais um prato na mesa?

Dei dois passos à frente, na direção do *futuro*.

Do *nosso* futuro.

AGRADECIMENTOS

Puta que pariu. Eu escrevi um livro. Ainda é muito surreal, pra mim, entender que fui eu quem criou essa história. Que este livro existe. E que esses personagens, que até então eram meus, agora são nossos.

O mundo que habita em mim começou em 2021, ficou pausado em 2022 e ganhou nova vida em 2023. Em 2024, foi recebido de braços abertos pela Seguinte. E agora, ele nasce em 2025. Acho que nunca, nem nos meus maiores sonhos, imaginaria publicar um livro pela Companhia.

Esta história é muito próxima a mim, e isso me assustou um pouco. Não sabia, assim como Clarice, se estava pronto para compartilhar vivências tão pessoais com outras pessoas. Significados tão importantes. O livro começou como uma homenagem à minha própria Vóinha, que faleceu em 2015, e se desenrolou em uma jornada de autodescoberta e autoaceitação que esbarrou em muitos momentos com a minha própria. Situações, curvas e caminhos que eu mesmo percorri.

Mas o mais gostoso, para mim, foi testemunhar Igor ganhar as próprias pernas. Por vezes mais sagaz que eu; em outras, mais cabeça-dura. Eu o amo com todo o meu coração porque ele corre atrás do que quer, como todo mundo, mas se permite errar. Se cobra, se julga, se culpa e se machuca; mas se permite.

E não há nada mais bonito do que isso.

Peço que tenham muita paciência daqui em diante, porque preciso chorar e agradecer, um por um, todos aqueles que ocupam as poltronas do meu teatro.

Primeiro, aos meus personagens. Por terem me guiado em um momento que eu ainda buscava entender o que sentia e por terem conseguido, junto comigo, transformar tudo isso em arte. Caio, Clarice, Henrique e Vicente, por me mostrarem como é lindo viver a própria verdade, pelas gargalhadas genuínas, pela coragem e por me permitirem sonhar cada vez mais alto. Ary, Jo, Lua, Nic, Guel: os secundários que foram brotando com o passar das páginas e surpreendendo até mesmo a mim, que só fiz abrir o espaço necessário para que eles brilhassem.

À Nilcéia. A homenagem mais óbvia, sincera e descarada à mulher que me deu metade do amor que tenho hoje. Por me relembrar quão gostoso é o carinho de vó e o quanto a saudade rasga o peito, mesmo que gostosa, não importa o tempo que passe.

E óbvio, ao Igor. Por se aventurar por novas vielas nas ruas que eu achava já conhecer tão bem, mas que na verdade tão pouco havia explorado. Você me ensinou mais sobre mim do que eu mesmo jamais fui capaz. Obrigado por ser meu.

A primeira pessoa a ler este livro foi o meu melhor amigo, Igor Reis, quando ainda dividíamos um apartamento em Niterói e OMQHEM era só um prólogo, um rascunho do rascunho. Igor, o personagem, ainda tinha outro nome. E então Igor, o amigo, brincou comigo dizendo que "o protagonista tinha que ter o nome dele". Dito e feito. Você foi a primeira pessoa a me incentivar a continuar esta história e a primeira pessoa, ao final dela, a me entregar uma carta com um trecho de MPB no verso. Desde os meus cinco anos, sabia que te levaria para sempre. Te amo, Amigor. Eu derrubaria todas as portas do mundo por você.

Aos meus pais, Cristiane e Gilberto. Sinto que não verbalizo tanto quanto poderia o amor que sinto por vocês. O quão grato fui, sou e pra sempre vou ser pelo amor incondicional, pelos abraços apertados e por terem sorrido com ainda mais certeza quando contei, há não muito tempo, quem eu era de verdade. Todo o amor que está espalhado por estas páginas eu aprendi com vocês. Toda a confiança e coragem que tenho para ser o Luca que sou hoje só está em mim porque eu tive vocês. Tenho orgulho de ser seu filho. Amo vocês, muitomaisquemuito.

Meus irmãos, Celina e Giba. Que sorte a minha nascer em três, três vezes. Sorte a minha de poder contar, para todos que me conhecem, sobre as duas pessoas que mais amo no mundo. Sobre como tenho orgulho de aprender, de sorrir e de ser o caçula de dois corações gigantes. Mesmo tantas vezes distantes, nada muda. Vocês me ensinaram a voar. Seguraram as cortinas do teatro com mais força do que todos os outros e rasgaram os panos sem o menor pudor. Amo vocês do tamanho do universo, nesse e em todos os próximos planos. E também Benny e Ju, sóis inteiros das mais bonitas energias. As peças que faltavam no quebra- -cabeça gostoso, surpreendente e lindo que é a nossa família.

Thea e Otis, meus sobrinhos. Que um dia vocês peguem este livro, daqui a muitos anos, e sintam o coração esquentar quando encontrarem seus nomes, tão cedo, estampados nestas páginas. Porque é por vocês que eu vivo, é por vocês que eu luto e é por vocês que eu resisto. Pra que vivam em um mundo livre do medo, e prontos para abraçar a liberdade que escolherem.

A toda a minha família, às Cajaranas, por quem eu sou completamente apaixonado. Sorte a minha. Principalmente à Luzeba, minha segunda mãe, que sabe lá no fundo a posição que ocupa no meu coração. Obrigado por deixar a minha existência mais leve. E ao filho dela, meu primo, que por mais que eu odeie admitir, amo muito. Não existe Luca sem Zé. Nunca vai existir. E Maria Rosa. Meio que tô começando a gostar de você. Um pouquinho.

Aos que não estão mais aqui, mas ainda se fazem presentes: vó Celina e vô José.

Mabi, minha melhor amiga. A primeira pessoa a me mostrar, com todas as cores, a liberdade mais bonita que já conheci. Te admiro muito mais do que você é capaz de imaginar. Sua coragem, sua companhia, sua existência e sua gargalhada. Te amo, te amo, te amo.

A todos os Henriques da minha vida, que estão comigo há mais tempo do que consigo contar nos dedos: Bruna, Igor, João Carmino, Luíza, Mabi, Nicole. Tem tanto de vocês nesta história, porque tem tanto de vocês em mim. Nomes, sobrenomes, apelidos, trejeitos, mais até do que consigo pontuar. E amor. Muito, muito amor. Se Igor tem o melhor grupo de amigos do mundo, é porque vocês fazem parte do meu. E me ensinam, todo dia, que amizade é família.

A todos aqueles que chegaram depois das cortinas não mais existirem, e que subiram comigo ao palco para transformar a minha vida no mais lindo espetáculo. Alice, pelo farol. Você esteve comigo no melhor dia da minha vida, e ali eu soube que você estaria comigo em todos os próximos. Não me vejo sem você. Não quero me ver sem você. Ana Julia, que me entende como só você entende. Que me mostrou como é bonito ter uma amizade leve, onde eu posso só ser. *Ser.* Na mais pura essência da palavra. Maitê, que é a namorada do meu namorado e tão rápido também se tornou minha melhor amiga. Sinto muito que agora você tá presa a mim. Rique, por aceitar o meu coração sem rodeios. Por ser a pessoa que eu só precisei bater o olho uma vez pra entender que seria para sempre. Thi, pelas risadas mais gostosas que eu já dei. Por me mostrar o universo inteiro que habita o seu coração invertido e me permitir visitar o seu mundinho que transborda afeto. Tiago, por ter sido minha primeira grande inspiração e hoje aguentar o meu humor terrível. Zmario, que é meu irmão de outra mãe e me mostrou um novo significado de casa. É muito difícil mudar de cidade, principalmente de estado. Mas com você por perto, a vida é mais fácil. É inconcebível, pra mim, o tanto de amor que eu sinto por vocês em tão pouco tempo. O quanto a gente se entende, se respeita, se faz rir e se faz presente. Obrigado por aceitarem meu humor de Henrique e o meu coração de Vicente. Obrigado por não desistirem de mim.

Às primeiras pessoas que leram esta história: Giulia, que foi essencial para que Vicente tenha se tornado quem é hoje. Por acreditar em todas as minhas loucuras, compartilhar as suas próprias e me mostrar, todos os dias, que o universo tá coladinho na gente. Duda, que grudou em mim no teatro quando nós dois ainda interpretávamos outro papel, e hoje caminha ao meu lado despida de qualquer máscara. Sou muito feliz por te ter na minha vida. Obrigado por se apaixonar pelo Igor logo no início, junto comigo. E Tuitabi, por ser Tuitabi. Nunca imaginaria que uma garota alucinada que eu conheci no meio da pandemia, através de uma webcam, se tornaria a moradora mais espaçosa do meu peito. Que delícia é te ter como amiga e que delícia é te amar. Aryel, que obviamente batizou a Aryel. É meio inexplicável o tanto que eu te admiro e te amo, e o quão bizarro é saber que a maior parte da nossa relação se deu em um jogo 2D na internet. A única explicação possível, para mim, é ter te conhecido em outras vidas. Obrigado, Beverly Welch.

Hedu, o meu amigo, conselheiro, confidente e vários outros cargos variados. Agradeço todos os dias por ter te conhecido naquela fila, em uma madrugada gelada de Belo Horizonte. Nossos destinos se encontraram antes mesmo de sabermos o que seria de nossas vidas, e olha hoje: trilhando caminhos tão próximos, as mãos entrelaçadas. Te amo, te amo, te amo.

A Bia Glion, que viveu comigo muitas páginas de histórias que só nós dois sabemos. Te amo.

Obrigado a toda equipe da Seguinte, que abraçou *O mundo que habita em mim* com todo o amor que ele merece. Principalmente à Nathália Dimambro, minha editora, que me ajudou com tanto amor a transformar esta história no que ela é hoje, e por ter me aguentado chorar para mantermos as cenas mais ridículas. Bia, Cê, Willian e toda a preparação, vocês são maravilhosos! Deco Lipe e Ana Rosa, pessoas que admiro muito, obrigado pelas leituras sensíveis, toques e acréscimos tão importantes para a narrativa. Sem vocês, nada disso seria possível.

Ao primeiro garoto que me mostrou o que era amar em segredo, aos treze anos, por meio de chamadas de Skype. João, você sabe que pra sempre vai ser parte de mim.

E no mais, a todas as pessoinhas que, recém-chegadas ou não, são parte importante na minha trajetória: Clara, Clarissa, Diego, Erthal, Helen, Isabela, João, Lay, Livia, Lu Alboredo, Luiza, Mari Bianchinni, Mariana, Marina Quelhas, Miguel, Mira, Nicolas, Pedro e Vitor.

Aos meus seguidores e agora leitores, que não cansam de me encher do carinho mais genuíno do mundo. Se eu estou aqui hoje, é por esse afeto indomável. Liv, Biel, Gabs, Sammy e tantos outros: vocês são tudo para mim.

Igor agora faz parte da mesma casa de tantos rostos que construíram quem eu sou. Acho que, ainda agora, não caiu a ficha. Somos vizinhos de Alex, Henry, Nick, Charlie, Lucas, Pierre, Day, Diana, Ayla, Raíssa e infinitos outros.

E, por fim, gostaria de dedicar este último texto a você, Vóinha.

Visitei seu condomínio há um mês, depois de anos de saudade. A luz do seu apartamento, aquele em que cresci rodeado das mais diversas bugigangas e do mais lindo amor, estava acesa. Me causa estranheza isso de ver um lugar tão pilar pra minha existência sendo habitado por outras pessoas. Outras histórias. Minhas marcas estão naquelas paredes assim como as dos meus primos, das minhas tias, dos meus irmãos, da Dileba. As suas também. Espalhadas por cada centímetro, reverberando em cada cômodo. Mas uma coisa que aprendi, ao longo de todos esses anos, é que amor não tem casa. Amor se faz presente onde quer que a gente esteja. Te sinto aqui, comigo, enquanto digito este texto. Te senti na Nova Zelândia, quando pedi ao universo que este livro viesse ao mundo. Te sinto todo dia 29 de dezembro, no seu aniversário. Quando você me perguntou, Vóinha, muitos anos atrás, se eu me lembraria de você para sempre, nem eu e muito menos você fazíamos ideia do que aconteceria. Que sua marca em mim deixaria de ser apenas minha e passaria a visitar diversas outras famílias espalhadas pelo Brasil e quiçá pelo mundo. Tenho um pouco do receio de Clarice. De não saber como você se sentiria, sendo viajada desse jeito. Espero que feliz. Feliz do mesmo jeito que fui, nascendo neto seu.

Encerro esses agradecimentos com a sua caligrafia, vó. Daquela última carta que você me entregou, vinte dias antes de partir. Emoldurada em um quadrinho na minha parede dedicado a você.

Porque esta história é minha,
mas ela é pra você.
A Nilce Guadagnini Machado,
a mulher que me ensinou a amar.

Te amo! Te adoro e tudo mais.

ENTREVISTA COM O AUTOR

Igor passa por um intenso processo de autodescoberta, e muitos leitores e leitoras podem se identificar com os sentimentos e as inquietações do personagem. Você sempre quis escrever sobre isso?

Na verdade, não! Quando comecei a escrever *O mundo que habita em mim*, tudo o que eu tinha era um prólogo e um sonho (hahaha). Literalmente, era só uma vontade de escrever sobre uma história que se passasse no teatro e que homenageasse, de alguma forma, a cultura brasileira. Eu comecei este livro com o prólogo em homenagem à minha Vóinha, que faleceu lá em 2015. E a partir daquela ideia, daquele primeiro rascunho, Igor surgiu. Mas por muito, muito tempo, deixei a história na gaveta. Sabia querer escrever sobre um garoto que se entendia bissexual, mas eu ainda não sabia ao certo qual seria sua jornada. Foi só um tempo depois, quando passei por situações específicas, que eu entendi: essa vai ser a caminhada de Igor. Precisa ser. Porque quando eu as senti na pele, mergulhei nos mais difíceis e confusos questionamentos. Tive dúvidas, medos, culpa, precisei entender dentro de mim o que tudo aquilo significava para que pudesse, através do meu protagonista, contar essa história sob uma perspectiva mais leve. Que eu pudesse externalizar, com a ajuda dele, tudo aquilo que me assombrou por um tempo. Queria poder alcançar pelo menos uma pessoa que talvez estivesse passando pelo mesmo, para que ela soubesse, como eu não soube na época, que tá tudo bem. Que tudo vai ficar bem. Somos seres humanos complexos, cheios de sentimentos complexos e vivências complexas. *O mundo que habita em mim* chegou em um lugar ao qual sou muito grato. Grato por ter aprendido com Igor e por compartilhar, com ele, tanto de mim.

Ao longo de *O mundo que habita em mim*, você aborda temas como amizade, arte e romance. Qual desses aspectos foi o mais desafiador de escrever? Você consegue escolher um deles como coração do livro?

Socorro!!! Ok, deixa eu pensar. Como eu comentei ali em cima, o livro surgiu de um desejo de falar sobre a cultura brasileira. Sobre o nosso teatro, nossos dramaturgos, nossa música. Talvez, por isso, eu entenda a arte como o coração do livro. A amizade e o romance seguem lado a lado com ela, hora ou outra se entrelaçando. Até porque o que é amar senão uma expressão artística da alma humana? Hahaha. Falar sobre amizade foi muito fácil. Henrique, por exemplo, é uma mistura de muitas das pessoas que eu mais amo no mundo. Caio, Aryel, Nic, Jo, todos têm traços muito familiares a mim de alguma forma. Foi como reencontrar os meus melhores amigos, mas agora dando ao Igor a oportunidade de se relacionar com eles. Se existem nestas páginas, é porque os meus amigos existem na minha vida. E o romance... eu meio que amo o amor!!! Escrever sobre o amor, pra mim, é uma das coisas mais gostosas da vida. Talvez o mais difícil tenha sido encontrar o tom do romance com Clarice: melhor amiga, primeira paixão, e misturado em meio a todas as grandes questões que eram tão importantes para a narrativa e para o Igor. Tive uma preocupação enorme de não deixar que ela caísse no escanteio, que ela não se tornasse um sentimento superficial para Igor, porque ela não é. Eles não ficam juntos, mas Igor nunca deixou de amá-la. Eu acho que o mais bonito na história dos dois é ali, no finalzinho, o entendimento de que o amor não precisa ser romântico pra ser bonito. Vicente, por outro lado, ganhou a melhor versão do Igor. A versão que já não queria mais se esconder e que, na verdade, estava desesperada pra experienciar a liberdade. O romance com Vicente é fácil, e por isso também é difícil. Como envolver um leitor em uma história de amor que se apresenta para eles sem impedimentos, sem medos e sem nenhum resquício de prisão? Sinto que Vicente consegue sustentar muito disso no seu carisma avassalador. Na leveza de amar. Ele nos faz lembrar, também, que o amor não precisa ser difícil pra ser bom.

Se pudesse voltar no tempo e dar um conselho ao Luca do passado, no momento em que ele começou a escrever este livro, qual seria?

Pra ele não ter pressa. Se teve uma coisa que eu aprendi, escrevendo este livro, é que tudo acontece no momento que tem que acontecer. Quando o Luca do passado escreveu as primeiras linhas desta história, ele ainda não tinha entendido o sentimento que precisaria entender para colocá-lo na pele de Igor. Não importa o quanto ele tivesse tentado, não adiantaria. O tempo ainda não tinha passado. Nós somos um álbum das nossas próprias memórias, e não podemos colar todas as figurinhas de uma vez só. Qual seria a graça disso? E eu também contaria para ele que Igor está, finalmente, andando pelo mundo. Diria: não tenha medo de sonhar, Luca.

A Nova Zelândia é um país incrível. Por que escolheu esse lugar para a segunda parte da história? Você já fez uma *road trip* por lá como Igor e Vicente?

SIM!!! Quando comecei a escrever, escolhi manter a história dentro das minhas próprias vivências. Por ter sido minha primeira grande experiência de escrita, não quis arriscar falar sobre um lugar com o qual não estou familiarizado. Preferi aproveitar os meus próprios passeios e emprestá-los para os dois. Minha irmã mora na Nova Zelândia, e já visitei o país duas vezes. E literalmente TODO o itinerário de Igor e Vicente foi vivido por mim, aos dezoito anos, lá em 2017. Visitei Hobbiton, me perdi na trilha noturna dos *glowworms* (e também me apoiei na cerca elétrica, foi horrível), nadei em um lago térmico em Rotorua, andei pela praia de Muriwai. E ainda, mais recentemente, visitei o teatro onde eles se apresentam, em Auckland. Sentei em um bar bem ao lado dele e tomei um copo gigante de sidra, pensando no quão gostoso era saber que meus personagens estariam ali para sempre. Andando pelo mesmo caminho que andei.

Vóinha é uma presença tão carinhosa e marcante na vida de Igor, mesmo que esteja conosco apenas através de suas cartas, das lembranças que ele guarda e do amor compartilhado pela música brasileira. Como foi dar vida a essa relação tão especial entre avó e neto, usando apenas esses fragmentos? O que mais te emocionou ao construir essa conexão que, mesmo à distância, aquece tanto o coração do Igor — e de quem lê?

Vóinha é a homenagem mais óbvia, clara e sem rodeios à minha própria Vóinha, Nilce. Quando comecei a escrever o livro, muito antes de sonhar que ele fosse publicado, batizei Nilcéia com um apelido que minhas tias tanto usavam lá em casa. E depois que a história estava pronta, não tive coragem de mudar. Cogitei até, mas não parecia certo: Nilcéia é Nilcéia. Ponto-final. Eu também recebia, assim como Igor, cartas em todos os meus aniversários. Normalmente só com algumas poucas palavras de carinho, sem as grandes histórias como as do livro e sem as músicas da MPB. Essa foi a parte mais gostosa para mim: poder inserir trechos da realidade em uma vivência nova para a vó de Igor. Foi delicioso poder reviver a minha própria relação com a minha avó, da qual tanto sinto falta, na pele do Igor. E foi ainda mais gostoso poder sonhar. Poder escrever as cenas que eu gostaria muito de ter vivido, mas infelizmente não tive tempo. Poder ter feito Igor contar pra Nilcéia que gostava do Pepê, poder ter voltado uma última vez naquela casa para dançar. E poder ter feito ela deixar uma última carta, mostrando que o conhecia melhor do que ele mesmo. Chorei igual criança quando escrevi a última cena, no sonho com Vóinha, porque não tem nada nesse mundo que eu gostaria mais do que poder ver a minha própria outra vez. Espero que essa relação tão carinhosa dos dois reverbere em todos os leitores. Amor de vó é um dos mais lindos que existe no mundo.

Os personagens secundários, como Henrique, Caio e Ary, são essenciais na trajetória de Igor. De onde você tirou inspiração para esse grupo de amigos? Com qual deles você ia querer viajar pra serra? E curtir uma festinha?

Todos eles têm muitos traços de melhores amigos meus. E um segredinho, só pra vocês: se amaram Henrique, vocês me amam. Se odiaram Henrique, vocês me odeiam. HAHAHA. O humor sem pudor dele é *literalmente* como eu sou vinte e quatro horas por dia. Meus amigos estão cansados de saber. Meus seguidores, por outro lado... às vezes a gente precisa ter limites na internet, né? Mas além disso, ele tem a aparência similar ao do meu irmão, o curso da minha melhor amiga, a essência do meu melhor amigo. Tem a melhor namorada do mundo, Aryel, que é também inspirada em amigas minhas. E o Caio, embora também seja uma mistura de muitos, foi a minha maior surpresa: ele não existiria. Nos meus primeiros esboços, a ideia era que Igor beijasse Vicente na festa e o reencontrasse meses depois no avião. Mas por algum motivo, essa ideia parou de me agradar e surgiu o beijo com Caio. E mais uma vez, era pra ser só isso: um personagem que chega, beija e some. Não volta mais. Mas Caio não estava satisfeito com essa ideia. Resolveu visitar outras páginas da história e, quando eu percebi, ele já tinha se tornado um dos meus favoritos. Eu acho que viajaria pra serra com ele, inclusive. Sinto que passaríamos horas jogando conversa e risadas fora. E pra uma festinha, Henrique. Óbvio. Sem a menor dúvida. Se tem algo que ele sabe fazer é aproveitar a vida, e não há melhor companhia em uma festa do que aquele amigo disposto a aproveitar ao máximo.

O título do livro é *O mundo que habita em mim*. Como você enxerga o mundo interno de cada pessoa? Acha que é algo que muda ao longo do tempo ou está sempre lá, esperando para ser descoberto?

Eu acho que nós estamos em constante crescimento, evolução e em uma jornada eterna de autodescoberta. Aproveitando a temática do livro, vou falar de arte: dizem aos estudantes de teatro que o ator nunca para de estudar. Ele passa a vida inteira aprendendo, lapidando. Conhecendo novas vidas e se permitindo vivê-las, na mais pura e bonita vulnerabilidade. Acho que todos nós, seres humanos, somos assim. Quando olho para trás, para o Luca de dezoito anos, eu mal o reconheço. Muito do que sou hoje já estava lá no fundo, esperando apenas as cortinas se abrirem para finalmente poder vir à boca de cena, mas também acredito que muita coisa subiu ao palco através das pessoas que chegaram para ocupá-lo comigo. Nós somos muitas pessoas ao mesmo tempo, além de nós mesmos. Eu ainda amo uma música que minha ex-namorada me apresentou há tantos anos. Ainda repito as gírias que aprendi com amigos com quem não falo mais. Minha vivência é uma mistura de tantas outras, e acho que o mundo que habita em mim se tornou ainda maior, mais bonito e mais colorido por conta dessas visitas. Todos que já passaram por mim construíram casa aqui dentro. Há sempre um oceano gigantesco dentro da gente, só nosso, pronto para ser explorado. Mas também temos palco de sobra para as visitas e as marcas eternas que elas deixam em nós.

O teatro é a força motriz de toda a história. Você também é apaixonado pelos palcos? Acha que criar conteúdo na internet tem algo de parecido com se apresentar no tablado?

Sim, sim, sim! Quando comecei a rabiscar esta história, eu ainda cursava teatro, e acho que daí que veio o desejo absurdo de falar sobre ele. De trazer uma história onde eu pudesse mencionar Nelson Rodrigues, Hilda Hilst, Jô Bilac, João Caetano. Existiu uma primeira versão do livro em que a cada nova citação, Igor bancava o nerd do teatro e passava linhas e linhas falando sobre cada um. Mas, óbvio, percebi que não era a melhor das ideias pra narrativa, hahahaha. Ainda assim, foi muito gostoso poder trazer um pouco do tablado e do que é *fazer teatro* pras páginas de um livro. Quando escrevi a apresentação deles no Festau, por exemplo, me senti outra vez em cima do palco. No jogo tão gostoso que é atuar. Eu, inclusive, comecei a criar conteúdo na internet por causa da abstinência do teatro! Foi durante a pandemia, no *lockdown*, quando precisei ficar trancado em casa por muitos meses e meu peito basicamente IMPLORAVA por arte. Foi então que escrevi uma websérie (saudades, Menecma!) e comecei a postar nas redes. Daí em diante, não parei nunca mais. Sigo sendo apaixonado por arte e ainda tenho muita vontade de subir aos palcos outra vez. Quem sabe não faço isso em breve?

Clarice é uma atriz e roteirista cheia de paixão, enquanto Vicente é um músico sensível e dedicado, ambos personagens que respiram arte e colocam muito de si naquilo que fazem. Quais foram os principais desafios em equilibrar as dinâmicas de cada relacionamento, especialmente considerando os conflitos internos de Igor, suas dúvidas sobre si mesmo e os sentimentos intensos que ele nutre pelos dois?

O mais difícil foi, sem a menor sombra de dúvidas, dar a Clarice o espaço, o amor e o tempo que ela precisava ter. Clarice é uma das minhas personagens favoritas da história, e por muito tempo ela tinha se tornado o retrato de uma pessoa *não tão legal* da minha vida, de muitos anos atrás. Muito menos compreensiva, muito mais ríspida. Foi muito gostoso redescobrir Clarice ao longo das várias versões em que ela existiu e foi ainda mais gostoso chegar no resultado final. Uma garota forte, cheia de amor pela vida, mas também assustada. Vulnerável. E isso se tornou ainda mais complicado porque desde o início do livro, antes mesmo de Vicente existir, eu já era apaixonado por ele. Pelo conceito de Vicente que eu tinha na minha cabeça. Eu já sabia exatamente *quando* ele apareceria, *como* seria a cena e qual seria a reação do Igor. Então eu sinto que, nas primeiras versões do texto, era muito fácil perceber a minha ansiedade no primeiro ato. Perceber como o relacionamento com Clarice era algo mais rápido, corrido, porque eu não via a hora de chegar em Vicente. E isso não era justo nem com um, nem com outro.

Eu precisei voltar algumas vezes na relação dela com Igor para que ela ganhasse o espaço necessário, o reconhecimento e o amor genuíno, mesmo em meio a tantas questões e batalhas internas do protagonista.

A música brasileira dá tom e ritmo às páginas de *O mundo que habita em mim*, por isso temos um desafio! Você consegue listar as suas cinco músicas brasileiras favoritas?

AAAAAAAAAAAAAAAAAA. Tem MUITAS, e algumas delas estão espalhadas pelo livro, inclusive. Mas vou tentar falar só cinco! A primeira, com certeza, é "Codinome beija-flor", do Cazuza. Meio que fico em estado de transe toda vez que ouço tocar e sou completamente apaixonado por ela. "Pra você guardei o amor" é a minha favorita do Nando, também. Acho a letra uma das coisas mais absurdamente lindas já escritas na MPB e ainda hoje, depois de anos ouvindo em *looping*, me atrapalho pra ecoar tudo o que ele fala na melodia. "Baila comigo" é a minha favorita da Rita Lee, não me canso de ouvir. Esses três (Cazuza, Nando e Rita) são a minha tríade nacional. Poderia falar mais algumas músicas deles, mas pra tentar variar, vou citar também "Caçador de mim", do Milton Nascimento, e "O mundo é um moinho", do Cartola. Amo muito, muito, muito. Me lembram a infância com uma nostalgia muito gostosa. Viva a MPB! ♥

ESTA OBRA FOI COMPOSTA POR OSMANE GARCIA FILHO EM BEMBO
E IMPRESSA PELA LIS GRÁFICA EM OFSETE SOBRE PAPEL PÓLEN NATURAL
DA SUZANO S.A. PARA A EDITORA SCHWARCZ EM MAIO DE 2025

A marca FSC® é a garantia de que a madeira utilizada na fabricação do papel deste livro provém de florestas que foram gerenciadas de maneira ambientalmente correta, socialmente justa e economicamente viável, além de outras fontes de origem controlada.